HERZ DER NEBELWELT

GEBUNDEN AN DIE FAE
BUCH NEUN

EVA CHASE

Herz der Nebelwelt

Gebunden an die Fae Buch 9

Erste Digitale Ausgabe, 2021

Übersetzung: Stephanie Kotz

Lektorat: Nadja Uebach

Umschlaggestaltung: Covers by Christian

Ebook ISBN: 978-1-998752-50-8

Paperback ISBN: 978-1-998582-68-6

 Formatiert mit Vellum

1

Talia

Normalerweise gleiten die Gefährte, die Sylas aus Wacholderholz und Magie erschafft, sogar bei Höchstgeschwindigkeit ruhig über den Boden. Daher kann ich an jedem Beben, das unser Gefährt durchläuft, erkennen, wie hastig es heraufbeschworen wurde. Es war keine Zeit für Perfektion – vor allem da jeder Fae, der die Fahrzeuge mithilfe von Magie bauen kann, nicht nur eines, sondern viele innerhalb kürzester Zeit heraufbeschwören musste.

Eine Flotte aus einigen Dutzend Gefährten rast mit uns zu den Randgebieten und weitere werden sich vermutlich auf den Weg machen, sobald die anderen Rudel den Hilferuf vernehmen. Die Fae um mich herum haben zudem viel größere Sorgen als die Bauweise ihrer Transportmittel und ob diese die Fahrt überstehen werden. Wir mussten so schnell wie möglich aufbrechen, um uns der Invasion der Murk zu stellen.

Hätte nicht so eine große Eile bestanden, hätten meine Gefährten womöglich stärker gegen mein Mitkommen protestiert. Doch als Sylas versuchte, mich zurück zu unserer Burg zu schicken, beharrte ich darauf, mitkommen zu dürfen, damit ich mit eigenen Augen sehen kann, welche Schrecken Orion in die Nebelwelt gebracht hat, die ich als mein Zuhause betrachte. Daraufhin akzeptierte er meine Forderung mit einem frustrierten Knurren und einem Nicken.

Meine drei wölfischen Seelie-Gefährten teilen sich dieses Fahrzeug mit einer Gruppe Krieger aus ihrem Rudel und dem Murk-Mann, den ich erst heute Morgen als meinen fünften Gefährten angenommen habe. Madoc sitzt neben mir in der Nähe des Hecks, seine Hand ist um meine geschlossen und sein Blick schweift argwöhnisch über die Fae um uns herum.

Rechnet er mit Misstrauen von den Seelie, mit denen er plötzlich verbündet ist? Falls ja, habe ich noch keines bemerkt. Die Fae aus Sylas' Rudel und vermutlich auch viele andere haben bereits gehört, dass Madoc sein Leben gegeben hat, um meines zu retten und mich von Orions letztem Fluch zu befreien. Außerdem wissen sie, dass das Herz der Nebelwelt ihn ins Leben zurückgeholt hat, nachdem ich es mir zur Brust genommen hatte. Wenn die Augen der anderen Fae zu uns wandern, entdecke ich nur verwunderte Ehrfurcht in ihnen.

Meine anderen Gefährten werfen uns regelmäßig Blicke zu, allerdings hauptsächlich, um nach mir zu sehen. August tritt ruhelos von einem Fuß auf den anderen und macht den Eindruck, als würde er in Erwägung ziehen, mich nach Hause zurückzutragen, wenn seine Kampfkünste an unserem Ziel nicht so dringend benötigt werden würden. Die drei sind jedoch größtenteils mit der Planung der bevorstehenden Schlacht beschäftigt.

„Sie haben also drei Ländereien gleichzeitig angegriffen", stellt Whitt fest und reibt sich über seinen Kiefer. Der verschlagene Spionagechef sieht ungewöhnlich grimmig aus.

„Und weitere auf der Winterseite", fügt Sylas hinzu. Als er mich dieses Mal anschaut, will er mich in das Gespräch einbeziehen. „Hat Corwin dir etwas Neues berichtet?"

Durch unser Seelenband wechsle ich gelegentlich Gedanken mit meinem Unseelie-Gefährten, während er mit seinem Schwarm zu den Randgebieten auf der anderen Seite der Grenze eilt. Momentan kann ich ihn nur schwach spüren, da er unsere Verbindung teilweise blockiert hat, solange er sich mit seinem Zirkel berät. Ich fange Sorge und Wut von ihm auf und nehme schwach wahr, dass er von einer größeren Truppe Rabengestaltwandlern weiß, die zusammenströmen, um sich ihm und den anderen Unseelie-Erzlords anzuschließen. Mehr empfange ich allerdings nicht.

Ich schüttle den Kopf. „Aktuell weiß er nur das, was die Wache berichtet hat. Sie haben die drei Ländereien auf der Winterseite angegriffen, die in der Nähe der Grenze und der Randgebiete liegen."

Astrid runzelt die Stirn. „Es muss eine gewaltige Armee sein, dass die Murk so viele Ländereien so schnell überwältigen konnten."

Madoc, der an der Seite des Gefährts lehnt, meldet sich zu Wort. Er hat sich von seinem Tod und seiner Wiederbelegung noch nicht vollständig erholt, schafft es jedoch, ruhig mit seiner heiseren Stimme zu sprechen. „Orion hatte von Anfang an vor, so lange zu warten, bis er sich sicher sein konnte, dass sein Angriff von Erfolg gekrönt sein würde. Er hat seine Armee und deren Waffendepot Jahrzehnte lang aufgebaut. Ich könnte mir vorstellen, dass er sie alle versammelt hat, als er realisierte, dass Talias Fluch gebrochen wurde. Vermutlich hat er gehofft, die Nebelwelt anzugreifen, während ihr alle noch von ihrer Genesung abgelenkt wart, da er ihren Tod nicht mehr gegen euch verwenden konnte."

Ein bitterer Ton schleicht sich in seine Stimme. Vor nicht allzu langer Zeit stand er noch als einer von Orions Rittern auf der Seite des Murk-Königs. Er wollte dort sein und den Murk dabei helfen, die Nebelwelt zu erobern. Wir haben jedoch alle eingesehen, dass nicht alles der Wahrheit entsprach, was wir über die Fae gedacht haben, die auf unserer oder der gegnerischen Seite stehen. Vor allen Dingen hat er begriffen, dass sein König mehr sadistisch als heldenhaft ist.

„Dann sind wir womöglich nicht in der Lage, sie sofort anzugreifen", meint August an seine Brüder gewandt. „Wenn wir zu stark in der Unterzahl sind und sie angreifen, werden wir nur unnötig Leute verlieren. Wir sollten eine so große Truppe wie möglich versammeln, bevor wir gegen sie vorgehen."

Sylas nickt. „Es sollte nicht lange dauern, Krieger aus dem gesamten Reich herbeizurufen. Alle werden verstehen, wie dringend es ist. Und wir sollten uns ohnehin nicht sofort in die Schlacht stürzen. Die Lage ist zwar schlimm, aber die Murk haben uns in der Vergangenheit zu oft überrascht. Wir müssen uns einen Überblick über die Situation verschaffen und uns vergewissern, dass wir sie auf die effektivste Weise angreifen."

Whitt wendet sich wieder an Madoc. „Hast du vielleicht eine Idee zu diesem Thema ... welche Tricks dein König eventuell noch im Ärmel hat oder welche Strategien am nützlichsten wären, um ihn zurückzuschlagen?"

Madocs Mund verzieht sich und seine grauen Augen richten sich nachdenklich in die Ferne. „Ich war kaum im Refugium, als die letzten Vorbereitungen getroffen wurden, weshalb ich seine aktuellen Pläne nicht in allen Einzelheiten kenne. Er verwendet gerne die Emotionen seiner Gegner gegen diese. Sollte er also eine Möglichkeit finden, euch zu erschrecken oder nervös zu machen, wird er das tun. Außerdem solltet ihr nicht davon ausgehen, dass die Dinge, die ihr seht, real sind. Ich war unter seinen Anhängern zwar der Fähigste im Umgang mit Illusionen, doch es gibt noch viele andere, die über ähnliche Fähigkeiten verfügen."

Whitt neigt dankbar den Kopf und Madocs Blick gleitet zu August. Ich erkenne sein Zögern daran, wie fest er meine Hand packt, und drücke seine Finger für den Fall, dass er Aufmunterung braucht. Er erwidert die Geste und räuspert sich. „August, könnte ich ein anderes Problem mit dir besprechen, das sich ergeben könnte, wenn wir Orion konfrontieren ... und könnten wir das unter vier Augen tun?"

Die Brauen des Kriegers ziehen sich zusammen, er gibt den Wachen in der Nähe jedoch ein Zeichen, dass sie zum Bug des Gefährts gehen sollen, und setzt sich auf die Bank gegenüber von uns. Das Sonnenlicht reflektiert von seinen rotbraunen Haaren. Mit wenigen, schnellen Worten zieht er eine Wand aus Magie um uns herum, die das Pfeifen der Brise und die Stimmen der anderen Fae dämpft – genauso wie sie vermutlich unsere Stimmen für andere Ohren schwächt.

Ich schaue Madoc an und mein Magen verknotet sich. „Was ist los?" Ich habe keine Ahnung, worüber er speziell mit August sprechen will.

Madocs Mund ist noch immer angespannt und eigenartig verzogen. „Ich hatte noch keine Gelegenheit, dir davon zu erzählen. Als du im Sterben lagst ... als ich mein Blut anbieten wollte, um deinen Fluch zu heilen, und mich August aufhielt ... verriet ich ihm meinen wahren Namen, damit er sicher sein konnte, dass ich weder dir noch jemand anderem wehtun würde. Nun, abgesehen von mir." Der Hauch eines schiefen Lächelns zupft kurz an seinen Lippen.

Meine Augen weiten sich, denn nun verstehe ich noch besser als zuvor, was für ein großes Opfer er für mich erbracht hat. Fae verraten ihren wahren Namen anderen nur selten, nicht einmal ihren Lords oder Gefährten, denn sie geben der anderen Person im Grunde genommen die komplette Kontrolle über sie. Dass er seinen Namen einem Mann angeboten hat, dem er kaum vertraute ... „Das hätte nicht von dir verlangt werden sollen."

„Nun, es ist, was es ist. Ich dachte in dem Moment nicht, dass es eine Rolle spielen würde, da ich nicht erwartete, länger als einige Minuten zu überleben. Es war also egal, ob er mich bei meinem wahren Namen rufen kann oder nicht." Sein Blick wandert von mir zu August. „Doch nun sind wir hier."

Man muss August zugutehalten, dass er den Eindruck macht, als wäre ihm die ganze Sache unangenehm. Er wirkt nicht im Geringsten triumphierend. „Ich werde ihn nie wieder benutzen. Du musst dir keine Sorgen machen, dass ich dich herumkommandieren oder etwas Derartiges tun werde."

Madoc lacht rau. „Tatsächlich möchte ich dich bitten, dass du ihn erneut benutzt, und zwar regelmäßig. Ihr müsst verstehen ... Orion kennt meinen wahren Namen ebenfalls. Es ist eine seiner Bedingungen, um ein Mitglied seines inneren Kreises zu werden. Er benutzt ihn hauptsächlich, um uns zu sich zu rufen, wenn er uns besonders schnell an seiner Seite braucht. Allerdings kann er natürlich mehr damit tun, wenn er möchte."

Mein Herz sinkt. Eine Erinnerung an meine Flucht aus der Murk-Kolonie, die das Refugium genannt wird und Orions Hauptquartier ist, geht mir durch den Kopf. Als Madoc mir half, die Menschenwelt über uns zu betreten, wusste er plötzlich, dass Orion mein Verschwinden bemerkt hatte. Wahrscheinlich wurde er damals mit seinem wahren Namen gerufen.

„Seine Macht über dich hat nicht geendet, als deine Verbindung zu seinem falschen Herzen gebrochen wurde?", frage ich.

Madoc schüttelt den Kopf. „Unsere wahren Namen sind ein Teil von uns. Es ist eine Magie, die an unseren Geist gebunden ist und an keine andere Quelle. Er hat noch nicht versucht, ihn zu benutzen. Wahrscheinlich nimmt er an, dass ich tot bin, entweder weil er spüren kann, dass ich nicht mehr an sein Herz gebunden bin, oder weil er versucht hat, mich zu sich zu rufen, als ich bewusstlos war, und keine Reaktion erhalten hat. Doch sobald wir seine Armee angreifen, besteht eine große Wahrscheinlichkeit, dass ich von ihm oder jemandem, der ihm untersteht, gesehen werde."

Augusts Miene ist noch ernster geworden als zuvor, als er sich lediglich auf einen Krieg vorbereitet hat. „Was soll ich tun?", fragt er schlicht und ruhig.

Madoc blinzelt. Vielleicht ist er noch immer überrascht, dass meine anderen Gefährten gewillt sind, *ihm* zu vertrauen, als hätte er seine Loyalität nicht erst heute Morgen auf unbestreitbare Art unter Beweis gestellt.

„Gegensätzliche Verwendungen eines wahren Namens heben sich gegenseitig auf", erklärt er. „Du musst mir nur befehlen, keinen Forderungen zu gehorchen, die Orion an mich stellt. Da die Wirkung im Lauf der Zeit verfliegen wird und wir uns nicht sicher sein können, wann er versuchen wird, mir einen Befehl zu erteilen, musst du deinen regelmäßig wiederholen. Ich vermute, dass einmal am Tag reichen sollte."

„Natürlich", stimmt August zu. „Solange es nötig ist." Seine goldenen Augen verdunkeln sich. „Ich hoffe, dich stört es nicht, wenn ich sage, dass Orion nicht mehr lange unter uns weilen wird, um irgendwelche Worte zu nutzen, wenn es nach mir geht."

Madocs Finger spannen sich um meine herum an, als würde er an all die Arten denken, auf die mich sein König gequält hat. „Das stört mich überhaupt nicht. Tatsächlich bin ich ganz deiner Meinung. Ich hoffe nur, dass nicht allzu viele aus meinem Volk dem Krieg zum Opfer fallen, den er uns aufgezwungen hat."

Keiner von uns kann sich sicher sein, wie der Konflikt enden wird. Madoc ist der beste Beweis dafür, dass nicht alle Murk bösartige Schurken sind, so wie es die Fae der Jahreszeiten gerne behauptet haben. Aufgrund meiner Zeit im Refugium weiß ich jedoch, dass viele von ihnen die Seelie und Unseelie aus tiefstem Herzen hassen – und das kann ich ihnen nicht verübeln angesichts dessen, wie die anderen Fae sie und sogar ihre Kinder getötet haben.

Es war für Madoc schwer, zu akzeptieren, dass er womöglich friedlich einen Kompromiss mit den Fae der Jahreszeiten aushandeln kann. Ich weiß nicht, wie viele andere wir zukünftig überzeugen können, eine friedfertigere Herangehensweise zu wählen.

Doch selbst wenn sich diejenigen, die sich auf Madocs Seite schlagen würden, jetzt außerhalb unserer Reichweite befinden, gibt es viele andere Rattengestaltwandler, die nicht einer Meinung mit Orion sind oder sich noch nicht entschieden haben, da sie bisher ums Überleben kämpfen mussten. Wir können ihnen wenigstens die Gelegenheit geben, das Leben und Zuhause zu besitzen, das ihnen von Anfang an hätte gehören sollen.

„Wir werden unser Bestes geben", erwidert August ernst.

Ich löse sachte meine Finger aus Madocs Griff und hebe sie an meine Ohren. „Wir kommen den Randgebieten nahe. Warum gibst du ihm den Wahre-Namen-Befehl nicht jetzt? Ich muss ihn nicht hören." Ich fange Madocs Blick auf. „Mir ist bewusst, dass es für dich sicherer ist, je weniger Leute ihn kennen."

Er schenkt mir ein zärtliches Lächeln, das er meines Wissens bisher keinem anderen geschenkt hat und das ein Flattern in meiner Brust auslöst. Ich glaube nicht, dass es ihn stören würde, wenn ich diesen Teil von ihm kennen würde, merke jedoch, dass er die Privatsphäre zu schätzen weiß, die ich ihm anbiete.

Es dauert nur einen Augenblick. Ich halte mir die Ohren zu und spähe über die Seite des Gefährts. Daraufhin erteilt August seine Anweisungen und Madoc streichelt mit seinen Fingerknöcheln über meinen Arm, um mir mitzuteilen, dass es erledigt ist. Zu diesem Zeitpunkt hat jedoch die Szene vor uns bereits meine Aufmerksamkeit erregt.

Mehrere Gefährte segeln von den Randgebieten über das zunehmend wilde Terrain auf uns zu. Die Fahrzeuge selbst scheinen nicht im besten Zustand zu sein. Einige schwanken gefährlich und eines zieht sogar eine lilafarbene Rauchfahne hinter sich her.

Sylas und die anderen Erzlords bedeuten unserer Truppe, langsamer zu werden. Wir halten an, als wir auf die näherkommende Flotte treffen.

Ich entdecke mehrere Körper, die zusammengebrochen in den Fahrzeugen liegen, und andere Fae mit Blut auf ihren Kleidern. Meine Kehle schnürt sich zu. Ich kann erraten, was sie sagen werden, noch bevor die Frau am Bug des vordersten Gefährts spricht.

„Wir sind aus Amberrise geflohen. Wir haben versucht, die Murk abzuwehren, die uns angegriffen haben, doch sie waren zu zahlreich und hatten bösartige Kräfte ... Wir blieben so lange, wir konnten, aber mehr als die Hälfte meines Rudels ist gefallen. Manche werden nie wieder das Tageslicht erblicken."

Sylas nickt, das Gesicht angespannt und voller Mitgefühl.

„Ich bin mir sicher, ihr habt ehrenhaft und gut gekämpft. Ich wünschte, wir hätten euch früher erreicht, um euch zu helfen, bevor ihr euer Zuhause aufgeben musstet." Er blickt zu Donovan und Celia in ihren Gefährten in der Nähe und erhält anscheinend genügend Zustimmung, um zu fragen: „Werdet ihr euch uns anschließen und mit einer größeren Armee zurückschlagen? Wir beabsichtigen, euch Amberrise so bald wie möglich zurückzugeben."

Einer der Männer hinter der Lady wischt mit seiner Hand über seine schmutzige Stirn und seine Schultern sacken erschöpft herab. Die Lady reckt jedoch das Kinn. „Wir werden tun, was wir können. Ihr werdet ihre Streitkräfte bald erreichen. Sie haben die Verfolgung kurz nach unserer Flucht aufgenommen … unsere Gefährte waren schneller, aber sie sind bestimmt nur noch zehn Minuten entfernt von uns. Habt ihr Heiler mitgebracht, die sich um unsere Verletzten kümmern können? Meine sind erschöpft."

Die Erzlords geben einigen der Heiler unter den versammelten Rudeln ein Zeichen, woraufhin sie mithilfe von Magie von Gefährt zu Gefährt springen, bis sie die Neuankömmlinge erreichen. Sylas befiehlt August, bei uns zu bleiben. Vermutlich ist er der Meinung, dass es besser sei, seine Kräfte für den bevorstehenden Kampf zu schonen.

Die anderen bereiten sich auf die Schlacht vor. Die meisten verlassen die Fahrzeuge, um vor diesen in Stellung zu gehen. Meine Gefährten wirken einen Zauber um meines herum, um es vor verirrten Angriffszaubern zu schützen, bevor sie sich den anderen anschließen. Ihre besorgten Blicke verraten mir, dass sie sich wünschen, ich wäre nicht hier.

„Sie werden dich nicht einmal sehen können", informiert mich Whitt. „Ich will nicht, dass sie dich ins Visier nehmen."

Ich wünschte, es gäbe etwas, was ich tun könnte, anstatt nur dazusitzen und zuzuschauen, was passiert.

Madoc bleibt bei mir und legt seinen Arm um meine

Taille, als würde er sich darauf vorbereiten, mich notfalls wegzuschleifen.

„Geht es dir gut?", erkundige ich mich leise. Ich kann mir nicht vorstellen, wie es in ihm aussieht, weil er sich gegen seine Leute stellen muss. Allerdings können sie ihn jetzt vermutlich nicht sehen. Das ist wahrscheinlich zum Besten, da ich mir auch nicht vorstellen kann, wie sie darauf reagieren werden, ihn auf unserer Seite zu sehen.

Er atmet rau aus. „So gut, wie es mir gehen kann. Ich wusste, dass dieser Tag kommen würde, hätte es jedoch vorgezogen, mehr Zeit zu haben, um mich darauf vorzubereiten."

„Deswegen hat Orion so schnell angegriffen, oder?", frage ich. „Nicht wegen dir, sondern weil die Fae der Jahreszeiten andere Dinge im Kopf hatten." Hauptsächlich mein Überleben.

„Ja. Das bedeutet allerdings nicht, dass ich seine Strategie zu schätzen weiß."

Ein Vibrieren, das der Schutzschild nicht abwehren kann, bebt durch die Luft. Ich erkenne eine Horde Gestalten in der Ferne, die auf uns zueilen. Urplötzlich regnet eine Flut aus schimmernden, knisternden Magieblitzen auf die Seelie-Armee herab.

Manche Sommer-Fae rufen Worte, um Schilde heraufzubeschwören. Andere weichen einfach nur aus. Doch als sie aus dem Weg der leuchtenden Zauber springen, verkrampfen sich mehrere und brechen zusammen, wobei Blut aus ihren Gliedern oder Oberkörpern spritzt.

Ich springe von meinem Platz auf, ein Protestschrei steckt in meiner Kehle fest. Madoc packt meine Schulter, ist allerdings genauso angespannt.

„Sie vermischen Illusion und Realität", erklärt er mit rauer Stimme. „Die Zauber, die du sehen kannst, sind nicht real. Zwischen ihnen sind jedoch Angriffszauber versteckt."

Er holt tief Luft, als wollte er eine Warnung rufen. Ich bin mir nicht sicher, ob die Armee uns durch die schützende Magie hindurch hören wird, die um unser Gefährt gelegt wurde und uns vor Blicken verbirgt. Doch im nächsten Moment wird deutlich, dass die Seelie-Krieger selbst hinter den Trick gekommen sind. Die Erzlords, August und Whitt brüllen Anweisungen an die Menge, die andere an die weitergeben, die weiter weg sind.

Als der nächste Hagel aus zerstörender Energie auf sie prasselt, erheben sie alle einheitlich die Stimmen, um einen riesigen Schild zu formen, von dem alles abprallt – die sichtbaren und unsichtbaren Zauber. Sekunden später schleudern sie mit einem weiteren Chor aus Stimmen den Eindringlingen ihre Magie entgegen.

Ich weiß nicht, ob es Teil eines Plans ist oder ob alle auf ihre Stärken zurückgreifen, doch ein Chaos aus unterschiedlichen Wirkungen entsteht ringsum die näherkommende Armee der Murk. Zweige und Ranken brechen aus dem Boden hervor und reißen einige von den Füßen. Wirbelstürme werfen andere um. Feuerwogen rasen nach links, während eine gewaltige Wassermenge über diejenigen auf der rechten Seite schwappt.

Die Murk sind jedoch darauf vorbereitet. Einige fallen, ja, aber die meisten rufen Abwehrzauber, um die Wirkung der Seelie-Magie abzuwehren. Dann feuern sie selbst Magie auf unsere Truppe ab. Es bebt so viel Energie durch die Luft, dass sich die Härchen auf meinen Armen aufstellen.

Die Fae-Armeen schießen sich gegenseitig mit Zaubern ab und keiner ist gewillt, nachzugeben. Risse formen sich in der matschigen Erde zwischen den Reihen der Soldaten. Mein Herz hämmert so heftig, dass ich befürchte, es könnte aus meiner Kehle springen.

Wir halten sie fern, drängen sie allerdings nicht zurück – keinen einzigen Zentimeter, soweit ich das beurteilen kann. Unsere Leute werden allmählich bestimmt müde. Und ihre?

Ich blinzle, da ich durch die aufeinanderprallende Magie und über die Entfernung nicht viel erkennen kann. Die Gesichter der Murk wirken nicht besonders müde. Doch … ich sehe nicht die Art von begeisterter Raserei, die ich mir mühelos auf Orions Gesicht vorstellen kann.

Mit den zusammengekniffenen Augen und gebleckten Zähnen, die ich flüchtig erkennen kann, wirken sie *verzweifelt*. Entschlossen und erbittert, jedoch mit einem Hauch Verzweiflung. Und ich glaube, diese empfinden sie nicht, weil sie bereits an ihren Chancen zweifeln, sondern weil sie wissen, wie ihr Schicksal aussieht, sollte ihnen diese Übernahme nicht gelingen.

Sie glauben alle, dass ihr einziges Schicksal im Abschlachten der Seelie besteht, da *sie* andernfalls abgeschlachtet werden.

Eine unbehagliche Empfindung rumort in meinem Magen. Wir müssen diese Leute irgendwie erreichen und ihnen zeigen, dass es noch einen anderen Weg gibt, bei dem kein Blut vergossen werden muss. Ich weiß, dass viele von ihnen nicht zuhören werden, aber es gibt bestimmt einige, die es tun werden. Je mehr wir von Orions Seite lösen können, desto schwieriger wird es für ihn sein, die Angriffe auf die Nebelwelt fortzusetzen.

Während ich darüber nachdenke, bebt etwas Neues durch die Seelie-Armee. Befehle werden gerufen. Die Krieger an der Front ziehen sich zurück. Stimmen schwellen erneut an und eine Barriere, die so dick ist, dass ich sie sehen kann, bildet sich entlang des aufgerissenen Bodens zwischen uns und den Murk. Sie pulsiert zum Himmel empor wie eine dünnere Version des Grenzdunsts.

Meine Seelie-Gefährten kehren zu uns zurück. Augusts Haare sind schweißnass, Sylas' dunkles Auge wirkt müde, während sein geisterhaftes etwas betrachtet, was niemand von uns sehen kann.

„Was ist passiert?", frage ich und stehe auf.

Whitt antwortet, als er sich mit einem Schnauben auf eine der Bänke fallen lässt. „Wir waren nicht organisiert genug – so können wir die Ländereien nicht zurückerobern. Fürs Erste werden wir die Murk daran hindern, weiter in die Nebelwelt vorzudringen. Ein bedeutsamer Teil unserer Krieger wird hierbleiben und unser Land verteidigen, während sich der Rest von uns überlegt, wie wir die Ratten für immer aus unserem Territorium verjagen können."

„Oder wie wir sie alle an Ort und Stelle vernichten können", brummt einer der Krieger, die hinter ihnen ins Gefährt gesprungen sind, und meine Männer protestieren nicht.

2

Talia

„Wir müssen entschlossen handeln", beharrt Laoni, deren Stimme von der hohen Decke des Versammlungsraums der Grenzburg hallt. „Wir müssen alle Murk aufstöbern und diese Gefahr ausrotten."

Ihr Vorschlag überrascht mich kein bisschen. Madoc, der neben mir an dem langen Tisch sitzt, spannt sich jedoch an. Bisher hat er größtenteils mit den Sommer-Fae zu tun gehabt, weshalb er die typische Unseelie-Kälte nicht so gewohnt ist wie ich.

Abgesehen von uns beiden sitzen bloß Erzlords am Tisch. Die anwesenden Zirkel- und Kadermitglieder stehen hinter ihren jeweiligen Lords und Ladys. Aufgrund meiner Erfahrungen mit den Murk und meiner Verbindung zu dem Fluch, mit dem sie die Nebelwelt belegt haben, darf ich an der Diskussion teilnehmen. Und Madoc ... nun Madoc kommt einem echten Murk-Repräsentanten am nächsten, auch wenn er nicht mehr zu hundert Prozent für sein Volk sprechen kann, jetzt, da er von ihm abgeschnitten ist.

Bevor einer von uns etwas sagen muss, meldet sich Corwin zu Wort und schickt mir durch unser Band eine Woge der Beruhigung. „Ihnen einfach all unsere Kraft entgegenzuschleudern und zu hoffen, dass wir so ihre Verteidigung durchbrechen, hat uns beim ersten Versuch nicht weitergebracht. Ich denke, es ist eindeutig, dass die Verteidigung der Nebelwelt einer ausgeklügelteren Herangehensweise bedarf. Entschlossen ja, aber auch präzise."

Die Unseelie hatten während der Schlacht mit ähnlichen Problemen zu kämpfen wie die Wolfgestaltwandler. Am Ende wählten sie die gleiche Taktik, trennten die Murk-Truppen mit einer magischen Mauer vom Rest des Reichs ab und ließen eine große Gruppe Krieger zurück, die diese Grenze halten. Doch weder die Sommer- noch die Winter-Fae wissen, wie lange die Krieger die Murk in Schach halten können, vor allem wenn die Murk ihre Taktiken immer wieder ändern.

Laoni wendet sich an Corwin und eine Emotion blitzt in ihren eisigen Augen auf. Es wirkt beinahe so, als würde sie sich verraten fühlen. Anscheinend denkt sie, Corwin sei ihr Loyalität schuldig, obwohl sie ihn in der Vergangenheit wiederholt untergraben hat. „Ich hätte erwartet, dass du bei dem Ungeziefer härter durchgreifst angesichts dessen, wie viel sie dir und deiner Gefährtin genommen haben."

Ihr Blick huscht kurz zu mir und meine Hand zuckt automatisch zu meinem Bauch. Ich kann dem Kummer nicht entgehen, der mich bei ihren Worten trifft. Corwin versteift sich auf seinem Stuhl und eine ähnliche qualvolle Woge wandert von ihm zu mir. Sylas, der am Kopfende des Tisches sitzt, zieht seine Lippen zu einem stummen Knurren zurück.

Wegen Orions Fluch habe ich unser erstes Kind verloren. Es geschah ganz am Anfang meiner Schwangerschaft, weshalb ich bloß ein paar Wochen hatte, um von meiner zukünftigen Mutterschaft zu träumen. Der Verlust ist jedoch immer noch eine klaffende Wunde. Meine Männer wissen nicht, wer von ihnen der biologische Vater gewesen wäre, betrachteten das Kind allerdings als ihres. Ich weiß, dass sie genauso tief wie ich um das trauern, was hätte sein können.

Verärgert und mit geballten Fäusten lehne ich mich vor und schaue Laoni in die Augen. „Wagen Sie es ja nicht, Ihre Interessen mithilfe meiner Qualen durchzusetzen. Es war vor allen Dingen mein Verlust und *ich* will nicht, dass dieser Krieg mit einer ‚Ausrottung' endet."

Laonis Gesicht zuckt wegen des Tadels in meiner Stimme. Ich weiß nicht, ob ich je zuvor so harsch mit ihr gesprochen habe, meine Geduld ist jedoch am Ende.

„Was schlagt ihr dann vor?", fragt Celia und betrachtet mich und Madoc. „Ihr kennt die Murk am besten … wie können wir darauf hoffen, diesen Krieg zu gewinnen und die Nebelwelt zu schützen, wenn wir nicht die Fae vernichten, die darauf aus sind, uns zu vernichten?"

Ich weiß, dass die älteste der Seelie-Erzlords den Murk gegenüber nicht freundlicher gesinnt ist als Laoni, aber wenigstens hat sie es geschafft, ihre Frage höflich zu formulieren. In dem Blick, mit dem sie Madoc bedenkt, liegt zudem verhaltene Neugier anders als bei den Unseelie-Erzlords, die ihn hauptsächlich mit misstrauisch verengten Augen mustern.

„Manche von ihnen können womöglich auf unsere Seite gezogen werden", sage ich. „Wir müssen ihnen die Gelegenheit geben, diese Entscheidung zu treffen. Die Murk wissen momentan nur, dass Sie sie töten würden, wenn sie Sie *nicht* angreifen. Für die meisten ist dieser Krieg reine Notwehr, da Sie die Rattengestaltwandler Jahrhunderte lang abgeschlachtet haben, wann immer Sie ihnen über den Weg gelaufen sind.“

Madoc neigt den Kopf. „Was Talia sagt, stimmt. Orion will Blut vergießen, egal wie, und mir ist bewusst, dass dieser Krieg nicht enden wird, bis *er* tot ist. Viele meiner Leute wünschen sich ein echtes Zuhause. Sie wollen den Platz in der Nebelwelt, der ihnen so lange verwehrt wurde. Sie wollen ein friedliches Leben führen, ohne sich davor fürchten zu müssen, dass Wölfe oder Raben über sie herfallen. Ich denke, das ist ein nachvollziehbarer Wunsch.“

Eines der Zirkelmitglieder schnaubt leise, ich kann jedoch nicht ausmachen wer. Ich empöre mich um Madocs willen.

„Die Murk, die uns angegriffen haben, waren nicht in der Stimmung, uns zuzuhören“, entgegnet Terisse und reibt sich über den Mund. „Und es klingt nicht so, als wären sie geneigt, uns zu glauben, ganz egal, was wir sagen.“

Damit hat sie womöglich recht. Eine Idee, die ich auf der Heimfahrt zum Herz hatte, fällt mir wieder ein. „Wir können uns noch einmal mit der Murk-Zauberin Delta in Verbindung setzen … diejenige, die nicht mit Orions Herrschaft einverstanden ist. Die erste Verhandlung verlief schlecht, aber vielleicht …“

„*Schlecht*?“, wiederholt Uzziah und schnaubt ungläubig. „So, wie ich das verstehe, haben sie die Seelie-Repräsentanten angegriffen, die sich mit ihnen getroffen haben.“

„Weil sie glaubten, die Seelie würden sie angreifen“, wirft Madoc ein. „Ein Eindruck, den ich zugegebenermaßen unbeabsichtigt verstärkt habe. Ich denke, es besteht eine gute Chance, dass Delta euch zuhört, wenn ihr ein vernünftiges Angebot macht.“

„Was? Wir sollen diese Rattenkönigin anflehen, dass sie uns zu Hilfe eilt?“ Laoni rümpft angewidert die Nase.

Eine kurze Zeit lang dachte ich, sie würde anfangen,

meine Sicht der Dinge zu verstehen. Doch das galt nur für die Beziehung zwischen den Seelie und Unseelie – und das war, bevor die Murk den Mann töteten, den sie liebte, was sie sich jedoch nie eingestanden hatte. Sie davon zu überzeugen, dass die Rattengestaltwandler Respekt verdienen, wird offensichtlich sehr schwer sein.

Daher wende ich mich stattdessen an Sylas. Er war ohnehin derjenige, der die ursprüngliche Verhandlung geführt hatte. „Wenn wir auch nur eine Kolonie der Murk davon überzeugen können, uns zu vertrauen – und uns ihres Vertrauens als würdig erweisen können, indem wir ihnen hier in der Nebelwelt Platz machen – würde das den Murk zeigen, dass es noch eine andere Möglichkeit gibt, das zu bekommen, was sie wollen. Ist das nicht eine Entschuldigung wert? Was kostet es dich, demütig vor sie zu treten, wenn auch auf unserer Seite viele Fehler gemacht wurden?"

Mein Gefährte atmet scharf ein. „Talia, ich verstehe, was du sagst. Aber wir müssen immer noch den Anschein von Autorität wahren. Wir kennen diese Fae-Kolonie nicht – nicht einmal unser Murk-Verbündeter hat jemals direkt mit ihnen zu tun gehabt. Wir können uns nicht so verletzlich machen."

Ich runzle die Stirn und mein Herz schmerzt vor Frust, weil ich nicht weiß, wie ich es ihm verständlich machen kann. „Demut zu zeigen, macht dich nicht verletzlich. Dich zu entschuldigen, wenn du tatsächlich etwas falsch gemacht hast, sollte keine Schwäche sein. Zeigt es nicht, wie selbstbewusst du bist, wenn du *zugeben* kannst, dass du einen Fehler gemacht hast, anstatt so zu tun, als könntest du nie im Unrecht sein?"

Sylas hält inne und sein ungleicher Blick betrachtet mich forschend. Die Narbe, die sein Gesicht von seiner Stirn bis zur Wange ziert und sein geisterhaftes Auge teilt, wurde ihm von einer Murk-Frau zugefügt, die er unterschätzt hat. Ich kann es ihm nicht vorwerfen, dass er zögert. Allerdings weiß er jetzt, dass nicht alle Rattengestaltwandler feindselig sind.

„Du hast recht", lenkt er zu meiner Erleichterung nach einem Moment ein. „Um den Frieden in der Nebelwelt und der Berichtigung vergangener Fehler willen sollte ich gewillt sein, diesen Schritt zu unternehmen – und das bin ich."

„So einfach ist es nicht", wendet Celia ein. „Selbst wenn diese Zauberin zustimmt, uns eine zweite Chance zu geben, welches Gebiet werden wir ihr anbieten?"

Donovan zuckt mit den Achseln. „Es gibt genügend unbeanspruchte Ländereien in der Nebelwelt. Ich denke nicht, dass das ein Problem sein sollte."

„Wir werden vorsichtig sein müssen", wirft Uzziah ein. „Wir wollen nicht, dass diese Kolonie wichtigen Gebieten zu nahe kommt für den Fall, dass Delta ihre Meinung darüber ändert, welche Seite sie unterstützt."

Madoc räuspert sich. „Es muss ein *gutes* Gebiet sein. Ihr könnt nicht erwarten, dass einer von uns ein Friedensangebot ernst nimmt, wenn ihr uns von Anfang an in die Randgebiete verbannt. Mein Volk braucht eine Gelegenheit, wieder eine Verbindung zum Herzen der Nebelwelt zu knüpfen und die Vorteile zu genießen, die dieses Reich zu bieten hat. Es ist kein gleichberechtigtes Bündnis, wenn man uns nur die Reste anbietet."

„Selbstverständlich", sagt Sylas und neigt den Kopf. „Da ich das Angebot unterbreiten werde, werden mein Kader und ich die Möglichkeiten durchgehen."

„Funktioniert es jetzt so?", fragt Laoni. „Wir lassen uns von einer Ratte führen, die bis vor kurzem gegen uns gearbeitet hat? Welche Autorität hat er, diese Forderungen zu stellen?"

Madoc schaut sie finster an. „Die Tatsache, dass ich unter hunderten meiner Leute gelebt habe und sowohl sie als auch ihren König kenne, gegen den ihr aktuell kämpft, verleiht mir diese Autorität."

Uzziahs Hände zucken auf dem Tisch, bevor er sie unter Kontrolle bringt. „Wir müssen besprechen, welche Rolle die Murk hier haben werden, sollte es uns gelingen, einige der Ratten von ihrem Krieg abzubringen. Wir werden sie nicht sofort mit uns gleichstellen, oder? Sie haben nicht einmal einen Erzlord. Das Einzige, was dem nahe kommt, ist ihr verrückter König."

„Natürlich werden wir es nicht überstürzen, ihnen Macht zu übertragen", beginnt Celia.

Corwin mischt sich ein, bevor sie fortfahren kann. „Ich denke, das ist *genau* das, worüber wir bereits nachdenken müssen. Wir haben unsere Probleme mit den Murk und sie haben ihre mit uns. Aber sie sind Fae und es gibt keinen Grund, dass ihnen die Nebelwelt nicht wie dem Rest von uns gehören sollte, wenn sie friedlich mit uns zusammenleben können. Dazu zählt auch die Entscheidung, wie sie ihre Gebiete regieren wollen."

Laonis Lippen verziehen sich vor wachsender Abscheu. „Sie haben noch nicht einmal bewiesen, dass sie mehr als Ungeziefer sind. Sie haben sich an eine verdorbene Kopie unseres Herzens gebunden. Soweit wir wissen, könnte die Ratte, die an unserem Tisch sitzt, zu seinem König zurückrennen, sobald er in der Lage ist, sich seinen Platz dort zurückzuverdienen." Sie deutet mit einer Hand auf Madoc, der sich auf seinem Stuhl versteift.

„Genau", pflichtet ihr Uzziah bei. „Nichts Gutes kann sich daraus ergeben …"

Der Frust, der sich in mir angestaut hat, kocht über. Ich springe auf und schlage mit den Händen auf den Tisch. „Nichts Gutes kann sich aus all diesen Diskussionen ergeben!"

Alle Erzlords verstummen und starren mich an. Laoni

presst den Mund zu einem schmalen Strich zusammen. Ich konzentriere mich zuerst auf sie.

„*Sie* und der Rest der Fae der Jahreszeiten haben den Murk noch nicht bewiesen, dass Sie mehr als Tyrannen und Kindermörder sind", erinnere ich sie. „Wir bitten die Murk darum, mindestens genauso viel Vertrauen in uns zu setzen wie wir in sie. Madoc hat sein Leben geopfert, um mich zu retten. Also werde ich mir keine Zweifel darüber anhören, ob er es verdient, hier zu sein. Ihr Herz hat ihn ins Leben zurückgeholt. Sie könnten keinen deutlicheren Beweis verlangen."

Ich lasse meinen Blick über die restlichen versammelten Erzlords schweifen. Ein Beben durchläuft mich, doch ich halte mich gerade. Die Worte strömen nur so aus mir heraus. „Jahrelang war ich das Heilmittel für den Fluch, mit dem Orion Sie belegt hat. Jetzt kann ich Ihnen zeigen, wie Sie eine vollständige Heilung finden können, sodass Sie sich nie wieder Sorgen darüber machen müssen. Und ich sage, dieses Heilmittel ist Mitgefühl. Mit nichts als Gewalt und Hass auf die Murk loszugehen, wird lediglich dafür sorgen, dass sie *uns* noch mehr hassen. Wir *müssen* eine Möglichkeit finden, mit denen zusammenzuarbeiten, die Sie nicht bereits so sehr hassen, dass sie Ihnen nie vertrauen werden."

„Jetzt hör mal zu", beginnt Uzziah, doch ich spreche einfach weiter und ignoriere ihn.

„Wenn Sie einem Zusammenleben mit den Murk keine echte Chance geben und ihnen als Ebenbürtige begegnen, die ein genauso großes Anrecht auf die Nebelwelt haben wie Sie, dann werde ich nicht hierbleiben. Ich habe es satt, zuzuhören, wie Sie sich darum streiten, welche Fae mehr wert sind. Ich wäre lieber wieder in der Menschenwelt, wenn die Fae nicht in der Lage sind, sich besser zu benehmen als zankende Kinder."

Damit sinke ich auf meinen Stuhl. Aufsässige Energie summt weiterhin durch meine Adern hindurch.

Ich meine es ernst. Ich werde in die Menschenwelt zurückkehren und notfalls bei meinem Bruder leben, wenn meine Abreise die Fae ringsum mich herum endlich von ihren alten Vorurteilen abbringen wird.

Vielleicht muss ich jedoch nicht so weit gehen. Die Gesichter am Tisch wirken reumütig.

Corwin meldet sich als Erster zu Wort und schickt mir den Eindruck einer Umarmung durch unser Band. „Ich bin mir sicher, wir können meiner Gefährtin zeigen, dass wir viel vernünftiger sind.“

Donovan schaut zu Madoc. „Wirst du an dein Volk appellieren können? Werden sie glauben, dass dich das Herz akzeptiert hat?“

Madoc schenkt ihm ein schiefes Lächeln. „Es beginnt bereits, mich mit den wahren Namen zu markieren, die ich benutzt habe, seit es mich zurückgeholt hat.“ Er zieht den Ärmel seines Oberteils hoch, um eines der schwarzen, Tattoo-ähnlichen Male zu zeigen, das sich auf seinem Bizeps gebildet hat.

Mir stockt der Atem, als ich es sehe. Es ist ein unleugbarer Beweis dafür, dass ihn das Herz willkommen geheißen hat. Eine tiefere Stille legt sich über den Raum, als die Erzlords diesen Anblick verarbeiten.

„Ich allein werde jedoch nicht reichen“, fährt Madoc fort. „Sie könnten mich für eine Ausnahme halten. Ich werde mit ihnen sprechen und versuchen, sie zu einer Verhandlung zu überreden, aber wir müssen ihnen zeigen, dass ich nicht der einzige Murk bin, den ihr in der Nebelwelt aufgenommen habt. Ich werde eine viel bessere Chance haben, sie zu überzeugen, wenn sich bereits mindestens eine Murk-Kolonie angesiedelt hat.“

„Dann werde ich schnellstmöglich Vorbereitungen für

eine erneute Kontaktaufnahme mit Delta treffen", verkündet Sylas. „Unsere Schutzmaßnahmen gegen die Murk-Truppen scheinen momentan zu halten, wie ich höre?"

Laoni nickt und sagt in kleinlautem Tonfall: „Wir haben bereits einen Arbeitsplan für die Soldaten erstellt, damit diejenigen an der Front nicht zu müde werden. Außerdem werden ihnen regelmäßig Vorräte geschickt."

„Wir arrangieren das Gleiche für unsere Truppen", erklärt Celia. „Wir haben uns ein wenig Zeit verschafft. Wir müssen uns um die Flüchtlinge aus den verlorenen Ländereien kümmern und Unterkünfte für sie finden, jetzt, da ihre drängendsten Bedürfnisse befriedigt wurden."

Corwin steht mit einer Autorität auf, die er sich im Lauf der Monate angeeignet hat, seit ich ihm das erste Mal begegnet bin. „Dann würde ich sagen, dass sich Sylas den restlichen Tag auf seine Annäherungsversuche vorbereitet und sich der Rest von uns um unsere Leute – aus unseren eigenen Ländereien und allen anderen – kümmert und sie anleitet, damit wir für das gewappnet sind, was der Murk-König uns womöglich noch entgegenschleudert."

Zu meiner Erleichterung erklingt ringsum am Tisch zustimmendes Murmeln und es werden keine weiteren Proteste erhoben. Ich glaube keine einzige Sekunde lang, dass ich meine Schlacht gewonnen habe, aber wenigstens habe ich eine vorübergehende Übereinkunft erzielt.

3

Corwin

Das fortwährende Treiben ringsum mich herum sendet ein unangenehmes Beben über meine Haut. Ich bleibe am Rand der Ebene stehen, auf der sich unsere Truppen und andere Unseelie in einem weitläufigen vorübergehenden Lager versammeln, und atme tief ein, um meine Nerven zu beruhigen.

Neben mir betrachtet Talia das ausgedehnte eisige Land, das einst verlassen dalag und jetzt mit hastig erbauten Gebäuden aus verschiedenen Materialien gesprenkelt ist. Die unterschiedlichen Gebäudegruppen zeigen die jeweiligen Spezialitäten eines Schwarms. „Ich glaube nicht, dass ich jemals so viele Fae auf einem Fleck in der Nebelwelt gesehen habe."

Ich nicke. „Normalerweise lassen wir gerne etwas Raum zwischen unseren Ländereien, damit die Wahrscheinlichkeit geringer ist, dass sich die Schwärme – oder Rudel, da die

Seelie eine ähnliche Strategie verfolgen – nicht ins Gehege kommen. Ein Problem dieses Ausmaßes bringt uns jedoch alle zusammen."

Die Fae, die auf der Ebene unter dem Plateau versammelt sind, welches das Herz umgibt, machen nur ungefähr die Hälfte derjenigen aus, die gekommen sind, um sich dem Kampf gegen die Murk anzuschließen. Die andere Hälfte ist entlang der Schutzmauer stationiert, wo wir die Invasion in Schach halten, oder reist zwischen dieser und dem Plateau hin und her. Krieger, Heiler und andere fähige Fae aus Ländereien im gesamten Winterreich haben sich hier versammelt, seit gestern alle zu den Waffen gerufen wurden.

Die Luft ist spannungsgeladen. Keiner von uns hat erwartet, sich einem derartigen Krieg stellen zu müssen – jemals und gewiss nicht so plötzlich.

Talia atmet scharf ein. Durch unser Band kann ich spüren, wie sehr ihre Emotionen in Aufruhr sind. „Du musst nicht hier sein", erinnere ich sie. „Sie werden nicht erwarten, dass mich meine Gefährtin begleitet."

Sie hebt den Kopf mit ihrer üblichen Sturheit. „Ich bin ein Teil dieses Kriegs. Ich will so gut wie möglich verstehen, was vor sich geht, und für diejenigen da sein, die es brauchen. Außerdem scheint es den Leuten zu helfen, mit eigenen Augen zu sehen, dass es mir gut geht."

Ihre vorherige Krankheit sprach sich in beiden Reichen ziemlich schnell herum, während Orions Fluch seine Krallen in sie grub. Ich ziehe die Anspannung, die diese planlos erstellte Siedlung im Griff hat, dem hoffnungslosen Kummer vor, der viele meiner Leute befiel, als Talias Schicksal ungewiss war.

Meine seelenverbundene Gefährtin hat viele Unseelie berührt, und das nicht nur wegen der Heilung, die sie anbieten kann, sondern auch mit ihrem Mitgefühl und ihrer

Rücksichtnahme. Warum sollte sie unseren verdrängten Schwärmen nicht ebenfalls ihre Freundlichkeit schenken?

Wir haben die Herrscher und Mitglieder der drei Schwärme, deren Zuhause von den Murk überrannt wurden, in hastig errichteten Unterkünften in der Nähe des Plateaurandes untergebracht, wo sie so gut wie möglich von dem Treiben des Militärlagers abgeschirmt sind. Manche ihrer Mitglieder können kämpfen, doch viele erholen sich noch von den Verletzungen, die sie beim ersten Angriff erlitten haben. Meine Kollegen und ich haben versucht, ihnen so viel Ruhe zu bieten, wie wir können.

„Ich kenne weder die Lords noch die Lady dieser Schwärme gut", erkläre ich Talia, während wir uns zwischen den Gebäuden hindurchschlängeln und zu der abseitsliegenden Stelle gehen. „Einfachheitshalber besuchen diejenigen, die in den Randgebieten leben, die Ländereien des Herzens weniger regelmäßig als andere und ich muss zugeben, dass ich sie aufgrund der Entfernung möglicherweise vernachlässigt habe. Keiner von ihnen hatte in den letzten Jahren Probleme, die eine größere Intervention erfordert hätten. Meine Kollegen auf dieser Seite des Plateaus haben sich hauptsächlich um die Bedürfnisse dieser Schwärme gekümmert, während ich mich auf die Seite des Reichs konzentriert habe, die sich näher bei meinem Schwarm befindet. Dieser Krieg betrifft uns alle, weshalb ich ihnen vermitteln möchte, dass all ihre Erzlords ihr Bestes wollen."

Talia blickt auf den Korb hinab, den sie trägt und der mit köstlichem Gebäck gefüllt ist, das mein menschlicher Koch und seine Tochter gebacken haben. Ein größerer Wagen mit vorbereitetem Essen treibt auf einer magischen Strömung hinter uns her. „Ich hoffe, sie haben Hunger", meint sie. „Charles und Beth haben alles gegeben."

„Ich bin mir sicher, gutes Essen wird den

Schwarmmitgliedern ein wenig Trost spenden." Es war das nützlichste Geschenk, das ich ihnen machen konnte, da der Wiederaufbau ihrer Häuser noch in weiter Ferne liegt.

Mein Blick bleibt an Talias Humpeln hängen, das bei dieser Geschwindigkeit und dank der Stütze um ihren Fuß nicht ausgeprägt, jedoch bemerkbar ist. Ein Teil von mir sehnt sich danach, ihr den Korb aus den Händen zu reißen, damit sie sich weniger überanstrengt, doch ich weiß, was sie dazu sagen würde.

Gestern Morgen siechte sie noch dahin und konnte beinahe nicht mehr gerettet werden. Einen Tag davor verlor sie das Kind, auf das wir uns so sehr gefreut hatten. Ich weiß, dass sie nicht zerbrechlich ist, es ist allerdings schwer, den Drang zu zügeln, sie auf jede mir mögliche Weise zu schützen.

Sie bemerkt anscheinend einen Teil meiner Gefühle, denn sie stupst mich durch unser Band sanft an. *Ich fühle mich viel besser, wenn ich mich hier nützlich machen kann, als wenn ich in meinem Zimmer herumsitze. Wir werden ein Leben für uns aufbauen und eine Familie frei von Orions Einfluss gründen. Vorher müssen wir jedoch alles in unserer Macht Stehende tun, um gegen ihn vorzugehen, stimmt's?*

Dem kann ich nicht widersprechen und das Beben des gedämpften Kummers, den sie nicht ganz unterdrücken kann, sorgt dafür, dass sich Schuldgefühle in meiner Brust ausbreiten. Sie verarbeitet ihre Verluste und die Qualen, die sie durchgemacht hat, auf die Art, die für sie am besten ist. Dem möchte ich mich nicht in den Weg stellen.

Die Stimmung in der Siedlung der vertriebenen Schwärme ist gedrückter als in dem großen Militärlager. Einige der Schwarmmitglieder halten um die Gebäude herum Wache. Die Vorsichtsmaßnahme ist nicht nötig, da so viele andere Fae in der Nähe sind, ich kann ihnen jedoch keinen Vorwurf daraus machen, dass sie sie ergriffen haben.

Das Gesicht einer Frau in der Nähe hellt sich bei unserem Anblick auf – mehr bei Talias Anblick als bei meinem, wie ich ohne Groll feststelle. „Erzlord", sagt sie und neigt den Kopf. „Lady Talia. Es ist nett von Ihnen, dass Sie nach uns sehen. Ich hole meinen Lord."

„Danke", erwidere ich und sie eilt davon.

Talia beobachtet, wie sie geht, und ein verwirrter Ausdruck huscht über ihr Gesicht. „Sie wusste, wer ich bin. Du hast gesagt, dass dieser Schwarm in letzter Zeit nicht zum Herz gekommen ist."

Ich lächle und zerzause ihre pinkfarbenen Haare. „Ich vermute, dass die Nachricht über die Frau, die so viele von uns geheilt hat, jede Länderei im Reich erreicht hat. Und es ist nicht besonders schwer, dich in einer Menge auszumachen."

Sie lacht schnaubend und begleitet mich, um die anderen Wachen zu begrüßen, von denen ein paar davoneilen, um ihre Lords zu benachrichtigen. Als wir auf der freien Fläche zwischen den Häusern der drei Schwärme stehenbleiben, nähern sich mehrere Schwarmmitglieder, um nachzuschauen, was los ist. Anschließend rufen sie alle wegen meiner Gefährtin begeistert durcheinander.

„Sind Sie jetzt wieder vollkommen gesund?", fragt ein älterer Mann, als sie ihm ein Gebäck reicht.

„Der Fluch, mit dem ich belegt war, wurde gebrochen", versichert Talia ihm. „Einer der Murk fand eine Möglichkeit, ihn zu heilen, und hat dafür viel riskiert."

Bei der Erwähnung des Murk flackert Sorge in seinen Augen, vor Talia sagt er jedoch nichts gegen die Ratten. „Mit seiner Hilfe und der Hilfe der anderen seiner Art, die diesen Krieg genauso wenig wollen wie wir, hoffen wir, eure Länderei bald wieder aufzubauen", füge ich hinzu. „Diejenigen, die uns angegriffen haben, werden sich den Konsequenzen für ihre Verbrechen stellen müssen."

„Möge das Herz dafür sorgen", sagt der alte Mann und neigt den Kopf.

Talia nimmt Haltung an, als ein Paar die kleine Lichtung betritt, das eine unverkennbare Autorität ausstrahlt. Ich begrüße den Lord und seine Gefährtin und drücke meinen Kummer über das Trauma aus, das sein Volk durchgemacht hat. Anschließend trägt der Lord einigen seiner Schwarmmitgliedern auf, ihren Teil des Essens zu verteilen, das ich mitgebracht habe. Seine Gefährtin blickt über die Ebene hinter uns und lächelt traurig. „So viele sind gekommen, um das Reich zu verteidigen. Ich weiß, dass es nicht um unseretwillen geschieht, dennoch ist es ein erfreulicher Anblick."

„Wir tun alles in unserer Macht Stehende, um das Ganze wieder in Ordnung zu bringen", erwidert Talia und ein nervöses Beben erreicht mich durch unser Band, weil sie unaufgefordert spricht. „Sogar diejenigen von uns, die sich dem Kampf nicht anschließen können."

Der Lord verbeugt sich leicht vor ihr. „Sie haben uns auf viele andere Arten verteidigt, Lady Talia. Wir haben Glück, dass wir Ihren Segen erhalten haben."

Sie lächelt die beiden an, Reue fließt jedoch von ihr zu mir. Sie weiß, dass ihre Fähigkeit, den Fluch zu heilen, kein Segen unseres Herzens, sondern ein Teil von Orions grausamem Plan ist.

Das ändert nichts an der Tatsache, dass du uns auf jede dir mögliche Art geheilt hast, erinnere ich sie stumm. *Er hatte nichts damit zu tun, dass du die Beziehung zwischen Sommer und Winter repariert hast. Und ohne dein Heilmittel wären wir viel schlimmer dran, egal, woher du diese Macht hast.*

Noch ein Lord kommt auf uns zu, begleitet von seiner Gefährtin und einer jungen Frau, die aufgrund der ähnlichen Gesichtszüge und Hautfarbe vermutlich ihre Tochter ist. Wie die Haare ihrer Mutter sind ihre rostrot und durchzogen von kastanienbraunen und burgunderfarbenen Strähnen. Ihre Haut ist blass und ihre spitze Nase ähnelt der ihres Vaters. Sie sieht aus, als hätte sie kaum die Schwelle zum Erwachsenenalter überquert. Ich erinnere mich verschwommen an eine Reise durch alle Ländereien im Reich, kurz nachdem ich meinen Thron übernommen hatte. Dabei wurde ich vor all den Jahren einer jugendlichen Tochter vorgestellt.

Der Lord staunt über das Essen, das wir mitgebracht haben. „Sie hätten sich nicht solche Mühe machen müssen. Ich kann mir nur ausmalen, wie hart Sie wegen der Gefahr arbeiten müssen, die die Nebelwelt bedroht."

„Es war mein Koch, der sich die größte Mühe gegeben hat, und das ist die beste Hilfe, die er anbieten kann", erkläre ich. „Sie haben bereits mehr durchgemacht, als irgendjemand hätte ertragen sollen. Was immer wir tun können, um diesen Schmerz auch nur geringfügig zu lindern, werde ich gerne anbieten."

Ich schaue von ihm zu seiner Gefährtin und anschließend zu ihrer Tochter. Die Tochter begegnet meinem Blick mit zaghafter Neugier – und wird plötzlich stocksteif.

Ich sehe mich um, um mich zu vergewissern, dass nichts Erschreckendes passiert ist, ohne dass ich es bemerkt habe. Ich entdecke nichts, worauf sie reagiert haben könnte. Doch als ich ihr wieder meine Aufmerksamkeit schenke, starrt sie mich noch immer mit geöffneten Lippen an. Ich weiß nicht, wie ich reagieren soll.

Talia bemerkt meine Verwirrung. Sie tritt an die junge Frau heran und reicht ihr ein Gebäck aus ihrem Korb. „Du solltest eines von denen probieren. Niemand backt sie so lecker wie Charles."

Meine Gefährtin versucht, freundlich zu der Frau zu sein

und sie zu beruhigen, doch die Fae-Frau versteift sich nur
noch mehr, während ihr Blick zwischen Talia und mir hin
und her huscht. Ihre Eltern haben ihr seltsames Verhalten
nun ebenfalls bemerkt. Ihre Mutter legt eine Hand auf ihre
Schulter. „Ist alles in Ordnung, Kara?"

„Ich ..." Die junge Frau blinzelt heftig und konzentriert
sich wieder auf mich. Es wirbeln so viele Emotionen in ihrem
dunklen Blick ... mehr als ich verstehen kann. Sie betrachtet
mich eindringlich und fragt mit zittriger Stimme: „Kannst du
es nicht spüren?"

Ich runzle die Stirn. „Es tut mir leid. Ich kann nicht
behaupten, dass ich verstehe, worauf du anspielst."

„Ich ... du ..." Sie presst ihre Hand auf ihr Brustbein,
ihre Finger krümmen sich zu einer Faust und etwas an der
Geste löst in mir den Funken eines unsicheren Erkennens in
mir aus, obwohl ich noch immer verwirrt bin.

Diese Stelle – genau die, an der ich das Band spürte, als
mein Blick Talias vor all den Monaten begegnete.

Dennoch bin ich nicht darauf vorbereitet, als Kara scharf
einatmet und verkündet: „*Ich* kann es spüren. Du bist mein
seelenverbundener Gefährte."

„Was?", bricht es aus Talia hervor und sie reißt die Augen
auf. Die eisige Erkenntnis schwappt im gleichen Moment
durch sie hindurch, in dem sie mich erfasst.

Wir wissen mittlerweile, dass unser Seelenband von
Orion erschaffen wurde. Er nutzte seine verdorbene Magie,
um eine Verbindung zu erschaffen, die ich nun ungeachtet
ihrer Herkunft liebe. Indem er diese Magie gewirkt hat,
unterbrach er jedoch die natürliche Ordnung der Dinge.
Natürlich habe ich eine seelenverbundene Gefährtin unter
meinen Leuten, wie es bei jedem reinblütigen Unseelie der
Fall ist.

Mein Band mit Talia übertönt allerdings jedes Band, das

mich möglicherweise mit dieser Frau verbunden hätte. In mir regt sich nichts als Entsetzen über die Situation, in der sie sich nun befindet. Ich habe eine Gefährtin ... und das bedeutet, dass sie ihren Gefährten nicht haben kann.

4

Talia

Als wir schließlich zur Grenzburg zurückkehren, bringt Corwin mich zu meinem Zimmer. „Warte hier", sagt er. „Ich weiß, dass dich das Ganze erschüttert hat, und wir werden darüber reden, aber ich möchte kurz mit Verik sprechen. Er soll nachschauen, was noch getan werden kann, um Karas Leid so stark wie möglich zu reduzieren. Ich komme in wenigen Minuten zurück."

Die Anspannung, die ihn aufgrund der Situation gepackt hat, schwingt sowohl in seiner Stimme mit als auch durch unser Band. Unser *falsches* Band, welches das ersetzt hat, das das Herz für ihn vorgesehen hatte. Mein Herz macht bei diesem Gedanken erneut einen Satz, doch ich weiß, dass er alles ernst meint, was er gerade gesagt hat. Ich weiß, dass er mich nicht im Stich lassen wird, und dennoch bereitet mir diese Vorstellung Schmerzen.

Ich gehe zum Bett und krümme mich auf der weichen

Bettwäsche zu einem Ball. Meine anderen Gefährten sind nicht in der Nähe, da sie alle die beste Vorgehensweise ausarbeiten, um mit Delta zu sprechen – vermutlich sind sie momentan in Sylas' Büro in ein Gespräch vertieft. Sie haben keine Ahnung, dass soeben meine Welt erschüttert wurde.

Ich habe es geschafft, mich vor den Anführern der Schwärme und der Fae-Frau zusammenzureißen, die behauptet, dass Corwin ihr Gefährte sein sollte. Ich vermute, wir haben sie mit mehr Fragen als Antworten zurückgelassen, aber es gab nicht viel, was Corwin ihr erzählen *konnte*. Trotz des unruhigen Nebels in meinem Kopf fange ich Fetzen seines Gesprächs mit Verik auf, in dem er ihn bittet, falsch geknüpfte Seelenbänder sowie Methoden nachzuschlagen, mit denen ein Band getrennt werden kann, das nicht erwidert wird.

Ich weiß bereits, dass es keine einfache Methode gibt. Meine Seelie-Gefährten verbrachten Tage mit der Suche nach einer Lösung, als ich herausfand, dass ich an Corwin gebunden war. Sie fanden nichts, was uns beiden nicht geschadet hätte. Es ist so eigenartig, über diese Zeit nachzudenken, in der ich solche Angst davor hatte, derartig eng mit dem Unseelie-Erzlord verbunden zu sein, und jetzt plagt mich Kummer wegen der Möglichkeit, dass ich unser Band verlieren könnte.

Wir haben uns so sehr angestrengt, diese Beziehung zu einem Erfolg zu machen. Wir haben so viel miteinander geteilt und ein tiefgehendes Verständnis erzielt. All das war echt, ganz gleich, wie das Band entstanden ist, oder nicht? All das sollte noch immer zählen.

Ich bin mir nur vage bewusst, dass sich Corwin auf den Rückweg zu meinem Zimmer gemacht hat. Er betritt den Raum mit einem schwachen Klicken der Tür und einer Woge neuer Sorgen, als er meine Pose auf dem Bett bemerkt.

Ich mache Anstalten, mich aufzurichten, damit ich kein

ganz so erbärmliches Bild abgebe, doch bevor ich weit komme, ist er bereits da und zieht mich in seine Arme. Er breitet sogar seine Flügel aus, um sie um mich zu legen, als bräuchte ich die zusätzliche Umarmung.

Vielleicht tue ich das.

Ich presse mein Gesicht an seine durchtrainierte Brust und atme seinen kühlen Winterduft ein. Tränen brennen in meinen Augen. Ist es egoistisch von mir, mich so fest an dieses Band zu klammern, wenn ich bereits vier andere Männer habe und Kara gar keinen Gefährten hat?

Corwins Arme spannen sich um mich herum. „Nein, du bist nicht egoistisch", beantwortet er die Frage, die ich nicht laut ausgesprochen habe. „Es spielt keine Rolle, wie unser Band geformt wurde. Es ist *da*, wir haben damit gelebt und es ist die tiefste Verbindung, die zwei Leute teilen können. Es gibt einen Grund, dass es beinahe noch nie vorgekommen ist, dass sich seelenverbundene Gefährten gegenseitig abgelehnt haben. Dass man voneinander getrennt wird, nachdem das Band bereits bestätigt und vollzogen wurde ... meines Wissens geschieht dies nur durch den Tod."

Und selbst das kann sich als schwierig herausstellen, wofür seine Mutter der lebende Beweis ist.

„Kara gegenüber ist das allerdings nicht fair, oder?", frage ich zittrig. „Ihr ganzes Leben lang hat sie erwartet, einen seelenverbundenen Gefährten zu finden. Das wäre auch geschehen, wenn sich Orion nicht eingemischt hätte."

„Es kann für sie nicht das Gleiche sein", meint Corwin. „Es ist nicht derselbe Verlust. Sie und ich haben *keine* Verbindung zwischen unseren Seelen. Ich kann ihren inneren Zustand nicht spüren und sie kann meinen nicht fühlen. Sie hat nur den Eindruck, dass sie dazu in der Lage sein sollte. Sie weiß nicht einmal genau, welche Empfindungen eine solche Verbindung in einem hervorruft."

Ich bin mir nicht sicher, ob das die Situation besser oder schlimmer macht.

Corwin weicht zurück, umfasst mein Gesicht mit den Händen und neigt es zu sich, sodass er mir in die Augen schauen kann. Seine Zuneigung schwappt wie eine Woge warmen Sonnenlichts über mich hinweg. „Nur damit das absolut klar ist, ich empfinde keinerlei Reue darüber, wie sich mein Leben entwickelt hat. Kein einziger Teil von mir wünscht sich, ich könnte unser Band verdrängen, um eines mit dieser Frau zu knüpfen. Es tut mir leid, dass Orions Einmischung ihr Leben und Glück beeinflusst hat, doch das ist bereits geschehen und ich habe meine Gefährtin."

Ich befeuchte meine Lippen und die Furcht, die sich langsam in meinem Hinterkopf angestaut hat, bricht aus mir hervor. „Wenn wir Orion besiegen … wenn wir sein falsches Herz zerstören … Wir erwarten, dass die Magie, die er gewirkt hat, ebenfalls zerstört wird, oder? Die Flüche und alles andere. Das bedeutet … wenn das passiert, das Band, das er erschaffen hat …" Die Möglichkeit macht mich so traurig, dass ich die restlichen Worte nicht aussprechen kann.

Corwin kann meinem Gedankengang folgen. Es könnte auch sein, dass er mit seinem scharfen Verstand bereits so weit vorausgedacht hat. Er streichelt mit dem Daumen über meine Wange und blickt mir unverwandt in die Augen. „Du wirst meine Gefährtin sein, ganz gleich, was geschieht. Ich liebe dich und werde dich immer lieben, egal, ob unsere Seelen miteinander verbunden sind oder nicht."

„Aber wenn wir nicht mehr miteinander verbunden sind, können du und Kara …"

Sein Mund spannt sich an. „Wir wissen erst, was passieren wird, wenn wir diesen Punkt erreichen. Keiner von uns kann vorhersagen, wie das Herz der Nebelwelt auf uns scheinen wird. Doch ich kann jetzt auf meine Seele und meinen Thron schwören, dass ich dir nicht den Rücken kehren werde. Ich liebe dich aus so viel mehr Gründen als dem intimen Verständnis, das wir teilen. *Nichts* kann das ändern."

Er muss mir nicht den Rücken kehren, damit Kara ein Teil seines Lebens werden kann. Ich habe mehr als einen Gefährten, also gibt es keinen Grund, aus dem ihm nicht das Gleiche erlaubt sein sollte ... auch wenn diese Vorstellung dafür sorgt, dass unfaire Eifersucht in mir brodelt. Vor allem wenn es geschieht, weil ich den intimsten Teil unserer Verbindung verloren habe und sie ihn stattdessen gewinnt.

Der andere Faktor, der mir eingefallen ist, sorgt dafür, dass sich ein Kloß in meiner Kehle formt. „Sie könnte dir einen reinblütigen Erben schenken, wie du ihn haben solltest ..."

Corwin unterbricht diese Bemerkung mit dem Druck seiner Lippen auf meinen und einer Woge bittersüßer Emotionen, die von ihm in mich schwappt – süß wegen der Liebe, die darin mitschwingt, bitter wegen des Verlusts, den wir erlitten haben. Er küsst mich fest, aber zärtlich, wandert von meinem Mund zu meiner Wange und meinem Kiefer und liebkost mein Gesicht zunehmend zärtlich. Die Liebe, die er mir mit jeder Berührung seiner Lippen vermittelt, bringt trotz meiner Sorgen etwas in mir zum Leuchten.

„Ich liebe dich, meine Seele", raunt er zwischen zwei Küssen. „Und ich werde jedes Kind lieben, das du in unsere Familie bringst. Du bist *mehr* als nur meine Seele. Du hast mir gezeigt, wie ich mich meinen Gefühlen öffnen und meinem Urteil vertrauen kann. Du hast mir gezeigt, dass uns vergangene Fehler nicht definieren. Du bist mit meinem Herzen, meinem Verstand und mit jedem anderen Teil von mir verbunden, und ich werde dich für nichts in der Welt aufgeben." Er hält inne und beugt seinen Kopf über meinen. Seine Stimme wird sanft und sarkastisch. „Natürlich könnte es für *dich* einfacher sein, wenn du einen

Gefährten weniger hast, um den du dir Gedanken machen musst."

Jeder Faser meines Körpers lehnt diesen Vorschlag ab. *„Nein"*, widerspreche ich heftiger, als mir bewusst war, und ziehe seinen Mund wieder auf meinen.

Meine restlichen Worte lasse ich schweigend zu ihm fließen, damit ich den Kuss nicht beenden muss. *Du hast mir das Gefühl gegeben, dass ich mehr als nur deine Gefährtin bin, als wäre ich wirklich deine Lady und dir ebenbürtig. Du hast mir gezeigt, wie ich nach all dem Glück greifen kann, das ich mir auszumalen vermag, ganz gleich, was alle anderen denken. Ich liebe dich so sehr. Es gibt keinen Teil meines Lebens, der nicht besser ist, weil du darin bist.*

Dann sind wir einer Meinung, erwidert er und seine Hand streichelt über meine Seite. *Nichts und niemand wird uns auseinanderreißen.*

Zu der Liebe, die in mir lodert und durch unser Band hindurch bebt, gesellen sich nun auch noch andere Emotionen. Ich küsse Corwin stürmischer und er reagiert genauso leidenschaftlich, während er mich langsam auf das Bett senkt. Seine Flügel bilden weiterhin einen Baldachin über uns, als seine Zunge zwischen meine Lippen taucht. Die Spitzen der Federn biegen sich nach innen und streicheln über die weiche Haut meiner Arme, woraufhin mich ein erregter Schauder durchläuft.

Du bist mein, verkündet er und schiebt seine Zunge in meinen Mund. *Mein, für immer.*

Dein, stimme ich zu. Eine frische Woge begieriger Hitze schwappt über mich hinweg und urplötzlich muss ich ihm viel näher sein und unser Band auf jede mir mögliche Art nochmals bestätigen.

Ich reiße an seinem Waffenrock und Corwin unterbricht unseren Kuss gerade so lange, dass er ihn beiseite werfen kann. Als meine Finger über die tätowierten Flächen seiner bronzefarbenen Haut wandern, vibriert ein zufriedenes Summen in seiner Brust.

Das Verlangen, das in ihm aufsteigt, erregt mich. Ich kann spüren, dass er meinen Eifer, die Kurven meines Körpers sowie die Hitze meines Mundes genießt und sein Begehren steckt mich in Brand.

Er senkt den Kopf und zieht das Mieder meines Kleides hinab. Mit einer schnellen Bewegung umfängt er eine meiner Brüste und saugt die Spitze in seinen Mund. Lust rast durch mich hindurch, als seine Zunge über meinen harten Nippel gleitet. Meine Finger vergraben sich in seinen dunklen Locken und ein Wimmern entwischt mir.

Mein, wiederholt er wie eine Beschwörung durch unser Band. *Meine Seele. Meine Liebe. Meine Gefährtin. Mein.*

Sein Mund huldigt jedem Teil von mir: einem Busen und dem anderen, den Linien meines Schlüsselbeins, der Wölbung meines Brustkorbs, der Mulde meines Bauchs. Er verharrt unterhalb meines Bauchnabels und verteilt dort eine gebogene Linie der zartesten Küsse. Kummer durchdringt die Lust, die uns gepackt hat.

Es wird noch ein Baby geben, versichere ich ihm und wünsche mir mit aller Kraft, dass es wahr wird. *Wenn es einmal passieren konnte, noch dazu bei dem einzigen Mal, als wir miteinander geschlafen haben, während ich fruchtbar war, kann es nicht so schwer sein, es noch einmal zu schaffen, oder?*

Corwin betrachtet mich und seine dunklen Augen sind unergründlich. *Ich werde warten, solange es nötig ist, und sollte es niemals passieren, werde ich trotzdem nicht bereuen, mein Leben an deines gebunden zu haben.*

Der Kloß kehrt in meine Kehle zurück. Dann schält er das Kleid vollständig von mir und senkt seinen Mund auf meine Mitte. Daraufhin ist in mir für nichts mehr Platz außer der anschwellenden Wonne.

Ich keuche, meine Hüften heben sich und kommen

seinen Lippen entgegen. Er streift meine empfindsamste Stelle mit den Zähnen, gleitet mit der Zunge über meine Öffnung und ich stöhne. Im gleichen Moment senken sich seine Flügel und streicheln über meine Schultern und Brust. Die Textur der Federn entzündet alle möglichen Freuden in meinen bereits empfindlichen Brüsten.

Corwin nimmt jedes lustvolle Beben wahr und passt seine Position an, um die Empfindungen zu verstärken. Ich neige den Kopf nach hinten in das Kissen, schaukle mit den Bewegungen seines Mundes und treibe auf der Ekstase. Er muss nur einmal schärfer an der empfindlichen Perle saugen, damit ich über die Klippe in die Erlösung stürze.

Er leckt erneut an mir, als wäre er noch nicht damit fertig, mich zu verschlingen, doch ich brauche so viel mehr von ihm. Ich zerre an seinen Schultern, woraufhin er sich über mich schiebt. Eine gespannte Erwartung summt zusammen mit seiner Freude darüber, mich so befriedigt zu sehen, durch ihn hindurch.

Ich greife nach ihm und krümme meine Finger um seinen steifen Schaft. Bei der Wonne, die ihn bei meiner Berührung durchfährt, werde ich feuchter. Ich pumpe experimentell mit der Hand und das Stöhnen, das ihm daraufhin entfährt, zerstört die letzten Reste meiner Selbstbeherrschung. Ich stoße meine Hüften empor, um ihm entgegenzukommen, und er sinkt in mich, als wären wir dazu bestimmt, auf diese Weise zusammenzupassen.

Vielleicht sind wir das. Vielleicht ist das hier richtig, obwohl es nicht ganz genau das ist, was das Schicksal im Sinn hatte. Wieso sollte es sich so perfekt anfühlen, wenn es nicht richtig wäre?

Corwin stößt rein und raus und hebt mich immer höher, während die Lust von neuem zunimmt. Dann rollt er uns herum, sodass ich rittlings auf ihm sitze.

Ich stütze meine Hände auf seine Brust und reite ihn mit

allem, was in mir steckt. Ich nehme ihn tiefer auf und mir stockt der Atem, als er diese spezielle, erregende Stelle in mir trifft. Bilder von mir, wie er mich sieht, fließen in mein Bewusstsein – ich schwebe über ihm, meine Haare fliegen wild in der Luft und mein Gesicht strahlt vor Glück, als wäre ich ein Rabe wie er.

Ich kann mich nicht viel länger zurückhalten. Zu spüren, wie er sich tief in mich rammt, sorgt dafür, dass ich innerhalb von Sekunden auf meinen zweiten Höhepunkt zurase. Corwin packt meine Hüften, verändert meinen Winkel leicht und eine schärfere Wonne knistert durch uns beide hindurch. Unsere Lust feuert die des jeweils anderen an, bis ich nicht mehr unterscheiden kann, welche Empfindungen mir und welche ihm gehören.

Ich klammere mich an seine Schultern, er dringt tief in mich und es fühlt sich an, als würde mein Körper vor Wonne zersplittern. Ich schreie und all meine Muskeln zittern. Corwin gibt einen erstickten Laut von sich, als er sich in mir ergießt.

Ich bleibe auf seinem erschlaffenden Schaft sitzen, beuge mich über ihn und strecke mich auf seiner Brust aus. Corwin schlingt seine Arme und Flügel um mich und zieht mich in eine Umarmung. Unsere schweißnasse Haut klebt aneinander, als würde sogar sie sich weigern, zuzulassen, dass wir jemals getrennt werden.

Ich wünschte, ich könnte glauben, dass unsere Zukunft so gewiss ist wie unsere Leidenschaft in diesem Moment. Ich wünschte, es gäbe nichts an der Zerstörung von Orions schrecklichem Herzen zu befürchten. Doch keiner von uns wählt sein Schicksal. Ich habe meine Entscheidungen nach bestem Gewissen getroffen und jetzt gibt es nichts mehr zu tun, als zu hoffen, dass diese Entscheidungen dafür sorgen, dass all meine Gefährten bei mir bleiben.

5

Sylas

Als wir bei dem Portal anhalten, runzelt Whitt die Stirn. „Bist du dir absolut sicher, dass du das allein tun willst?"

Ich atme die drückend schwüle Luft der Randgebiete ein und versuche, die Gedanken an die Invasion der Murk zu verdrängen, die nur wenige Kilometer entfernt stattfindet, damit sie mich nicht von meinem eigentlichen Vorhaben ablenken. „Ich muss deutlich zeigen, dass ich ihnen vertraue, und bescheiden auftreten. Das letzte Mal haben wir uns verkalkuliert, indem wir zu viele Männer mitgebracht haben, die zu erpicht auf einen Kampf waren. Mir fällt keine bessere Demonstration meiner Absichten ein, als ohne eine Wache zu erscheinen. Hast du eine bessere Idee?"

Mein älterer Bruder verzieht das Gesicht, doch trotz seiner Schlauheit hat er darauf keine Antwort. Wir haben meine Entscheidung seit dem Moment diskutiert, in dem ich sie getroffen habe.

Die wenigen Wachen, die wir mitgebracht haben, dienen mehr unserem Schutz auf dem Weg zu den Randgebieten als meiner Sicherheit in der Menschenwelt. Sie treten unruhig von einem Fuß auf den anderen, während sie neben unserem Gefährt stehen. Ihre Blicke suchen den nebligen Wald nach Anzeichen der feindlichen Murk ab. Ich hoffe, ich habe deutlich genug gemacht, wie wichtig es ist, dass sie die Rattengestaltwandler wie Verbündete behandeln, die womöglich mit mir zurückkehren werden.

Falls mein Wort als Erzlord nicht reicht und ich zu meinen eigenen Leuten nicht durchdringen kann, gibt es vielleicht keine Hoffnung auf ein Bündnis.

Der Beweis, dass es möglich ist, steht jedoch neben mir. Madoc betrachtet das Portal durch seine halb geschlossenen Augen und nickt mir zu. „Es ist ein Risiko, aber ich glaube nicht, dass Delta oder einer ihrer Leute Interesse daran hat, einen Erzlord zu töten. Außerdem wird sie fasziniert sein."

„Und du kannst meine Behauptungen bestätigen", sage ich leicht sarkastisch. Ein Seelie-Erzlord und ein ehemaliger ‚Ritter' des Murk-Königs geben auf jeden Fall ein merkwürdiges Paar ab. Vielleicht wird das die Zauberin ebenfalls faszinieren.

Fürs Erste werde ich allerdings ganz allein gehen, um meine Botschaft von Anfang an so ausdrücklich wie möglich rüberzubringen.

Ich raune ein Wort, um den lockeren Zauber zu testen, der Madoc vorübergehend an mich bindet, damit ich ihn schnell benachrichtigen kann, sollte ich seine Anwesenheit auf der anderen Seite des Portals brauchen. Daraufhin verneige ich den Kopf vor ihm und Whitt. „Wir brauchen das hier, sonst würde ich das Risiko nicht eingehen. Wünscht mir Glück."

„Das Herz möge dir beistehen", murmelt Whitt, in seiner Stimme schwingt jedoch kein Protest mehr mit. Ich glaube, er hat Madocs Meinung schon respektiert, noch bevor der Murk-Mann bewiesen hat, wie weit er für unsere Gefährtin gehen würde.

Ich straffe die Schultern und trete durch die schwankende Oberfläche des Portals. Ein Rauschen wie ein kalter Wind peitscht über mich, der unangenehme Geruch von Salz füllt meine Nase und ich finde mich am Rand der abgeschiedenen Bucht wieder, in der unser erstes desaströses Treffen mit der Murk-Zauberin stattfand.

Delta hat offensichtlich auf mich gewartet, angelockt von der Nachricht, die wir vor meiner Ankunft geschickt haben. Sie wirkt allerdings nach wie vor misstrauisch. Anstatt die Klippe hinabzuklettern, die den Strand einkreist, kommt sie lediglich hinter der zerklüfteten Felskante hervor und schiebt sich vorsichtig auf den Felsen. Sie umklammert den rauen Stein und ihre Augen werden schmal, als sie mich betrachtet.

Ich kann sie nicht sehen, hege jedoch keinerlei Zweifel daran, dass eine ganze Truppe ihrer Krieger außer Sicht positioniert ist und sich bereithält für den Fall, dass sie ihnen ein Zeichen gibt. Warum sollten sie das nicht tun nach dem, wie unser letztes Treffen verlaufen ist?

Ich habe mich nur ein paar Schritte vom Portal entfernt. Ich könnte im Nu zurückspringen, sollte mir der Gedanke an diese Murk-Krieger zu große Sorgen machen. Doch das würde bedeuten, jegliche Hoffnung auf ein Gespräch aufzugeben. Ich bleibe steif stehen und erlaube ihr, mich zu mustern.

„Erzlord", sagt Delta nach einer Minute und mit einer Stimme, die nicht unbedingt spöttisch, allerdings definitiv skeptisch klingt. Sie wirft ihre burgunderfarbenen Locken über ihre goldbraunen Schultern. „Soll ich das hier für eine

Ehre halten nach dem Empfang, den wir bei unserem letzten Treffen erhalten haben?"

Mein Stolz will anmerken, dass der Empfang, den ihre Leute meinen bereiteten, nicht viel freundlicher war. Ich zügle den Impuls und senke den Kopf. Talia hat mich ermutigt, demütig zu sein, und das kann ich tun, wenn das Schicksal meines gesamten Volkes davon abhängig ist.

„Wir haben überstürzt und unfair gehandelt", erwidere ich. „Bei diesem Wiedersehen möchte ich mich als Erstes dafür entschuldigen, wie falsch wir dich eingeschätzt haben. Dass du hierhergekommen bist, spricht für deine Großzügigkeit. Ich hoffe, dass du gewillt bist, mich anzuhören, jetzt, da ich bereit bin, mein Angebot vernünftig darzulegen. Wie du sehen kannst, habe ich keine Wachen mitgebracht. Ich habe mein Vertrauen in dein Wohlwollen gesetzt, so wie ich es zuvor hätte tun sollen."

Delta summt leise. Sie macht eine Geste, woraufhin meine Wolfsohren hinter der Felsenkante die kratzenden Geräusche von Bewegungen vernehmen. Ihre Leute vergewissern sich bestimmt, dass ich keine Wachen mitgebracht habe, die aktuell getarnt sind. Es könnte auch sein, dass sie mich umzingeln. Ich gebe mein Bestes, die Furcht zu zügeln, die über meine Haut kribbelt.

Stattdessen sinke ich auf die Knie. Es ist eine Position, die mich noch nervöser macht, aber ich weiß, dass sie notwendig ist. Ich denke an die Geschichten, die uns Talia über die Schrecken erzählt hat, die den Murk angetan wurden – an die Eltern und Kinder, die von Seelie-Krallen aufgeschlitzt wurden. Mein Magen verknotet sich, allerdings nicht aus Angst um mein Leben.

„Es gibt noch viel mehr, wofür ich mich entschuldigen sollte, wenn es um alle Fae der Jahreszeiten geht", verkünde ich mit gesenktem Kopf. „Wir haben dich und alle deiner Art auf abscheuliche Arten misshandelt. Bis jetzt hatte ich den

Luxus, von manchen dieser Gräueltaten nichts zu wissen. Dafür gibt es keine Entschuldigung, genauso wenig dafür, dass wir die Murk verteufelt haben. Obwohl andere deiner Art in diesem Moment mein Zuhause angreifen, kann ich frei zugeben, dass euer Hass nachvollziehbar ist. Ich bin hier, um in Erfahrung zu bringen, ob wir genügend Wiedergutmachung leisten können, um eine friedlichere Zukunft für beide Seiten zu schaffen."

Delta schnaubt leise, nimmt jedoch eine Haltung an, die etwas entspannter wirkt. Sie setzt sich auf einen kleinen Felsvorsprung und legt die Hände auf ihre Schenkel. „Wie wenig überraschend, dass du diesen Appell an mich richtest, während die gesamte Nebelwelt von denjenigen bedroht wird, die meiner Meinung nach sehr wenig mit mir gemeinsam haben abgesehen von der Natur unserer Tiere."

Ich hebe den Kopf und schenke ihr ein grimmiges Lächeln. „Das ist eine faire Abgrenzung. Ich hätte keinen Kontakt mit dir aufgenommen, wäre ich nicht der Ansicht, dass die Murk so viele Facetten haben wie alle anderen Fae – und dass du dich stark von demjenigen unterscheidest, der sich selbst König nennt."

Ihre dunklen Augen betrachten mich weiterhin forschend. „Ich höre zu, Erzlord. Was ist der Vorschlag, den du mir so verzweifelt unterbreiten willst?"

Die ‚verzweifelt'-Bemerkung verletzt erneut meinen Stolz, ist jedoch nicht falsch. Ich richte mich auf, sodass ich ihr mit mehr Autorität begegnen kann und es wahrscheinlicher wirkt, dass ich die Versprechen halten kann, die ich mache.

„Meine Kollegen und ich verstehen, dass der größte Schaden, der den Murk zugefügt wurde, ihre Verbannung aus der Nebelwelt war, die das rechtmäßige Zuhause aller Fae ist. Wir erkennen die Ungerechtigkeit dieser Situation und glauben, dass der erste Schritt zu einer kollegialen Beziehung zwischen unseren Völkern darin besteht, euch dieses Zuhause zurückzugeben. Wenn du das Angebot annimmst, haben wir eine Länderei innerhalb des Sommerreichs, in der du deine Kolonie ansiedeln kannst. Diese Länderei würde dir gehören und innerhalb ihrer Grenzen könntest du über sie herrschen, wie du es für angemessen hältst."

„Und außerhalb dieser Grenzen?", will Delta wissen. Ich meine jedoch, einen Funken Interesse in ihren Augen zu sehen. „Wie werden wir dort behandelt werden?"

„Solange ihr den Seelie kein Leid zufügt, werden wir darauf bestehen, dass du und deine Kolonie wie jedes unserer Rudel behandelt werden." Ich lächle schief. „Ich kann nicht versprechen, dass jede Begegnung freundlich verlaufen wird. Wir haben selbst regelmäßig mit Feindseligkeiten und Streitigkeiten untereinander zu tun. Aber jeder, der den Anschein erweckt, er würde euch wegen eurer Art ins Visier nehmen, wird bestraft werden. Ich glaube, Murk ausgesetzt zu sein, die ihrem alltäglichen Leben nachgehen, wird meinen Leuten helfen, euch als Ebenbürtige zu akzeptieren."

„Also sind wir eure Testobjekte und zugleich eine Lektion in angemessener Etikette."

Ich verkneife es mir, bei ihrer Interpretation zusammenzuzucken. „Leider werden meine Leute einige Zeit brauchen, um zu lernen und sich an die neue Situation zu gewöhnen. Ich musste diesen Prozess selbst durchlaufen. Allerdings glaube ich nicht, dass dies nur auf unserer Seite geschehen muss, oder? Deine Leute werden ebenfalls Zeit brauchen, um sich an die Vorstellung zu gewöhnen, dass ihr unter Seelie existieren könnt, die euch weder angreifen noch erniedrigen."

Delta bläst sich eine verirrte Haarsträhne aus der Stirn. „Ich schätze, das stimmt. Würden wir in die Nebelwelt ziehen, würden wir allerdings ein viel größeres Risiko eingehen, da wir uns im Grunde genommen eurer Gnade ausliefern würden. Welchen Grund habe ich, darauf zu vertrauen, dass dieses Angebot ehrlich gemeint und kein Versuch ist, eine andere Gruppe unter den Murk auszuschalten, weil Orion eure Bemühungen vereitelt, ihn zu besiegen?"

Das ist der Moment, mit dem ich gerechnet habe. „Ich glaube, ich habe jemanden, der sich mir anschließen und etwas zu diesem Thema sagen kann. Wenn du mir erlaubst, ihn zu rufen, wird er wie ich allein herkommen."

Die Zauberin zögert kurz und nickt, ich bemerke jedoch, dass sie sich wieder anspannt. So wird es vermutlich eine ganze Zeit lang sein: kleine Gesten des Vertrauens gefolgt von kleinen Bitten, die erwidert werden, bis wir in der Gegenwart des anderen nicht mehr so vorsichtig sind. Ich kann sie für ihr Misstrauen nicht kritisieren.

Ich spreche das Wort, um den Zauber auszulösen, der Madoc alarmieren wird, und trete zur Seite des Portals. Innerhalb weniger Sekunden tritt er neben mich auf den Strand und die Ozeanbrise zerzaust seine hellen Haare.

Er ist ebenfalls angespannt und mir wird stärker als zuvor bewusst, dass dies das erste Mal ist, dass er sich jemandem von seinem Volk zeigt, seit er sich dazu entschlossen hat, sich auf die Seite der Fae der Jahreszeiten zu stellen. Seinen Worten zufolge hat er keine vergangene Verbindung zu Delta, weshalb es unwahrscheinlich ist, dass sie den Verrat annähernd so persönlich auffasst, wie es sein König tun wird. Das bedeutet allerdings nicht, dass sie darüber glücklich sein wird.

Anders als beim letzten Mal hat er keine Illusion über sich gelegt. Er *hat* seinen Schwanz vor seiner Ankunft entrollt. Er steht aufrecht mit dem spärlich behaarten Schwanz da, der sich neben seinen Füßen auf dem Boden ringelt, und verkündet auf eine eindeutigere Weise, wer er ist, als es Worte jemals tun könnten.

„Hallo, Delta", begrüßt er sie und blickt zu ihr empor. „Wir sind uns noch nie begegnet, aber ich weiß, dass du überall in dieser Welt Späher hast. Vielleicht haben sie dich so gut informiert, dass du mich erkennst."

Die Murk-Frau hat sich nicht bewegt, ihre Augen sind jedoch größer geworden. Sie spricht einige magische Worte und mir gelingt es, nicht zusammenzuzucken. Danach zu urteilen, dass Madoc noch steifer wird, ist es ein Zauber, der testet, ob er mit Magie belegt ist. Sie vergewissert sich, dass sein Äußeres keine Illusion ist.

„Du bist einer der so genannten Ritter des Größenwahnsinnigen", spuckt sie mit mehr Feindseligkeit aus, als sie sogar mir entgegengebracht hat. „Was machst du hier?" Ihr Blick huscht zu mir. „Was machst *du* mit ihm?"

Madoc antwortet mit trockener Stimme. „Anscheinend müssen wir nicht nur an Akzeptanz zwischen den Fae-Völkern, sondern auch innerhalb unserer eigenen Völker arbeiten. Ja, ich stand früher an Orions Seite. Aber ich habe gelernt, ihn als den zu sehen, der er ist, und lehne seine Methoden nun aus ganzem Herzen ab. Ich versuche nur, sicherzustellen, dass er nicht zu viele andere mit sich ins Verderben zieht."

Delta sieht noch immer skeptisch aus. Ich hebe meine Augenbrauen. „Ich weiß nicht, ob ich beleidigt sein soll, dass du mich für so dämlich hältst, dass ich mich mit einem Anhänger des Mannes verbünden würde, der aktuell versucht, mein Volk zu vernichten."

Sie schüttelt sich leicht und zum ersten Mal huscht ein Lächeln über ihre Lippen. Das Funkeln in ihren Augen ist jetzt überwiegend schelmisch. Ich schätze, das wird immer ein Teil des Charakters der Murk sein, auch wenn sie versprechen, sich gut zu benehmen.

„Faszinierend", meint sie und mustert Madoc noch ein Weilchen. „Und *du* glaubst, dass unsere beste Chance, nicht von dem verrückten Diktator ruiniert zu werden, darin besteht, uns mit solchen Leuten zu verbünden?" Sie deutet unwirsch auf mich.

Madocs Mund verzieht sich zu einem Grinsen. Ich beschließe, dieses ebenfalls nicht als Beleidigung aufzufassen. „Ich denke, dass Orion trotz seiner Macht und seines Zorns Schwierigkeiten haben wird, die Nebelwelt vollkommen von den anderen Fae zu befreien. Und ich möchte nicht in einer Murk-Gesellschaft leben, die auf den Leichen so vieler Fae – aus allen Völkern – gegründet wurde, falls es eine bessere Möglichkeit gibt. Wenn wir nicht alle vernichten, können wir mit den Fae der Jahreszeiten nur in der Welt leben, die wir verdienen, indem wir eine Möglichkeit finden, mit ihnen zusammenzuarbeiten. Aber ich habe es ihnen nicht leicht gemacht."

„Und du wirst dich dafür verbürgen, dass ihr Angebot ehrlich gemeint ist? Sie haben wirklich Ländereien, die sie meiner Kolonie ohne versteckte Forderungen überlassen würden?"

Madoc zuckt mit den Achseln. „Dieser hier meint es definitiv ernst. Außerdem haben wir eine große Fürsprecherin in der Menschenfrau, die das Heilmittel für ihren Fluch darstellt. Sie hat einen recht großen Einfluss auf die Fae der Jahreszeiten und hat sie bereits zu vielen anderen Kompromissen gezwungen, denen sie ohne die richtige Motivation womöglich nicht zugestimmt hätten."

Er hat seine neugefundene Verbindung zum Herzen der Nebelwelt nicht erwähnt. Seinen Erzählungen zufolge haben Delta und ihre Kolonie ihre Verbindung zum Herzen nie komplett verloren, da sie sich nicht auf Orion eingelassen und an sein falsches Herz gebunden haben. Wir werden uns dieses Argument für die Anhänger des Murk-Königs aufheben.

Delta summt erneut und richtet ihre Aufmerksamkeit

wieder auf mich. „Was für Ländereien bietet ihr uns an? Ich habe kein Interesse an den Sümpfen oder kümmerlichen Wäldern entlang der Randgebiete."

Ich öffne den Mund, um ihr von der Stelle zu erzählen, die Whitt und ich ausgewählt haben und mit der meine Erzlord-Kollegen einverstanden waren. Es ist ein beachtliches Stück Land mit mehreren Feldern und einem Wald auf halbem Weg zwischen den Randgebieten und dem Herzen. Außerdem liegt es nicht in der Nähe eines Rudels, von dem wir befürchten, dass es besonders feindselig reagieren könnte. Doch etwas lässt mich innehalten.

Mit meinem toten Auge sehe ich die geisterhafte Version von Deltas Gesicht, die sich über ihr reales schiebt. Es ist zu einem Sonnenstrahl geneigt, der ihre Wange in einem Muster tüpfelt, das mir so vertraut ist, dass mir der Atem stockt.

Verstehen entzündet sich wie ein Funke in meinem Kopf. Der Ort, den wir ausgewählt haben, ist gut genug, allerdings nicht beeindruckend. Er zeigt kein großes Engagement für ein Bündnis. Ich werde nur eine Gelegenheit erhalten, um dieses Angebot zu machen, und ich habe das Gefühl, dass Delta mehr brauchen wird.

Ich spreche, bevor ich eine Gelegenheit erhalte, an dem Impuls zu zweifeln. „Ich würde sagen, dass es eine exzellente Länderei ist, aber ich bin womöglich voreingenommen. Bis vor kurzem hat sie mir gehört."

Madocs Kopf zuckt, als hätte er sich gerade noch davon abhalten können, diesen zu drehen und mich anzustarren. Er weiß, dass ich von unseren Plänen abgewichen bin.

Deltas Augenbrauen schnellen in die Höhe. „Deine?"

„Ja", fahre ich fort. „Ich habe ein Revier in einem fruchtbaren Wald unweit des Herzens gegründet, das ich Hearthshire genannt habe. Es verfügt über genügend Platz und natürliche Ressourcen. Außerdem könnt ihr die Gebäude nutzen, die bereits erbaut wurden, wenn ihr das möchtet. Ihr könnt sie natürlich auch mit euren eigenen Unterkünften ersetzen. Dieses Revier war jahrzehntelang mein ganzer Stolz und ich habe es nur verlassen, weil ich zum Erzlord ernannt wurde und mein Rudel umziehen musste. Ich könnte niemandem ein besseres Zuhause anbieten."

Die Murk-Zauberin schweigt lange. Ich kann nicht erkennen, ob es ein gutes oder schlechtes Schweigen ist. Sie reibt mit der Hand über ihren Mund und ein weiteres Lächeln berührt ihre Lippen. Das ist der Moment, in dem ich wirklich zu hoffen beginne.

„Ich erkenne die Großzügigkeit deines Angebots", sagt sie. „Dennoch verspüre ich das Bedürfnis, Vorsichtsmaßnahmen zu ergreifen, was du bestimmt verstehen kannst. Ich werde eine kleine Gruppe meiner Leute losschicken, damit sie dieses Revier inspizieren und einige Tage lang beobachten, wie eure Leute auf ihre Anwesenheit reagieren, bevor sie mir Bericht erstatten. Wenn ich mit diesem zufrieden bin, können wir die Möglichkeit eines Umzugs besprechen."

Ich verneige den Kopf vor ihr. „Danke, dass du mich angehört hast und diesem Bündnis eine Chance gibst."

Delta kichert leise. „Lass uns hoffen, dass du beweisen kannst, dass es das wert ist."

Talia

Der riesige, runde Raum in der Mitte der Bastion des Herzens ist voller, als ich ihn jemals gesehen habe. Seelie-Männer und Frauen drängen sich um die drei Throne ihrer Erzlords. Sonnenlicht scheint durch die hohen Fenster auf sie hinab und reflektiert von den Goldadern, die sich durch die Sandsteinmauern ziehen. Sylas, Celia und Donovan haben ihre prächtigen Sitze an einem Ende des Raumes nebeneinandergestellt, damit sie gemeinsam zu den vielen Lords und Ladys sprechen können, die aus den Revieren des gesamten Sommerreichs hergekommen sind.

Im Moment unterhalten sie sich jedoch mit gedämpften Stimmen in der kleinen Nische hinter den Thronen. Ich kann sie hören, weil ich auf der Armlehne von Sylas' Thron hocke und mich mit August an meiner Seite zu ihnen beuge.

„Hearthshire anzubieten, war nicht das, worauf wir uns geeinigt haben", sagt Celia.

„Das ist mir bewusst", erwidert Sylas mit ruhiger Stimme. „Aber es hat mir erlaubt, dem Angebot einen persönlichen Touch zu verleihen, und ich denke, das hat Delta dazu gebracht, mir zu vertrauen. Wie bei der anderen Stelle, über die wir gesprochen hatten, gibt es keine Nachbarn in der Nähe, die größere Probleme verursachen könnten."

Donovan legt nachdenklich den Kopf schief. „Es ist allerdings ein hervorragendes Gebiet. Wir haben bereits einige Anfragen von aufstrebenden Lords erhalten, die dort ein neues Rudel aufbauen möchten. Dass es von einem Lord gegründet wurde, der deine angesehene Stellung erreicht hat, macht es nur noch reizvoller."

„Nun, wir werden diese Lords einfach informieren müssen, dass es nicht mehr verfügbar ist." Sylas schaut seine Kollegen an. „Was ist wichtiger: ein Bündnis mit den Murk, die nicht aktiv Krieg gegen uns führen, oder die Gunst eines niederen Lords, der uns ohnehin treuergeben sein sollte? Es gibt genügend Land für alle, wie ihr sehr gut wisst. Dieses Land war so ein gutes Angebot, weil es besonders ist."

Ich kann es mir nicht verkneifen, meine Meinung zu sagen. „Sie können keinen Frieden mit den Murk aushandeln, wenn Sie sie nicht wie Ebenbürtige behandeln. Warum sollten Delta und ihre Kolonie Hearthshire weniger verdienen als einer der Seelie?"

„Es geht nicht nur darum, wer was *verdient*", beginnt Celia, scheint dann jedoch nicht zu wissen, wie sie erklären soll, worum es noch geht. Sie seufzt und ich merke, dass sie resigniert. „Nun, wir können jetzt kaum dein Versprechen zurücknehmen, ohne dass sie das ganze Arrangement infrage zieht. Ich hoffe, du hast deine Rudelmitglieder nach Hearthshire geschickt, damit sie ihrer Gruppe helfen, sich dort einzuleben?"

„Wir erwarten, dass sie später dort ankommen, und ja,

ich habe bereits zwei meiner Leute sowie meine Kader-Gewählte Astrid damit beauftragt, die ersten Schritte zu beaufsichtigen." Sylas deutet zu der Gruppe versammelter Fae, die auf das große Treffen warten. „Sollen wir unsere nächsten Schritte planen? Selbst wenn Delta beschließt, sich mit uns zu verbünden, gewinnen wir dadurch wohl kaum den Krieg."

„Ja, ja." Celia tritt um die Throne herum, um ihren Platz einzunehmen, und die zwei Männer folgen ihr. Ich rutsche von der Armlehne von Sylas' Thron, als er auf diesen sinkt, doch er packt meine Hand und drückt sie kurz. August und Whitt bleiben in der Nähe und Madoc tritt dicht hinter mich. Meine Männer sind immer noch sehr besorgt, dass die Murk neue Angriffe auf mich wagen könnten, jetzt, da Orions schrecklicher Fluch abgewehrt wurde.

Eine Vielzahl von Blicken aus der Menge bleiben auf Madoc liegen, obwohl er eine relativ geschützte Position neben dem Thron hat. Die Fae haben zwar gehört, welche Rolle er bei meiner Heilung gespielt hat, und sind überglücklich, dass ich überlebt habe, aber ich glaube nicht, dass alle Lords besonders glücklich darüber sind, einen Rattengestaltwandler in solcher Nähe zu ihren Erzlords zu sehen.

Meine Augen bleiben an einigen Gestalten hängen, die *ich* gerne nie wieder gesehen hätte. Mein Puls setzt einen Schlag aus und ich wende den Blick ab.

Aerik und seine zwei Kader-Gewählten, Cole mit den eisigen Haaren und der muskulöse Mann, dessen Namen ich nie erfahren habe, stehen in der Nähe der Throne und warten auf den Beginn der Versammlung. Es ist keine Überraschung, dass der Lord, der meine Eltern ermordet, meinen Bruder angefallen und mich aus der Menschenwelt entführt hat, hier ist, da praktisch jeder Lord aus dem Sommerreich anwesend ist. Ich hatte einfach nicht darüber nachgedacht, dass ich mich womöglich meinen ehemaligen Peinigern würde stellen müssen.

August drückt meine Schulter. Ich nicke, um ihm zu zeigen, dass es mir gut geht. Im gleichen Moment erreicht mich Corwins Sorge, der sich auf der anderen Seite der Grenze befindet und meine vorübergehende Unruhe bemerkt hat.

Vor Monaten half ich meinen Seelie-Gefährten, Aerik und seinen Kader zu besiegen und sämtliche Ansprüche nichtig zu machen, die sie auf mich hatten. Sie haben keine Macht mehr über mein Leben. Ich werde nicht zulassen, dass sie mich erschüttern oder von dem ablenken, was wirklich wichtig ist.

„Lasst uns zur Ruhe kommen, bitte", ruft Celia von dem mittleren Thron aus und die Stimmen, die von der Gewölbedecke hallen, verstummen. Alle wenden sich den Erzlords zu.

Donovan erhebt als Nächstes die Stimme. „Wir müssen uns auf unsere Vorgehensweise gegen die Murk-Truppen einigen, die Ländereien zu beiden Seiten der Grenze erobert haben. Da dieser Krieg eure Hilfe erfordert, sind wir der Meinung, dass es nur recht ist, dass ihr mitbestimmen dürft, welchen Kurs wir einschlagen. Bisher ist es uns gelungen, weitere feindliche Übergriffe zu verhindern, aber wir konnten die Rattengestaltwandler und ihren König nicht aus den Ländereien verjagen, die sie erobert haben."

„Wir würden gerne eure Vorschläge und Angebote von Ressourcen hören, die uns womöglich dabei helfen könnten, den Spieß umzudrehen", fügt Sylas hinzu. „Wir *können* sie besiegen, aber nur wenn wir alle zusammenarbeiten."

Jemand in der Mitte der Menge meldet sich zu Wort. „Wieso wurden Murk eingeladen, sich hier im Sommerreich niederzulassen? Warum holen wir sie in unsere Mitte?"

Bei dem verärgerten Raunen, das auf diese Fragen folgt,

läuft mir ein kalter Schauder über den Rücken. Wir werden kein Bündnis mit Delta ausarbeiten können, wenn zu viele der Fae etwas gegen ihre Anwesenheit haben.

Sylas setzt sich etwas aufrechter auf seinen Thron. „Wie ihr mittlerweile alle gehört haben solltet, sind wir zu der Erkenntnis gelangt, dass unser Bild von den Murk fehlerhaft ist. Viele von ihnen unterstützen weder diesen Krieg noch den König, der ihn begonnen hat, oder tun das nur, weil sie befürchten, dass wir sie komplett auslöschen, wenn sie nicht zurückschlagen. Angesichts unserer vergangenen Aggression ihnen gegenüber muss ich sagen, dass das eine nachvollziehbare Sorge ist. Wir haben eine viel größere Chance, diesen Konflikt zu beenden, ohne massenweise Leben zu verlieren, wenn wir mit denen einen gemeinsamen Nenner finden können, die nicht unsere Feinde sein möchten."

„Aber nach allem, wie sie *uns* im Lauf der Jahre angegriffen haben … und dieser Fluch …", beginnt ein anderer.

Donovan unterbricht ihn und spricht genauso bestimmt wie Sylas. „Der Fluch war das Werk des Murk-Königs. Und ich kann nicht behaupten, dass uns die Murk stärker angegriffen haben, als wir uns untereinander angegangen sind. Wir sind alle Fae und gehören in die Nebelwelt."

„Ich kann euch versichern, dass jede Vorsichtsmaßnahme getroffen wird, um für die Sicherheit all unserer Leute zu sorgen, solange sich die Murk unter uns bewegen", wirft Celia ein und bedenkt die Menge mit einem herrischen finsteren Blick, der jeden herauszufordern scheint, sie der Fahrlässigkeit zu beschuldigen. Ich muss zugeben, dass sich ihre autoritäre Art manchmal zu unseren Gunsten auswirkt.

„Ich denke, wir ignorieren einen anderen sehr offenkundigen Faktor", verkündet eine Stimme und die

Kälte, die mich zuvor überkam, sickert bis in meine Knochen.

Aerik hat in dem gleichen kühlen, gelangweilten Tonfall gesprochen, den er so oft anschlug, wenn er seinem Kader befahl, wie er mit mir verfahren sollte. Als mein Blick zu der Stelle huscht, an der ich ihn zuvor entdeckt habe, stelle ich fest, dass er mich anstarrt. Es kostet mich sämtliche Selbstbeherrschung, nicht zurückzuschrecken und mich an August zu pressen, als könnte ich mich in der Umarmung meines Gefährten verstecken.

Ich kann ein Zittern nicht unterdrücken. August legt seine Hand auf meine Schulter, drückt sie beruhigend und seine Lippen ziehen sich zu einem Knurren zurück. Hinter mir streichelt Madoc tröstend meinen Rücken. Mir fällt ein, dass er ebenfalls weiß, wer Aerik ist. Er beobachtete das Revier des Lords, während mich Aerik gefangen hielt und sich Orions Plan entfaltete.

Celias Augen sind schmal geworden. Sie mag mich zwar nicht so wie die anderen zwei Seelie-Erzlords, aber ich glaube, sie hat auch nichts für Aeriks Hang zu Grausamkeit übrig. „Und welcher Faktor ist das, Lord Aerik?"

Er deutet mit dem Kinn auf mich, bevor er sich wieder an sie wendet. „Das Menschenmädchen. Unser angebliches Heilmittel. Sie ist ein Werkzeug dieses Murk-Königs, nicht wahr? Wer kann sagen, dass er uns und das Herz nicht nach wie vor durch sie schwächt?"

Ich versteife mich bei dieser Anschuldigung und mein Herz hämmert so heftig, dass mir schwindlig wird.

Ein gefährliches Glitzern tritt in Sylas' Augen, als er Aerik niederstarrt. „Ich werde dich bloß einmal daran erinnern, dass du nicht nur von der Frau sprichst, die uns jahrelang vor dem Fluch geschützt hat, sondern auch von meiner Gefährtin. Wir haben keinerlei Hinweise darauf gefunden, dass Orion irgendeine Magie durch sie wirkt, oder dass sie eine direkte Bedrohung für die Nebelwelt darstellt."

Aerik schreckt nicht vor dem finsteren Blick des Erzlords zurück. „Ihre Beziehung mit Ihnen bedeutet lediglich, dass Sie die Gefahr wohl kaum unvoreingenommen einschätzen können, die sie für uns darstellt. Der Murk-König hat vor kurzem versucht, sie zu töten, um Sie damit abzulenken, oder nicht? Wir ignorieren ihren Wert als Köder oder als Druckmittel bei Verhandlungen. Sie bedeutet ihm etwas und wir können das gegen ihn benutzen, so wie er versuchte, sie gegen uns zu benutzen."

Die Laute, die jetzt durch die Menge gehen, klingen wie Proteste, was mich beruhigen sollte. Allerdings habe ich noch immer damit zu kämpfen, mich zusammenzureißen, während Aeriks scharfe Worte in meinen Ohren klingeln. Mein Atem geht schwerer. Ich suche nach den Tricks, die ich mir beigebracht habe, um mit den Panikattacken fertig zu werden, die mich früher viel häufiger befallen haben.

Whitt beugt sich nah zu mir und sein Atem streift mein Ohr zusammen mit seiner Stimme. „Er ist nichts, Allkräftige, und du bist so viel mehr. Wir werden nicht zulassen, dass er dir auch nur ein Haar krümmt."

Seine Entschlossenheit beruhigt mich. Ich konzentriere mich auf seine Worte, auf die Wärme von Augusts und Madocs Händen sowie den harten Boden unter mir.

Dieser Mann hat mir zu viel genommen. Ich *weigere* mich, ihm irgendeine Macht über mich zu geben.

Ein anderer aus der Menge erhebt die Stimme. „Wir dürfen nicht zulassen, dass Lady Talia zu Schaden kommt. Sie ist die Einzige, die den Fluch der Murk in Schach hält."

„Aber brauchen wir ihr vorübergehendes Heilmittel überhaupt noch, wenn wir ihn besiegen und das hier beenden können, indem wir sie benutzen?" Aeriks Blick heftet sich auf mich. „Wenn sie sich solche Sorgen um uns alle macht, sollte sie dieses Opfer freiwillig anbieten.“

Vielleicht hat er von Anfang an darauf gehofft. Er hat nicht erwartet, dass die anderen Seelie befürworten würden, mich den Ratten zum Fraß vorzuwerfen, oder? Außer er hat all die Unterstützung ignoriert, die die Frau erhalten hat, die er so schrecklich behandelt hat. Oder er kann sich ehrlich nicht vorstellen, dass mich einer der Fae wahrhaftig als ebenbürtig betrachten könnte, und geht davon aus, dass sie mich einfach zu ihrem eigenen Vorteil wegwerfen werden, wenn das der einfachste Weg ist, sich selbst zu retten.

Ich kann mir gut vorstellen, dass er irgendeinen Plan ausgeheckt hat, um mein Verantwortungsbewusstsein und meine Schuldgefühle zu wecken und mich dazu zu drängen, mich zu opfern, ganz gleich, was die restlichen Fae denken.

Bei jedem anderen hätte dieser Schachzug womöglich funktioniert. Ich hätte vielleicht geglaubt, dass sich derjenige wirklich darum sorgt, eine Möglichkeit zu finden, sein gesamtes Volk zu retten – ich hätte mich eventuell für egoistisch gehalten, weil ich nicht gewillt bin, mein Leben zu opfern, um so viele andere zu retten.

Doch bei diesem Mann weiß ich, dass er der Egoistische ist. Ich bezweifle, dass er an jemand anderen als sich selbst denkt. Wahrscheinlich will er nur dafür sorgen, dass er und sein Rudel nicht kämpfen müssen. Als hätte seine Familie nicht mindestens eine genauso große Rolle wie jeder andere in diesem Raum dabei gespielt, den Hass der Murk auf die anderen Fae zu schüren. Als wäre der Krieg nicht auch seine Verantwortung.

Wut regt sich in mir und verbrennt die Panik. Meine Hände ballen sich an meinen Seiten zu Fäusten.

„Wir haben keinen Grund zu der Annahme, dass Lady Talia einen derartig bedeutsamen Einfluss auf den Ausgang des Kriegs haben würde“, verkündet Donovan.

„Und wir werden gewiss *keinen* unserer Leute dem Feind zum Fraß vorwerfen, um den Rest von uns zu schützen, vor allem niemanden, der allen Fae bereits so viel gegeben hat", fügt Sylas mit einem Knurren hinzu.

Aerik zuckt mit den Achseln und tut so, als wäre er der Meinung, sie würden viel zu großen Anstoß an seinem Vorschlag nehmen. „Warum überlassen wir diese Entscheidung nicht ihr? Oder spricht sie jetzt nicht mehr für sich selbst, da sie sich hinter einem Erzlord und seinem Kader verstecken kann?"

Sein Blick sucht erneut meinen. Ich erwidere ihn und meine Haut fühlt sich eng an. Ich habe das Gefühl, dass ich jeden Moment aufbrechen werde, aber vielleicht nicht auf schlechte Art.

Er hat mich jahrelang wie ein hilfloses Tier behandelt. Er hat mich benutzt, um seinen Stand zu verbessern, während er mich in meinem eigenen Dreck sitzen ließ und meinen Körper brach. Und jetzt denkt er, er kann mich noch einmal benutzen. Wie kann ich hier stehen und ihn damit davonkommen lassen?

Meine Brust zieht sich zusammen, dennoch trete ich vor und entziehe mich Augusts Griff. Mein Gefährte gibt einen unbehaglichen Laut von sich, zieht mich jedoch nicht zurück.

Die Fae zwischen mir und Aerik weichen an die Seiten zurück, als würden sie versuchen, sich von dem fernzuhalten, was gleich zwischen uns passieren wird. Ich weiß nicht, ob sie von mir eingeschüchtert sind oder sich nur Sorgen wegen seiner Reaktion machen. Dadurch erhalte ich allerdings freie Sicht auf den Mann, der meine Jugend und meine Familie zerrissen hat.

„Ich kann sprechen", verkünde ich. Meine Stimme zittert, kommt jedoch so laut heraus, dass mich alle hören können. „Aber ich bin mir nicht sicher, ob du mich darum bitten solltest, wenn es so viel gibt, was ich sagen kann. Wie kann irgendjemand deiner Meinung über mich Glauben schenken nach dem, wie du mich all die Jahre behandelt hast, in denen ich deine Gefangene war? Wissen alle, dass du mich in einem Käfig gefangen gehalten hast, der so klein war, dass ich nicht einmal aufstehen konnte? Dass du mir gerade so viel Essen gegeben hast, dass ich am Leben blieb? Dass du deinem Kader erlaubt hast, mich zu schlagen und zu verprügeln, als wäre ich ein Sandsack und zu ihrer Belustigung da?“

Die Farbe weicht aus Aeriks ohnehin schon bleichem Gesicht. Anscheinend hat er nicht damit gerechnet, dass ich ihn offen anprangern würde. Bei dem angewiderten Zischen, das durch die Menge geht, versteift er sich.

„Du hast dich gegen uns gewehrt“, blafft er. „Du hast versucht, dich zu befreien. Wir brauchten dich. Niemand sollte uns vorwerfen, dass wir taten, was wir mussten, um unser Heilmittel zu sichern.“

„Und dennoch war kein Käfig mehr nötig, um mich zu sichern, als ich mich Sylas’ Rudel anschloss. Man musste mich auch nicht hungern lassen, damit ich zu schwach war, um mich zu bewegen.“ Ich deute zum Thron des Erzlords, mein Blick ist jedoch nach wie vor auf Aerik gerichtet, während Schmerz und Zorn durch meine Kehle brennen. Wie kann er es wagen? Wie kann er es *wagen*, mich noch immer so zu behandeln, als sei ich nicht mehr als ein Werkzeug? „Ich bin eine denkende, fühlende Person und ich *wollte* den Fae helfen, als ich von dem Fluch erfuhr. Du hast mir nie eine Wahl gelassen. Also ist mir deine Meinung jetzt scheißegal, vor allem wenn es darum geht, wie ich dir ‚helfen‘ kann. Ich wäre am glücklichsten, wenn ich dein Gesicht nie wieder sehen und deine Stimme nie wieder hören müsste.“

Keiner der Erzlords unterbricht mich, stattdessen verfolgen sie die Konfrontation. Aeriks Blick huscht zu ihnen, als würde er erwarten, dass sie sich für ihn einsetzen. Ich riskiere es nicht, den Blick von ihm abzuwenden. Daran, dass er mit dem Kiefer mahlt, erkenne ich, dass ihm anscheinend keiner von ihnen die Unterstützung zuteilwerden lässt, nach der er gesucht hat.

Madoc tritt mit hoch erhobenem Kopf neben mich. Er hebt seine Stimme, sodass sie durch den riesigen Raum schallt. Sein Tonfall ist vernichtend. „Falls irgendjemand einen Beweis dafür braucht, dass gehässiges und bösartiges Verhalten nicht nur unter den Murk vorkommt, braucht er sich nur diesen Mann anzuschauen. Es ist eigenartig, dass manche von euch, mein gesamtes Volk für Bösewichte hält, wenn Monster wie er unter den Seelie existieren.“

Das Grollen der anderen versammelten Lords nimmt eine leidenschaftlichere Note an. Einige beugen sich dicht zu Aerik und schleudern ihm Worte entgegen, die harsch sein müssen, danach zu urteilen, wie es in seinem Gesicht zuckt. Er gibt seinem Kader ein Zeichen und plötzlich schlängeln sie sich durch die Menge in Richtung Ausgang.

Eine eigenartige Leichtigkeit überkommt mich. Er hat nichts von dem zur Kenntnis genommen, was ich erzählt habe. Er hat sich nicht einmal die Mühe gemacht, ein Wort zu erwidern, doch ich bin froh, dass ich alles gesagt habe. Ihm mag es egal sein, dass er mir wehgetan hat, aber vielen der Fae ringsum mich herum ist es nicht egal, und für ihn ist wichtig, was *sie* denken. Das reicht mir.

Als sich das wütende Murmeln legt, erhebt Madoc erneut die Stimme und spricht dieses Mal ruhiger. „Wenn wir wieder dazu übergehen könnten, eine Strategie zu besprechen, kann ich womöglich helfen. Wir haben Orions Armee Zeit gegeben, zu realisieren, dass die Übernahme der Nebelwelt kein Kinderspiel werden wird. Außerdem haben wir begonnen, Annäherungsversuche bei den Murk zu machen, die nicht auf seiner Seite sind. Ich denke, es ist an der Zeit, dass ich mich den Anhängern des Königs offenbare und ihnen zeige, dass es noch einen anderen Weg gibt."

Mein Herz setzt aus. Wenn er sich Orions Truppen präsentiert, wird Orion erfahren, dass er überlebt hat – und ich hege keinerlei Zweifel daran, dass der Murk-König nach dem Blut seines ehemaligen Ritters lechzen wird, sobald er das herausfindet.

Ich ergreife Madocs Hand. „Bist du dir sicher?", frage ich leise.

Er schenkt mir ein angespanntes Lächeln. „Deswegen bin ich hier. Je eher ich mich zu Wort melde, desto mehr Murk werde ich vielleicht retten können."

Madoc

Als die magische Schutzmauer vor mir in Sicht kommt, wird das Gefährt langsamer. Mein Herz hämmert schneller, als wollte es die Geschwindigkeitsänderung ausgleichen.

So weit das Auge reicht, sind in beide Richtungen hunderte Seelie entlang der Mauer versammelt und halten das Schild aufrecht, das Orions Armee zurückhält. Die magische Barriere ist größtenteils durchsichtig, dennoch kann ich von den Murk-Truppen auf der anderen Seite kaum etwas erkennen. Sie haben ein Grasstück als Puffer zwischen ihnen und den Seelie freigelassen, das von der Schlacht mit Rissen durchzogen und matschig ist. Während ich zuschaue, sprühen einige Stellen der Mauer dort Funken, wo sie ein aggressiver Zauber getroffen hat.

Die Brise, die sich um mich legt, ist warm und in dieser Nähe der Randgebiete zunehmend schwül. Die

Spätnachmittagssonne scheint hell vom Himmel, doch keines dieser Elemente kann die kalte, klamme Empfindung in meinem Bauch erreichen. Ich habe Talia gesagt, dass ich bereit sei, mich meinem Volk zu stellen und das ganze Ausmaß meines Verrats zu enthüllen, jetzt fühle ich mich allerdings überhaupt nicht vorbereitet.

Ich wünschte, ich könnte mir sicher sein, dass ich auch nur einen von ihnen davon überzeugen kann, dass meine Desertion kein Verrat, sondern ein Akt war, bei dem ich auch an ihre Zukunft gedacht habe. Wie kann ich ihnen erklären, dass die Seelie nicht unsere Feinde sein müssen? Dass Orion eine größere Bedrohung für sie darstellt als die meisten Fae der Jahreszeiten?

Ich bin mir selbst noch nicht sicher, wie wahr diese Aussage ist. Seit ich vom Herz der Nebelwelt wieder zum Leben erweckt wurde, hat mich niemand übertrieben feindselig behandelt, die meisten der Fae hier haben mich jedoch auch nicht besonders begeistert empfangen. Ich vertraue Talia und ich werde ihren Männern vertrauen, aber ich kann meine nagenden Sorgen nicht abschütteln, dass ihr Einfluss womöglich nicht reichen wird.

Es spielt allerdings keine Rolle. Selbst wenn wir am Ende auf die ein oder andere Art Probleme mit den Seelie und Unseelie bekommen, *bin* ich mir sicher, dass der Krieg, in den Orion so viele Murk führt, die Lage nur verschlimmern wird. Seine Träume von Erhabenheit waren nicht besonders akkurat. Er war nicht in der Lage, durch die Ländereien zu stürmen und die Fae der Jahreszeiten wie Dominosteine umzuwerfen. Selbst wenn er gewinnen kann, wird es ein langgezogener, brutaler Sieg sein, bei dem mehr Murk sterben als überleben.

Das Gefährt bleibt beim Lager stehen, wo einige der Krieger eine Pause machen und über eine Mahlzeit herfallen. Ich habe mich zu Beginn der Reise gezwungen, etwas zu essen, damit ich genügend Energie habe, und das liegt mir jetzt schwer im Magen. Von dem Geruch des herzhaften Eintopfs wird mir ein wenig schlecht.

Sylas tritt neben mich in den Bug des Gefährts. Die Fae, die uns begleitet haben – hauptsächlich Mitglieder seines Rudels, die diejenigen ablösen, die inzwischen seit einer Weile an der Front stationiert waren – verlassen das Gefährt bereits.

„Wir werden die ganze Zeit einen Schild um dich herum aufrechterhalten", erklärt er. „Solange du dich nicht zu weit von der Barriere entfernst, solltest du schnell genug hinter ihren Schutz gelangen können, falls sie angreifen."

Ich nicke. Ich muss die Barriere durchqueren, um meinem Volk meine Botschaft zu übermitteln. Ich habe einige Tricks auf Lager, um das einigermaßen sicher zu tun, aber es wird trotzdem ein gefährliches Unterfangen sein.

Sylas hält inne und betrachtet mich von oben bis unten. Sein bleiches, blindes Auge scheint dabei genauso viel zu sehen wie sein dunkles, wachsames. Talia hat mir erzählt, dass die Verletzung vom Zauber einer Murk-Frau stammt. Ich weiß nie so recht, was ich zu ihm mit seinem lordhaften Auftreten sagen soll.

Er liebt Talia und er hat mich wegen der Opfer akzeptiert, die ich für sie erbracht habe. Ich habe keine Ahnung, was er abgesehen davon von mir hält.

„Falls du einen Augenblick brauchst, um dich zu sammeln, hat es keinen Sinn, das Ganze zu überstürzen", sagt er. „Du vollbringst hier heute eine Heldentat und ich werde mich all meinen Fae-Kollegen widersetzen, die etwas anderes behaupten."

Meine Haut kribbelt bei der Andeutung, dass ich zu einer Art Held geworden bin. So fühle ich mich nicht.

„Ich tue es für sie", erwidere ich und deute mit dem Kopf

zu den Murk in der Ferne. „Denn ich möchte, dass sie das bestmögliche Leben haben."

Sein Mundwinkel biegt sich leicht nach oben. „Ich werde dich nicht dafür kritisieren. Warum sollten sie nicht deine oberste Priorität sein? Meine Leute sind meine Priorität."

„Nun, ich hoffe, deine Leute beweisen, dass dies die beste Vorgehensweise ist."

Sylas' Miene wird wieder ernst. Er blickt an der Front entlang auf all die Seelie, die sich dem Kampf angeschlossen haben, und zum ersten Mal kann ich sehen, wie schwer die Bürde seiner Position auf ihm lastet. Dies ist ein Mann, der eine Menge durchgemacht und entdeckt hat, dass kein Plan jemals wie geschmiert läuft und man immer etwas verlieren kann, selbst wenn man denkt, man hätte sich gut vorbereitet.

Diese Art der Schwere habe ich bei Orion nie gesehen. Er behandelte seine Herrschaft wie ein göttliches Recht und ein Spiel. Ich bezweifle, dass mein König jemals infrage gestellt hat, ob die ein oder andere grausame Tat gerechtfertigt war.

Und deswegen bin ich hier, oder nicht? In mancherlei Hinsicht sind meine Leute genauso gefangen, wie es Talia einst war. Sie sind gefangen von den Flammen des Hasses, die Orion so stark schüren will, dass es kein Zurück mehr gibt.

„In der Zukunft liegen mit großer Sicherheit weitere Unruhen", meint Sylas, „doch nach allem, was wir bereits durchgestanden haben, und nach all den Veränderungen zum Besseren, die Talia ausgelöst hat, vertraue ich darauf, dass am Ende alles gut werden wird. Für uns alle." Er sieht mich wieder an. „Ich kann mir nur ausmalen, wie schwierig es für dich ist, diesen Schritt zu unternehmen, um die Kluft zwischen unseren Völkern zu schließen. Falls ich dir auf irgendeine andere Art helfen kann, zögere nicht, mir das mitzuteilen."

„Talia zubliebe?", kann ich mir nicht verkneifen, mit trockener Stimme zu fragen.

Sylas betrachtet mich. „Ich hoffe, du glaubst nicht wirklich, dass das der Wahrheit entspricht. Es war zwar eine nervenaufreibende Reise, um an diesen Punkt zu gelangen, aber du gehörst jetzt zur Familie und bist außerdem ein Kollege. Du hast gezeigt, wer du im tiefsten Inneren bist, und ich bewundere diesen Mann sehr. Dein König unterstützt dich zwar nicht, aber es gibt viele andere, die das jetzt tun werden."

Eine derartige Antwort hatte ich nicht erwartet. Mein Magen schlägt einen Salto, da ich verblüfft, jedoch auch seltsam erfreut bin. In diesem Moment wird mir zum ersten Mal bewusst, dass ich ein vollständiges Mitglied von Talias eigenartiger Familie sein könnte, und nicht nur ein Mitläufer, der widerwillig akzeptiert wurde.

Ich öffne den Mund und schließe ihn wieder, denn plötzlich bin ich verlegen, weil ich bezüglich seiner Absichten so skeptisch war. „Danke schön", sage ich schließlich. „Ich bin zwar nicht immer der Beste darin, meine bissigen Kommentare für mich zu behalten, aber ich weiß dein Vertrauen und deinen Respekt zu schätzen."

Sylas wendet sich der Mauer zu und sein Blick heftet sich auf die Murk. „Sie sollten dir das Gleiche entgegenbringen. Allerdings wird es höchstwahrscheinlich ein langsamer Prozess sein." Er tritt an den Rand des Gefährts. „Gib uns ein Signal, wenn du bereit bist, die Barriere zu durchqueren."

Bis jetzt habe ich noch gezaudert, doch etwas an dem Gespräch hat meinen Entschluss gefestigt. Ich kann diese Zuversicht genauso gut ausnutzen, solange ich sie habe.

„Ich werde jetzt gehen", verkünde ich und hüpfe auf der anderen Seite zu Boden.

Sylas winkt einige Seelie herbei und die vier weben einen Schutzzauber um mich herum, um mich vor plötzlichen

Angriffen zu schützen. Als ihre Magie über mich kribbelt, intoniere ich mehrere Worte und konstruiere den Zauber, den ich wirken werde, sowie ich die Barriere durchquert habe. Ich bin zwar kein großer Krieger, aber Illusionen können sehr hilfreich sein, wenn man nicht darauf aus ist, Schaden anzurichten, und diesem nur ausweichen will.

Nachdem die Seelie ihren Schutz um mich herum errichtet haben, eskortieren sie mich zur Barriere und öffnen einen kleinen Bereich darin, damit ich hindurchgehen kann. Ich weiß, dass sie sie die gesamte Zeit über offen halten werden, damit ich notfalls einen Fluchtweg habe und sie die Zauber stärken können, mit denen sie mich belegt haben.

Die Landschaft auf der anderen Seite ist genau die gleiche, auch wenn es sich zu diesem Zeitpunkt anfühlt, als sollte es eine andere Welt sein. Ich atme die schwüle Luft tief ein und verkneife mir eine Grimasse wegen des säuerlichen Gestanks feindseliger Magie, die nun nach all den Kämpfen in der Luft hängt, und richte meine Aufmerksamkeit auf die Murk-Truppen, die sich ungefähr einen Kilometer entfernt auf der anderen Seite des verwüsteten Feldes befinden.

Ich konzentriere mich, spreche rasch einige Worte und stecke all meine Energie in die Illusion meiner selbst, die ich über diese Entfernung auf einem niedrigen Erdhügel platziere, den ich mir ausgesucht habe. Urplötzlich kann ich den Schwarm aus Murk schärfer sehen. Viele von ihnen erschrecken bei meiner plötzlichen Ankunft und drehen sich zu mir um. Ich kann sie sehen und ihr unruhiges Murmeln hören, als würde ich wirklich nur fünfzehn Meter entfernt von ihnen stehen. Außerdem legt sich das Bewusstsein der Stelle, auf die ich das Bild von mir projiziere, über das meiner echten Umgebung.

„Meine Freunde und Kameraden", beginne ich und lasse meinen Schwanz zur Seite peitschen, damit er gut zu sehen ist. „Ich denke, viele von euch werden mich kennen. Ich habe jahrzehntelang an eurer Seite gekämpft und gearbeitet. Ich habe euch all meine Unterstützung gegeben und auf jede mir mögliche Weise auf eine Zukunft hingearbeitet, die wir verdienen. Also schenkt mir jetzt bitte euer Gehör. Ich muss euch etwas unglaublich Wichtiges erzählen."

Meine Stimme und die kleinen Gesten, die ich mache, werden von der Illusion wiedergegeben, genauso wie meine echten Augen und Ohren die Bilder und Geräusche auffangen, die meine heraufbeschworene Version wahrnimmt. Mehrere der Murk haben ihre Hände mit Waffen oder in Vorbereitung eines Zaubers erhoben, doch jemand ruft: „Es ist Madoc! Er lebt." Die anderen, die sich vor dem eroberten Rudeldorf versammelt haben, treten vor Verunsicherung unruhig auf ihren Füßen.

Ich wünschte, ich könnte alle Murk erreichen, die in diesem Reich und auf der Winterseite stationiert sind, kann jedoch lediglich darauf hoffen, dass meine Botschaft bei ihnen hängenbleibt und sie mindestens einige, die mir glauben, weitererzählen. „Das stimmt", bestätige ich. „Ich war Orions Ritter und ich habe euch allen bei den Vorbereitungen auf diesen Krieg geholfen. Doch ich habe herausgefunden, dass es noch eine andere Möglichkeit gibt. Eine Möglichkeit, wie wir unser Zuhause erhalten können und nicht nur das, sondern auch die Macht des Herzens der Nebelwelt."

„Woher wissen wir, dass er es wirklich ist?", ruft eine skeptische Stimme in der Menge. „Vielleicht ist das nur ein Trick der Seelie, die ihn getötet haben."

Ich richte die Augen meiner Illusion so gut ich kann auf die Gestalten vor mir. Meine Sicht ist leicht verschwommen, da die Bilder über eine so große Entfernung zu meinem wahren Ich reisen müssen, dennoch kann ich einige Fae identifizieren, deren Namen ich kenne.

„Dani", sage ich und nicke zu einer Frau, „ich habe einen

Platz für dein neues Zuhause im Refugium gefunden, als du mit deinem Sohn angekommen bist. Außerdem habe ich dir Arbeit in der Waffen-Werkstatt besorgt." Mein Blick gleitet zu einem älteren Mann. „Cullen, ich war immer dankbar, wenn du auf Nahrungsmittelsuche gingst, weil du stets das frischeste Fleisch gefunden hast, wofür ich mich mehr als einmal bei dir bedankt habe." Und ein anderer Mann. „Lucah, ich hoffe, dein Bein bereitet dir keine Probleme mehr nach dem Zusammenstoß, den wir mit der Unseelie-Wache im Stadtpark hatten."

Ich *war* für meine Leute da und ich kann an ihren aufgerissenen Augen und der Veränderung ihrer geflüsterten Stimmen erkennen, dass sie jetzt wenigstens glauben, dass ich *ich* bin.

Ich hebe meine Stimme, damit sie noch mehr Murk erreichen kann. „Viele der Fae der Jahreszeiten haben uns im Lauf der Jahre brutal getötet. Wir werden denjenigen, die diese Verbrechen verübt haben, nicht verzeihen. Doch während ich ihre Anführer ausspioniert habe, bin ich zu der Erkenntnis gelangt, dass sie genauso wenig die Monster sind, für die wir sie halten, wie wir das Ungeziefer sind, für das sie uns halten. Es gibt Fae unter ihnen, die vernünftig sind und über den Rest ihrer Leute herrschen. In eben diesem Moment lässt sich die erste Murk-Kolonie ohne Blutvergießen im Sommerreich nieder. Sie besitzen die Autonomie, so zu leben, wie sie möchten."

Ich höre, dass einige in der Menge keuchen. „Das kannst du nicht ernst meinen", protestiert jemand. „Die verdammten Wölfe und Raben würden niemals …"

„Sie würden", unterbreche ich denjenigen und hebe die Hände. „Wie denkt ihr, kommt es, dass ich überhaupt hier bin? Ich konnte ihr Vertrauen gewinnen und sie überzeugen, der Zukunft zuzustimmen, die wir verdienen. Und es sind nicht nur die Fae auf unserer Seite. Das Herz der Nebelwelt selbst hat mich willkommen geheißen.“

Ich zerre mein Hemd auf und enthülle die vielen Wahre-Namen-Male, die sich auf meiner Brust und meinen Schultern gebildet haben. Eine ehrfürchtige Stille legt sich über die Menge, als sie den ersten Blick auf die Male erhaschen, dem folgt ein Chor aufgeregten Plapperns.

„Ihr alle könnt ebenfalls euren Weg zurück zum wahren Herzen finden und in vollem Umfang auf seine Kräfte zugreifen“, verkünde ich. „Ich werde euch dabei anleiten. Ihr müsst nur diesen Krieg aufgeben und euch mir anschließen. Gemeinsam werden wir uns hier ein Zuhause aufbauen, ohne uns gegenseitig abzuschlachten. Ich schwöre bei meiner Seele und meiner Magie, dass euch die Fae der Jahreszeiten unversehrt zu mir bringen werden, wenn ihr friedlich zu ihnen geht und euch auf mich beruft. Je mehr von uns zusammenhalten, desto mehr können wir für uns gewinnen, ohne dass noch mehr von uns sterben müssen.“

„So, wie du gestorben bist“, erklingt eine scharfe Stimme. Ein Schauder rast bei deren Klang über meinen Rücken, bevor ich den Sprecher sehe.

Orion drängt sich durch die Menge. Ich frage mich, wie weit er weg war, als er die Nachricht erhalten hat, und wie schnell er hierhergeeilt ist, um mich zu konfrontieren. Er tritt ein paar Schritte vor den Rest seiner Armee und verschränkt die Arme vor der Brust. Seine gelben Augen sind zu Schlitzen verzogen und die weißen Büschel seiner Haare sehen noch fieser als üblich aus. Eine magische Brandwunde ziert sein Kinn. Er hat sich offensichtlich nicht gescheut, bei den Kämpfen mitzumischen, andererseits hätte ich das auch nicht von ihm erwartet.

Der Anblick meines Königs weckt in einem Teil von mir den Wunsch, kehrtzumachen und zurück durch die Barriere zu gehen. Geister alter Schmerzen wachen in den Narben auf, die meinen Körper zwischen den Wahre-Namen-Malen überziehen. Doch ich bleibe standhaft, stelle mich ihm und zwinge mich, ruhig zu stehen.

Er herrscht über unser Volk, ist jedoch nicht der Anführer, den es braucht. Wenn Delta ihn ignorieren kann, kann ich das ebenfalls.

„Ja", antworte ich, bevor er weitersprechen kann. „Ich bin gestorben. Ich bin freiwillig gestorben, um die Frau zu retten, die bereits so viel aufgegeben hat, um unsere Sache zu unterstützen. Denn *du* hast beschlossen, dich für ihre Hilfe mit einem qualvollen Tod bei ihr zu bedanken. Das Herz der Nebelwelt hat sie jedoch berührt und es hat mich zurück ins Leben geholt, als ich sie gerettet habe. Nicht einmal deine Magie konnte seinem Willen trotzen."

Orions Lippen ziehen sich spöttisch zurück. „Du denkst, du weißt so viel." Er deutet achtlos auf die Menge. „Hört diesem Verräter nicht zu. Ich habe ihn in den Tod geschickt, weil sein Verstand schwach und sein Engagement unzuverlässig wurde. Er ist jetzt nichts anderes als ein Wolf in einem Rattenpelz."

„Du hast mich geschickt?", kontere ich. „Du wolltest, dass ich sie und ihre Gefährten noch mehr quäle …"

Sein Blick schnellt zu mir zurück. „Hast du gedacht, dass ich so abgelenkt war und nicht bemerkt habe, dass du deine Loyalität geändert hast? Ich habe dir nur von der Heilung erzählt, weil es eine einfache Methode hätte sein sollen, dich loszuwerden, während sie das gleiche Schicksal erlitt." Er schnalzt mit der Zunge. „Doch natürlich hat es das aufdringliche Herz geschafft, sich in das einzumischen, was hätte sein sollen. Es wird meine Macht nicht mehr lange in den Schatten stellen."

Seine Worte durchbohren meine Brust mit einem Speer aus Eis. Er hat es bemerkt? Er *wollte*, dass ich mich für Talia opfere, als eine Art Bestrafung für die Loyalitäten, die er stärker verworfen hat als ich?

Ich habe ihm von Anfang an in die Hände gespielt.

Kurz schwanke ich auf meinen Füßen, als die Erkenntnis zu mir durchdringt. Dem folgt jedoch eine Gewissheit, die mich beruhigt.

Ich habe ihm *nicht* in die Hände gespielt – denn er hat sich in Bezug auf mich geirrt. Er dachte, ich würde sinnlos sterben und dass Talia mir in den Tod folgen würde. Er dachte, mein Opfer würde nicht funktionieren. Er nahm an, dass ich mir nur einbildete, ich würde sie lieben.

Das ist eigentlich nicht überraschend. Ich bezweifle, dass Orion in der Lage ist, diese Art von Gefühl für etwas anderes als sich selbst und seine sadistischen Spielchen zu empfinden. Wie könnte er verstehen, dass jemand einem anderen Wesen wahrhaftig so treu ergeben ist?

Ich straffe die Schultern. „Du irrst dich. Du irrst dich jetzt und du hast dich damals geirrt. Das Herz hat Talia nicht gerettet – ich habe das getan, weil ich sie liebe. Genauso wie ich mein Volk auf eine Weise liebe, wie du es niemals tun könntest. Wenn sie es sich eingestehen, wissen alle hier, dass es dir wichtiger ist, Blut zu vergießen und Schmerzen zu verursachen, als jemandem Freude zu schenken. Ich kann den Weg für eine Zukunft ebnen, die voller *Freude* ist ...“

Bevor ich weitersprechen kann, feuert Orion mit einer Handbewegung einen Zauber auf mich ab. Es geschieht so schnell, dass ich kaum Zeit habe, zu reagieren – so schnell, dass mich der Zauber wahrscheinlich getötet hätte, würde ich wirklich vor ihm stehen.

Stattdessen streift der sengende, stechende Schmerz mein echtes Fleisch bloß, bevor ich mich von der zerbrochenen Illusion zurückziehe. Ein Brüllen schallt über die Ebene, als mein ehemaliger König seine Truppen versammelt.

Ich bleibe nicht stehen, um herauszufinden, welches

Schicksal er als Nächstes für mich im Sinn hat. Ich springe durch die Lücke in der Seelie-Mauer. Die Wachen, die dort warten, sprechen hastig die Worte, um sie wieder zu verschließen, gerade als ein Trommelfeuer aus feindseliger Magie gegen deren Oberfläche und auf den Boden prasselt, wo ich noch vor einem Augenblick stand.

Sylas ist in Erwartung meiner Rückkehr in der Nähe geblieben. Er begegnet meinem Blick und verneigt respektvoll den Kopf. „Du hast gut gesprochen.“

Ich stoße ein zittriges Lachen aus, das ich mir nicht verkneifen kann. „Ich hoffe es. Daran, wie viele meiner Leute sich meine Worte tatsächlich zu Herzen nehmen, wird sich zeigen, wie gut ich gesprochen habe.“

Wir warten und schließen uns den Soldaten beim Abendessen an, obwohl es in meinem Magen rumort. Das Blau des Himmels verdunkelt sich, als es Abend und dann Nacht wird. Die Murk bombardieren die Barriere stundenlang, bevor sie endlich eine Pause einlegen. Sie dachten vermutlich, dass ihre Anstrengungen nutzlos waren, doch die Krieger entlang der Mauer seufzen erleichtert, da sie erschöpft davon sind, die Barriere fortwährend zu stärken.

Wir wollen uns gerade auf den Rückweg zum Herz machen, als ein wölfischer Bote zwischen den Kriegern hindurchspringt und zu Sylas rennt. Er richtet sich in der Gestalt eines Mannes auf und sein Gesichtsausdruck zeigt eine eigenartige Mischung aus Eifer und Besorgnis.

„Mein Lord“, sagt er. „Es sind soeben einige Murk zu uns gekommen und haben nach Madoc gefragt. Sollen wir sie durchlassen?“

Ein Lächeln breitet sich auf meinem Gesicht aus, während sich Hoffnung in meiner Brust entfaltet, die stärker denn je ist.

„Ich denke, das sollten wir tun“, antworte ich für den Erzlord. „Ich werde sofort mit ihnen sprechen.“

Talia

Ich komme nicht umhin, zu denken, dass die Unseelie, die dieses hausähnliche Gebäude erbaut haben, einladendere Materialien hätten benutzen können. Die Wände bestehen aus einem dunklen, kalten Metall und der Boden aus hellgrauem Stein. Sie haben ein Fenster eingebaut, das so klein ist, dass sich der Raum im Kontrast zu dem winterlichen Sonnenlicht draußen noch dunkler anfühlt. Wenigstens konnte Zelpha eine Laterne heraufbeschwören, um das kleine Zimmer in ein wärmeres Licht zu tauchen.

Fünf Murk kauern auf der dünn gepolsterten Bank, die sich entlang der langen Seite des Raumes erstreckt. Sie sehen aus, als wären sie bereit, sich bei der kleinsten verdächtigen Bewegung in ihre Rattengestalt zu verwandeln und zum nächstbesten Versteck zu flitzen. Ich konnte die Wachen endlich überzeugen, vor der Tür zu bleiben, solange ich im

Gebäude bin und mich mit den Murk unterhalte. Zelpha hat mir jedoch erklärt, dass sie mich nicht reingehen lassen würden, ohne mich die gesamte Zeit in Schutzzauber zu hüllen.

Ich schätze, es ist möglich, dass diese Gruppe Murk beschließen könnte, dass es ihnen irgendwie helfen würde, mich zu töten. Allerdings sehen sie nicht wie bösartige Intriganten aus. Sie sehen verängstigt aus. Warum sollten sie das auch nicht sein, wenn sie sich im Grunde genommen der Gnade der Fae ausgeliefert haben, die in der Vergangenheit so viele von ihnen abgeschlachtet haben?

Doch sie glauben Madoc. Sie sind wegen ihm hergekommen. Dieses Wissen entzündet ein Leuchten der Zuneigung und des Stolzes in meiner Brust.

Nun trete ich auf sie zu und bleibe mitten im Raum unter der Laterne stehen. „Hi", begrüße ich sie. „Ich bin mir nicht sicher … wisst ihr, wer ich bin?" Ein paar von ihnen kommen mir vage bekannt vor, ich kann mich allerdings nicht erinnern, ob ich ihnen im Refugium begegnet bin oder nicht.

Eine der Frauen nickt zaghaft. „Du bist Orions Mensch. Diejenige, die er mit dem Fluch verbunden hat."

Ich habe diese Formulierung mittlerweile so oft gehört, dass ich mich nicht aufrege, obwohl mir ein wenig schlecht wird. „Ich gehöre Orion nicht. Er hat mich mit einer Magie belegt, die den Verlauf meines Lebens geändert hat, aber ich bin immer noch eine eigenständige Person – deswegen bin ich in die Nebelwelt zurückgekehrt, anstatt zu bleiben und mich weiterhin von ihm dazu benutzen zu lassen, den Fae der Jahreszeiten zu schaden. Ich möchte jedoch auch Fae wie *euch* beschützen. Ich habe mit Madoc zusammengearbeitet, um sicherzustellen, dass ihr fair behandelt werdet."

„Wo ist Madoc?", fragt der Mann am Ende der Bank.

„Er ist auf dem Weg", versichere ich ihnen. „Es sind

mehrere Murk auf der Sommerseite über die Grenze gekommen, und er hat ihnen dabei geholfen, sich dort niederzulassen. Erzlord Corwin – mein seelenverbundener Gefährte – hat einen Boten zu ihm geschickt und ich bin mir sicher, er wird so schnell wie möglich kommen. Er ist dankbar für jeden einzelnen von euch, der beschlossen hat, es mit Frieden anstelle eines Kriegs zu versuchen. Ich bin ebenfalls froh darüber."

Die zweite Frau erschaudert. „Es gab Fae der Jahreszeiten, die uns angegriffen haben, aber ... Orion hat meinen Bruder vor aller Augen im Refugium getötet, nur weil er eine Erklärung zu einem von Orions Plänen verlangt hat, der nicht ganz klar war. Orion *lächelte* dabei und ließ die Leiche anschließend zerstückeln und in eine Schmiede werfen. Ich habe nie verstanden, warum das passieren musste."

Ein Kloß steigt in meiner Kehle auf. „Es musste nicht geschehen. Das ist die Art von Welt, die Madoc *nicht* für euch möchte. Wir denken, alle Fae können die Nebelwelt in Harmonie miteinander teilen, ohne dass so viel Gewalt zwischen uns herrschen muss."

„Und das Herz ..." Ein anderer Mann blickt zu der Wand, die sich in der Richtung der leuchtenden Masse befindet, die er von hier nicht sehen, jedoch offensichtlich spüren kann, obwohl er noch keine Verbindung zu ihr hat. „Wir können wieder darauf zugreifen?"

„Ich bin mir sicher, ihr könntet das tun", erwidere ich. „Es hat Madoc willkommen geheißen ... Ich war dabei, als es ihn geheilt hat." Es fühlt sich zu selbstherrlich an, zu erwähnen, dass ich diejenige war, die es dazu überredet hat, ihm sein Leben zurückzugeben. „Ich denke nicht ... ich denke nicht, dass es euch jemals vollständig den Rücken gekehrt hat. Ich bin mir nicht sicher, wie das alles funktioniert, es gehört allerdings genauso wie die Nebelwelt euch allen."

Die erste Frau schmiegt sich enger an den Mann neben ihr, der vermutlich ihr Gefährte ist. „Und die Erzlords ... die Seelie und die Unseelie ... Sie werden uns nicht dafür bestrafen, dass wir bei der Invasion geholfen haben?"

„Sie haben eingewilligt, es nicht zu tun", antworte ich. „Und manche von ihnen freuen sich darauf, eine gemeinsame Basis zu finden. Falls euch irgendjemand schlecht behandelt, erzählt mir, Madoc oder jemandem davon, der für Erzlord Corwin oder Erzlord Sylas arbeitet. Sie werden sicherstellen, dass es nicht mehr vorkommt."

Die zweite Frau blickt aus dem Fenster. „Ich bin noch nie so tief in die Nebelwelt vorgedrungen. Es ... es ist wunderschön hier draußen, obwohl es kalt ist."

Ein Lächeln zupft an meinen Lippen. „Ja, das ist es."

Ich verbringe die nächste halbe Stunde damit, ihnen von meinen Lieblingsorten in beiden Reichen zu erzählen, und beschreibe ihnen die Landschaft und andere Eigenschaften mit so vielen ehrfürchtigen Einzelheiten, wie ich ihnen geben kann, während sie aufmerksam zuhören. Als sich die Tür hinter mir öffnet, sind mir die Geschichten ausgegangen, doch die fünf Murk haben sich entspannt.

Ihre Gesichter hellen sich beim Anblick der Gestalt auf, die gerade hereingekommen ist. Der erste Mann springt auf. „Madoc! Wir ... wir haben davon gehört, was du zu Orion gesagt hast. Dieser Krieg ... er hat erst begonnen und ist bereits nichts, was wir gewollt hätten."

Madoc tritt neben mich, legt sanft eine Hand auf meine Schulter und drückt sie. „Ich freue mich, euch alle zu sehen, und ich bin froh, dass Talia euch beschäftigen konnte, während ihr auf mich gewartet habt. Möchtet ihr im Winterreich bleiben? Wir bauen ein kleines provisorisches Dorf auf der Sommerseite nicht unweit des Herzens, bis wir abschätzen können, wie viele Murk sich uns anschließen, und wir darüber nachdenken können, neue Kolonien zu gründen. Ihr könnt euch den anderen anschließen oder wir können hier etwas Ähnliches aufbauen." Er sieht mich an.

Ich nicke. „Ich bin mir sicher, Corwin könnte das in die Tat umsetzen. Möchtest du, dass ich mit ihm spreche?" Momentan kann ich meinen seelenverbundenen Gefährten nur schwach spüren – er ist zur Front gegangen und versucht, so gut wie möglich zu vermeiden, mich mit seinen Beobachtungen der fortwährenden Schlacht abzulenken – er wollte jedoch bald zurückkehren.

„Ich denke, das Sommerreich klingt gut", bemerkt die zweite Frau. „Nach all der Zeit in den U-Bahn-Tunneln könnte ich ein wenig Sommerwärme vertragen."

Die anderen glucksen und murmeln zustimmend, woraufhin Madoc mir ein kurzes Lächeln schenkt, bevor er sie zur Grenze führt. Ich folge ihnen nach draußen und bleibe neben Zelpha stehen, die bei den Wachen geblieben ist.

„Siehst du", sage ich zu Corwins jüngstem Zirkelmitglied, „sie hatten kein Interesse daran, mich zu verletzen."

Sie schnalzt mit der Zunge. „Man kann nie zu vorsichtig sein. Und ich würde das Gleiche über jeden Unseelie sagen, den ich nicht kenne, nur um das klarzumachen. Einige derjenigen, die wir *kennen*, haben uns genug Ärger gemacht." Sie bedenkt Laonis Länderei mit einem alles andere als verstohlenen Blick.

Dem kann ich nicht widersprechen.

Ich strecke die Arme vor mir aus und mein Blick schweift zu dem weitläufigen Lager in der Nähe am Fuß des Plateaus. „Ich denke, ich werde mit den Fae im Lager sprechen und in Erfahrung bringen, ob ich irgendetwas tun kann, um ihnen das Leben zu erleichtern. Oder gibt es etwas anderes, um das du dich kümmern musst?" Das Beharren meiner Gefährten, dass ich immer mindestens von ein paar Wachen umgeben sein muss, bedeutet, dass meine Aktivitäten ein wenig eingeschränkt sind. Ich verstehe den Grund, dennoch ist es zuweilen ziemlich frustrierend.

Zum Glück schüttelt Zelpha den Kopf und deutet mit dem Arm aufs Lager. „Lass uns schauen, was unsere Krieger so treiben."

Ich humple über die Felder, die dünne Eisschicht knirscht unter meinen Stiefeln und Zelpha passt sich ohne Beschwerden an mein langsames Tempo an. Doch bevor ich die unterschiedlichen Gebäude erreicht habe, die das Gebiet sprenkeln, huscht eine schlanke Gestalt mit kastanienbraunen und burgunderfarbenen Haaren um eines der Gebäude in der Nähe und kommt auf uns zu.

Mein Puls stockt, als ich in der jungen Frau Kara erkenne – die reinblütige Frau, die in Corwin angeblichen ihren seelenverbundenen Gefährten gefunden hat.

Ich bleibe stehen und warte darauf, dass sie uns erreicht. Mein Magen verkrampft sich. Ich hege keinerlei Zweifel an Corwins Hingabe für mich, vor allem nach unserem gemeinsamen Stelldichein, bei dem er seine Liebe auf so viele Arten bestätigt hat und ich das Gleiche für ihn getan habe. Das macht diese Situation allerdings nicht einfacher oder weniger stressig.

Worüber möchte Kara mit mir reden? Ich habe keine Ahnung, was ich zu ihr sagen soll. Allerdings habe ich ihr im Grunde genommen den Gefährten gestohlen, weshalb ich ihr wenigstens ein wenig meiner Zeit schenken und herausfinden kann, was sie möchte.

Zelpha und die Wache, die sie mitgebracht hat, lassen sich einige Schritte zurückfallen, um der Fae-Frau und mir ein wenig Privatsphäre für unser Gespräch zu geben. Als mich Kara erreicht, huscht ihr Blick zu ihnen und zurück zu mir. Sie neigt den Kopf in einer demütigen Geste, die in starkem Kontrast zu ihrem beinahe ladyhaften Auftreten steht.

Ein Teil von mir kommt nicht umhin, zu denken, dass sie viel besser an Corwins Seite passen würde als ich. Sie wurde in den reinblütigen Fae-Adel hineingeboren, auch wenn es nur ein kleiner Schwarm in den Randgebieten ist. Das hier ist ihr Erbe. Ich sollte nur ein gewöhnlicher Mensch sein und mein Leben führen ohne eine Ahnung, dass Fae tatsächlich existieren.

Doch wir sind nun hier, die Dinge sind, wie sie sind, und die Zeit lässt sich nicht zurückdrehen, um irgendetwas davon zu ändern.

„Hi", sage ich unbeholfen. „Brauchst du etwas?"

„Ich wollte nur …" Sie zögert, befeuchtet ihre Lippen und ich habe das Gefühl, dass sie genauso unsicher ist, wie sie dieses Gespräch führen soll. Dieser Eindruck beruhigt meine Nervosität ein wenig, obwohl sie diejenige ist, die mich aufgesucht hat, weshalb ich keinen blassen Schimmer habe, wie ich sie ermutigen kann.

Sie blickt erneut zu meinen Wachen und ihr Mund verzieht sich gequält. „Können wir … unter vier Augen sprechen? Da unsere Verbindung eine Privatangelegenheit ist."

Ich schätze, das ist eine faire Bitte. Allerdings weiß ich, dass Zelpha dagegen protestieren wird. Als ich fragend zu ihr schaue, macht sie ein finsteres Gesicht.

„Du kannst einen Zauber wirken, damit wir nicht hören, was ihr sprecht", verkündet die Zirkelfrau. „Aber Lady Talia wird in der Nähe und in unserem Blickfeld bleiben. Anweisung der Erzlords."

Karas Lippen schürzen sich und zum ersten Mal zeigt sich ein Anflug von Verärgerung auf ihrem Gesicht. Doch sie protestiert nicht, sondern raunt nur einige Worte, die dafür sorgen, dass die Luft um uns herum summt und dann vollkommen ruhig wird.

Ihre Hände zucken neben ihrem Körper, als sei sie sich nicht sicher, was sie mit ihnen tun soll. Sie entscheidet sich dafür, sie vor ihrem Körper zu verschränken. „Du warst da … du weißt, was Erzlord Corwin für mich ist."

Ich schlucke schwer. „Ja. Es tut mir so leid. Ich kann mir nicht vorstellen, wie schwer es ist, in deiner Position zu sein."

„Ja. Nun." Sie löst ihre Hände und spielt mit dem Rock ihres pflaumenfarbenen Kleides. Ihre Augen verengen sich leicht zu Schlitzen, als sie mich betrachtet. „Ich habe nachgedacht und wenn Magie von außen dein Band mit Erzlord Corwin geschaffen hat, sollte es einfacher sein, dieses aufzulösen als bei einem richtigen Seelenband."

Mein Magen beginnt, zu sinken. „Vielleicht", erwidere ich. „Aber keiner von uns will das Band auflösen. Corwin und ich haben auf viele andere Arten als nur durch Magie ein Band geknüpft. Das Band zu einem Gefährten ist viel mehr als nur eine innere Verbindung zu ihm." Ich sollte das wissen, da ich kein magisches Band zu den vier anderen Männern habe, die sich einen Weg in mein Herz erkämpft haben.

„Die innere Verbindung ist jedoch das, was das Band über ein gewöhnliches Gefährtenband hebt", wendet Kara ein. „Ich *sollte* diese Verbindung mit ihm haben. Ich kann sie mit keinem anderen haben." Sie hält inne. „Und du hast auch noch andere Gefährten, soweit ich gehört habe."

In ihrem Tonfall schwingt eine verächtliche Note mit, bei der ich mich trotz meines Mitgefühls empöre. „Es ist einfach so passiert. Ich habe mich jedem einzelnen von ihnen verpflichtet."

Sie summt vor sich hin. „Ich habe gehört, dass du großzügig bist, dass du dich immer um die Fae kümmerst und alles in deiner Macht Stehende tust, um uns zu helfen.

Würdest du das Seelenband aufgeben, das ich eigentlich haben sollte?"

Ihr Blick wird so flehend, dass Schuldgefühle meinen Magen zuschnüren, aber ich habe keine andere Antwort für sie. „Corwin und ich haben uns bereits unsere Loyalität und Liebe geschworen. Ich weiß nicht, was mit dem magischen Teil unseres Bandes passieren wird, wenn wir weiterhin gegen die Murk kämpfen. Der Rest wird allerdings nicht verschwinden. Es *tut* mir unglaublich leid, dass es so gekommen ist, es gibt jedoch keine Möglichkeit, rückgängig zu machen, was wir bereits füreinander empfinden."

Etwas flammt in den Augen der Fae-Frau auf. Ihre Stimme wird schärfer. „Dann stiehlst du ihn mir. Du stiehlst den vom Schicksal vorher bestimmten Gefährten einer anderen Frau. Wie kannst du mir unter die Augen treten, wenn du mein Leben ruinierst?"

Mein Kiefer erschlafft bei dieser plötzlichen Veränderung, obwohl ich zuvor bereits Anzeichen für ihre Feindseligkeit bemerkt habe. „Ich ... so ist es nicht", stammle ich, doch sie scheint mir nicht zuzuhören.

„Es ist genau so", widerspricht sie und tritt so nahe an mich heran, dass sie mich mit ihrer Größe überragen kann. „Du weißt, dass er für mich bestimmt ist, aber du behältst ihn gerne um deinen Finger gewickelt. Ein *Mensch*. Ein Mensch voller Murk-Magie. Er verdient etwas so viel Besseres als dich. Wenn ich könnte ..."

Der Schweigezauber, der uns umgibt, zerbricht, als Zelpha hindurchplatzt, ihre Hand um meinen Arm schließt und sich teilweise zwischen mich und Kara schiebt. Sie ist nur wenige Zentimeter kleiner als die reinblütige Frau, funkelt Kara jedoch mit finsterem Blick und spielenden Muskeln an, die ihre Drohung deutlich machen. „Du wirst von Lady Talia zurücktreten und dich beruhigen", befiehlt sie mit angespannter Stimme. „Und du wirst keine

Gespräche unter vier Augen mehr mit ihr führen. Das steht fest.“

„*Lady* Talia“, schnaubt Kara, macht allerdings auf dem Absatz kehrt und marschiert ohne ein weiteres Wort davon.

Ich sacke in Zelphas Griff leicht zusammen. Die Zirkelfrau wirbelt zu mir herum. „Geht es dir gut? Was hat sie zu dir gesagt?“

„Nichts, was ich nicht verstehen kann, auch wenn sie harsch war“, antworte ich leise und schlinge die Arme um mich. Die Worte, die noch in meinen Ohren klingeln, drehen sich jedoch nicht darum, was ich getan habe oder was mir angetan wurde, sondern um den Kern dessen, wer ich bin: *Ein Mensch.* Gesprochen mit so viel Abscheu.

Ich bin mehr als das. Ich bin genauso viel wert wie Kara oder ein anderer Fae. Es ist jedoch schwer, an meiner Gewissheit bezüglich dieses Wissens festzuhalten, wenn ihr Zorn noch immer durch mich hallt.

Talia

„Das hier ist wirklich nicht nötig", versichert mir Corwin zum gefühlt fünfzigsten Mal. Er ist während der gesamten Reise zur Front des Winterreichs in meiner Nähe geblieben. Er steht an der Wand des Gefährts neben der Bank, auf der ich sitze. Er hat seine Sorgen um mich nicht offen kundgetan, sie erreichen mich jedoch durch unser Band.

Ich strecke die Hand aus und packe seine. „Ich weiß. Aber wir haben gesehen, wie alle – vor allem die Unseelie – auf mich reagiert haben, seit ich angefangen habe, den Fluch zu heilen. Ich fühle mich nicht wie eine Heilsbringerin, aber wenn es ihre Laune hebt, zu sehen, dass ich gekommen bin, um sie zu ermutigen, ist es das meiner Meinung nach wert." *Es ist besser, als in der Burg herumzusitzen und nicht zu wissen, was ich beitragen kann,* füge ich stumm hinzu.

Du hast bereits mehr gegeben, als irgendjemand hätte verlangen können, erwidert Corwin auf die gleiche Weise und seine Finger spannen sich um meine herum an. Er erhebt allerdings keine weiteren Proteste gegen mein Vorhaben, mich ihm heute bei seinem Besuch an der Front anzuschließen.

„Ich merke immer, wenn ihr euch in euren Köpfen miteinander unterhaltet", bemerkt Madoc, der auf meiner anderen Seite sitzt, in einem Tonfall, der mehr sarkastisch als beleidigt klingt.

Ich stoße ihn mit der Schulter an. „Corwins Beschützerinstinkt kommt nur wieder stark durch."

„Hmm. Das scheint bei uns allen häufig vorzukommen." Madoc fühlt sich noch nicht wohl dabei, seine Zuneigung vor den anderen Fae deutlich zu zeigen, sein Schwanz legt sich jedoch in einer lockeren Umarmung um meine Taille. Er kommt aus ähnlichen Gründen mit wie ich, hat allerdings eine viel größere Chance als ich, etwas Nützliches zu erreichen, indem er zu den Murk auf dieser Seite der Grenze spricht.

Die Winter-Randgebiete sind quasi das Gegenteil der Sommer-Randgebiete, was vermutlich Sinn ergibt. Ich merke, dass wir ihnen näher kommen, da die Temperatur von erfrischend kühl zu eiskalt sinkt und die geringe Vegetation vollkommen verschwindet und langen Feldern aus zackigen Felsen und Eis weicht. Die einzige Ähnlichkeit ist der zunehmend dunstige Himmel, der das Sonnenlicht dämpft. Auf der Sommerseite wird die Schwüle durch den Dunst verstärkt. Hier vertieft er die Kälte.

Ich lasse Corwins Hand los und schlinge meine Arme um mich. Ich trage einen Wollmantel mit einer Kapuze über meinem Kleid im Unseelie-Stil. Zudem sind beide Kleidungsstücke sowie meine Stiefel mit Wärmezaubern belegt, die kalte Luft bringt mich jedoch trotzdem zum Zittern. Es ist schwer, sich vorzustellen, dass irgendjemand hier draußen leben will, aber ich schätze, deswegen lassen sich nur weniger bekannte Lords mit ihren Schwärmen so weit entfernt vom Herzen nieder. Vielleicht gibt es einige geringfügige Vorteile, wenn man so nahe bei der Menschenwelt lebt … jedenfalls wenn die Murk keinen Angriff aus dieser Richtung starten.

Das Geschwader, das um uns herum versammelt ist, hat den Großteil der Reise sitzend und mit leiser Konversation verbracht. Gelegentlich haben die Krieger den Fae in den anderen Gefährten etwas zugerufen, die mit uns ankommen werden. Als ein Mann plötzlich aufspringt, komme ich nicht umhin, zusammenzuzucken.

„Etwas stimmt nicht", verkündet er und deutet zum fernen Horizont.

Meine Menschenaugen können nichts von dem erkennen, was er sieht, doch sobald Corwin den Kopf dreht und der Geste des Mannes folgt, versteift er sich. Er murmelt mental einen Fluch, den nur ich hören kann, und gibt den Kriegern um uns herum ein Zeichen. Dabei hebt er seine Stimme, sodass sie auch die Gefährte in der Nähe erreicht. „Es sieht so aus, als würden die Murk mit einem neuen Angriff Boden gutmachen und unsere Leute haben womöglich Probleme. Fliegt so schnell wie möglich weiter und bereitet euch darauf vor, in die Schlacht einzugreifen, wenn wir ankommen."

Er wirft mir einen panischen Blick zu. Ich ziehe meinen Mantel um mich herum noch fester und schenke ihm ein zittriges Lächeln. *Wir wussten, dass dies eine Möglichkeit war. Du musst dich ihnen anschließen – wir können jetzt nicht umkehren.*

Ich kann dich auch nicht verlieren, entgegnet er

entschlossen. *Ich werde dieses Gefährt weiter weg anhalten und sicherstellen, dass es mit jedem möglichen Schutz belegt wird. Er hält inne. Ich schätze, unsere Soldaten brauchen deinen Zuspruch jetzt mehr denn je.*

Ich wünschte, das wäre ein fröhlicherer Gedanke.

Madoc stellt sich so hin, dass er einen besseren Blick auf die Schlacht werfen kann. Das Gefährt segelt so schnell vorwärts, dass der Wind anfängt, gegen dessen Seiten zu peitschen. Ich spähe durch die kristalline Windschutzscheibe, die die Luft daran hindert, zu stark in meinen Augen zu brennen, und die Szene, die die Unseelie um mich herum so sehr verstört hat, schwimmt in Sicht.

Licht flackert entlang des Horizonts wie winzige Blitze. Ich nehme an, dass es heraufbeschworene Angriffe sind, die vor einer nahegelegenen Burg aus hellem Stein aufleuchten. Mein Magen verknotet sich.

Zuvor war die Front weit entfernt von den Ländereien der Winter-Fae abgesehen von denen, die die Murk bereits erobert hatten. Jetzt haben sie ihren Angriff jedoch auf mindestens eine Länderei ausgedehnt, die tiefer im Winterreich liegt. Wie viele Unseelie sterben in diesem Moment?

Ein Fae in Rabengestalt stürzt vom Himmel herab und landet mit gespreizten Flügeln und auf menschenähnlichen Füßen auf einer freien Fläche unseres Gefährts.

„Mein Lord", krächzt die Frau. „Wir konnten keine Nachricht schicken, weil wir so beschäftigt waren. Die Murk haben uns vor weniger als einer Stunde unerwartet angegriffen. Wir mussten uns zurückzuziehen, sonst hätten sie uns umzingelt und abgeschlachtet. Wir versuchen, Silverspun zu halten, aber … Aufgrund der Tricks der Murk ist es schwer, mit ihnen mitzuhalten."

Corwins Mund verzieht sich zu einem grimmigen Strich.

Madoc hebt eine Hand, um die Aufmerksamkeit der Frau zu erregen. „Was genau tun die Murk?"

Sie zögert kurz, antwortet allerdings auf Corwins Nicken hin. „Sie nutzten eine Illusion, um den Eindruck zu erwecken, als würden sie einen Angriff weiter entfernt an der Front starten. Sobald wir eine relativ große Truppe in diese Richtung geschickt hatten, griffen sie an einer Stelle an, die nicht mehr so gut verteidigt wurde. Einigen gelang es, sich in Rattengestalt unter der Mauer hindurchzugraben, wodurch sie uns von zwei Seiten angreifen konnten. Außerdem haben sie das dicke Eis hier draußen zu ihrem Vorteil manipuliert. Sie schmelzen es unter unseren Füßen, verwandeln es in Klingen … Wir haben einige Leute verloren, sogar als wir uns zurückgezogen haben. Die Barriere ist zerbrochen und wir hatten keine Gelegenheit, sie wieder aufzubauen. Wir mussten so viel Kraft in die Abwehr ihres Vorstoßes stecken."

„Wir werden euch natürlich unterstützen", verkündet Corwin. „Ich werde mich selbst der Schlacht anschließen. Ich will nicht, dass sie noch mehr Boden gutmachen."

„Wir geben unser Bestes."

„Wenn sich ihre Truppen bewegen, greift stets zuerst einige von ihnen an, um sie zu testen, bevor ihr davon ausgeht, dass irgendetwas real ist, was ihr seht", wirft Madoc ein.

Die Frau neigt den Kopf. „Das haben wir getan. Aber sie hatten genug echte Kämpfer zwischen den Illusionen, dass es überzeugend war." Sie verzieht das Gesicht. „Wir glauben mittlerweile, dass sie mit Zaubern belegt waren, die magische Angriffe auf die echten Gestalten lenkte, sodass die Illusionen unbemerkt blieben."

Manche der Murk hatten sich freiwillig gemeldet – oder waren dazu gedrängt worden – einen Selbstmordauftrag anzunehmen. Ich zucke innerlich zusammen.

Wir bringen die kurze Entfernung zu der neuen Gefechtslinie rasant hinter uns. Corwin bedeutet den anderen Gefährten, eine Barriere vor unserem zu bilden, und weist die Krieger um ihn herum dazu an, einen schnellen, jedoch mächtigen Schild um dieses spezielle Fahrzeug herum zu weben. „Bleib hier", trägt er mir auf. „Falls sich die Lage verschlechtert, müssen wir möglicherweise überstürzt fliehen."

Ich nicke widerwillig. Es gibt nichts, was ich von hier hinten tun kann, da ich noch immer beinahe einen halben Kilometer von dem echten Kampf entfernt bin. Es ist allerdings nicht so, als hätte die Unseelie-Armee Zeit, jetzt ermutigende Worte aufzunehmen. Sie sind in einen Kampf um ihr Leben verwickelt.

„Ich werde bei ihr bleiben", verspricht Madoc und streichelt sachte mit seinen Fingern über meine Haare. „Ich werde nicht mit meinen Leuten sprechen können, während sie sich mitten in einem Angriff befinden. Wenn ihr sie vorübergehend bändigen könnt, ruft mich."

„Danke", bedankt sich Corwin und mit wildem Flügelschlagen segeln er und die dutzenden Unseelie um uns herum davon, um sich unseren Feinden zu stellen.

Ich trete an den Bug des Gefährts, doch selbst von dort kann ich nicht viel vom Kampf erkennen. Mein Magen hat sich zu einem Knoten verkrampft, der so hart wie Stein ist. Meine Männer machen sich große Sorgen um mich, aber ich habe ebenfalls genug Gründe, mich um sie zu sorgen.

„Werden die Murk Corwin speziell aufs Korn nehmen?", frage ich Madoc, ohne nach hinten zu schauen. „Werden sie erkennen, dass er ein Erzlord ist?"

„Mitten im Gewühl, während sie alle so angestrengt wie möglich kämpfen? Ich bezweifle es." Madoc schließt sich mir an, legt seinen Arm um mich und drückt vorsichtig einen Kuss auf meinen Kopf jetzt, da wir allein sind. „Ich werde dich jedoch nicht anlügen und behaupten, dass er nicht in

Gefahr ist. Du weißt, wie erbittert die Murk für das kämpfen, was viele von ihnen für ihre einzige Chance auf eine echte Freiheit halten."

„Ja." Ich lehne mich an ihn und Schmerzen dehnen sich in meiner Brust aus. In diesem Moment fühlt sich der Krieg vor uns endlos an.

Es macht den Anschein, als würde die Front näher kommen, anstatt zurückgedrängt zu werden, was bedeutet, dass die Murk nach wie vor Boden gutmachen. Ich zerbreche mir das Gehirn nach etwas, was ich tun könnte, was einen Unterschied machen würde, als ein eigenartiger Chor aus Schreien erklingt, der so laut ist, dass ihn meine Ohren sogar über die Entfernung wahrnehmen.

„Was ist los?", frage ich und blicke angestrengt in die Ferne. Corwin hat unsere Verbindung blockiert, damit ich nicht mehr fühlen muss als undeutliche Eindrücke der Gefahr, der er sich stellt.

Madoc springt auf den Rand des Gefährts, um einen höheren Beobachtungsplatz zu haben, und murmelt einige Worte, die anscheinend seine Sicht verstärken. Sein Körper wird stocksteif. „Verdammt, Orion." Die Worte kommen abgehackt heraus.

Mein Herz macht einen Satz. „*Was?*"

Madoc ringt mit so viel Wut, dass es einige Augenblicke dauert, bis er es schafft, mir zu antworten. „Er hat Kinder geholt. Alle Murk-Kinder, die er aus den Waisenhäusern und von anderswo zusammentrommeln konnte, so wie es aussieht. Er treibt sie vor die echten Krieger."

Das Herz rutscht mir in die Hose. Es gibt keine Möglichkeit, dass diese Entscheidung nicht schlecht für uns ausgehen wird. Entweder sträuben sich die Unseelie, anzugreifen, während die Kinder im Weg sind, und in diesem Fall können die Murk weiter vorstoßen ... oder die Unseelie töten sie wie die anderen Murk-Kinder, die den Fae der Jahreszeiten in der Vergangenheit zum Opfer gefallen sind. In diesem Fall wird ihr Tod den Hass der anderen Rattengestaltwandler schüren.

Wenn sie sich für die letzte Option entscheiden, weiß ich nicht, ob es eine Möglichkeit gibt, diesen Krieg zu gewinnen – nicht auf die Weise, die ich mir erhofft hatte. Die Murk werden nicht glauben, dass ihnen ein Unseelie jemals mit Respekt oder Freundlichkeit begegnen könnte.

Bevor ich richtig darüber nachdenken kann, klettere ich bereits aus dem Gefährt. *Corwin,* rufe ich so entschlossen, wie ich es trotz meiner Angst wage, ihn in einem ungünstigen Moment abzulenken. Meine Stimme knallt gegen die Barriere, die unser Band abriegelt, doch ich hoffe, dass er mich zumindest ein bisschen hören kann. *Lass nicht zu, dass jemand die Kinder verletzt. Bitte. Es muss eine Möglichkeit geben …*

Madoc packt mich am Arm, bevor ich mehr als ein paar humpelnde Schritte zur Vorderseite des Gefährts gemacht habe. „Wohin gehst du?", fragt er, das Gesicht starr vor Panik.

Ich deute verzweifelt zur Gefechtslinie. „Ich muss etwas sagen … Ich kann nicht zulassen, dass sie das vermasseln. Wenn sie anfangen, die Murk-Kinder anzugreifen …"

Wir geben unser Bestes, antwortet Corwin in angespanntem Tonfall und ich sehe die Schlacht kurz durch seine Augen: Kinder, die nicht älter als fünf oder sechs Menschenjahre aussehen, sind zwischen älteren verstreut und alle zucken zusammen, als Zauber über ihre Köpfe fliegen. Dann schließt er mich wieder aus.

Madocs Mund verzieht sich. „Sie werden sich nicht immer weiter zurückziehen. Irgendwann wird Orion sie in Zugzwang bringen."

„Gibt es nichts, was wir tun können, um dieser Vorgehensweise entgegenzuwirken?", frage ich. „Könntest du mit den Kindern sprechen und sie dazu überreden, sich zurückzuziehen …?"

Noch als ich das sage, durchfährt mich Hoffnungslosigkeit. Ich bezweifle, dass die Kinder überhaupt dort sein wollen. Wenn sie eine echte Wahl gehabt hätten, würden sie sich erst gar nicht mitten in der Schlacht befinden.

Madoc atmet scharf ein und dann tritt das Funkeln einer Idee in seine Augen. „Vielleicht nicht mit Worten, aber … unsere Kinder reagieren sensibler auf Materialien wie Eisen und Salz, weil sie noch keine vollständige Verbindung zu Orions Herz haben. Wenn ich schnell durch ein Portal in den Randgebieten schlüpfen und eine beachtliche Menge herbringen könnte … wir könnten eine andere Art von Barriere errichten, welche die Kinder nicht überqueren können. Die Unseelie könnten das auch nicht, aber das würde zumindest einen Haltepunkt erzwingen."

„Ja", stimme ich zu. „Geh … so schnell du kannst." Und dann, als er zögert, füge ich hinzu: „Ich werde zurechtkommen. Ich werde nicht näher rangehen, bis du zurückkommst."

Er gibt mir schnell einen Kuss und springt in das Fahrzeug. Zum Glück haben ihm meine anderen Gefährten beigebracht, wie er ihre Fahrzeuge fliegen kann. Sie wollten sicherstellen, dass er mich in einer derartigen Situation schnell von der Gefahr wegbringen kann, aber ich denke, dieser Nutzen ist genauso wichtig.

Im Nu verschwindet das Gefährt außer Sicht. Er hat es mit einer Illusion belegt. Ich schleiche zur Rückseite der anderen Fahrzeuge, ducke mich auf den eisigen Boden und bete für seine sichere und schnelle Rückkehr.

Natürlich wird es als Strategie nicht reichen, dass Madoc das zurückbringt, was er in seiner Eile besorgen kann. Wir müssen die Materialien irgendwie zwischen die Unseelie und die Murk-Armee schaffen. Madoc wird einen Teil der Materialien tragen können, da er noch nicht so empfindlich auf sie reagiert, solange er sein neues Band zum Herzen der Nebelwelt schmiedet. Ich kann helfen, wenn die Fae mich abschirmen, während ich in Reichweite unserer Feinde bin. Doch wird das reichen?

Corwin hat unseren Plan bemerkt und die Verbindung zwischen uns so weit geöffnet, dass wir kommunizieren können. Ich kann die Anspannung in seinen Worten hören. *Was machst du? Wohin ist Madoc verschwunden?*

Ich erkläre unseren vorläufigen Plan so prägnant wie möglich und frage: *Gibt es andere Murk, die auf die Seite der Unseelie übergelaufen sind? Oder menschliche Bedienstete, die helfen könnten?*

Der Widerwille meines Gefährten, zuzuschauen, wie *ich* helfe, erreicht mich, doch er spricht es nicht aus. *Ich glaube, mindestens einige der Lords haben menschliche Bedienstete geschickt, die bei Dingen wie beispielsweise beim Kochen helfen sollen. Ich werde nachschauen, ob wir sie versammeln können, und ich werde uns darauf vorbereiten, einen Streifen Land zu räumen, in dem ihr arbeiten könnt. Wir werden diese Länderei heute nicht retten können.*

Das ist vielleicht unsere Antwort. Wenn ihr die Murk ohnehin nicht weit genug zurückdrängen könnt, macht euch bereit, den Rückzug anzutreten. Wir werden den Schutz außerhalb des Schwarmdorfes niederlegen.

Er antwortet mit einem Gefühl bekümmerter Zustimmung. Ich gebe ihm mental einen liebevollen Schubs. *Es ist schrecklich, aber es könnte so viel schlimmer sein. Schick alle Menschen zu den Gefährten. Ich werde sie zum Handeln bereitmachen.*

Es fühlt sich wie eine Ewigkeit an, bis sich die ersten Gestalten aus der Menge der Unseelie lösen und zu mir eilen. Beim Anblick der benommenen Gesichter mehrerer Männer und Frauen, die sich mir anschließen, erschaudere ich innerlich. Allerdings habe ich jetzt keine Zeit, die Fae wegen ihres Umgangs mit menschlichen Bediensteten zu rügen. Ich erkläre meinen neuen Verbündeten grob, was wir tun werden – wir werden Materialien auf den Boden werfen, die unsere Feinde abhalten werden – und sie scheinen genug von dem zu verstehen, was vor sich geht, dass sie mitmachen werden, glaube ich.

Eine knisternde Explosion erklingt aus Richtung der Schlacht. Einer der Türme der Steinburg zerbricht in einem Feuer aus lodernder Magie. Ich zucke zusammen.

Verzweiflung legt sich gerade erneut über mich, als Madocs Gefährt neben uns in Sicht kommt. Er steht ganz vorne im Bug und so weit weg von den Säcken, die hinten im Fahrzeug aufgetürmt sind, wie er kann. Sein Gesicht hat trotzdem eine kränkliche Farbe angenommen.

„Ich habe nicht daran gedacht, dass das Murk-Herz *meine* Empfindsamkeit auf die Materialien jetzt auch nicht mehr dämpft", erklärt er, stolpert fast vom Bug und taumelt leicht bei der Landung. „Ich musste einige Menschen ‚überreden', das Salz herzutragen … und die Rückreise war nicht unbedingt erbaulich."

„Aber du hast es geschafft", stelle ich mit einem Anflug von Erleichterung fest. „Wir können uns um den Rest kümmern." Wenigstens sollten wir besser dazu in der Lage sein.

Ich winke die anderen Menschen zu mir und weise alle an, sich einen Sack über die Schulter zu werfen. An einem Ende gibt es eine Lasche, wo wir sie aufreißen können. Nachdem ich Corwin mitgeteilt habe, dass wir unsere Vorräte haben, hasten wir zur Schlacht.

Mehrere Unseelie-Krieger kommen uns entgegengeeilt. Einer von ihnen ist Corwins Zirkelmitglied Olander, der hier draußen war und vor unserer Ankunft dabei geholfen hat, den Kampf zu leiten. Mit ausgebreiteten Flügeln nehmen sie uns in ihre Arme, wobei sie grunzen, weil sie der schädlichen Substanz so nah sind. „Wir müssen sicherstellen, dass ihr es weit und schnell genug verteilt", erklärt Olander mit angespannter Stimme, während er mich vorsichtig festhält. „Corwin koordiniert den Rest des Plans."

Wir fegen so schnell über das restliche Terrain, dass ich kaum Zeit habe, darüber nachzudenken, was ich tue. Sengende Energie knistert durch die Luft um uns herum und klatscht gegen die Schilde, die plötzlich errichtet wurden. Gerade, als wir abrupt anhalten, zieht sich die restliche Unseelie-Armee um uns herum auf den Ruf mehrerer Stimmen in der Menge rasant zurück.

„Jetzt", sagt Olander und ich gebe seinen Befehl an die anderen Menschen weiter, während ich den Sack aufreiße.

Salz ergießt sich auf den gefrorenen Boden und die Körnchen funkeln im gedämpften Sonnenlicht. Ein Zischen durchläuft die Gruppe der Murk in der Nähe. Olanders Atem entweicht ihm schmerzhaft rau, während er mit den Flügeln schlägt und uns die Grenze entlangfliegt, die sie ausgewählt haben, wobei wir eine dünne Salzschicht verstreuen. Die anderen Krieger, die uns in die Luft gehoben haben, tun das Gleiche mit ihren Schützlingen.

Weitere Stimmen brüllen zu beiden Seiten magische Worte. Eine Flamme durchbricht einen Schild und streift meine Schläfe. Ich ignoriere den Schmerz und konzentriere mich darauf, das Salz gleichmäßig auszuschütten.

Dann erschlafft der Sack in meinen Händen. Olander fliegt mich von den johlenden Murk-Truppen weg, doch als wir uns umdrehen, erhasche ich einen Blick auf die Rattengestaltwandler an der Spitze der Truppe. Die Kinder sind geflohen, wie wir es gehofft hatten. Die anderen können sie nicht als Schild benutzen, ohne sich weiter zurückzuziehen.

Ich weiß nicht, wie lange unser Schachzug erfolgreich sein wird, doch als mich Olander hinter dem Schwarm der Unseelie-Krieger absetzt, wo Madoc wartet, packt mich ein neues Gefühl der Überzeugung.

Es *gibt* mehr, was ich in diesem Krieg tun kann, mehr, als mir je zuvor bewusst war. Und jetzt, da ich es weiß, werde ich nicht klein beigeben.

10

Whitt

Ich mustere meine Gefährtin, die mit angezogenen Beinen in einem der Sessel in meinem Büro sitzt und deren helle Augen noch wachsamer als üblich sind. Manchmal fällt es mir schwer, zu verstehen, wozu die Frau, die ich liebe, in der Lage ist.

„Das war ein verrückter Plan", informiere ich sie. „Buchstäblich die Erde zu salzen? Die verletzlichsten Wesen unter uns an die Front zu schicken? Aber irgendwie hast du es geschafft."

„Die Unseelie haben uns die ganze Zeit beschützt", merkt sie auf ihre typisch sture Art an. „Und es hat nur vorübergehend funktioniert. Die Murk haben trotzdem Boden gutgemacht. Ich hatte gehofft, dass du ein paar Ideen hast, wie wir auf ähnliche Strategien zurückgreifen können."

Ich lehne mich nach hinten gegen meinen Schreibtisch und ziehe die Augenbrauen hoch. „Wir wollen anfangen, die

Ratten noch mehr zu würzen? Sollen wir vielleicht eine Grillparty veranstalten?"

Talias Lippen zucken zum Schatten eines Lächelns und sie verdreht spielerisch die Augen über mich. „Nein. Der Sinn des Ganzen besteht darin, zu *vermeiden*, dass irgendjemand gegrillt wird, außer es ist absolut notwendig. Vor allem die Kinder sollen geschützt werden."

Ein kleiner Schauder durchläuft ihren Körper, der mir einen Stich in die Brust versetzt. Wenn Orion unseren Leuten nur einen Bruchteil des Mitgefühls entgegenbringen würde, das sie noch immer für seine Leute empfindet, wären wir nicht in dieser Situation.

„Dadurch ist mir bewusst geworden, wie sehr die Menschen helfen können, die unter den Fae gelebt haben", fährt Talia fort. „Die Murk, die ihre Magie vom falschen Herzen erhalten, reagieren zwar nicht so empfindlich auf die herkömmlichen Materialien wie der Rest von euch, aber sie stören sie, besonders auf Dauer. Wenn wir Möglichkeiten finden könnten, sie ihres Schutzes zu berauben und zu schwächen, wäre es einfacher, das Gebiet zurückzuerobern, dass sie eingenommen haben, und sie daran zu hindern, mehr an sich zu reißen."

„Wir können diese Materialien allerdings nur benutzen, wenn Leute die Arbeit übernehmen, die von ihnen nicht beeinflusst werden,", spinne ich ihre Idee weiter. Es ist eine kluge Herangehensweise, eine, die mir leider nie eingefallen ist. Obwohl ich die Frau vor mir wahnsinnig bewundere, vergesse ich oft, wie menschlich sie ist – und dass andere wie sie vielleicht beinahe genauso viel anzubieten haben. „Sehr gerissen. Der schwierige Teil wird darin bestehen, die Murk in Kontakt mit Salz oder Eisen oder beidem zu bringen, ohne dass sie vorher unsere menschlichen Verbündeten erwischen und vernichten."

„Ja." Talias Mund verzieht sich in einem gequälten

Winkel. „Diesbezüglich ist mir noch nichts eingefallen. Ich habe beschlossen, dass meine beste Chance darin bestünde, zum ansässigen Strategen zu gehen." Sie neigt ihren Kopf auf eine flehende Art, durch die sie besonders reizend aussieht.

Ich entscheide, dass es keinen Sinn hat, mein Verlangen zu ignorieren, während wir dieses Gespräch führen. Ich gehe zu ihr, hebe sie hoch und setze mich mit ihr auf meinem Schoß auf den Sessel. Ein Schnauben entfährt ihr, als sich meine Arme um sie legen, und sie lehnt ihren Kopf an meine Schulter. „Eine bessere Position zum Nachdenken?"

„Viel besser." Ich reibe meine Nase an ihren weichen Haaren. „Das inspiriert mich noch mehr als üblich, herauszufinden, wie wir dafür sorgen können, dass du dein Leben *nicht* stärker in Gefahr bringst als nötig."

Talia atmet langsam aus und ihr Blick richtet sich nachdenklich in die Ferne, während sie sich enger an mich schmiegt. „Ich schätze, es gibt keine einfache Methode, die Materialien zu den Murk-Truppen zu befördern, oder? Falls die Fae versuchen würden, das Salz oder Eisen direkt mit ihrer Magie zu beeinflussen, würde es sich so stark auf sie auswirken, dass es nicht besonders weit kommen würde."

Ich nicke. „Und irgendwie kann ich mir nicht vorstellen, dass ihr Menschen, so kräftig manche von euch auch sind, es schafft, Hände voller Salz nur mit Muskelkraft so weit zu werfen, dass es einen großen Unterschied macht. Wir werden uns zumindest teilweise auf List und Tücke verlassen müssen."

„Ich denke, nicht einmal Madoc könnte einen Zauber wirken, der uns so gut verbirgt, dass wir uns unbemerkt unter den Murk bewegen können."

„Nein. Und sobald ihr anfangt, eure Falle zu legen, würden sie es spüren und euch angreifen." Ich runzle die Stirn, da all die Möglichkeiten in meinem Kopf zu wirbeln beginnen. „Wenn ihr in Gefährten wärt, in einer Art

Fahrzeug, das wir schnell genug außer Reichweite bewegen können …“

„Das ist mir auch in den Sinn gekommen“, sagt Talia. „Dass wir die Materialien irgendwie von oben auf sie fallen lassen könnten. Falls wir hoch genug sind, würde das funktionieren?“

„Vielleicht. Es fühlt sich immer noch riskant an. Und es besteht eine hohe Wahrscheinlichkeit, dass sie in der Lage sein werden, die fallenden Materialien stattdessen zu *uns* umzuleiten, was es uns erschweren könnte, eure Gefährte zurückzuholen.“ Sogar die Brise könnte mit ihrem unberechenbaren Verhalten in der Nähe der Randgebiete gegen uns arbeiten.

„Die Unseelie haben uns gestern getragen, während sie geflogen sind.“ Talias Brauen ziehen sich zusammen. „Es war jedoch schwer für sie, nur einen halben Meter über dem Boden zu fliegen, da sie dem Salz so nah waren, das wir getragen haben. Das wäre vermutlich ebenfalls gefährlich.“

„Ja, das halte ich für keine zuverlässige Methode.“ Die Rädchen in meinem Kopf rattern jedoch auf ein Gefühl des Eifers zu, mit dem ich gerne vertraut bin. Ich stehe kurz vor einer zündenden Idee. Wenn nicht von oben, dann …

Die Idee kommt mir so plötzlich und perfekt, dass es mir schwerfällt, zu glauben, dass ich sie nicht von Anfang an geplant habe. Ein Grinsen dehnt meine Lippen. „Dann wählen wir eben die gegensätzliche Taktik. Wir verwenden ihre eigene List gegen sie. Sie haben zuvor schon Tunnel in unsere Gebiete gegraben, also warum können wir nicht das Gleiche bei ihnen tun?“

„Tunnel?“, wiederholt Talia.

„Größere Tunnel als sie eine Ratte benötigt“, erkläre ich und verlagere ihren Körper auf meinem Schoß. „Wir haben unsere Barriere, die uns vor den Murk-Armeen schützt, nun bis tief in den Boden ausgedehnt, weshalb sie diese Taktik aufgeben mussten. Wir können Tunnel unter ihren Lagern erschaffen. Ich denke nicht, dass wir *unsere* gesamte Armee auf diesem Weg zu ihnen bringen können, aber einige hier und da, um die Falle zu legen … Ja, das könnte funktionieren. Du und die anderen Menschen können daraufhin die Materialien in die Tunnel tragen und dort ablegen. Die Wirkung würde die Ratten nach und nach durch den Boden hindurch erreichen. Sie werden vermutlich nicht bemerken, was passiert, bis sie bereits geschwächt sind, und dann können wir sie zurücktreiben."

Talias Miene hellt sich auf. „Das hört sich gut an. Denkst du, die Erzlords werden dem zustimmen? Wir sollten an der gesamten Front entlang zur gleichen Zeit zuschlagen, oder?"

„Ich vermute es. Wenn wir die Taktik erst einmal benutzt haben, werden wir sie vermutlich nicht mehr einsetzen können. Daher müssen wir es beim ersten Mal gleich richtig machen. Und was sollten die Erzlords *nicht* daran mögen, dass sie ihre Ländereien zurückerhalten?" Ich umarme sie kurz und gebe ihr einen Kuss auf die Stirn. „Wir sind eindeutig ein exzellentes Team, wenn es um das Entwickeln von Strategien geht."

„Nun …" Talia hält inne und ihr Körper spannt sich ein wenig an meinem an. „Ich sollte bei den anderen Menschen sein und dabei helfen, sie vorzubereiten und so viele wie ich kann anzuleiten, wenn wir den Plan durchziehen. Ich bin der einzige Mensch in der Nebelwelt, der eine Ahnung davon hat, was los ist. Ich habe eine Bedingung, bevor ich zustimme, diese Rolle zu übernehmen."

„Welche ist das, Krümel?", frage ich, obwohl ich sie bereits erraten kann.

Sie blinzelt zu mir auf. „Du weißt, dass ich vor Beginn des Krieges auf eine bessere Behandlung der menschlichen Bediensteten gedrängt habe. Wenn ich den Fae helfen soll, diesen Krieg zu gewinnen – wenn alle Menschen in der

Nebelwelt ihr Leben derartig riskieren sollen – möchte ich, dass die Erzlords schwören, dass sie ihren Bediensteten mehr Entscheidungsfreiheit gewähren und die anderen Lords bitten, das Gleiche zu tun, wenn der Krieg mit den Murk zu Ende ist. Sie dürfen nicht mehr unter Drogen gesetzt werden, damit sie gehorchen. Sie dürfen nicht mehr mithilfe von Magie kontrolliert werden. Sie sollen nicht mehr daran gehindert werden, nach Hause zu gehen, wenn sie das wollen. Ich denke nicht, dass die Erzlords besonders glücklich darüber sein werden – nun, zumindest einige von ihnen."

„Ich rechne damit, dass dich mindestens zwei vollauf unterstützen werden", erwidere ich sarkastisch und denke über den Rest nach. „In Kürze soll ein weiteres Meeting mit allen Erzlords abgehalten werden. Dort kann ich ihnen den Plan – und deine Bedingungen – erklären. Ich denke, deine Forderung ist absolut vernünftig … und ich verdiene meine Tätigkeitsbezeichnung nicht, wenn ich sie nicht ebenfalls davon überzeugen kann."

„Sie sind nicht immer die umgänglichsten Zeitgenossen", brummt Talia.

„Nein, das sind sie nicht." Ich reibe über meinen Kiefer. „Warum lässt du dieses Meeting nicht sausen und überlässt es mir, mich um all das zu kümmern. Ich vermute, es wird besser aufgefasst werden, wenn der Vorschlag von mir kommt, als wenn sie das Gefühl haben, dass du ihnen Befehle erteilst. Außerdem verdienst du eine Pause von all ihren Streitereien."

Talia wirkt widerwillig, seufzt jedoch. „Vielleicht hast du recht." Sie entspannt sich etwas mehr und mein Herz zieht sich schmerzhaft zusammen.

Sie hat während ihrer Zeit in der Nebelwelt so viel durchgemacht und im letzten Monat schlimmere Schicksalsschläge denn je erlebt. Ich weiß nicht, was ich tun oder sagen soll, was wiedergutmachen könnte, was sie verloren hat, oder den Schmerz lindert, den sie erlebt hat.

Vielleicht lässt es sich nicht wiedergutmachen. Wir können nur in die Zukunft blicken und ihr zeigen, dass wir jeden Schritt des Weges für sie da sind.

„Besuche deine Schneiderfreundin", schlage ich vor und stelle sie auf ihre Füße, damit ich aufstehen kann. „Ich glaube, sie wird rastlos, da so viele der Rudelmitglieder gegangen sind, um sich dem Kampf anzuschließen."

Ich freue mich nicht auf dieses Gespräch mit den Erzlords, aber es sollte am besten schnell und ordentlich erledigt werden. Als Talia geht, gebe ich Sylas Bescheid, dass ich den Erzlords etwas zu sagen habe, und er erteilt mir die Erlaubnis mit einem Funkeln belustigter Erwartung in seinem dunklen Auge. Er kann offensichtlich anhand meiner Energie erkennen, dass ich bereit bin, in die Offensive zu gehen.

Als die acht Anführer um den langen Tisch in unserem Versammlungsraum herum Platz genommen und sich ihre Berater in der Nähe positioniert haben, wobei die meisten erwartungsgemäß finster dreinschauen, gebe ich ihnen keine Gelegenheit, mit ihren eigenen Angelegenheiten zu beginnen. Ich trete an den Tisch, klopfe mit dem Fuß auf den Boden und betrachte sie alle der Reihe nach. „Lady Talia und ich haben uns eine Strategie überlegt, wie wir die Gebiete zurückerobern können, die wir an die Murk verloren haben. Dazu ist jedoch Ihre Mitarbeit erforderlich."

Mir begegnen neugierige und besorgte Blicke, letztere kommen vorwiegend von Corwins Unseelie-Erzlords. „Wo ist Lady Talia?", fragt Laoni, als würde das bei dem eine Rolle spielen, was ich gesagt habe.

„Sie gönnt sich eine dringend benötigte Pause nach all den Dingen, die sie für uns getan hat", antworte ich. „Es ist im Grunde genommen mein Plan, sie ist jedoch bereit, dabei mitzuwirken. Ihre Teilnahme wird nötig sein, damit er funktioniert. Wenn wir den Plan durchführen wollen, gibt es allerdings eine Bedingung, der Sie zustimmen müssen."

Uzziah hustet. „Bittest du um unsere Zustimmung, bevor wir auch nur den Plan gehört haben?"

Ich verenge die Augen zu Schlitzen, obwohl ich ihn anlächle. „Ich kann Ihnen den Plan im Groben und Ganzen erklären. Wir wissen alle – Sie Raben besser als jeder andere, schätze ich – was Ihre menschlichen Bediensteten gestern geleistet haben, um die Murk zurückzudrängen und ihre Bemühungen zu untergraben, uns mit ihren schrecklichen Taktiken zu verunsichern. Talia hat diesen Angriff angeführt. Sie ist gewillt einen weiteren anzuführen. Ein Angriff, bei dem jeder Mensch in der Nebelwelt benötigt wird, der in der Lage ist, zu helfen – und ich glaube, mit diesen Anstrengungen könnten wir einen bedeutsamen Teil der Gebiete zurückerobern, die wir verloren haben."

„Ich warte auf das ‚Aber‘", sagt Celia, ihr Tonfall klingt jedoch mehr trocken als kühl.

Ich verneige den Kopf vor ihr und lasse meinen Blick erneut über die versammelten Erzlords schweifen. „Sie kennen ebenfalls Talias Meinung dazu, wie die Menschen in unseren Reichen behandelt werden – ihnen wurde ihre Willensfreiheit geraubt und häufig auch der Großteil ihres Verstandes. Mein Lord, ich und ihre anderen Gefährten stimmen ihr in dieser Hinsicht zu. Wenn sie die Menschen dazu anführen soll, ihre Leben aufs Spiel zu setzen, um die Murk zurückzuschlagen, möchte sie, dass Sie alle einen Schwur leisten, dass, wenn Orion besiegt wurde, die chemischen und magischen Manipulationen enden und den Menschen die freie Wahl gelassen wird, ob sie Ihnen weiterhin dienen möchten oder nicht. Das bezieht sich auf Ihre eigenen Bediensteten und die der anderen Lords, von denen Sie das Gleiche verlangen werden."

Dass unsere üblichen Gegner kaum unterdrückte Empörung ausstrahlen, überrascht mich nicht. „Und du hast ihr diese Art der Erpressung erlaubt?", will Laoni wissen. „Wir befinden uns mitten in einem Krieg – jetzt ist nicht die Zeit, untereinander zu verhandeln, wenn so viele Leben auf dem Spiel stehen."

Sylas meldet sich zu Wort. „Ich könnte mir vorstellen, dass Talia sich genau darum Sorgen macht – die Leben all der Menschen in der Nebelwelt, die viele von uns so gleichgültig behandelt haben. Das hier ist nicht *ihr* Krieg. Warum sollten sie sich für uns in Gefahr begeben, wenn wir nicht einmal gewillt sind, ihnen ihre Grundfreiheiten zu geben?"

„Ich werde zustimmen", verkündet Donovan lässig. Allerdings hat er bereits mehr oder weniger zugestimmt, mit Talia in dieser Sache zusammenzuarbeiten, bevor wir von den Murk abgelenkt wurden.

„Unser Einfluss auf die Menschen ist genauso, wie er immer war", wendet Terisse ein, die hin und her gerissen wirkt.

„Diese Forderung ist irrsinnig", schimpft Uzzlah.

Oh, er mag keinen Irrsinn, was? Die federhirnigen Raben sind so stolz auf ihre angebliche Vernunft. Meine Laune hebt sich, als ich eine Möglichkeit sehe, diesen Stolz anzugreifen.

„Was soll ich von all diesen Argumenten halten?", frage ich, blicke die Unseelie-Gruppe an und ziehe die Augenbrauen hoch. „Ich dachte, die Raben hätten vollstes Vertrauen in ihre Fähigkeit, zu herrschen. Sind Sie so unfähig im Umgang mit Ihren Schwärmen, dass Sie nicht glauben können, dass auch nur einer Ihrer menschlichen Bediensteten bleiben würde, wenn Sie sie nicht dazu zwingen?" Ich schnalze leise mit der Zunge.

Laonis Gesicht bekommt rote Flecken. „Es geht nicht um Fähigkeiten", blafft sie, bemerkt dann jedoch, dass sie sich mit ihrem Temperamentsausbruch keinen Gefallen tut. Sie hält kurz inne, um sich zu sammeln.

Ich nutze die Gelegenheit, um mein Argument unmissverständlich klarzumachen. „Wenn Sie nicht unfähig sind, sollte es kein Problem sein. Außer es liegt in Wahrheit daran, dass Sie faul sind und es vorziehen, Abkürzungen zu wählen, anstatt echte Anstrengungen zu unternehmen, um Ihre Herrschaft zu wahren."

Laoni schaut mich finster an. Ihre Stimme kommt dünner heraus als zuvor. „Wohl kaum. Es ist einfach so, dass wir uns auf sie verlassen und eine derart große Veränderung eine gewaltige Anpassung verlangen würde."

„Genauso wie das Leben unter der Tyrannei der Murk, könnte ich mir vorstellen", sagt Celia zu meiner Überraschung. Ich hatte erwartet, dass sie sich ebenfalls widersetzen würde. Sie lehnt sich resigniert auf ihrem Stuhl zurück. „Es ist eine nachvollziehbare Bitte und nachdem wir gesehen haben, wozu Lady *Talia* in der Lage ist … hat es vielleicht zu lange auf sich warten lassen."

Corwin nickt. „Ja, dem stimme ich zu."

Uzziah wirft ihm einen bösen Blick zu, als wollte er sagen, *Natürlich stimmst du zu*, seiner Feindseligkeit ist jedoch die Luft ausgegangen. „Sie ist kein durchschnittliches Exemplar ihrer Art", wendet er in einer letzten Anstrengung ein, seine Sklaven zu behalten.

„Woher wollen Sie das wissen?", frage ich milde. „Haben Sie den Menschen jemals die Gelegenheit gegeben, zu zeigen, wozu sie fähig sind? Das riecht nicht nur nach Unfähigkeit und Faulheit, sondern auch nach dem Versagen, das volle Potenzial Ihrer Untergebenen auszuschöpfen. Ich hätte wirklich gedacht, dass die Winter-Fae gewissenhafter sind."

Sein Kiefer mahlt. „Wir brauchten nicht mehr, als sie bereits für uns tun."

„Ah, aber ein wahrhaft effizienter Herrscher sollte allen in seinem Reich erlauben, nach besten Kräften zum Allgemeinwohl beizutragen, denke ich. Verzeihen Sie mir, falls ich mich irre."

Er schaut mich boshaft an, doch ich erwidere den Blick ruhig und mit freundlicher Miene. „Ich vermute, wir kämen zurecht", murrt er mit einem Seitenblick auf Laoni. „Und vielleicht sind uns einige mögliche Vorteile entgangen."

Die selbsternannte Anführerin der Unseelie-Erzlords seufzt. „Na schön. Es ist ja nicht so, als wären wir derart abhängig davon, einige Menschen bei uns zu haben, die putzen und kochen. Jetzt erkläre uns den Rest dieses Plans."

Meine Mundwinkel biegen sich nach oben und ein Gefühl des Triumphes breitet sich in mir aus, das ich größtenteils für mich behalte. „Es ist mir ein Vergnügen."

11

Talia

ie Murk-Übergangssiedlung unweit der Grenze von Hearth-by-the-Heart verströmt eine solche Ruhe, dass ich spüre, wie sich meine Nerven lockern, als ich mich an den Fuß einer Eiche in der Mitte des Dorfes setze. Weitere große Bäume ragen über den Holzhäusern auf, die dort errichtet wurden, und die Brise flüstert sanft durch deren Blätter. Goldene Lichtstrahlen, die durch die Lücken zwischen den Ästen fallen, sammeln sich auf dem Gras. Ein zarter Blumenduft weht von den Wildblumen herbei, die die Ränder der Lichtung sprenkeln.

Finden die Murk diese Atmosphäre so friedlich wie ich, nachdem sie jahrelang unter der Erde oder in anderen Verstecken gelebt haben, die sie sich in der Menschenwelt geschaffen haben?

Diejenigen, mit denen Madoc momentan spricht, sehen sich mit einem Gesichtsausdruck um, der irgendwo zwischen

Staunen und Entsetzen liegt. Ich würde ihnen keinen Vorwurf machen, wenn sie noch immer Angst davor hätten, dass sich die Fae der Jahreszeiten jeden Moment mit Krallen und Klauen auf sie stürzen.

„Ich kann es spüren", sagt ein junger Mann namens Flynn, dessen zerzauste braune Haare beinahe seine hellbraunen Augen verbergen. „Ich weiß, dass es da ist, aber die Energie gelangt nicht in mich."

Madoc klopft ihm ermutigend auf die Schulter. „Es wird eine Weile dauern, bis du lernst, dich dem Herzen der Nebelwelt zu öffnen, und bis es dich akzeptiert. Ich … habe einen ziemlich extremen Weg eingeschlagen, um das schnell zu erreichen, und ich empfehle ihn euch nicht. Doch wenn es mich willkommen geheißen hat, bin ich mir sicher, dass es euch mit der Zeit ebenfalls annehmen wird. Ihr müsst ihm nur zeigen, dass ihr gewillt seid, ihm entgegenzukommen."

„Und ihr habt bereits einen großen Schritt in diese Richtung gemacht, indem ihr zu uns gekommen seid", werfe ich ein.

Die Frau neben Flynn, deren Namen ich nicht mitbekommen habe, schwankt leicht mit der Brise. „Sie werden uns wirklich einfach all das hier geben?"

Madoc nickt. „Die Fae der Jahreszeiten sind zunehmend gewillt, dafür zu sorgen, dass eine Kooperation zwischen willigen Murk und ihnen funktioniert. Außerdem könnt ihr euch sicher sein, dass ich sie mir zur Brust nehmen werde, falls sie sich sträuben." Er grinst, obgleich seine Haltung etwas verlegen wirkt. „Habt ihr euch gut eingelebt? Falls es irgendetwas gibt, was ihr in eurem Zuhause braucht, kann ich das organisieren. Das hier wird nicht euer dauerhaftes Dorf sein. Wir arbeiten noch an den Einzelheiten, wie die Neubesiedlung ablaufen soll, da die Kolonien so zerrissen sind."

Als er mit der Frau und ein paar der anderen Murk

geht, die anfangen, ihm Fragen über die Bäume in der Nähe zu stellen, rutscht Harper, die unter einem benachbarten Baum saß, näher zu mir. Nachdem wir einige Zeit damit zugebracht hatten, den Zustand der Fae-Welt und Harpers jüngste Modeprojekte zu besprechen, erwähnte ich, dass ich mir anschauen wollte, wie sich die Neuankömmlinge einleben, und sie bat mich, mitkommen zu dürfen.

„Sie sind uns wirklich sehr ähnlich, oder?", fragt sie jetzt und ihre übergroßen Augen sind noch größer als üblich, während sie die Übergangssiedlung betrachtet.

„Mehr wie du als ich", erinnere ich sie. „Sie sind noch immer Fae. Die Beziehungen zwischen den Gruppen sind im Lauf der Jahrhunderte nur sehr ... verdreht und bitter geworden. Ich schätze, das Gleiche wäre irgendwann zwischen den Sommer- und Winter-Fae geschehen, wenn der Konflikt noch länger angedauert hätte."

Harper saugt ihre Unterlippe zwischen die Zähne und knabbert kurz daran. „Ich frage mich, wie sich alles so verschlechtert hat. Es muss eine Art Vorfall oder Streit gegeben haben, wie es ihn zwischen den Seelie und Unseelie gab."

„Es ist vermutlich unmöglich, dass jetzt herauszufinden. Außerdem spielt es keine Rolle. Niemand, der daran beteiligt war, wäre jetzt noch am Leben. Den Grund in Erfahrung zu bringen, würde allen Fae nur eine Ausrede liefern, wieder mit dem Finger aufeinander zu zeigen."

„Und wir scheinen es zu lieben, das zu tun, oder?", sagt Flynn leichthin und sinkt in unserer Nähe ins Gras. Er mustert mich eine Weile. „Ich weiß, dass du der Mensch mit dem Heilmittel bist." Sein Blick gleitet zu Harper. „Aber wer bist du?"

Harper setzt sich etwas aufrechter hin und ihr Mund zuckt, als wüsste sie nicht, wie sie die Frage auffassen soll.

„Ich bin Talias Freundin", antwortet sie steif. „Harper von Hearth-by-the-Heart – das ist Erzlord Sylas' Rudel."

„Oh, *so* viel habe ich mir zusammengereimt." Flynn stützt sich lässig auf seine Hände. „Also bist du nur hergekommen, um zu gaffen?"

Harpers Mund öffnet und schließt sich, bevor sie antwortet. „Nein! Ich ... Talia hat erzählt, dass sie der Siedlung einen Besuch abstatten möchte. Ich dachte, vielleicht gäbe es etwas, bei dem ich helfen kann." Sie hält inne und ich beschließe, dass es besser ist, sie entscheiden zu lassen, ob sie mehr sagen will, anstatt mich einzumischen. Sie befeuchtet ihre Lippen. „Ich kann mir vorstellen, dass es schwer sein muss, euer Zuhause zurückzulassen ... Ich meine, obwohl die Nebelwelt euer Zuhause sein sollte. Es tut mir leid, falls einer der anderen Seelie unhöflich zu euch war."

Flynn schnaubt. „Unhöflich? Das ist nicht das, worum ich mir Sorgen mache." Seine Schultern haben sich jedoch entspannt und er lockert die Abwehrhaltung, die ich bis jetzt nicht bemerkt hatte. „Nun danke, dass du das gesagt hast. Was hältst du bisher von uns?" Mit einer kurzen Bewegung schwingt sein Schwanz in Sicht, als versuche er, sie zu provozieren.

Ich bin stolz darauf, dass Harper überhaupt nicht beunruhigt von dieser Eigenschaft wirkt. „Ich weiß nicht, was ich denken soll. Bisher habe ich keinen von euch richtig kennengelernt. Allerdings kann ich sehen, dass Talia recht hat und die Murk nicht alle schlecht sind."

„Also habe ich es geschafft, einen guten ersten Eindruck zu machen, was?"

Ein winziges Lächeln biegt ihre Lippen nach oben. „Ein wenig. Du könntest noch etwas daran arbeiten."

Ein Lachen entfährt Flynn, bevor auch Harper und ich kichern. Es ist eine Erleichterung, Humor in der Situation zu finden, und einmal die Spannung abzulegen, die so lange schwer auf uns gelastet hat.

„Vielleicht werde ich irgendwann einmal bei der schicken Länderei eures Erzlords vorbeischauen. Dann kannst du mir eine Führung geben", meint Flynn. „So kann ich eure Gastfreundschaft wirklich testen."

„Jederzeit", erwidert Harper, die reagiert, als sei es eine Herausforderung. Ich meine jedoch, einen Hauch von Röte auf ihren Wangen zu sehen. Interessant.

Madoc schlendert zurück zu uns. Er neigt den Kopf in Flynns Richtung. „Ich habe gehört, dass du relativ gut bei der Nahrungszubereitung bist. Möchtest du, dass ich dir die örtliche Flora und Fauna zeige, die am besten dafür genutzt werden kann? Ich musste mich bei meinen Missionen sehr auf dieses Wissen verlassen, als ich noch für Orion spionierte."

„Klar." Flynn springt auf und zwinkert Harper zu, bevor er mit Madoc zum Rand der Lichtung stolziert.

Ich schaue Harper an. „Ich glaube, du hast einen neuen Freund gefunden. Und anscheinend kann er kochen. Das ist definitiv ein Plus."

Sie verzieht das Gesicht. „Wir haben nur ein wenig geplaudert. Ich wollte, dass er sich willkommen fühlt." Ihr Gespräch hatte allerdings definitiv einen neckischen Unterton, den ich bei Harper noch nie zuvor gehört habe – und ihr Blick folgt ihm einige Sekunden lang, bevor er sich wieder auf mich richtet.

Es dauert nicht lange, bis sich Madoc wieder zu uns gesellt und wir in das Gefährt hüpfen, das auf uns gewartet hat, wobei zwei von Sylas' Wachen über mich gewacht haben. Madocs Gesicht hat nachdenkliche Züge angenommen, aber ich weiß nicht, was ich zu ihm sagen soll, während wir uns in der Gesellschaft anderer befinden. Er vertraut den Fae der Jahreszeiten inzwischen zwar ein wenig, ich bezweifle allerdings, dass er bereits etwas Persönliches mit Fremden besprechen möchte.

Womöglich will er nicht einmal mir anvertrauen, was ihm durch den Kopf geht.

Als wir das Rudeldorf erreichen, umarme ich Harper schnell, bevor sie zu ihrem Haus geht. Ich wollte eigentlich in Erfahrung bringen, welche Neuigkeiten Whitt bezüglich des Plans hat, den wir morgen in die Tat umzusetzen hoffen, doch stattdessen konzentriere ich mich auf Madoc.

Er hat hier unter den Fae, die er so lange Zeit gehasst hat, keinen Halt. Ich will ihn nicht mit dem Unbehagen allein lassen, mit dem er zu kämpfen hat.

„Hey", sage ich, als er mir aus dem Gefährt hilft. „Du hast noch nicht viel von der Grenzburg gesehen, oder? Abgesehen von den Gemeinschaftsräumen und ähm, meinem Schlafzimmer." Und seinem Zimmer, das meine anderen Gefährten für ihn möbliert haben. Ich kann mir nicht vorstellen, dass es sich für ihn bereits wie *sein* Zimmer anfühlt.

Madoc schenkt mir ein schiefes Lächeln. „Gibt es noch mehr, was mir entgangen ist?"

„Oh, ja. Komm, ich werde es dir zeigen."

In der Grenzburg entfernen sich die Wachen, sodass wir zwei allein sind. Ich möchte Madoc zeigen, dass es hier mehr für ihn gibt als Verantwortung und Erwartungen. Daher führe ich ihn hinab in den Keller, in den August und Sylas ihren Unterhaltungsraum verlegt haben jetzt, da wir mindestens genauso viel Zeit hier verbringen wie in ihrer Burg in Hearth-by-the-Heart. *Und man weiß nie*, hatte August geneckt, als wir seine elektronischen Geräte herbrachten. *Vielleicht kann ich sogar Corwin dazu überreden, eines Tages ein Videospiel auszuprobieren.*

Es fällt mir zugegebenermaßen schwer, mir vorzustellen, dass sich mein Unseelie-Gefährte in ein digitales Wettrennen oder einen Kampf verwickeln lässt, doch Madoc ist vertrauter mit menschlicher Unterhaltung als einer meiner anderen Männer. Als wir den Raum auf der Sommerseite betreten, der Holzböden und -wände hat, die einen leichten Birkenduft verströmen, betrachtet er den Fernseher sowie das Konsolensystem und pfeift leise.

„Okay, noch eine Erinnerung daran, dass ich den Geschmack deiner Männer falsch eingeschätzt habe. Wer von ihnen lässt sich dazu herab, sich wie ein Mensch die Zeit zu vertreiben?"

Ich schlage ihm auf den Arm und gehe zu dem Ledersofa. Dessen abgenutzte Oberfläche schmiegt sich an meinen Körper, als ich mich setze. „August ist derjenige, der am häufigsten Videospiele spielt. Sylas schließt sich ihm ab und zu an. Die Filme gehören ihm."

Madoc betrachtet die DVDs in ihren Einbauregalen auf der anderen Seite des Raums und gluckst.

„Du kannst hier unten ebenfalls benutzen, was du willst", füge ich hinzu. „Der Unterhaltungsraum ist für uns alle da."

Madoc sinkt neben mich. Er legt seine Hand um meine. „Wolltest du mir deswegen diesen Teil der Burg zeigen … bist du darauf aus, mich zu einer Spieleschlacht herauszufordern?"

Ich blicke zu ihm auf, betrachte die halb geschlossenen Augen und die leicht krumme Nase, die sein gut aussehendes Gesicht besonders markant macht. Wir sind noch immer dabei, unsere Beziehung zu ergründen. Unser Leben war ein einziges Chaos seit dem Tag, an dem wir uns als Gefährten angenommen haben, weshalb wir kaum Zeit hatten, uns an unsere neue Normalität zu gewöhnen.

Doch ich will das mit ihm. Ich will, dass wir die gleiche Gewissheit und Leichtigkeit haben, die sich im Lauf der Zeit zwischen meinen anderen Gefährten und mir entwickelt hat.

„Ich dachte, es wäre schön, wenn wir ein wenig Zeit

unter uns haben, damit wir uns unterhalten können", erkläre ich. „Du hast den Eindruck gemacht, als würde dir viel durch den Kopf gehen, nachdem wir das Murk-Dorf besucht haben. Denkst du, ihnen geht es gut? Sind irgendwelche Probleme aufgekommen?"

„Nein, nichts Derartiges." Er betrachtet die Wand einen Moment lang und sieht etwas vor seinem inneren Auge. „Sie sind noch nicht vollkommen überzeugt, dass ich sie nicht in irgendeinen irrsinnigen Plan gezogen habe, aber sie wagen den Versuch, und die Seelie waren bisher … anständig. Das ist das Einzige, was zählt."

„Es läuft also gut."

„So gut, wie ich es mir hätte erhoffen können." Er konzentriert sich wieder auf mich. „Ich habe keine speziellen Sorgen. Es ist nur alles ein wenig zu viel, schätze ich. Ich habe nie … ich habe Befehle im Auftrag von Orion erteilt, er hatte jedoch immer das Sagen. Jetzt betrachten mich die Murk, die hergekommen sind, als die höchste Autoritätsperson und hoffen, dass ich ihnen erkläre, wie wir unter den Fae der Jahreszeiten leben werden. Dabei fühle ich mich nicht wie ein Experte. Ich weiß kaum, wie ich hierher passe. Ich hoffe einfach, dass ich sie nicht auf den falschen Weg führe."

Eine Woge der Zuneigung rauscht durch mich. Ich stemme mich auf die Knie, damit ich ihm leichter in die Augen schauen kann, und hebe gleichzeitig meine Hand an seine Wange. „Ich weiß, dass du das nicht tun wirst, denn sie sind dir noch wichtiger als du selbst. Du tust alles in deiner Macht Stehende, um ihr Leben zu verbessern. Es wird vermutlich trotzdem schwer sein, aber sie sind hier besser dran, als wenn sie sich noch unter der Herrschaft von Orion befänden."

Madoc streichelt mit den Fingern über meine Haare und begegnet meinem Blick mit einem so liebevollen Ausdruck, dass ich innerlich dahinschmelze. „Wenigstens werde ich dich immer an meiner Seite haben, meine Strahlende."

Der Spitzname sendet ein freudiges Beben durch mich. „Du hast nicht nur mich", erinnere ich ihn bestimmt. „Sylas und Corwin und die anderen werden dir entlang des Weges ebenfalls beistehen. Du bist jetzt ein Teil unserer Familie und ihnen ebenbürtig. Wir stecken gemeinsam in dieser Sache."

In dem Versuch, diesen Gedanken zu unterstreichen, beuge ich mich vor und drücke meinen Mund auf seinen.

Madoc summt zustimmend, packt meine Taille und zieht mich an sich. Im Nu sitze ich rittlings auf ihm, mein Kleid gleitet meine Schenkel hoch und unsere Oberkörper pressen sich perfekt aneinander. Madoc küsst mich tief und langsam und genießt meinen Mund, bis ich all meine Selbstbeherrschung aufbringen muss, um mich nicht an ihm zu winden und den Druck zu lindern, der sich zwischen meinen Beinen bildet.

„Ich weiß nicht, womit ich dieses Glück verdient habe", sagt er mit seiner leicht heiseren Stimme und streichelt mit den Fingerspitzen über meinen Kopf. „Ich habe nicht nur den Tod überlebt, sondern habe auch dich."

Wir ‚hatten' uns bisher noch nicht besonders oft. Ich neige den Kopf so, dass meine Nase seine streift. Meine Stimme kommt in einem anzüglichen Tonfall heraus, an den ich nicht gewöhnt bin. „Wie möchtest du mich in diesem Moment haben?"

Ein erstickter Laut des Verlangens entwischt Madocs Kehle und er zieht meinen Mund wieder zu seinem. Dieser Kuss ist drängender, jedoch nach wie vor zärtlich. Seine Zunge gleitet zwischen meine Lippen und tanzt mit meiner. Seine Hände umkreisen meine Taille und schaukeln mich sanft an ihm. Als meine Mitte die wachsende Härte in seiner Hose streift, entfährt mir ein Wimmern.

„Ich will dich", raunt er zwischen Küssen, „auf jede

Weise … auf die ich dich haben kann." Er hält inne und blickt zu mir auf. In seinen dunkelgrauen Augen leuchtet Verlangen. „Ich habe mir das hier vorgestellt und davon geträumt. Dass du zu mir kommst und *mich* willst. Ich hätte nie gedacht, dass es wahr werden könnte."

„Wir haben einen weiten Weg hinter uns gebracht, bevor wir uns richtig gefunden haben", erwidere ich. „Wir beide." Ich reiße an seinem Shirt und er erlaubt mir, es ihm vom Körper zu schälen, damit ich die Linien seiner neuen wahren Namen nachfahren kann, die jetzt seine Brust markieren. „Und ich bin nicht das Einzige, das du gefunden hast."

„Nein, aber du bist das Wichtigste."

Meine Kehle schnürt sich vor so viel Liebe zu, die ich nicht mit Worten auszudrücken weiß. Eine Erinnerung kommt mir in den Sinn an die Zeit, als ich Träume hatte, von denen ich nie erwartete, dass sie wahr werden würden, und an Whitt, der mir zeigte, wie vergnüglich es sein kann, wenn sie wahr werden.

Ich beuge mich vor, drücke einen sanften Kuss auf Madocs Kiefer und zeichne einen Pfad an diesem entlang bis zu der Stelle unterhalb seines Ohrs. „Was hast du in deinen Träumen getan?"

Sein Adamsapfel hüpft. „Normalerweise lag ich draußen auf dem Gras in der Sonne und du bist über mir gekniet und …" Mit dem Finger fährt er den Ausschnitt meines Kleides nach. „Und du hast dich mir angeboten, ich schätze, man könnte es so nennen."

Das kann ich ohne ein Zögern tun. Ich ziehe mir das Kleid über den Kopf und werfe es über die Armlehne des Sofas. Als sich Madocs Blick vor Begehren verdunkelt, drücke ich ihn zurück, bis er auf den Kissen liegt und ich nur in meinem Höschen über ihn gestützt bin. „Etwa so?", raune ich.

„Verdammt nah dran", antwortet er rau.

Ich schiebe mich vor und küsse ihn leidenschaftlich, während meine nackten Brüste gegen seinen Oberkörper schwingen. Mit einem Knurren hebt er seine Hände und liebkost die weichen Kurven. Als er mit beiden Handflächen über meine Nippel kreist, keuche ich wegen der schockierenden Wonne, die mich durchfährt.

Indem ich ein Stückchen vorkrabble, biete ich seinem geschickten Mund meine Brüste an. Madoc grinst und stemmt sich auf einen Ellenbogen, um mit der Zunge über eine harte Spitze zu lecken. Als er sie stimuliert, muss ich ein Stöhnen schlucken. Mein Körper beginnt erneut, gegen seinen zu schaukeln, und mein Höschen wird feucht vor Verlangen.

Madoc lässt mich nicht hängen. Eine schmale Druckspur neckt mein Bein und ich realisiere, dass er seinen Schwanz zum Spielen rausgelassen hat. Er lässt ihn bis zu der Stelle zwischen meinen Schenkeln wandern und ich zische wegen der Wonne, die in mir aufflammt, als er meinen Busen stärker in seinen Mund saugt und mich zugleich zwischen meinen Beinen liebkost.

„Ich liebe die Laute, die du machst", murmelt er, als er dazu übergeht, meinen anderen Busen mit seinen Lippen und seiner Zunge zu erobern. „Ich liebe es, wie sich dein Körper mit meinem bewegt. Ich liebe *dich*."

Kurz verschlägt es mir die Sprache. Ich packe seine Haare und bäume mich wegen der schneller werdenden Berührungen an meiner Mitte auf, bin jedoch nicht so sehr in dem Nebel der Lust verloren, dass ich nicht antworten kann: „Ich liebe dich auch. So sehr."

Mit einem rauen Laut stemmt er seinen Körper hoch und dreht uns um, sodass ich unter ihm liege. Als er an meinem Höschen zupft, hebe ich die Hüften, um ihm zu helfen, und mache mich anschließend an dem Verschluss der Fae-Hose zu schaffen, die seine alte Jeans ersetzt hat.

Sein Schwanz peitscht über uns durch die Luft und ringelt sich an meiner Seite. Als er mit seinem Schaft über meine feuchte Mitte gleitet, schnalzt die leicht beharrte Länge über meine Nippel und zeichnet meinen Bauchnabel nach.

Ich keuche jetzt vor Sehnsucht. Madoc verschließt meinen Mund mit einem weiteren leidenschaftlichen Kuss, gleitet in mich und füllt mich, bis ich vor Wonne bebe. Er bewegt sich auf die gleiche Weise in mir rein und raus, wie er mich vorhin geküsst hat: langsam und genießerisch. Es ist die wunderbarste Art von Folter. Ich keuche und gebe sehr würdeloses Jammern von mir, bei dem sein Blick heißere Funken sprüht.

„Du wirst alles haben, was du jemals brauchen könntest", verspricht er. Als er meine Hüften von den Kissen hebt, gleitet sein Schwanz unter mich und lässt sich an der Stelle nieder, die mir bei unserem ersten gemeinsamen Mal so viel Wonne bereitet hat. Er reibt über meine andere Öffnung, als würde ich gleich auf eine Weise penetriert werden, die ich zuvor nur mit zwei Männern erlebt habe: Schwindelerregendes Begehren brennt von beiden Seiten durch mich hindurch.

Ich stöhne und klammere mich an Madocs Nacken. Er beugt sich über mich, sein Atem geht harscher und seine Stöße werden im gleichen Rhythmus schneller wie sein Schwanz zwischen meinen Pobacken. „Komm für mich", flüstert er. „Ich will sehen, dass du so heftig kommst, dass es in diesem Moment nichts anderes gibt."

Seine leidenschaftlichen Worte schleudern mich über die Klippe. Mein Kopf zuckt gegen die Kissen, ein Beben der Ekstase durchfährt meinen gesamten Körper und veranlasst mich dazu, mich um ihn herum zu verkrampfen.

Madoc stöhnt und beobachtet mich, während er sich weiterhin in mich rammt. Nach einigen fahrigen Stößen und dem Stocken seiner Brust flutet er meine Mitte mit seinem Höhepunkt.

Er lässt sich sachte auf mir nieder und bedeckt mich wie eine Decke, hält sich jedoch so, dass er mich nicht mit seinem Gewicht zerquetscht. Nachdem er sich noch einen Kuss gestohlen hat, murmelt er: „Das ist eine Art der Unterhaltung.“

Ein Lachen entfährt mir, doch ich muss sagen: „Nicht nur Unterhaltung. Es wird auch immer ein Akt der Liebe sein.“

„Ja.“ Er senkt sich auf eine Seite und hüllt mich in eine Umarmung und seinen Gewitterduft. „Komme was wolle. Immer.“

12

Talia

Ich bin der erste Mensch, der die Tunnel betritt. Die Fae, die geschickt im Umgang mit Erde und Stein sind, haben stundenlang an Gängen gearbeitet, die von weit hinter der aktuellen Gefechtslinie bis unter das aktuelle Murk-Lager verlaufen.

Wir realisierten ziemlich früh, dass wir die Murk wahrscheinlich nicht komplett aus der Nebelwelt verjagen können, da die Seelie und Unseelie ebenfalls geschwächt werden, wenn sie sich zu lange in den Gebieten aufhalten, wo wir unsere Falle legen werden. Das abzudeckende Gebiet ist einfach zu groß. Wir hoffen jedoch, dass wir wenigstens die Ländereien zurückerobern können, die die Murk vor kurzem erobert haben, und dass wir ihre Entschlossenheit erschüttern können.

Nach dem anfänglichen Strom an Murk, die die Grenze überquerten, um mit Madoc zu sprechen, haben sich uns keine mehr angeschlossen. Weniger als zwanzig Murk leben in der vorübergehenden Siedlung. Ich hoffe, dass der Rückschlag, den wir ihnen nun verpassen werden, weitere Anhänger Orions davon überzeugen wird, dass ihr König nicht die beste Chance auf ein besseres Leben ist. Wenn alles gut geht, wird Delta später an diesem Tag ihre Kolonie nach Hearthshire bringen. Ich glaube allerdings nicht, dass sie das Blatt zu unseren Gunsten wenden kann. Wir brauchen mehr als das.

Astrid steigt mit mir in den Tunnel hinab und stellt sich an die Seite, während ich in das Gangnetzwerk spähe, das sich von dem gemeinsamen Anfangspunkt in mehrere Richtungen verzweigt. Der Anfangstunnel ist breit und bietet so viel Platz, dass sich einige Dutzend Leute gemeinsam hineinquetschen können. Die restlichen Passagen sind jedoch schmaler. Da ich sie vor deren Errichtung auf einem Blatt Papier abgebildet gesehen habe, weiß ich, dass sie sich an verschiedenen Punkten noch weiter verästeln und an über einhundert unterschiedlichen Schlüsselpunkten enden, wo wir unsere Materialien ablegen werden.

Die Unseelie haben ein ähnliches Netzwerk auf ihrer Seite der Grenze errichtet. Ich habe bereits mit den Menschen auf dieser Seite gesprochen und sie so gut eingewiesen, wie ich konnte. Madoc wird sie anleiten, da ich nicht an zwei Orten gleichzeitig sein kann.

Ich lege meine Hand auf die Erdwand und stelle fest, dass sie sich solide und kühl, aber nicht unangenehm anfühlt. Leuchtkugeln erhellen die Tunnel in der Ferne, ihr bernsteinfarbenes Leuchten verleiht den schmalen Gängen jedoch eine Atmosphäre, die eher gruselig als tröstlich ist. Wir sind so tief unter der Erde, dass keine Geräusche von oben zu uns dringen, weshalb nichts außer Stille und das leise Krächzen unserer Atemzüge zu hören ist.

Wenn wir das Ende dieser Tunnel erreichen, werden wir

direkt unter den Murk sein, die am erpichtesten darauf sind, uns alle abzuschlachten. Die Fae, die diese Gänge konstruierten, gaben ihr Bestes, um sicherzustellen, dass wir nicht bemerkt werden, bevor wir uns zurückziehen können. Sie können uns allerdings nicht hundertprozentig schützen.

„Alles in Ordnung?", fragt Astrid, die gegenüber von mir an der Wand lehnt.

„Ich glaube schon." Ich atme die Luft ein, die stark mit dem Geruch von aufgewühlter Erde durchzogen ist, und unterdrücke einen Schauder. „Ich hoffe, dass keiner der Menschen, die uns helfen werden, unter Klaustrophobie leidet."

Sie summt leise. „Ich glaube, Whitt und einige der anderen, die dabei geholfen haben, die Menschen vorzubereiten, haben sie auf diese Möglichkeit überprüft."

Richtig. Mir hätte bewusst sein sollen, dass Whitt diesen Faktor bedenken würde.

„Ich schätze, alles, was wir jetzt noch tun können, ist, uns nach Kräften zu bemühen", sage ich, halte inne und mustere die drahtige Gestalt der Kriegerin eine Weile in dem magischen Licht. Sie hat lange Zeit gelebt – mehr als ein Jahrhundert – und kennt ihr Volk viel besser als ich. Daher kann ich es mir nicht verkneifen, zu fragen: „Denkst du, diese Anstrengungen werden einen Unterschied machen? Darin, wie die Fae Leute wie mich sehen, meine ich? Oder ist es für sie einfach nur so, als würden Diener ihre Aufgabe erledigen?"

Astrid seufzt und legt den Kopf schief. „Ich weiß es nicht. Ich bin jedenfalls beeindruckt davon, wie die Menschen, die du zusammengebracht hast, die Aufgabe angegangen sind, obwohl sie sie nicht richtig verstehen und die meisten von ihnen noch immer die Wirkung der Drogen oder Magie oder beides spüren. *Du* hast zudem bewiesen, wie viel Kraft und Intelligenz ein Mensch besitzen kann. Wir Fae neigen jedoch dazu, in unseren Gewohnheiten festgefahren zu sein. Es ist zumindest ein Schritt in die richtige Richtung."

„Ja." Ich blicke wieder zu den schmaleren Tunneln. „Wir tun etwas, was keiner der Fae tun kann. Das hier könnte der Moment sein, in dem sich das Blatt in diesem Krieg zu unseren Gunsten wendet. Das sollte etwas wert sein."

„Ich denke, das wird es sein." Astrid grinst. „Außerdem haben dir alle geschworen, dass sie anfangen werden, die Menschen richtig zu behandeln, ob sie nun der Meinung sind, dass sie das verdienen oder nicht. Was sie tun, ist momentan wichtiger, als was sie denken."

Ich würde gerne beides ändern, aber sie hat recht. Ich straffe die Schultern und drehe mich zu den Erdstufen um, die zur Oberfläche führen. „In Ordnung. Fangen wir an."

Die versammelten menschlichen Bediensteten stehen in einem Halbkreis in der Nähe der Öffnung. Die meisten Fae-Krieger sind noch entlang der Front sowie in ihrem Lager stationiert und bereit, anzugreifen, wenn die Murk Anzeichen von Schwäche zeigen. Viele von ihnen sind allerdings näher gekommen, um zuzuschauen, wie wir unseren Plan in die Tat umsetzen. Meine Seelie-Gefährten und Donovan sind zwischen den versammelten Menschen herumgegangen, haben Fragen beantwortet und sie an die vorliegende Aufgabe erinnert.

Keiner der Fae geht zu nah an den inneren Teil des Halbkreises heran. Dort liegt ein großer Haufen Taschen mit Salz und Eisen. Madoc konnte einige der rebellischen Murk überzeugen, ihm dabei zu helfen, die Materialien zu sammeln. Ich kann nichts an ihnen spüren, doch die Fae, die bis auf mehrere Schritte an den Haufen herangehen, zucken zusammen und erbleichen, bevor sie sich sofort zurückziehen.

Damit die Materialien so einfach wie möglich getragen werden können, haben die anderen Menschen und ich den

Großteil des Morgens damit verbracht, sie aus ihren ursprünglichen Behältern in Rucksack-ähnliche Säcke zu schütten. Jeder beinhaltet eine Mischung aus Salz und Eisen, und zwar so viel davon, wie wir hineinstopfen konnten, bevor sie zu schwer wurden, um sie mehrere Kilometer unter der Oberfläche zu tragen. Zum Glück müssen wir uns in dieser Hinsicht nicht nur auf unsere Körperkraft verlassen.

„Haben alle ihre Beschleunigungszauber erhalten?", erkundige ich mich.

Whitt nickt und kommt zu mir. „Du bist die Einzige, die noch einen Zauber braucht", berichtet er. „Soll ich es tun?"

„Bitte." Ich halte still, während er einige leise Worte skandiert. Ein Kribbeln breitet sich über meinen Füßen aus. Ich teste den Zauber so, wie er es vorhin erklärt hat, bohre meine Fersen in den Boden, stoße mich ab und ein Schritt trägt mich mehrere Schritte weit.

Ich lande mit einem Rauschen der Luft und einem kurzen Lachen. „So muss es sich anfühlen, auf dem Mond zu laufen. Haben sie es alle ausprobiert?" Ich blicke zu meinen menschlichen Begleitern.

„Ja, mit unterschiedlichem Erfolg. Wir haben den Zauber verbessert, bis wir uns sicher waren, dass sie alle gut damit zurechtkommen, wenn sie erst einmal in den Tunneln sind. Sie haben die Schildchen mit ihren Nummern." Er deutet zu einer Frau in der Nähe, die ein Armband mit einer 73 an ihrem Handgelenk trägt. Die Fae haben die Tunnel markiert, sodass jeder weiß, in welchen Gang er gehen soll. „Willst du ihnen ein letztes Mal Mut zusprechen, Allkräftige?"

„Selbstverständlich." Ich hole tief Luft und reibe über meinen Armreif. Der Bronzereif, der mich mit meinem Bruder in der Menschenwelt verbindet. Wenn all das hier vorbei ist, werde ich vielleicht richtig Kontakt mit ihm aufnehmen und einen Platz in seinem Leben finden können.

Daraufhin trete ich an die Stelle, wo mich alle versammelten Menschen sehen können.

„Hallo alle miteinander!", rufe ich so fröhlich, wie ich kann. „Wir werden heute etwas Fantastisches leisten. Es wird auch gefährlich werden. Deshalb erinnert euch bitte an eure Anweisungen. Ich werde mit euch dort unten sein. Achtet auf die Zahlen an den Tunneln und geht mithilfe eurer Beschleunigungszauber so schnell wie möglich zu dem Gang, dem ihr zugeteilt wurdet. Sobald ihr dort angelangt, öffnet ihr euren Rucksack und schüttet den Inhalt in den Trog in der Nähe der Decke – es wird eine Stufe geben, auf die ihr euch stellen könnt, damit ihr ihn mühelos erreichen könnt. Wenn ihr das erledigt habt, eilt ihr hierher zurück und kommt wieder nach oben. Wir sollten alle in weniger als einer Stunde dorthin und wieder zurück gelangen. Gibt es noch irgendwelche Fragen?"

Die Gesichter entlang des Halbkreises wirken benommen, doch niemand erhebt Einwände. Mein Magen verknotet sich.

Ich konnte die Fae nicht darum bitten, ihre Bediensteten sofort freizulassen, da wir nicht vorhersagen konnten, wie sie in diesem Fall reagieren würden. Sollten sie während dieser Operation etwas falsch machen, könnten sie zudem sich selbst und alle anderen töten. Ich muss daran glauben, dass es das Endergebnis wert sein wird. Hätte ich diese Vorgehensweise nicht vorgeschlagen, hätte ich überhaupt kein Druckmittel gehabt, um mir die Kooperation der Erzlords zu sichern.

„Dann lasst uns aufbrechen!", sage ich und wuchte den Rucksack auf meine Schultern. Die anderen Menschen holen ihre, ohne zu zögern. Mithilfe einiger Anweisungen der Fae, die darauf achten, uns nicht zu nahe zu kommen, stellen sie sich in einer Zweierreihe auf. Wir trampeln die Treppe hinab in die Tunnel.

Sobald ich im Tunnel bin, schlüpfe ich in die Ecke, wo Astrid zuvor stand, beobachte, wie alle vorbeigehen, und vergewissere mich, dass niemand unsicher wirkt. Die anderen strömen an mir vorbei und halten nur inne, um einen Blick auf die Zahlen zu werfen, die jeden Gang markieren. Ich sehe mehrere, die sich bereits vom Boden abstoßen und den Zauber nutzen, der mit ihren Füßen verbunden ist. Wir müssen ein kilometerlanges Gebiet abdecken – und ich möchte, dass alle schnell genug zurückkehren können, um sich in Sicherheit zu begeben.

Als der Letzte an mir vorbeimarschiert ist, laufe ich zu meinem Tunnel, der am weitesten von allen entfernt ist. Ich hüpfe durch das Leuchten der Kugeln. Das Gefühl, vorübergehend zu fliegen, ist sowohl schwindelerregend als auch verwirrend. Die Träger des Rucksacks beginnen, in meine Schultern zu schneiden. Ich hoffe, dass es für die anderen nicht zu unangenehm ist.

Bevor ich die letzte Weggabelung erreiche, laufe ich einigen der anderen Menschen über den Weg, die bereits auf dem Rückweg zum Seelie-Lager sind. Sie sehen nicht besonders triumphierend aus, aber sie erwidern mein Lächeln, was den Knoten aus Schuldgefühlen in mir ein wenig lindert.

Diese Menschen sind rausgekommen. Die Murk haben eindeutig noch nichts Ungewöhnliches bemerkt.

Mehrere Minuten später erreiche ich das Ende meines Tunnels. Es ist nicht einmal ein Raum, sondern lediglich eine Sackgasse mit der Stufe, die ich erwartet habe, sowie einem hohen Trog, der gerade oberhalb meines Kopfes in die Erde gebaut wurde. Ich hüpfe auf die Stufe, wackle auf meinem krummen Fuß und wuchte den Rucksack von meinen Schultern. Innerhalb von Sekunden löse ich die Schnürung, die ihn verschließt. Die Mischung aus Salz und Eisen zischt in den dunklen Trog.

Dieser befindet sich ungefähr anderthalb Meter unter dem Boden, über den die Murk laufen. Es wird einige Zeit dauern, bis die Wirkung durchsickert, doch da so viele giftige Erdtaschen unter ihnen verteilt sind, denken wir, dass die Wirkung innerhalb einiger Stunden beachtlich sein sollte.

Für den Fall, dass sich die Wirkung schneller entfaltet und sie es bemerken, eile ich auf dem Weg zurück, den ich gekommen bin. Da mich meine Ladung nicht mehr ausbremst, bin ich jetzt schneller.

Auf dem Rückweg hole ich einige andere Menschen ein. „Danke für eure Hilfe", sage ich zu ihnen und dränge sie weiter. „Wir hätten das ohne euch nicht geschafft." Die Fae über unseren Köpfen täten gut daran, sich zukünftig daran zu erinnern.

Als ich schließlich wieder in die frische Luft über der Erde klettere, schmeckt das schwüle Klima in den Randgebieten außergewöhnlich frisch. Ich will mich aufs Gras fallen lassen und das Sonnenlicht eine Weile lang in mich aufsaugen, doch dafür ist jetzt nicht der richtige Zeitpunkt und es ist kein geeigneter Ort dazu.

Fahrzeuge schweben bereits davon und tragen unsere menschlichen Helfer zurück zu ihren Rudeln. Die letzten klettern gerade in einige Gefährte, die auf sie gewartet haben. Die Seelie-Krieger sind jetzt alle am Rand ihres Lagers positioniert und mehrere murmeln in regelmäßigen Abständen magische Worte. Sie halten nach Anzeichen einer Schwäche unter den Murk Ausschau, die sich gegenüber von uns befinden.

August muss sich mitten in der Armee befinden, bereit, unsere Rudel-Krieger in die bevorstehende Schlacht zu führen. Whitt entdeckt mich und eilt herbei. „Wir sollten dich von hier wegbringen", sagt er.

Ich schüttle den Kopf. Ich habe vermutet, dass meine Männer versuchen würden, auf meine Abreise zu bestehen.

„Nein. Es war teilweise auch meine Idee. Ich will sehen, wie es ausgeht. Ich kann mich dem Kampf offensichtlich nicht anschließen, aber ich möchte, dass die Fae wissen, dass ihr Heilmittel an ihrer Seite steht."

Sein Mund zuckt und ich kann nicht erkennen, ob er sich ein Lächeln oder eine finstere Miene verkneift. „Irgendwie habe ich vermutet, dass du das sagen würdest. Lass mich einen sicheren Aussichtspunkt für dich finden."

Am Ende finde ich mich neben Astrid wieder und sitze mit ihr auf einem niedrigen Hügel auf der anderen Seite des Lagers. Das Gebiet um uns herum vibriert von all der Schutzmagie, die dort angebracht wurde, aber ich kann nicht gegen die Notwendigkeit dieser Vorsichtsmaßnahme protestieren.

„Hast du nichts dagegen, Babysitter zu spielen, während die anderen kämpfen?", frage ich die runzelige Kriegerin.

Sie zuckt mit den Achseln. „Ich habe in meiner Lebzeit an vielen Schlachten teilgenommen. Diese alten Knochen haben nichts gegen eine Pause, wenn es andere Arbeit zu tun und viele Fae gibt, die an meiner Stelle ihre Schwerter ziehen."

Als die letzten Worte von ihren Lippen fallen, erstarrt ihr Körper. Sie starrt in die Ferne und runzelt die Stirn. „Ich glaube, es beginnt."

Ich spähe mit meinen weniger scharfen Augen über die Landschaft. Es wirkt alles ein wenig verschwommen, macht jedoch den Anschein, als gäbe es mehr Bewegung – und hektischere Bewegungen – unter den Murk-Truppen in der Ferne. Die Seelie regen sich ebenfalls und machen sich vermutlich für ihren Angriff bereit.

Und dann passiert es. Jemand muss den Befehl erteilt haben, denn alle Seelie stürmen wie ein Wesen vorwärts, manche in der Gestalt von Männern, die Schwerter und Speere umklammern, andere rennen als Wölfe in ihrer Mitte.

Sie haben den gleichen Beschleunigungszauber benutzt, den sie uns Menschen gegeben haben, und überwinden das Niemandsland zwischen den Lagern innerhalb von Sekunden.

Mein Herz beginnt, so heftig zu pochen, dass es meine Rippen zum Erzittern bringt. Meine Finger krümmen sich ins Gras, als müsste ich mich daran festhalten.

Die Murk scheinen sich für den bevorstehenden Angriff zu wappnen, doch mit weniger Präzision und Halt als die Truppen, die auf sie zueilen. Magieblitze werden auf beiden Seiten abgefeuert. Der Boden wird an einer Stelle aufgerissen und wölbt sich an einer anderen. Ein Grollen liegt in der Luft. Ein Beben durchläuft die Erde bis zu der Stelle, auf der ich sitze.

Spannung packt meinen Körper. Jede Sekunde zählt. Jede Sekunde, in der die Seelie kämpfen, werden das Salz und Eisen ihre Stärke ebenfalls reduzieren. Es gibt nun nichts mehr, was ich tun kann, um ihnen zu helfen.

Ich bin mir nicht sicher, wie lange ich dort sitze und die Schlacht aus der Ferne beobachte. Mein Magen verkrampft sich mit jeder verstreichenden Minute mehr und meine Fingernägel bohren sich jetzt in meine Handflächen. Doch dann verändert sich die Bewegungsrichtung. Die Murk fallen zurück, zuerst ein wenig und dann in einer wahren Flut. Sie ziehen sich so schnell wie möglich von den angreifenden Seelie zurück.

Erleichterung schwappt über mich hinweg. Ich blinzle Tränen zurück, die mir in die Augen schießen, und eine Woge der Emotionen schlägt über mir zusammen. Ich weiß noch nicht, wie viele unserer Leute gefallen sind und ob es meinen Männern gut geht – aber wir haben gewonnen. Wir haben sie zurückgeschlagen. Seelie schwärmen bereits zum nächsten Rudeldorf, um es zurückzuerobern.

Ich stehe gerade auf und will nach unten gehen, um mich

mit den ersten Boten zu besprechen, sobald sie ankommen, als eine Stimme, die ich nur allzu gut kenne, verstärkt von irgendeinem Zauber über die Landschaft hallt.

„Du erweist dich als genauso listig wie die Murk, die du Bösewichte nennst, mein Fiffi", spricht Orion von dort, wo er seine Worte zu uns projiziert. Ein Schauder rast über meinen Rücken, da ich weiß, dass er sich an *mich* wendet. „Lass dich nicht zu dem Gedanken verleiten, dass wir geschlagen sind. Du wirst es bald bereuen, dass du demjenigen den Rücken gekehrt hast, der dich gemacht hat – und ich vermute, diejenigen, die dich aufgenommen haben, werden es ebenfalls bereuen."

Mit diesen erschreckenden Worten verstummt seine Stimme. Ich habe keine Ahnung, was er meint oder ob es eine leere Drohung ist, doch plötzlich schlägt mein Herz erneut wie wild.

Astrid erreicht mich und packt meinen Ellenbogen. „Wir werden nicht zulassen, dass er dir wehtut", verkündet sie bestimmt.

Ich glaube, sie meint das ernst, weiß jedoch auch, dass Orion in der Vergangenheit viele Arten gefunden hat, um mir zu schaden, vor denen mich keiner meiner Freunde oder Gefährten schützen konnte.

August

Als das Gefährt durch das Eingangstor von Hearthshires Burg und dem umliegenden Dorf fliegt, späht Madoc zu den gewaltigen, gewölbten Bäumen empor. „Das war also einst *euer* Zuhause?"

Ich kann anhand des milden Tonfalls des Rattengestaltwandlers nicht erkennen, ob er beeindruckt oder belustigt ist. Doch seit ich ihn kurz vor der Rettung unserer Gefährtin angegriffen und beinahe verhindert habe, dass er das Opfer erbringen konnte, das Talia brauchte, habe ich mir geschworen, im Zweifelsfall zu seinen Gunsten zu entscheiden.

Selbst wenn er belustigt ist, was macht das schon? Ich könnte mir vorstellen, dass der prachtvolle Eingang und die üppige Landschaft in der Lichtung dahinter etwas übertrieben auf jemanden wirken, dessen letztes Zuhause eine U-Bahnstation war.

„Ja", antworte ich. „Allerdings nicht besonders lange. Ich war einige Jahrzehnte lang mit Sylas hier, bevor wir in eine Länderei in den Randgebieten verbannt wurden. Und nur wenige Wochen, nachdem wir nach Hearthshire zurückgekehrt waren, wurde er zum neuen Erzlord ernannt." Ich halte inne. „Es gibt hier eine sehr komplizierte Vergangenheit."

Madoc gluckst, was jedoch nicht spöttisch klingt. „Talia hat mir ein wenig von dieser erzählt. Ist es komisch, die Burg einem Haufen Ratten zu überlassen?"

Ich bin mir nicht sicher, ob es eine gute Antwort auf diese Frage gibt. Ich suche einige Momente lang nach Worten, ehe ich sage: „Es ist eigenartig, zu sehen, dass *jemand* die Burg übernimmt. Es spielt keine Rolle, wer es ist. Sylas hat das Revier gegründet … wir haben dafür gesorgt, dass sich der Wald entwickelt, und die Burg von Grund auf aufgebaut … Und ich schätze, es ist besonders eigenartig, dass die neuen Bewohner Murk sind. Ich meine, es ist nicht so, als hätten in letzter Zeit irgendwelche Murk unter uns gelebt – jedenfalls nicht offen."

„Das ist fair." Madoc lehnt sich gegen die Wand des Gefährts, als es mehrere Schritte entfernt von den ersten Häusern anhält, und atmet tief ein. Das Aufflackern von Anerkennung, das über sein Gesicht huscht, überzeugt mich, dass er tatsächlich die Umgebung bewundert, obwohl er das nicht überschwänglich kundtut.

Trotz meiner Worte bekomme ich Gänsehaut, bis ich meine instinktive Reaktion zügle, als ich die ersten Murk aus den alten Häusern kommen sehe, die sie größtenteils so gelassen haben, wie sie waren. Die Rattengestaltwandler unterscheiden sich äußerlich kaum von den Seelie, tragen allerdings noch immer zerrissene Kleidung, die der bevorzugte Stil von Deltas Kolonie zu sein scheint. Außerdem bewegen sie sich auf eine verstohlene, schleichende Art, anstatt mit dem typischen Fae-Selbstbewusstsein. Ich sollte es besser das typische *Sommer*-Fae-Selbstbewusstsein nennen, da die Murk genauso sehr Fae sind wie ich.

Eine Gruppe von ihnen bleibt am Dorfrand stehen und mustert mich schweigend. Dann marschiert Delta aus der Burg und *ihren* Schritten mangelt es nicht an Selbstbewusstsein. Mehrere ihrer Leute erscheinen hinter ihr und positionieren sich an ihren Flanken.

„Der Erzlord konnte nicht persönlich kommen?", fragt sie und zieht eine Augenbraue hoch.

Ich zwinge mich, nicht sauer zu werden. „Er ist ein wenig beschäftigt mit dem aktuellen Krieg", merke ich an. *Ich* war vor weniger als einem Tag mit diesem Krieg beschäftigt, als ich auf die geschwächten Murk-Truppen zustürmte und sie in die Flucht schlug. Wenn ich mich zu schnell an der Taille drehe, sticht es noch immer leicht in meiner Seite, wo ich einen heftigen magischen Schlag kassiert habe. Doch das war es wert. Wir haben drei der Ländereien zurückerobert, die die Murk gestohlen hatten. Wir mussten unsere Verteidigungsmauer wieder aufbauen und Stunden mit der Neutralisierung des Salzes und Eisens verbringen, das sich jetzt auf unserem Land befindet, aber das war es wert.

Orion hat jedoch keinerlei Anzeichen dafür gegeben, dass er bald aufgeben wird. Das ist einer der Gründe, aus denen ich hier bin. Allerdings bezweifle ich, dass es Delta gut auffassen würde, wenn ich mit diesem Thema beginne.

Sie scheint nicht besonders beleidigt zu sein, weil ich an Sylas' Stelle gekommen bin. „Nun, ich vermute, das … wie nennen sie dich? Kadermitglied eines Erzlords? Das ist auch eine Ehre." Ihr Tonfall ist leicht neckend, ihr Lächeln jedoch so freundlich, dass es mich nicht ärgert. „Bist du hergekommen, um nach uns zu sehen?"

„Ja", antworte ich. „Falls es irgendetwas gibt, mit dem ihr

ein Problem habt, oder falls ihr Hilfe bei der Beschaffung von Ressourcen braucht oder euch einer der anderen Seelie belästigt hat, werden wir uns so schnell wie möglich darum kümmern."

„Hmm." Sie blickt hinter sich zur Burg. „Dein Lord wird nichts dagegen haben, wenn wir anfangen, die Zimmer anders anzuordnen und all das, oder? Ich nehme an, er hat seinen Anspruch auf diese Burg aufgegeben."

Der Gedanke daran, dass die Küche, in der ich so viele glückliche Stunden verbracht habe, demontiert wird, nagt an meinem Herzen, doch ich ignoriere die Empfindung. Mit Hearth-by-the-Heart und der Grenzburg habe ich *zwei* sehr schöne Küchen in meinem neuen Zuhause.

Ich fege mit dem Arm in einer, wie ich hoffe, großzügigen Geste durch die Luft. „Das gesamte Revier gehört jetzt euch. Es liegt an euch, was ihr damit macht. Selbstverständlich nur, solange sich nichts davon nachteilig auf eure Nachbarn auswirkt."

„Selbstverständlich", erwidert Delta trocken. Ihr Blick huscht zu Madoc. „Wie lange denkst du, wird es dauern, bis sie nicht mehr das Gefühl haben, uns ständig daran erinnern zu müssen, niemandem zu schaden?"

Madocs Mund zuckt zu einem Lächeln. „Ich würde auf mindestens einige Jahrzehnte tippen."

Sie zuckt mit den Achseln. „Wir haben tatsächlich einigen geschadet. Solange sie also nichts dagegen haben, dass wir ähnlich auf sie reagieren, spielt das keine Rolle, schätze ich." Schalk funkelt in ihren Augen, als sie meinem Blick erneut begegnet.

Falls sie versucht, mich aus der Reserve zu locken, wird das nicht funktionieren. Ich habe mein Temperament dieser Tage gut im Griff, wenn auch nicht ganz so gut wie meine älteren Brüder. „Es tut mir leid, dass ich es so formuliert habe", entschuldige ich mich. „Es wird vermutlich eine Weile dauern, bis sich die alten Angewohnheiten legen. Mein Lord wäre zudem nicht besonders glücklich, wenn ich die Erwartungen ungenau darstellen würde."

Delta lacht. „Das wäre er zweifelsohne nicht. Nun, du könntest eine Hilfe sein, wenn ich so darüber nachdenke. Ich habe bemerkt, dass dein Rudel entlang der Reviergrenzen einen magischen Schutz angebracht hatte – Warnsignale, Schutzzauber und dergleichen. Es sind noch Spuren der Zauber vorhanden, allerdings nicht genug, um mit ihnen zu arbeiten. Außerdem bin ich den Umgang mit so vielen Pflanzen nicht gewohnt. Vielleicht können wir einen Spaziergang durch den Wald machen und du kannst mich hinsichtlich einiger der typischen Techniken beraten." Sie blickt erneut zu Madoc. „Und du hast einige Zeit damit verbracht, deine Magie an die Nebelwelt anzupassen, oder? Du hast möglicherweise ebenfalls ein paar nützliche Tipps auf Lager."

„Ich werde mein Bestes geben, sie dir zu verraten", erwidert Madoc.

Wir laufen los, wobei uns ihre Entourage folgt, die meinen Zählungen zufolge aus acht anderen Murk besteht. Ich bin mir nicht sicher, ob Delta möchte, dass sie ebenfalls lernen, was wir ihr beibringen werden, oder ob sie sie wegen ihrer Bedenken mitgenommen hat, wie bösartig *wir* werden können.

Sie sucht sich einen Weg durchs Unterholz, als sei es ein Hindernisparcours, springt über Baumstämme und geht geschickter um Büsche herum, als ich mir die Mühe mache. Ihre scharfen Augen huschen über das Terrain und ich glaube, ihr entgeht kaum etwas. Ich bin beeindruckt, dass sie die Spuren der Schutzzauber wahrgenommen hat, die seit Monaten nicht gestärkt wurden.

„Ich muss zugeben, dass ich angenehm überrascht war", sagt sie nach einigen Minuten. „Die Wachen, die Erzlord

Sylas geschickt hat, damit sie uns von den Randgebieten hierherbringen, haben jegliche feindseligen Gedanken für sich behalten. Ich würde nicht behaupten, dass sie besonders freundlich waren, doch niemand wurde handgreiflich, obwohl meine Leute manchmal ziemlich ... frech sein können." Sie schenkt mir ein Grinsen, das andeutet, dass nicht nur ihre Untergebenen diese Neigung haben.

Sylas war sehr streng mit den Rudelmitgliedern gewesen, die er für diese Aufgabe auswählte, und er suchte sie sorgfältig anhand ihrer Selbstbeherrschung sowie ihrer Aufgeschlossenheit aus. Allerdings halte ich es für besser, nicht zu erwähnen, welche Sorgen er sich wegen des Einzugs der Murk gemacht hat.

„Wir arbeiten angestrengt daran, ein neues Gleichgewicht zwischen unseren Völkern zu ermöglichen", erwidere ich stattdessen. „Es wird vermutlich einige Zeit dauern, bis alle einlenken, doch ich denke, wir haben einen guten Anfang gemacht."

Delta legt den Kopf schief und mustert mich. „Du bist noch immer nicht überzeugt, dass wir uns nicht gegen euch wenden und versuchen werden, euch alle im Schlaf zu ermorden."

Sie klingt nicht beleidigt, als sie das sagt, doch ich verliere trotzdem kurz die Kontrolle über meine Zunge. „Ich ... ich bin mir nicht sicher, ob ich es euch übelnehmen würde, solltet ihr es versuchen, angesichts dessen, wie viele Murk die Seelie ermordet haben, und das häufig ohne guten Grund. Es beschämt mich, dass mir das gesamte Ausmaß unserer Grausamkeit nicht schon früher bewusst war."

Es ist schwer, zu sagen, was Delta von meiner Bemerkung hält. Sie hüpft weiter und wendet sich jetzt an Madoc. „Und du warst mittendrin in dem Ganzen. Hast du es geschafft, viele von Orions Anhängern zu konvertieren?"

„Bisher nur eine kleine Anzahl", antwortet Madoc.

Gestern haben weitere Murk die Grenze überquert und ich weiß, dass er sie bis spät in die Nacht hinein in ihren vorübergehenden Unterkünften untergebracht hat. „Nicht genug, um seine Truppen spürbar zu verringern, aber wir reduzieren sie langsam."

Delta seufzt. „Er wird sie alle in den Tod treiben und wer wird etwas davon haben abgesehen von ihm und seinen sadistischen Neigungen?"

Madoc verzieht das Gesicht. „Leider stimme ich dieser Einschätzung mittlerweile zu. Vielleicht komme ich deswegen mit den wölfischen Rüpeln klar, weil ich festgestellt habe, dass ich selbst sehr viel bereue." Er schenkt mir einen schiefen Blick.

Der Murk-Mann ist selbstbewusster geworden, seit er zum ersten Mal offen in unsere Mitte marschiert ist. Es ist schwer, den Mann, der neben mir schlendert, mit dem in Verbindung zu bringen, der abwehrend in der magischen Zelle kauerte, die Celias Wachen um ihn herum heraufbeschworen hatten, als ich ihm das erste Mal begegnet war. Andererseits ist der Empfang, den er erhält, auch um einiges besser geworden.

Je mehr Zeit ich in Madocs Gegenwart verbringe, desto besser kann ich nachvollziehen, wie er sich Talias Zuneigung verdient hat. Er hat trotz seiner vergangenen Verbindungen eine Freundlichkeit und Ehrenhaftigkeit an sich — Eigenschaften, die sie viel schneller als der Rest von uns entdeckt hat. Natürlich hat sie das getan, da diese Eigenschaften ihr Temperament stark anziehen.

Ich gewöhne mich noch immer an die Vorstellung, dass ein Rattengestaltwandler Teil unseres Kollektivs aus Gefährten ist, kann jedoch nicht behaupten, dass ich seine Anwesenheit ablehne. Womöglich werde ich sie mit der Zeit sogar zu schätzen lernen.

Delta bleibt bei einem Baum stehen, der mit

Schlingpflanzen umwickelt ist. „Das hier ist eine Stelle, an der ich die Schutzzauber noch spüren kann. Allerdings verstehe ich nicht so recht, wie sie konstruiert wurden. Sie fühlen sich mächtiger an als das, was ich normalerweise heraufbeschwören würde – vor allem, wenn man bedenkt, dass sie so lange Bestand hatten, nachdem ihr gegangen seid.“

Ah. Es ergibt sofort Sinn für mich, warum die erfahrene Zauberin hier Probleme hatte. Ich trete näher und tätschle den Baumstamm. „Das hier ist ein Bracewood, um den eine typische Weicheranke wächst. Zwischen ihnen herrscht eine spezielle Symbiose, bei der die Ranken eine Aura ausstrahlen, die Ungeziefer von dem Baum abwehren. Der Baum bietet den Ranken im Gegenzug Nahrung an, die seine Blätter aus der Sonne ziehen und an die Ranken hier im Schatten weitergeben. In den Gebieten, wo sie beheimatet sind, nutzen wir typischerweise ihre Essenz bei der Erschaffung unserer Zauber.“

Delta untersucht den Baum. „Und wie genau macht man das? Es fühlt sich nicht so an, als würde der Baum viel Energie abgeben.“

„Um die Wirkung wirklich nutzen zu können, muss man den wahren Namen der Weicheranke lernen“, erkläre ich und halte inne. Ich kenne den Namen. Sylas ist zwar der Pflanzenexperte unter uns, aber alles, was mit der Abwehr von Feinden zu tun hat, fällt auch in meinen Zuständigkeitsbereich. Etwas so Spezialisiertes kann allerdings nicht einfach beigebracht werden, indem man einen wahren Namen weitergibt – und es könnte sein, dass es für Delta nicht funktioniert, wenn sie den Namen nicht auf natürliche Weise lernt.

Ich kann ihr jedoch einen Tipp geben, der mir dabei geholfen hat, diesen wahren Namen zu lernen. „Du kannst ihn schneller lernen, wenn du einige der Ranken – vorsichtig – um dich wickelst und in ihrem Griff meditierst."

Die Murk-Zauberin hebt die Augenbrauen, tut den Vorschlag allerdings nicht schnaubend ab. Sie streichelt mit den Fingern über eines der Blätter und wirkt nachdenklich. „Das ist eine nützliche Information. Danke schön."

Vielleicht wäre jetzt ein guter Zeitpunkt, um den Gefallen anzusprechen, um den ich sie bitten soll. Mir ist jedoch unklar, wie ich das Thema anschneiden kann. Whitt sollte hier sein und das tun. Doch *ich* bin der Truppenführer.

Während ich innerlich mit mir ringe, verschränkt Delta die Arme vor der Brust. „Falls dich noch etwas beschäftigt, Wolf, solltest du es einfach ausspucken."

Ja, sie hätten definitiv Whitt schicken sollen, der selten preisgibt, was er fühlt, selbst wenn es kein großes Geheimnis ist. Ich stoße die Luft geräuschvoll aus und schaue zu Madoc, der eine belustigte Geste macht. Er weiß, was ich fragen soll, wird mir allerdings nicht aus der Patsche helfen. Das sollte er auch nicht tun.

„Du musst wissen, dass dies eine Bitte, kein Befehl, ist und deine Antwort keine Auswirkung darauf hat, wie willkommen ihr hier seid", fange ich an, da ich mir denke, dass ich diesen Teil gleich zu Beginn ansprechen sollte.

„Zur Kenntnis genommen."

Mir fällt keine andere Möglichkeit ein, als einfach mit der Tür ins Haus zu fallen. „Wir haben gute Fortschritte gemacht und konnten Orions Truppen zurückdrängen, aber es ist schwierig, ihn vollständig zu verjagen. Dir gefällt eindeutig genauso wenig wie uns, was er tut, selbst wenn wir unterschiedliche Gründe dazu haben. Falls du oder deine Kolonie gewillt wären, etwas zu unseren Anstrengungen gegen ihn beizutragen, ob nun beim Kampf oder indem ihr einfach eine Strategie vorschlagt oder Zauber ... Je mehr von uns in dieser Sache zusammenarbeiten, desto schneller können wir ihn besiegen.“

„Ah.“ Deltas Augen verengen sich auf eine Weise, die überhaupt nicht vielversprechend wirkt. Dann fügt sie jedoch hinzu: „Damit habe ich gerechnet. Ich sollte dir Pluspunkte dafür geben, dass du nicht damit begonnen hast.“

Ich weiß nicht, ob das bedeutet, dass sie mithelfen wird oder nicht. Ich warte und bemühe mich, nicht zu flehend auszusehen. Madoc macht den Eindruck, als würde er sich ein Grinsen verkneifen.

„Ich denke“, fährt die Murk-Frau nach einer langen Pause fort, „dass wir uns etwas mehr Zeit nehmen sollten, um hier Fuß zu fassen, bevor wir uns zu stark mit den Seelie zusammentun. Ich will damit weder dich noch deinen Lord beleidigen, aber ich muss an die Sicherheit meiner Leute denken. Ich bin mir sicher, du kannst das verstehen.“

Mein Herz sinkt, doch ich neige den Kopf. „Natürlich verstehe ich das. Ich möchte nur hinzufügen, dass wir wahnsinnig dankbar wären, wenn du uns Bescheid gibst, sollte dir irgendetwas einfallen, was unsere Chancen verbessern könnte.“

Delta lächelt und in diesem Moment fühlt sich mein Versagen nicht ganz so stark nach einem Verlust an. „Weil du meine Abfuhr so gut aufgefasst hast, kannst du dich darauf verlassen, dass ich das tun werde“, erwidert sie. „Jetzt lasst uns noch eine andere Stelle in diesem Wald in Augenschein nehmen, die mich verwirrt hat. Vielleicht habe ich auf dem Weg einen Geistesblitz.“

Talia

Durch ein hohes Fenster der Grenzburg entdecke ich, dass Augusts und Madocs Gefährt zurückkehrt. Indem ich über die Felder humple, die Hearth-by-the-Heart umgeben, erreiche ich sie, kurz nachdem sie ausgestiegen sind. Sylas hat sich ihnen bereits mit aufmerksamer Miene angeschlossen.

„War die Zauberin gewillt, irgendeine Form von Hilfe anzubieten?", fragt er.

August verzieht verlegen den Mund. „Nicht direkt. Sie ist nicht bereit, ihre Leute jetzt in die Schusslinie zu bringen. Sie schien der Idee allerdings nicht vollkommen abgeneigt zu sein und ich glaube, sie meinte es aufrichtig, als sie sagte, dass sie über Taktiken nachdenken würde, die wir womöglich gegen Orion einsetzen können."

„Sie meinte es aufrichtig", bestätigt Madoc ohne Einleitung. „Ihr assoziiert die Murk zwar hauptsächlich mit

Lügen, doch wenn wir etwas so rundheraus sagen, meinen wir es im Allgemeinen ernst. Hätte sie lügen wollen, um etwas von dir zu erhalten, hätte sie eine größere Show um das veranstaltet, was sie angeblich im Gegenzug anbieten wird."

Einer von Sylas' Mundwinkeln biegt sich nach oben. „Und deswegen bin ich froh, dass ich dich mitgeschickt habe. Wir werden uns heute Nachmittag mit den anderen Erzlords treffen. Ich hatte gehofft, dass wir Delta ebenfalls an den Tisch holen können, doch falls sie mehr Zeit braucht, könnte ich …"

Ein Beben des Bronzearmreifs, das meine Haut erfasst, reißt meine Aufmerksamkeit von seinen Worten weg. Als ich den leuchtenden Reif anstarre, verstärkt sich das Beben zu einem starken Zittern. Ein heißes Kribbeln rast in meine Haut.

Mein Mund wird trocken. „Mein Armreif", krächze ich. „Er ist mit Jamie verbunden … er soll mich warnen … ich glaube, ihm ist etwas zugestoßen."

August und Sylas springen im Nu an meine Seite. August berührt den Armreif, den er verzaubert hat, und wird steif. „Etwas stimmt definitiv nicht."

„Jamie?", fragt Madoc und dann zeichnet sich Verstehen auf seinem Gesicht ab. „Dein Bruder. Er ist noch in der Menschenwelt, nicht wahr?"

Als ich nicke, tritt ein stürmischer Ausdruck in seine Augen. Kurz kann ich nicht sprechen, da sich meine Kehle zuschnürt.

„Es ist Orion", sage ich. „Er muss es sein. Er hat mich gewarnt und jetzt …"

„Wir wissen das nicht mit Sicherheit", fällt mir August rasch ins Wort. „Und der Zauber soll extremen emotionalen Kummer sowie körperliche Probleme wahrnehmen. Er ist nicht zwangsläufig verletzt. Es könnte sein, dass etwas passiert ist, was ihn sehr aufgeregt hat."

Es ist traurig, dass mir diese Ermahnung ein wenig Erleichterung verschafft. Vielleicht hat der Armreif Alarm geschlagen, weil Jamies Freundin *nur* auf schreckliche Art mit ihm Schluss gemacht hat, oder ihn unsere Tante und Onkel aus dem Haus geworfen haben, oder er herausgefunden hat, dass er in allen Kursen durchfallen wird. Jedes dieser Szenarien wäre besser, als Orion in die Hände zu fallen.

Ich weiß nicht, ob Orion überhaupt von Jamies Existenz weiß. Es wäre allerdings nicht überraschend. Seine Leute haben mich beobachtet, seit ich ein Kleinkind war und er seine Zauber in meinem Körper eingebettet hatte. Madoc hat seinem König womöglich sogar berichtet, dass ich herausgefunden habe, dass mein Bruder noch lebt.

Ich begegne seinem Blick und merke, dass sich der Murk-Mann eine Grimasse verkneift. „Ich wusste nicht, dass dein Bruder noch lebt, bis du es mir erzählt hast", sagt er, als könnte er erraten, was ich denke. „Ich habe Orion von deinem plötzlichen Interesse an etwas in der Menschenwelt berichtet, als ich deine Reisen dorthin bemerkte. Allerdings bin ich dir nicht gefolgt und wusste nicht, was du gefunden hattest. Er hatte jedoch wahrscheinlich andere Spione in der Menschenwelt."

Ich balle die Hände zu Fäusten und reiße mich so gut wie möglich zusammen. „Es spielt keine Rolle. Jetzt zählt nur, Jamie zu beschützen. Wie schnell können wir zu ihm gelangen? Gibt es irgendeine Möglichkeit, wie wir ihn verteidigen können, indem wir die Verbindung des Armreifes nutzen?"

August schüttelt den Kopf. „Nicht aus dieser Entfernung, nicht wenn wir keine Ahnung haben, was mit ihm los ist. Das Portal, das zu seiner Stadt führt, befindet sich in keinem Gebiet, das von den Murk besetzt ist. Wir könnten also dorthin gehen – wenn wir schnell sind, würde es ein paar

Stunden dauern, das lässt sich allerdings nicht vermeiden." Er blickt zu seinem Lord.

Sylas runzelt die Stirn, nickt jedoch. „Du bringst sie dorthin. Ich werde euch Whitt schicken. Ich sollte bleiben, um die Gespräche bezüglich des Kriegs fortzuführen." Er berührt meine Wange. „Es tut mir leid, meine Liebe. Wenn ich der Meinung wäre, dass mein Mitkommen einen bedeutenden Unterschied machen könnte, würde ich dich trotz allem begleiten."

„Es ist in Ordnung", sage ich, was ich ernst meine. „Falls Orion etwas getan *hat*, wird es Jamie ebenfalls helfen, wenn du dir überlegst, wie wir ihn schlagen können."

„Ich werde auch mitkommen", verkündet Madoc. „Die Erzlords haben bereits alles Nützliche gehört, was ich in letzter Zeit zu sagen hatte. Ich kann genauso gut helfen, die Zeichen zu interpretieren, falls Orions Leute in das involviert waren, was geschehen ist."

Corwins Stimme erklingt drängend in meinem Kopf. *Was ist los, meine Seele? Was hat dich aufgeregt?*

Jamie ist etwas zugestoßen, antworte ich, während ich in das Gefährt klettere, das gerade aus Hearthshire zurückgekehrt ist. *Wir werden in Erfahrung bringen, was. Sylas bleibt wegen des Meetings mit den anderen Erzlords zurück und du solltest das auch tun. Ganz egal, was Orion getan hat, das Wichtigste ist, dass er besiegt wird.*

Corwins Kummer reist durch unser Band, er kann jedoch nicht gegen meine Argumente protestieren. *Ich werde dir Zelpha schicken, damit du eine zusätzliche Hilfe hast, falls ihr dort in Gefahr geratet. Sie kann in einer Minute bei euch sein.*

In Ordnung, stimme ich zu und Kälte sickert durch meine Haut. Ich habe mir solche Sorgen um Jamie gemacht, dass ich nicht einmal darüber nachgedacht habe, was *mir* auf der anderen Seite dieses Portals zustoßen könnte.

Ist das hier mehr als nur ein Versuch, mich durch meinen

Bruder zu verletzen? Stellt uns Orion eine Falle? Ich bin mir nicht sicher, ob er weiß, dass ich so schnell auf Jamies Situation aufmerksam gemacht werde, aber es ist eine Möglichkeit. Wir werden uns beeilen, allerdings auch vorsichtig sein müssen. Mein Magen verknotet sich.

Als Whitt auf Sylas' Ruf hin mit vor Sorge großen Augen aus der Burg eilt, stürzt Zelpha in Rabengestalt vom Himmel herab. August spricht das Wort, um das Gefährt in Bewegung zu setzen. In Nullkommanichts rast es über die Felder und den Waldweg hinab zu den Randgebieten.

Als das Heulen des Windes mit unserer Reisegeschwindigkeit lauter wird, zieht mich August nach unten auf den niedrigsten Teil des Bodens. Whitt übernimmt die Steuerung und wirft mir immer wieder besorgte Blicke zu. Zelpha hockt beim Heck und hält dort Wache. Madoc lässt sich so nah gegenüber von mir nieder, dass seine erhobenen Knie an meinen ruhen.

Die Empfindungen, die mein Armreif ausstrahlt, verblassen. Er liegt kühl und reglos an meinem Handgelenk. Ich berühre ihn und schlucke schwer. „Ich kann jetzt nichts mehr fühlen. Bedeutet das …?"

„Seine schlimmste Not ist womöglich vorbei und ihm geht es vollkommen gut", beruhigt mich August. „Oder er ist bewusstlos."

Madoc streichelt tröstend mit der Hand über meine Wade. „Er wird noch am Leben sein. So viel weiß ich über Orion … falls er involviert ist, würde er ein nützliches Druckmittel nicht verschwenden, indem er es sofort zerstört." Er verzieht das Gesicht. „Verzeih mir meine Formulierung. Er würde es so sehen."

„Ich weiß." Ich starre in den strahlend blauen Himmel hinauf und versuche, mich nicht von meinen Sorgen überwältigen zu lassen. Es lässt sich nicht herausfinden, was meinem kleinen Bruder zugestoßen ist, bis wir sein Zuhause erreichen ... Selbst dann ist es womöglich nicht offensichtlich. Ich habe keine Ahnung, wo er war, als der Armreif aktiviert wurde. Soweit ich weiß, ist die Familie zu einer Last-Minute-Reise aufgebrochen. Er könnte auf der anderen Seite der Erde sein, obgleich es unwahrscheinlich ist.

Ich werde ihm besser helfen können, wenn ich einen klaren Kopf habe und konzentriert bin. In Panik zu geraten, wird es nur schwerer machen, das Problem zu finden und zu lösen.

Ich mache langsame, gleichmäßige Atemzüge und wappne mich so gut wie möglich für das, was wir entdecken werden. August massiert meine Schultern und Madoc lässt seine Hand auf meinem Bein liegen. Seine Berührung ist tröstlich.

Ich bin nicht allein. Meine Männer und Zelpha werden alles in ihrer Macht Stehende tun, um Jamie zu schützen.

Wir müssen nur zu ihm gelangen.

Die Spuren hoher Luftfeuchtigkeit können sich nicht schnell genug verstärken. Als der Himmel über unseren Köpfen von dem mittlerweile vertrauten Nebel trüb wird, schlägt mein Herz schneller. Ich kann nur auf dem Boden des Gefährts sitzen, während Whitt es die letzten Meter zum richtigen Portal lenkt. Wegen des langsamen Tempos zucken meine Muskeln vor Ruhelosigkeit.

Als Whitt das Gefährt endlich anhält, springen wir hinaus und halten gerade so lange inne, dass er und Madoc Tarnzauber über uns alle legen können. Wir verstecken uns jetzt nicht nur vor den gewöhnlichen Bürgern der Menschenwelt, sondern auch vor Orions Lakaien, die uns eventuell auflauern. Dann marschiert Zelpha rasch um das Portal herum, während August und Whitt eine hastige magische Suche nach Anzeichen von Murk-Präsenzen durchführen.

Zelpha kehrt mit zusammengezogenen Brauen zurück.

„Ich kann keine Hinweise darauf entdecken, dass sich momentan Murk hier aufhalten, doch ich meine, dort drüben in der Nähe der Bäume eine Ratte gerochen zu haben. Jemand ist möglicherweise vor kurzem durch diese Gegend gekommen."

Wir wissen nicht, ob das irgendetwas mit meinem Bruder zu tun hatte, oder ob es einfach ein Teil der fortwährenden Kriegsbemühungen der Murk war. Ich beiße mir auf die Lippe und stelle mich zu den Fae ans Portal. August nimmt meine Hand und zieht mich mit sich hindurch.

Im Park auf der anderen Seite juckt es mich in den Beinen, geradewegs zu Jamies Haus zu rennen. Meine Männer bestehen jedoch darauf, dass wir einige Minuten warten, damit sie auch auf dieser Seite nach Murk Ausschau halten können. Als sie keine Anzeichen eines Hinterhalts entdecken, eilen wir im schwachen Licht der Morgendämmerung durch die Straßen. Hier herrscht stets eine andere Tageszeit als in der Fae-Welt, die ich verlassen habe.

Das Viertel, in dem meine Tante und mein Onkel wohnen, liegt um diese Uhrzeit so friedlich da, dass meine Nerven anfangen, sich trotz meiner Unsicherheit zu entspannen. Es ist schwer, zu glauben, dass hier etwas besonders Schlimmes geschehen könnte. Mein Armreif hat sich seit dem ersten Warnsignal nicht mehr geregt.

Vielleicht war es wirklich nur eine besonders heftige Emotion, die Jamie durchlebt hat. Vielleicht hatte der Alarm eine Fehlzündung und es ist alles in bester Ordnung.

Dann biegen wir um die Ecke auf die Straße, an der ihr Haus steht, und ich bleibe wie angewurzelt stehen.

Zwei Polizeiautos parken vor dem Haus meiner Tante und meines Onkels. Ein paar Polizisten laufen gerade zu ihrem Wagen zurück. Einer von ihnen schüttelt mit ernster Miene den Kopf. Mir rutscht das Herz in die Hose.

Ehe ich mich versehe, renne ich humpelnd zu ihnen. Meine Fae-Begleiter eilen mir hinterher, versuchen jedoch nicht, mich zurückzuziehen. Sie vertrauen darauf, dass ich nichts tue, um uns zu offenbaren.

Ich kann nur daran denken, herauszufinden, was passiert ist. Ich halte keuchend neben der vorderen Veranda inne. Meine Tante spricht mit einem Polizisten, der im Türrahmen steht. „Ich weiß nicht, was passiert sein könnte oder was es bedeutet", erklärt sie mit zitternder Stimme. „Es ergibt keinen Sinn. Sie haben keine Anzeichen dafür gesehen, dass er verletzt wurde?"

„Es gibt keine Hinweise auf einen Kampf oder dass er im Zimmer verletzt wurde", antwortet der Polizist. „Könnte es ein eigenartiger Streich sein, in den er eingeweiht ist?"

„Er war nie der Typ für so etwas."

Der Polizist zuckt mit den Achseln. „Teenager. Sie können unberechenbar sein. Ich sollte es wissen – ich habe selbst zwei. Sie können sich sicher sein, dass wir jeder Spur folgen werden. Aber schöpfen Sie Mut, denn es besteht eine vernünftige Wahrscheinlichkeit, dass er noch vor Ende des Tages auftauchen wird."

Im Zimmer, hat er gesagt. Jamies Zimmer? Ich eile zur Seite des Hauses zu dem Fenster, das in den privaten Raum meines Bruders blickt.

Ich halte stolpernd davor an, wirble herum, um hineinzuspähen, und packe den Fensterrahmen. Als meine Augen die Szene im Inneren erfassen, zuckt mein Kopf so schnell nach vorne, dass meine Nase gegen das Glas knallt.

Jetzt verstehe ich, was meine Tante damit meinte „was es bedeutet". In Jamies Zimmer wurde in die Wand über seinem Bett dünn, jedoch tief eine Nachricht geritzt. Ich kann mir bereits vorstellen, wie einer der Murk sie mit seinen rasiermesserscharfen Krallen geschrieben hat.

Er wird zurückkehren, wenn du zu mir zurückkehrst, besagen die krakeligen Buchstaben.

Natürlich weiß meine Tante nicht, was das bedeuten soll. Diese Nachricht ist nicht für sie. Sie ist für mich.

Meine Fae-Begleiter haben sich um mich herum versammelt. August knurrt und Madoc macht einen erstickten Laut in seiner Kehle.

Whitt atmet scharf durch zusammengepresste Zähne ein. Er ist derjenige, der als Erster spricht. „Er bekommt dich nicht."

„Er hat Jamie", erwidere ich schwach. Ich schwanke, woraufhin August und Zelpha meine Ellenbogen packen und mich stützen.

„Orion würde ihn nicht zurückbringen, selbst wenn du zu ihm gehst", erklärt Madoc sanft, aber bestimmt. „Er würde es *genießen*, dir zu zeigen, dass er sich nicht an sein Versprechen halten muss. Es wäre seine Strafe für dich, weil du weggelaufen bist."

„Jamie hat nichts damit zu tun." Ein Schluchzen verstopft meine Kehle. „Er hätte nie in diesen Krieg gezerrt werden sollen." Die Fae haben bereits sein Gesicht aufgeschlitzt und wer weiß wie viele Narben auf seinem Körper hinterlassen. Sie haben ihm genauso wie mir die Familie geraubt. Und nach all der Arbeit, die er unternommen hat, um sein Leben wieder auf Spur zu bringen, haben sie es erneut zerstört.

Eine fiese Emotion flammt tief in mir auf. In diesem Moment will ich alles auslöschen – jeden Zentimeter der Murk-Kolonien und die Nebelwelt ebenfalls, bis niemand mehr übrig ist, der Leute wie mich und meinen Bruder quälen kann.

Es ist nur ein Augenblick, ehe ich wieder zu mir komme

und mich noch hilfloser als zuvor fühle. Ich will nicht, dass alle Fae sterben. Ich will nur, dass die Schrecken meines Lebens ein Ende haben und sich nicht auf Schritt und Tritt vervielfachen.

Ich blicke zu Madoc. „Gibt es irgendeine Möglichkeit, herauszufinden, wohin er Jamie gebracht hat?"

Der Murk-Mann schüttelt den Kopf. „Sie werden durch mehrere Portale gereist sein. Das ist unsere Standardtaktik, um unsere Spuren zu verwischen. Sie haben mindestens ein paar Stunden Vorsprung. Sie könnten mittlerweile überall sein."

„Das Refugium …?"

Er zögert. „Ich glaube nicht. Orion weiß, dass ich bei dir bin, und ich bin mit all den Tricks vertraut, mit denen man dorthin gelangt."

Whitt legt seinen Arm um meine Schultern. „Lass uns in die Nebelwelt zurückgehen. Wir haben Kundschafter, die wir aussenden können, damit sie nach den Spuren suchen, die man noch finden kann. Du bist hier angreifbar – wir sind keine große Truppe und können dich nicht schützen, sollte es zum Äußersten kommen."

Ich will nicht gehen, ohne zu wissen, wie ich meinem Bruder helfen kann, sehe jedoch ein, dass ich noch keine Antworten erhalten werde. Ich habe das Gefühl, als würde ich durch Nebel waten, als ich mit ihnen zum Portal zurückkehre.

Auf halbem Weg dorthin hebt mich August in seine Arme, wie er es so gerne tut, und drückt mich an seine Brust. Ich presse mein Gesicht an seine Schulter und Tränen steigen mir in die Augen. Ich sehne mich danach, in dem Trost zu versinken, den er mir anbietet, doch zugleich fällt es mir schwer, zu glauben, dass ich ihn verdiene.

Ich habe das meinem kleinen Bruder angetan, genauso

wie in jener Nacht vor neun Jahren, als Aerik und sein Kader meine Familie zerrissen.

Die Wolke der Verzweiflung lässt sich so schwer auf mir nieder, dass ich es kaum bemerke, als wir das Portal erreichen. August trägt mich hindurch. Die Fae in meiner Begleitung schweigen ernst, während wir den kurzen Weg zum Gefährt hinter uns bringen.

Kurz nachdem wir die Schwüle und den Nebel der Randgebiete verlassen haben, hält Whitt das Fahrzeug unerwartet an. Ein anderes kleineres Gefährt rast mit einer einzigen Seelie-Frau im Bug auf uns zu.

„Ich bin froh, dass ich euch erwischt habe", verkündet sie hastig, als sie ihr Fahrzeug wendet und neben uns fliegt. „Erzlord Sylas meinte, ihr wärt in diese Richtung unterwegs. Die Murk haben einen weiteren Angriff gestartet und machen Boden gut. Wir brauchen jeden an der Front, der kommen kann."

15

Talia

Daran, dass Sylas keinen der Krieger anweist, als Wache bei mir zu bleiben, erkenne ich, dass es schlimm ist. All meine Begleiter, sogar Madoc, springen aus dem Gefährt, sobald wir das Schlachtfeld erreichen. Sie rufen mir nur noch hastig die Anweisung zu, im Fahrzeug zu bleiben und mich zu verstecken. Ich kauere mich auf den Boden in der Nähe des Bugs und spähe über die Seite des Fahrzeugs und die anderen Gefährte hinweg, die eine neue Woge Krieger an die Front transportiert haben.

Der Botin zufolge, die uns gefunden hat, haben wir die Ländereien verloren, die wir gestern zurückerobert haben. Die Murk sind bereits weiter denn je vorgedrungen. Ich weiß nicht, wie es ihnen dieses Mal gelungen ist, die Seelie zu überwältigen – die Frau hat das nicht erklärt, bevor sie zurückgeeilt ist, um sich dem Kampf anzuschließen. Doch welche Taktiken sie auch benutzt haben, sie waren eindeutig effektiv.

Grunzen, Klirren und Schreie schallen von der Stelle an meine Ohren, wo die Fae dreißig Meter entfernt gegeneinander kämpfen. Magie knistert wie Blitze über den Himmel. Zwischen den Kriegern zischt sie ebenfalls hin und her. Der Boden erbebt. Ich kann lediglich eine Masse aus Körpern erkennen, die sich in diese und jene Richtung drehen und schlagen, manche in der Gestalt von Menschen, manche in der von Wölfen.

Die Seelie-Armee versucht anscheinend, eine neue Barriere zu errichten, um die Murk wenigstens daran zu hindern, weiter vorzudringen. Ich entdecke ein Schimmern in der Luft über dem Schlachtfeld – es wird jedoch wenige Sekunden später von einem Magiestoß gesprengt. Einige Splitter des feindlichen Zaubers fallen wie Bruchstücke einer Sternschnuppe um mich herum zu Boden. Einer zischt über den Bug und hinterlässt ein Brandmal.

Ich krabble zum Heck, um etwas mehr Distanz zwischen mich und den Kampf zu bringen. Ich glaube, meine Männer haben das Innere des Gefährts mit Schutzzaubern belegt, bin mir allerdings nicht sicher, wie gut diese dem Angriff standhalten. Ich kann es ihnen nicht verdenken, dass sie davongehastet sind. Sollten die Murk die Seelie-Truppen vernichten, gäbe es ohnehin niemanden mehr, der mich beschützen könnte.

Fetzen ähnlicher Dringlichkeit blitzen durch meine Verbindung mit Corwin. Ich vermute, dass die Murk ihren Angriff wie zuvor auf beiden Seiten der Grenze gestartet haben. Ich habe Angst, meinen Unseelie-Gefährten zu kontaktieren und zu fragen, was los ist. Er braucht vermutlich seine gesamte Konzentration, um sicherzustellen, dass er und seine Leute überleben.

Schuldgefühle legen sich um meinen Magen und ziehen sich zu. Was kann *ich* tun, um auch nur einen von ihnen zu schützen? Wegen des Heilmittels, das ich für ihren Fluch darstelle, wurde ich wie eine Heilsbringerin verehrt. Doch jetzt, da der Krieg zu einem offenen Kampf übergegangen ist, bin ich eine Belastung, ein schwaches Glied, das verteidigt werden muss.

Nein, das stimmt nicht ganz. Ich habe es geschafft, andere Menschen hinzuzuziehen und eine Strategie vorzuschlagen, die kurz das Blatt zu unseren Gunsten gewendet hat. Es hat jedoch offensichtlich nicht gereicht. Und kein Mensch kann in dieses Schlachtgetümmel marschieren und helfen. Wir würden innerhalb von Sekunden niedergemäht werden.

Gibt es etwas, was ich aus der Ferne tun kann? Ich zerbreche mir den Kopf, doch mir fällt nichts ein. Selbst wenn ich Salz oder Eisen bei der Hand hätte, würde es nichts nutzen, damit um mich zu werfen, solange die zwei Seiten in einen Nahkampf verwickelt sind. Es würde meinen Leuten mehr schaden als Orions.

Ich kann weder meine Männer noch die restlichen Fae oder meinen Bruder retten. Ich schlinge die Arme um mich, kann die zunehmende Verzweiflung in mir jedoch nicht wegumarmen.

Ganz gleich, was ich tue, Orion hat immer eine neue Möglichkeit gefunden, mich zu quälen – und die Leute, die mir wichtig sind. Vielleicht hatte Aerik in gewisser Weise recht. Meine Verbindung zum Murk-König macht mich zu einer Bedrohung für alle anderen. Solange ich bei den Fae der Jahreszeiten bin, stelle ich nicht nur wegen meiner körperlichen und magischen Schwächen eine Belastung dar, sondern auch weil mich zwei ihrer Erzlords und andere Fae lieben. Weil Orion sie durch mich verletzen kann.

Während ich auf meiner Lippe kaue, flackert ein Bild in dem dünnen Wolkenschleier über mir auf. Zuerst schaue ich nicht einmal hoch, da ich annehme, dass es lediglich weitere Zauber sind, die bei dem Angriff benutzt werden. Doch dann erhasche ich aus dem Augenwinkel einen Blick auf die Formen und mein Blick schnellt nach oben.

Es ist Jamie. Die Murk haben ein Bild von ihm an die Wolken projiziert – nicht nur hier, sondern in regelmäßigen Abständen entlang der gesamten Front. Sie hoffen vermutlich, dass ich es sehen werde, sind sich jedoch unsicher, wo genau ich bin.

Ich weiß nicht, wie real das Bild ist. Es zeigt Jamie, der in einer Ecke kauert, die Knie an die Brust gezogen, einen fiesen Kratzer auf seinem Unterarm und mit einem Bluterguss auf seiner Stirn. Seine Augen sind vor Verwirrung weit aufgerissen. Ich sehe keinen Armreif an seinem Handgelenk. Meine Hand schnellt zu meinem, der noch immer inaktiv ist.

Liegt das daran, dass das heraufbeschworene Bild nicht real ist, oder weil sie ihm den Reif abgenommen und die Verbindung gebrochen haben?

Vielleicht spielt es keine Rolle, ob es ihn in der Situation zeigt, in der er sich gerade befindet. Ich weiß, dass ihn die Murk entführt haben. Ich weiß, dass sie nicht nett zu ihm sein werden. Wenn er nicht so in einer Ecke kauert, dann in einer ähnlichen Position, während er ähnliche Emotionen erlebt.

Als ich zuschaue und sich Entsetzen um meinen Magen schlingt, bewegt sich eine schattenhafte Gestalt am Rand der Projektion entlang. Sie tritt Jamie in die Seite, woraufhin er zu Boden fällt und sich krümmt. Ich versteife mich, als könnte ich in den Himmel springen und verhindern, was sie ihm antun.

Doch das kann ich nicht. Er ist nicht wirklich dort. Ich habe keine Ahnung, wo er ist.

Eine schreckliche Erkenntnis schleicht sich in meinen Verstand. Ich weiß, dass es stimmt und Orion ein falsches Versprechen gegeben hat. Er würde Jamie niemals freilassen, außer er wird dazu gezwungen. Das bedeutet allerdings nicht, dass es nicht trotzdem sinnvoll wäre, mich ihm auszuliefern. Er hätte keinen Grund, Jamie zu quälen, wenn ich seine Forderungen akzeptiere.

Natürlich kann ich mich nicht der Kontrolle des Murk-Königs aussetzen. Er würde mich nur quälen, um meine Gefährten und ihr Volk aus der Fassung zu bringen. Es gab jedoch eine Zeit, in der ich in Erwägung zog, mein Leben zu beenden, damit Orion mich nicht mehr benutzen konnte. Wenn ich so nah an ihn herankommen würde, dass es seine Leute sehen könnten, und es durchziehen würde … Dann wäre er nicht mehr in der Lage, jemanden durch mich zu verletzen. Er hätte keinen Grund mehr, Jamie festzuhalten.

Ich ringe mehrere Minuten lang mit der Idee. Die aufeinanderkrachende Magie sendet einen zunehmend beißenden Gestank in die Luft. Dieser vermischt sich mit einem fleischigen, metallischen Geruch, der von all dem vergossenen Blut stammt.

Wie könnte ich mich überhaupt opfern, falls ich entscheide, dass dies das Beste ist, was ich noch anzubieten habe? Ich gehe auf die Knie und betrachte erneut das Schlachtfeld. Mein Körper bleibt angespannt, damit ich mich ducken kann, sollte es nötig sein.

Die Schlacht tobt noch immer. Ich glaube, die Seelie wurden etwas näher zu den Fahrzeugen gedrängt, als sie beim letzten Mal waren, als ich die Szene betrachtete. Das Schlachtgewühl ist so chaotisch, dass ich nicht einmal erkennen kann, wo ihre Truppen enden und die der Murk anfangen.

Ist Orion ebenfalls in der Nähe oder überwacht er den Angriff von einem anderen Punkt entlang der Front?

Es gibt keine Lücken in dem Schlachtgewühl, durch die ich hindurchschlüpfen könnte. Als mein Blick über die Krieger gleitet, schwillt eine mächtigere Emotion in meiner Hoffnungslosigkeit an.

Die Fae vor mir werfen sich mit allem, was sie haben, in den Kampf. Ich sehe Blut aus Wunden strömen und Fleisch, das von magischem Feuer geschwärzt wurde, ja. Ich sehe Körper, die schlaff und zerfetzt zwischen ihren Kameraden fallen. Doch ich erhasche auch einen Blick auf die Gesichter derjenigen, die noch leben. Sie sind vor Entschlossenheit und Trotz angespannt und ihre Zähne sind entblößt, da sie knurren und sich weigern, klein beizugeben.

Sie gehen bis an ihre körperlichen Grenzen, um ihre Häuser zu sichern und ihre Familien zu verteidigen. Dem Ganzen haftet eine gewisse Verzweiflung an, sie sind jedoch leidenschaftlich und unnachgiebig. Sie werden nicht aufgeben, bis die Murk sie vollkommen überwältigen, und sie nutzen jedes bisschen Energie, um sicherzustellen, dass das nicht passiert.

Es muss mehr geben, was ich tun kann, als mich Orion auszuliefern. Ich bin noch nicht fertig, oder? Es gibt noch so viel, was ich in diesem Leben haben wollte.

Aufzugeben könnte bedeuten, Jamie weitere Qualen zu ersparen … doch es könnte auch bedeuten, ihn aufzugeben. Halte ich es wirklich für unmöglich, dass wir ihn retten können, ohne dass ich mich opfern muss, was bedeuten könnte, dass ich ihn ebenfalls opfere?

Ich muss meine Familie beschützen. Ich muss darauf pochen, dass die Erzlords Leute freistellen, die bei Jamies Rettung helfen, sobald wir die größte Bedrohung für die gesamte Nebelwelt gebannt haben. Ich wünschte, es gäbe etwas, was ich jetzt tun könnte und meinem Bruder weitere Schmerzen ersparen würde, doch es gibt *nichts*. Nicht einmal das Ende meines Lebens würde dieses Ergebnis garantieren.

Orion würde Jamie vielleicht sogar noch mehr quälen aus Frust, dass er doch nicht über mein Schicksal entscheiden darf.

Vielleicht gibt es etwas, was ich jetzt für all die Fae tun kann, die für unser Zuhause kämpfen. Ich wollte zuvor schon an die Front treten und sie ermutigen. Nun bin ich hier. Ich muss sicherstellen, dass keiner der gleichen Verzweiflung erliegt, die mich vor wenigen Minuten fast in die Tiefe gezogen hätte.

Ich ignoriere meine Nervosität und krabble durch das Gefährt zum Bug. Dort ziehe ich mich auf einen Vorsprung, der gerade so breit ist, dass ich meine Füße darauf abstellen kann. Vorerst bleibe ich in der Hocke, während ich meine Hände vor der Brust zu einer Schale forme und die Augen schließe.

Freude. Ich muss all die Freude heraufbeschwören, die ich in mir finden kann, und selbst ein Bild dort rausschicken.

Mein Verstand wandert zurück zu meinem Intermezzo mit Madoc im Unterhaltungsraum neulich. Zu Whitts Eifer, als wir gemeinsam unseren Plan schmiedeten. Zu Corwins Versprechen ewiger Liebe. Zu all der Zuneigung, mit der mich meine Gefährten überschüttet haben, zu all den Versprechen, die wir uns gegeben haben. Zu dem Bild von Jamie, der mit seiner Freundin und neuen Familie glücklich war.

Es wird eine Zeit kommen, wenn das alles ist, was wir haben, wenn unsere schlimmsten Probleme so viel kleiner sind als unsere Freuden. Ich muss weiterhin daran glauben.

Der wahre Name für Licht kommt mit einem Schwall Energie über meine Lippen. *„Sole-un-straw!"*

Als ich mich aufrichte, lodert ein goldenes Leuchten zwischen meinen Händen. Ich hebe sie zum Himmel und strecke sie zu beiden Seiten von mir weg, sodass ich in das Licht gehüllt werde. Selbst in so großer Entfernung des

Herzens der Nebelwelt ist seine Macht bei mir. Und ich bin bei den Fae, die für es kämpfen.

„Wir können es schaffen!", rufe ich und zwinge meine Stimme, weit über die Ebene zu hallen. „Wir können sie zurückschlagen. Wir können schützen, was uns gehört. Diese Welt gehört dem Herzen und es scheint durch mich hindurch auf euch alle. Spürt es jetzt in euch. Lasst es diejenigen abwehren, die uns brechen wollen."

Ich bin mir nicht sicher, wie viel Sinn meine Worte ergeben, da sie ohne einen Gedanken aus mir purzeln. Doch überall in dem Getümmel blicken Fae zu mir und werfen sich mit, wie es aussieht, frischer Energie in den Kampf. Mehr Magie singt von unserer Seite ausgehend durch die Luft. Mehr Stimmen brüllen und knurren. Macht vibriert in der Luft um mich herum und durch unsere Armee und in diesem Moment sehe ich, dass die Murk ins Straucheln geraten.

„Für das Herz!", ruft eine Stimme und ich entdecke August, der seine Faust mitten im Schlachtgewühl emporstößt.

„Für das Herz!", erhebt sich ein Stimmenchor. „Für das Herz!" Immer mehr Stimmen fallen in den Ruf ein.

Weitere Seelie rufen, wirken ihre Magie gemeinsam und ein Windstoß fegt einen Großteil der Murk-Armee zurück. Bevor sie sich davon erholen können, erhebt sich die Erde und wirft weitere von ihnen um. Sie spucken ihre eigenen Zauber aus, doch den Seelie ist es gelungen, sich genug Zeit zu kaufen, um hastig eine neue Mauer zu errichten, die die ersten, weniger fokussierten Angriffe abwehrt. Als uns die Murk erneut die gesamte Kraft ihrer Magie entgegenschleudern, ist die Barriere so dick, dass sie dieser standhält.

Ich sinke wieder auf den Boden des Gefährts, mein Atem

geht schwer und mein Kopf pocht von dem bisschen Magie, das ich durch mich leiten konnte. Das hier ist kein Sieg, aber wir haben einen vernichtenden Verlust abgewehrt und das reicht mir – für den Moment.

Ich hoffe nur, dass ich das Gleiche für Jamie tun kann.

16

Madoc

Der Seelie-Lord wringt seine Hände, während er auf einer Seite des Versammlungsraumes steht. Ich vermute, dass er nicht erwartet hat, dass ein Erzlord und ein Angehöriger der Art von Fae, über die er sich beschwert hat, auf seine Beschwerde reagieren würden.

Sylas verschränkt die Arme vor seiner breiten Brust. Seine Stimme bleibt ruhig, er macht sich jedoch nicht die Mühe, seine Verärgerung zu verbergen. „Wenn ich Sie richtig verstanden habe, können Sie von nichts Spezifischem berichten, was die Murk-Kolonie getan hat und Ihr Rudel oder Revier gestört hat."

Der Lord verzieht das Gesicht. „Nein, *noch* nicht. Aber ich ... ihre Präsenz hat eine Energie an sich ... Es ist eindeutig für mich, dass sie verdächtige Absichten hegen."

Ich ziehe die Augenbrauen hoch. „Ich würde sagen, Ihre Absichten sind viel verdächtiger angesichts dessen, dass Sie uns mitten in einem Krieg hierhergerufen haben, ohne etwas vorweisen zu können abgesehen von Ihren Eindrücken einer ‚Energie‘. Sie sind derjenige, der seine Wachen in die Nähe der Kolonie geschickt hat, oder? Die Murk-Bewohner waren nicht in der Nähe Ihres Reviers?"

Etwas blitzt in den Augen des Lords auf. Ihm passt es definitiv nicht, dass eine Ratte so mit ihm spricht. Er wendet sich an Sylas, als hätte ich nicht gesprochen. „Sie verstehen, dass ich angesichts der Vergangenheit Vorsichtsmaßnahmen ergreifen musste …"

Sylas grollt skeptisch. „Angesichts der Vergangenheit zwischen den Seelie und Murk halte ich es für verständlich, dass Deltas Kolonie nicht den freundlichsten Eindruck macht. Sie sind uns hier zahlenmäßig gewaltig unterlegen und sich vollkommen bewusst, dass sie sich auf gefährlichem Boden befinden. Wenn sie keine echten Verbrechen begangen habe, bitte ich darum, dass Sie sie in Ruhe lassen."

„Und falls Sie anfangen, sich Verbrechen auszudenken, können Sie sich darauf verlassen, dass wir herausfinden werden, wen wirklich die Schuld trifft", füge ich hinzu.

Der Blick des Lords huscht zu mir. „Ist das eine Drohung?"

Ich schenke ihm ein schmales Lächeln. „Nein, es ist eine Tatsache. Ich kenne die Feindseligkeit, die Leute wie Sie Leuten wie mir gegenüber hegen, besser als jeder andere und ich bemühe mich um unser aller Willen nach Kräften um diesen Frieden."

„Ich hoffe, dass Sie Ihre Vorurteile überwinden und zukünftig auf den gleichen Frieden hinarbeiten können, den sich all Ihre Erzlords wünschen", wirft Sylas ein.

Der Lord druckst herum, bringt jedoch keine weiteren Beschwerden vor. Ich warte, bis er uns zu unserem Gefährt zurückgebracht hat und wir außer Hörweite sind, bevor ich etwas zu Sylas sage.

„Denkst du, er wird der Kolonie Probleme machen?"

Der Seelie-Erzlord seufzt. Ich habe seinen Frust über den unnötigen Besuch bemerkt, als er mit dem Lord gesprochen hat, es ist allerdings eine Erleichterung, zu sehen, dass das nicht nur der Show diente. Er ist wirklich der Meinung, dass der Mistkerl unsere Zeit verschwendet hat.

„Wir werden ihn gut im Auge behalten", verspricht er. „Wir haben damit gerechnet, dass einige der Rudel ihre neuen Murk-Nachbarn belästigen würden. Ich vermute, wir können dankbar sein, dass er nicht genügend militärische Stärke zur Verfügung hat, um viel zu erreichen, da der Großteil seiner Krieger an der Front ist."

„Ein kleiner Segen", brumme ich.

Sylas neigt den Kopf in meine Richtung. „Du hast trotz seiner Einstellung dir gegenüber gut gesprochen. Je mehr sie sehen, dass die Murk entschlossen und vernünftig sein können, desto schwieriger wird es für sie werden, die Vorstellung zu rechtfertigen, dass ihr irgendwie weniger wert seid als wir. Es wird einfach Zeit brauchen, bis wir dorthin gelangen."

Sein Lob wärmt mich mehr, als ich es erwartet hätte. Ich nicke. „Ich weiß. Ich war darauf vorbereitet, dass wir das nie erreichen würden, weshalb wenigstens diese eine Sache gut läuft. Wenn jetzt Orion keine solche Landplage mehr wäre ..."

„Seit dem Kampf gestern haben wir einen weiteren Zustrom an Murk-Flüchtlingen aus seiner Armee erlebt", bemerkt Sylas. „Während du ihnen dabei hilfst, sich einzuleben, kannst du vielleicht etwas Nützliches von ihnen über seine nächsten Pläne erfahren oder über die Situation mit Talias Bruder ... oder irgendeinen anderen Faktor, über den wir Bescheid wissen wollen."

Mein Herz schmerzt bei dem Gedanken an den jüngsten Angriff auf Talias Glück, den Orion unternommen hat.

Sobald wir gestern von der Front zurückkehrten, verlangte sie, dass die Erzlords etwas unternehmen, um ihren Bruder zu retten – dass mindestens einige Rudelmitglieder auf die Suche nach ihm geschickt werden und ein brauchbarer Plan entwickelt wird. Einige der anderen murrten stark und ich habe gemerkt, dass sie weiß, dass es höchstwahrscheinlich nicht so schnell passieren wird. Orion gibt uns viel zu viele andere Dinge, um die wir uns gleichzeitig Sorgen machen müssen.

„Ich werde schauen, was ich aus ihnen rauskitzeln kann“, sage ich. „Die Murk, die von Orion zu uns übergelaufen sind, sind besonders misstrauisch und betrachten sogar mich als einen potenziellen Feind, weil ich mich auf eure Seite gestellt habe. Die meisten von ihnen kommen nicht zu uns, weil sie einen großen Traum vom Frieden hegen, sondern weil sie den Eindruck haben, dass sie sich womöglich auf der Verliererseite befinden. Ich werde frei zugeben, dass wir nicht darauf vertrauen können, dass sie die Seiten nicht erneut wechseln, sollte sich das Blatt zu Orions Gunsten wenden.“

„Ich bin nicht überrascht, das zu hören, aber ich weiß deine Offenheit zu schätzen.“

Er würde es vermutlich noch mehr zu schätzen wissen, wenn ich in der Lage wäre, ehrlich etwas Optimistischeres zu sagen, aber ich kann nicht einmal in meinen Gedanken etwas zu Höhnisches über den Mann sagen. Er hat sich diesem Weg verschrieben, mit allen Murk zu kooperieren, die unser Angebot annehmen, und er setzt das Ganze nach seinem besten Vermögen um.

Es ist eine kurze Reise zurück zum Herz, wo der Erzlord zweifellos jeden Moment unsere nächsten Schritte mit seinen Kollegen besprechen soll. Corwin ist in Erwartung unserer Ankunft auf die Sommerseite der Grenzburg gekommen. Er blickt von Sylas zu mir und stellt uns beiden seine Frage –

eine Anerkennung, von der ich bis jetzt nicht wusste, dass *ich* sie wertschätzen würde.

„Wir haben es nicht mit einer weiteren Katastrophe zu tun, oder?", fragt er.

Sylas' Mund biegt sich zu einem schiefen Lächeln. „Bisher gibt es keine weiteren unausweichlichen Desaster. Einer der Seelie-Lords wird ruhelos, weil sich eine Murk-Kolonie nur wenige Reviere entfernt von seinem befindet, und versucht, Zweifel an ihnen zu regen. Wir zwei waren in der Lage, ihn so bestimmt in seine Schranken zu weisen, dass ich bezweifle, dass er etwas unternehmen wird, zumindest nicht, solange der Krieg noch tobt."

„Ich schätze, das ist ein Trost", murmelt Corwin und fährt mit der Hand durch seine blau-schwarzen Locken. Er hält inne und konzentriert sich wieder auf mich. „Ich hoffe, er war dir gegenüber nicht zu respektlos."

Ich zucke mit den Achseln und bin verblüfft, dass sich der Unseelie-Erzlord überhaupt die Mühe gemacht hat, nachzufragen. Allerdings sollte ich das vielleicht nicht sein. „Ich wurde schon schlimmer behandelt. Er hat hauptsächlich versucht, mich zu ignorieren. Ich habe ihm das schwergemacht."

Der Schatten eines Lächelns berührt Corwins Lippen. Er fängt Sylas' Blick auf und ich habe das Gefühl, dass sie stumm miteinander kommunizieren, vielleicht über etwas, worüber sie bereits gesprochen haben.

Sylas räuspert sich. „Es ist offensichtlich kein idealer Zeitpunkt, um hier irgendwelche großen Veränderungen vorzunehmen, während unsere Leute so überfordert sind, doch es gibt etwas, was wir bald bei unseren Kollegen ansprechen müssen – die Murk werden Repräsentanten hier beim Herzen brauchen. Ob ihr nun beschließt, sie Erzlords zu nennen, oder einen anderen Titel wählt, liegt bei euch."

„Kein König", murre ich und Corwins Mund zuckt erneut.

„Das bleibt den Murk überlassen", sagt er. „Wir dachten jedoch … dass mindestens drei Anführer ein guter Anfang wären. Bei dreien gibt es immer jemanden, der im Falle einer Pattsituation entscheiden kann. Und es könnte ausreichen – die drei Seelie-Erzlords haben sich schließlich gegen uns fünf Raben behauptet."

„Das ergibt Sinn", stimme ich zu. „Wenn ihr möchtet, dass ich unter den Flüchtlingen nach möglichen Kandidaten Ausschau halte, werde ich das im Hinterkopf behalten. Ich bezweifle jedoch, dass einer von ihnen der Aufgabe bereits gewachsen ist. Sie sind in diesem frühen Stadium kaum in der Lage, mit den Seelie zusammenzuleben. Natürlich gibt es Delta, falls sie gewillt ist, die Rolle zu übernehmen."

Die zwei Erzlords wechseln noch einen Blick, bei dem mein Nacken unheilvoll kribbelt. Doch dann sagt Sylas mit einem gedämpften Unterton, der seine Belustigung nicht ganz verbergen kann: „Ja, Delta wäre eine offensichtliche Wahl. Wir haben jedoch als Erstes an *dich* gedacht."

Oh. *Oh.* Ich blinzle und bin viel verblüffter als zuvor. Es ist geradezu beschämend. Ich brauche einige Augenblicke, bis ich die Sprache wiederfinde. „Ich … ich habe nicht wirklich darüber nachgedacht, dass ich eine Art Repräsentationsfigur sein könnte …"

„Du wärst nicht nur eine Repräsentationsfigur", sagt Corwin sanft. „Du hast entscheidend dazu beigetragen, die Kluft zwischen unseren Völkern zu schließen, schon bevor wir dich richtig als Verbündeten akzeptierten. Du hast so viel Einfluss auf deine Leute, dass sich viele von ihnen entscheiden, dir anstelle von Orion zu vertrauen. Es gibt niemanden, der für diese Position geeigneter wäre, wenn die Zeit kommt."

Ich weiß nicht, was ich mit der chaotischen Mischung

aus Emotionen tun soll, die mich durchflutet. Ich kann nicht einmal sagen, ob ich von dem Vorschlag mehr überwältigt oder verstört bin.

Ich, ein Herrscher über alle Murk? Selbst mit zwei Kollegen scheint das weithergeholt zu sein. Außerdem würde es bedeuten, sich ständig mit den Anführern der Fae der Jahreszeiten auseinanderzusetzen.

Andererseits tue ich das bereits, oder? Und ich weiß, was Talia sagen würde, wenn ich ihr von diesem Angebot erzählen würde. Sie würde mir sagen, dass es nur natürlich ist, dass sie mich als Erzlord – oder was auch immer – wollen, und sie sich sicher ist, dass ich der Aufgabe gewachsen bin. Meine reizende Gefährtin mit ihrem unerschütterlichen Vertrauen.

Der Gedanke an sie löscht meine Zweifel nicht aus, beruhigt mich jedoch so weit, dass ich sagen kann: „Es freut mich, dass ihr es so seht, und es freut mich noch mehr, dass ich in dieser Hinsicht noch keine Entscheidung treffen muss."

Sylas gluckst. „Wir hatten das Gefühl, dass es gut wäre, es anzusprechen, bevor die Beziehungen zwischen unseren Völkern weiter vorangetrieben werden." Sein Blick gleitet zum Dunst der Grenze und einer Stelle irgendwo hinter den golddurchzogenen Mauern der Bastion der Seelie. „Vielleicht könnten wir noch eine Grenzburg auf der anderen Seite des Herzens bauen, die die höchsten Murk-Anführer beherbergen könnte. Angesichts dessen, dass ihr keiner spezifischen Jahreszeit angehört."

Plötzlich kann ich es sehen – ein emporragendes Gebäude, das im Murk-Stil erbaut wurde. Unterschiedliche Materialien sind miteinander zu etwas Eigenartigem, jedoch Funktionalem verwoben. Ein Ort, von dem alle Rattengestaltwandler in der Nebelwelt wissen würden. Eine Anlaufstelle für unser Volk, sollten sie Probleme haben. Sie würden auch wissen, dass die Murk, die von dort aus regieren, genauso viel Autorität besitzen wie ihre Seelie- und Unseelie-Gegenstücke.

Ja, das wäre etwas Wundersames.

„Lasst uns zuerst diesen Krieg gewinnen", sage ich. „Dann können wir uns damit vergnügen, mit euren Kollegen über neue Burgen und Murk-Erzlords zu verhandeln."

Corwin schenkt mir ein schiefes Lächeln. Im gleichen Moment springt eine der Wachen in Wolfgestalt zu uns.

„Noch eine kleine Gruppe Murk ist angekommen", verkündet er, als er sich in Menschengestalt aufrichtet. „Sie wurden zu der Übergangssiedlung gebracht. Sie fragen nach Madoc – sie wollen mit keinem von uns sprechen oder auch nur in unserer Nähe sein."

Ich werde meinen Murk-Kollegen keinen Vorwurf machen, weil sie so empfinden. „Ich komme sofort." Ich verneige den Kopf zum Abschied unbeholfen vor den Erzlords und breche in Richtung der Siedlung auf.

Erst, als ich in den Schutz des Waldes trete, sinke ich in meine Rattengestalt und husche weiter. Ich fühle mich noch immer nicht ganz wohl dabei, unter den anderen Fae zu offenkundig zu zeigen, wie rattenähnlich ich bin. Ich schätze, das ist etwas, über das ich irgendwann hinwegkommen muss … es gibt jedoch genügend Zeit, diesen Punkt zu erreichen.

Die vorübergehende Kolonie hat sich in den letzten Tagen verdoppelt und die Neuankömmlinge werden sie noch mehr vergrößern. Am Rand des behelfsmäßigen Dorfs verwandle ich mich erneut. Dort errichten die etablierteren Murk gerade neue Unterkünfte. Es ist schön, zu sehen, dass sie die Initiative ergreifen und den Neuankömmlingen helfen, sich einzuleben.

Ich kann die fünf, die gerade angekommen sind, mühelos entdecken. Sie stehen dicht beieinander mitten in der

Siedlung. Ihre Haltung wirkt abwehrend und ihre Blicke zucken zwischen den wenigen Seelie-Wachen hin und her, die die Siedlung im Auge behalten. In der Theorie sind die Wölfe hauptsächlich hier, um den obdachlosen Murk notfalls zu helfen, doch ich bin mir sicher, dass der Großteil meiner Ratten-Kollegen ihre Anwesenheit nicht so auffasst. Ich mache mir im Kopf eine Notiz, sie zu bitten, sich etwas weiter weg und außer Sichtweite zu positionieren, außer die Murk verlangen tatsächlich ihre Hilfe.

Es gibt noch einen Seelie in unserer Mitte. Talias Freundin, die, die Talia zufolge ihre ausgefallensten Kleider geschneidert hat, steht zaghaft an einem Ende der Siedlung. Sie unterhält sich mit einigen der etablierteren Fae, einschließlich des jungen Kerls namens Flynn, der etwas zu arrogant für sein eigenes Wohl ist.

Danach zu urteilen, wie er sie angrinst und seine Bemerkungen mit Gesten unterlegt, vermute ich, dass er auf Teufel komm raus flirtet. Er sollte besser aufpassen, dass ihm das Wolfmädchen nicht Kontra gibt. Sie sieht zwar nicht wie eine Kämpferin aus, aber sie haben alle Fangzähne und Klauen.

Ich gehe geradewegs zu der Gruppe Neuankömmlinge, die sich bei meinem Anblick nur geringfügig entspannen. Ich erkenne ein paar als Bewohner des Refugiums.

„Ich bin froh, dass ihr euch uns angeschlossen habt", begrüße ich sie und deute zu den Häusern, die die anderen Murk errichten. „Möchtet ihr beim Bau eurer neuen Häuser mithelfen?"

Die Gruppe sieht unsicher aus. „Uns war nicht bewusst, dass die für uns sind", gesteht eine Frau. „Die Seelie … lassen euch einfach weitere Häuser bauen, wann immer ihr wollt?"

Ich breite meinen Arm aus, um auf das Feld um uns herum zu deuten. „Sie haben uns genügend Platz gegeben, um ein Lager aufzubauen, während wir uns überlegen, wie diese ganze kooperative Existenz funktionieren wird. Ihr könnt einen der anderen fragen, die schon länger hier sind – wir hatten keine Probleme mit den Wölfen. Sie erkennen, dass ihr bereits eine Menge bewiesen habt, indem ihr Orion verlassen und uns aufgesucht habt.“

„Wir haben *dich* aufgesucht“, stellt einer der mir bekannten Männer mit einem bohrenden Blick klar, bei dem ich meine Schultern straffe. „Die Dinge sind … die Dinge sind mit Orion ziemlich beschwerlich geworden, auch wenn es viele der anderen nicht zugeben wollen.“

„Es fällt jedem schwer, anzuerkennen, dass er sich geirrt hat. Man will es nicht einmal sich selbst eingestehen“, erkläre ich. „Mir ist es genauso ergangen.“

Die Bemerkung scheint sie noch mehr zu beruhigen. Wir gehen zu den Häusern, die sich im Aufbau befinden, und ein paar der Neuankömmlinge schließen sich den Beschwörungen an. Die Murk, die bereits an den Häusern arbeiten, heißen sie mit einem anerkennenden Nicken willkommen. Ich schenke ihnen ein Lächeln und mache mir noch eine geistige Notiz, mir eine Möglichkeit zu überlegen, wie ich ihnen später danken kann.

Momentan habe ich jedoch drängendere Sorgen. Ich blicke zu dem Mann, der über die Schwierigkeiten mit Orion gesprochen hat. „Wir könnten viel mehr unserer Leute früher hierherbringen, wenn Orion gestürzt werden würde. Euch ist offensichtlich klar, dass er uns mit diesem Krieg keinen Gefallen tut.“

Der zweite Mann meldet sich mit barscher Stimme zu Wort. „Er setzt die anderen Fae weiterhin unter Druck. Vielleicht würden sie uns nicht so aufnehmen, wenn sie nicht sehen würden, dass sie nicht mehr damit davonkommen, uns einfach aus Lust und Laune heraus umzubringen.“

„Wir haben guten Grund dazu, wütend zu sein und Rache zu wollen“, fügt der erste Mann hinzu.

„Natürlich … ich wollte das ebenfalls", erwidere ich. Ich muss hier sehr vorsichtig vorgehen. „Aber sie haben mittlerweile gesehen, dass unsere Taten gerechtfertigt waren. Und je länger dieser Krieg andauert, desto mehr unserer Leute verlieren ihr Leben. Ich würde euch nicht bitten, etwas zu enthüllen, über das ihr nicht reden möchtet, doch falls ihr Einzelheiten herausgefunden habt, die uns den Frieden schneller schenken können, den wir alle brauchen, würde ich dafür sorgen, dass diese Informationen mit der angemessenen Sorgfalt behandelt werden."

Damit will ich ihnen vermitteln, dass ich nicht zulassen werde, dass die Seelie etwas Schlimmes mit den Informationen anstellen. Die anderen Murk wirken nicht besonders überzeugt.

„Wir standen in der Hierarchie nicht so weit oben wie du, bei weitem nicht", erklärt der erste Mann ausweichend.

„Nun, falls euch irgendetwas einfällt", sage ich in dem Wissen, dass es besser ist, sie beim ersten Gespräch nicht zu stark zu bedrängen, obwohl ich mir ungeduldig das Ende des Kriegs herbeiwünsche. „Selbst wenn es sich um einen Aspekt handelt, der nicht entscheidend für Orions Pläne ist, wie beispielsweise, wo er den Menschenjungen versteckt hat, den er entführt hat. Wie auch immer, ihr könnt euch hier niederlassen und wir werden …"

Der zweite Mann unterbricht mich. „Diesen Jungen kann man nicht zurückholen."

Mein Rückgrat versteift sich, aber ich bemühe mich, mir meine Reaktion nicht anmerken zu lassen. „Warum sagst du das?"

Er öffnet den Mund und schließt ihn wieder, ehe er seinen Begleitern einen Blick zuwirft. Ich muss jedoch genügend Pluspunkte gesammelt haben, um mir ein wenig Vertrauen zu verdienen, denn der erste Mann breitet seine Hände in einer hilflosen Geste aus.

„Wir haben gehört, dass er ihn in irgendeinem Bergwerk in einer alten Eisenmine eingesperrt hat. Dort liegen noch Tonnen von Erz herum. Es ist schon schwer für Orions Leute, dort reinzugehen – niemand mit einer Verbindung zum Herzen der Nebelwelt kann auch nur bis auf einen Kilometer an diesen Ort herangehen.“

Meine Laune sinkt, was ich mir allerdings genauso wenig anmerken lasse. „Ich schätze, das werden wir sehen. Habt ihr irgendeine Idee, wo genau diese Mine ist?“

Talia

„Eine Eisenmine", wiederholt Celia. Sie stützt einen Ellenbogen auf den Tisch im Versammlungsraum der Grenzburg und zwickt sich in den Nasenrücken, als hätte ihr Madocs Bericht Kopfschmerzen bereitet.

„Warum nicht?", brummt Laoni, die am anderen Ende des Tisches sitzt. Sie schüttelt den Kopf, als hätten wir uns absichtlich miteinander verschworen, um diese Situation so schwierig wie möglich zu machen.

Terisse runzelt die Stirn. „Haben wir eine Ahnung, wo diese Eisenmine ist?"

Madoc atmet langsam aus. „Es war schon schwer, den neuesten Murk-Ankömmlingen diese Information zu entlocken. Sie versuchen nach wie vor, ein Gespür dafür zu erlangen, wie wir hierher zum Rest von euch passen. Ich weiß nicht, wie viele Einzelheiten sie tatsächlich kennen. Es ist gut möglich, dass sie die Wahrheit erzählt haben und wirklich keine Ahnung haben."

„Gibt es viele Eisenminen in der Menschenwelt?", fragt Donovan. „Wie leicht könnten wir die Suche eingrenzen?"

„Es wäre leider wie die Suche nach der Nadel im Heuhaufen", bemerkt Whitt, der hinter Sylas' Stuhl steht. „Doch wenn wir andere Methoden finden können, die wir anwenden …"

„Wir sollten das hier nicht einmal besprechen!", ereifert sich Uzziah. „Wie können wir uns auf einen – *menschlichen* – Jungen konzentrieren, wenn unsere beiden Reiche bedroht werden?"

In mir sträubt sich alles. Zum ersten Mal seit Beginn dieses Meetings beuge ich mich vor und lasse einen Teil der Emotion raus, die in mir rumort. „Er ist nicht ‚nur' ein Menschenjunge. Er ist mein Bruder und schon einmal fast gestorben, damit ihr euer Heilmittel erhalten habt. Wenn wir ihn von den Murk wegholen, vereiteln wir Orions jüngsten Plan. Je mehr wir ihn untergraben, desto weniger Vertrauen werden seine Anhänger in ihn setzen – desto mehr von ihnen werden wir für uns gewinnen."

„Talia bringt ein gutes Argument vor", sagt Corwin und schickt mir eine Woge der Beruhigung durch unsere Verbindung. „Wir haben im direkten Kampf mit den Murk nur relativ wenig Fortschritte gemacht – und ich möchte anmerken, dass der eine große Sieg, den wir errungen haben, auf Talias Idee fußte und nur mithilfe ihrer harten Arbeit und der vieler anderer Menschen möglich war. Die Rattengestaltwandler haben uns in Bezug auf Tricksereien stets geschlagen. Wenn wir ihre Tricks untergraben können, berauben wir sie also auch ihres größten Vorteils."

Danke schön, bedanke ich mich schweigend bei ihm und er lächelt mich kurz an.

Celia regt sich auf ihrem Stuhl. „Ich habe keine Idee, wie

wir überhaupt an den Jungen herankommen sollen, da sich das Eisen viel stärker auf uns auswirkt als auf Orions Leute. Wir können schlecht ein Geschwader Menschen in diese Mine schicken, damit sie allein gegen die Ratten kämpfen."

Darüber habe ich bereits nachgedacht und das Wissen liegt mir schwer im Magen. „Das können wir nicht", stimme ich zu. „Doch wenn wir uns nur ein wenig Zeit nehmen könnten, um die Möglichkeiten zu besprechen … Orion hat es geschafft, uns mehr als einmal zu überlisten. Wir sollten in der Lage sein, ihn auf seinem Niveau herauszufordern, wenn wir alle unsere Köpfe zusammenstecken, oder?"

„Das erste Problem ist offensichtlich das Finden der richtigen Mine", meint Sylas. „Wir können gar nichts für den Jungen tun, wenn wir nicht wissen, wo er sich aufhält."

Donovans Gesicht hellt sich auf. „Wir konnten die Murk zuvor aufspüren, indem wir Talias Blut benutzten. Sie sollte eine noch stärkere körperliche Verbindung zu ihrem Bruder haben als zu den Rattengestaltwandlern, oder nicht? Können wir vielleicht eine ähnliche Strategie verfolgen?"

Whitt, der sich den Aufspürzauber ausgedacht hat, tippt mit dem Zeigefinger an seine Lippen. „Leider hat dieser Zauber nur auf einem lokal begrenzten Gebiet funktioniert. Wir müssten in der Nähe der richtigen Mine landen, um darauf hoffen zu können, dass wir seine Präsenz finden. Ohne die Suche weiter einzuschränken, wäre es eine unergründliche Aufgabe."

„Wir haben noch immer Wachen in der Menschenwelt, die versuchen, die Murk dort zu überwachen", sagt Terisse und sieht sich am Tisch um. „Hat eine von ihnen in letzter Zeit von Aktivitäten berichtet, die uns in die richtige Richtung weisen könnten?"

Laonis Mund spannt sich an. „Eine meiner Wachen ist nie zurückgekehrt. Ich glaube, sie wurde von den Murk gefangen und getötet. Der Bericht der anderen wird morgen erwartet."

„Ich habe nichts Nützliches von unseren Wachen erfahren", gibt Uzziah widerwillig zu.

Es gibt auch keine Garantie, dass eine der Wachen, die in den nächsten Tagen Bericht erstatten werden, etwas entdeckt hat. Und mit jeder verstreichenden Stunde ist die Wahrscheinlichkeit größer, dass Orion beschließt, dass er Jamie nicht am Leben halten muss.

Ich stoße frustriert den Atem aus und streiche mit den Fingern über meinen Bronzearmreif. „Es ist ein Jammer, dass sie Jamie den Armreif abgenommen haben. Auf diese Weise hatte ich sogar über eine große Entfernung hinweg eine Verbindung zu ihm. Das hätte uns vielleicht zu ihm führen können."

Whitts Augenbrauen heben sich. „Ich hatte nicht an die spezielle magische Herangehensweise gedacht, die August bei seinem Zauber benutzt hat. Ich weiß nicht, wie einfach es wäre, deinen Bruder mit ähnlichen Mitteln in der physischen Welt zu finden, aber du *hast* eine starke Blutverbindung zu ihm. Ich denke, wenn wir Magie auf die gleiche Weise durch dich leiten, mit der August den Armreif verzaubert hat, könnten wir einen Zauber dorthin schicken, wo immer er ist. Es wäre vermutlich nicht der angenehmste Vorgang …"

Meine Laune hat sich bereits gehoben. „Das ist mir egal. Wenn es eine Möglichkeit ist, ihn zu erreichen, kann ich es ertragen. Aber … falls uns der Zauber nicht verrät, wo er ist, welche andere Magie könnten wir wirken, die ihm helfen würde?"

„Das Mädchen hat einen größeren Nutzen", sagt eine leise krächzende Stimme. Ich brauche eine Sekunde, um zu realisieren, dass Neve gesprochen hat, die betagte Unseelie, die durch den Großteil der Meetings zu treiben scheint, ohne ihnen viel Aufmerksamkeit zu schenken. Ihr Blick hat sich ein wenig geklärt und ist auf mich gerichtet. „Wir können mit Metall arbeiten und sie kommt mit Eisen klar."

Whitt klatscht in die Hände. „Ja. Sie haben recht … das könnte funktionieren."

Celia blickt vom einen zum anderen. Ihr Gesicht sieht so verwirrt aus, wie ich mich fühle. „Was meint ihr?"

„Talia hat kein Problem mit Eisen", erklärt Whitt. „Wenn wir Metall-verändernde-Magie *durch* sie hindurch wirken, können wir das Erz um ihren Bruder herum vielleicht manipulieren. Ich halte es für möglich, dass wir mit genügend Anstrengungen und Kompetenz eine Art Schutzhülle oder etwas Ähnliches um ihren Bruder herum erschaffen können, was die Murk aussperren würde, bis wir selbst zu ihm gelangen können – bis sie besiegt sind und er nicht mehr bewacht wird."

Mein Herz macht einen Satz. „Glaubst du das wirklich?"

Er nickt. „Wir brauchen allerdings die stärksten Metall-Zauberer, die wir haben. In unserem Rudel gibt es Sorling – er ist sehr gut im Umgang mit Bronze und Kupfer. Die Unseelie hegen jedoch eher eine Vorliebe für Metall, oder? Ihr Vögel und euer Auge für glänzende Objekte." In seinen Augen funkelt Humor.

Laoni zögert und gibt schließlich zu: „Meine Familie hat eine Affinität für den Umgang mit Metall. Ich kann helfen."

Ich blinzle und bin verblüfft, dass sie das anbietet. Andererseits ist ihr vielleicht bewusst, dass ihre Kollegen sie ansprechen würden, wenn sie es nicht täte. Sie blickt mir ruhig in die Augen. „Ich möchte allerdings nicht, dass es uns zu stark von unseren anderen Bemühungen ablenkt", fügt sie hinzu.

„Natürlich nicht", murmle ich.

„Ich bin mir sicher, wir können noch ein paar Fae

zusammentrommeln", sagt Terisse. „Wie schnell kannst du dir die richtige Technik überlegen?"

Sylas blickt zu seinem Strategen.

Whitt hat angefangen, durch den Raum zu tigern. „Ich kann womöglich innerhalb von Stunden bereit sein. Vielleicht sollten wir uns in Corwins Palast treffen, da dies eher Wintermagie ist. Versammeln Sie Ihre Leute und ich schicke eine Nachricht, wenn ich bereit bin, den Versuch zu leiten. Ich muss meine Bücher konsultieren." Er marschiert ohne ein weiteres Wort in den Gang.

Uzziah schnaubt beim Aufstehen, protestiert jedoch nicht gegen die Situation. Ich folge Sylas und den anderen Seelie zurück ins Sommerreich, da ich denke, dass ich Whitt vielleicht helfen kann, seine Bücher durchzugehen – oder zumindest könnte es nützlich sein, wenn ich dort bin und er die Techniken an mir ausprobieren kann. Mein Puls hämmert hart wegen der Aussicht, dass ich bald etwas für Jamie tun kann.

Celia marschiert uns voraus und geht in Richtung ihres Reviers – und in der Ferne in der Nähe des Waldes, der der Bastion am nächsten ist, tritt eine Gestalt in Sicht. Beim Anblick des Sonnenlichts, das von seinen löwenzahngelben Haaren reflektiert, bleibe ich ruckartig stehen.

Es ist Aerik. Er sieht aus, als hätte er darauf gewartet, mit Celia zu sprechen. Was will er jetzt?

Die anderen Männer folgen meinem Blick. Sylas gibt ein verhaltenes Knurren von sich.

Was immer Aerik sagt, als Celia ihn erreicht, sie scheint ihm nicht besonders lange zuzuhören. Sie macht eine abweisende Geste und stemmt die Hände in die Hüften, als er erneut zu sprechen beginnt. Schließlich schleicht er zwischen die Bäume davon.

Sylas stapft zu ihr und ich eile ihm so schnell wie

möglich hinterher, wobei Madoc mit mir Schritt hält. Celia sieht uns kommen und wartet auf uns.

„Worum ging es dabei?", will Sylas wissen.

Celias Blick legt sich mit einer ungewöhnlichen Menge an Mitgefühl auf mich. „Es hat sich herumgesprochen, dass wir uns Gedanken über die missliche Lage deines Bruders machen. Dein ehemaliger Entführer hat mich gedrängt, mich nicht von solch ‚geringfügigen Angelegenheiten' ablenken zu lassen, wie er es ausgedrückt hat. Du musst dir keine Sorgen machen. Ich habe ihn informiert, dass ich es anders sehe." Sie seufzt. „Es tut mir leid, dass du so viel Zeit in den Händen dieses Mannes verbringen musstest. Er ist nicht das, was die Seelie sein sollten."

Ihre Worte ändern die Vergangenheit nicht, doch die Ansicht, die in ihnen zum Ausdruck kommt, lindert einen Teil des alten Schmerzes, der tief in mir steckt. „Ich bin froh, dass die meisten nicht so schlimm sind wie er", erwidere ich leise.

Sie scheucht mich mit einer Handbewegung davon. „Geh mit deinen Gefährten und kümmere dich um diesen Plan. Je schneller er durchgeführt wird, desto besser für uns alle."

———

Es *ist* nur wenige Stunden später, als ich im Schneidersitz auf dem Boden in einem der prächtigen Diamantzimmer des Palasts von Heart's Cadence sitze und von mehreren Fae umringt bin. Whitt hat sich mit seinen Nachforschungen selbst übertroffen. Er ist praktisch von einem Buch zum anderen geflogen und hat wie wild Notizen auf die Papiere gekritzelt, die er gerade bei der Hand hatte.

Er hat unsere Rudelkollegen, die noch in Hearth-by-the-Heart sind, in die Wälder geschickt, damit sie ein paar unterschiedliche Pflanzen sammeln, die angeblich dabei helfen sollen, mich für die Magie zu öffnen, die durch mich hindurchfließen wird. Die blattreichen Stängel liegen jetzt auf meinen Schultern und meinem Schoß. Sie verströmen einen scharfen Kräutergeruch, der in meiner Nase juckt.

„Also muss ich gar nichts *tun*?", frage ich ihn, als er im Kreis um mich herum läuft und eine letzte Inspektion vornimmt.

„Sitz einfach still, beruhige deine Emotionen so gut wie möglich und öffne deinen Verstand", weist mich Whitt an. „Ich werde bei dir bleiben und dir beim Entspannen helfen, da die magischen Talente, die benötigt werden, nicht zu meinem Repertoire gehören." Er schaut zu den versammelten Fae, die hauptsächlich aus Unseelie bestehen, einschließlich Laoni. Sein scharfer Blick bleibt etwas länger auf ihr liegen. „Ich vertraue darauf, dass euch allen vollkommen klar ist, was von euch erwartet wird, oder dass ihr euch jetzt meldet, wenn ihr es nicht wisst?"

Als sich niemand zu Wort meldet, wendet er sich an Corwin, der direkt vor mir steht. „Bist du bereit, den Vorgang anzuleiten?"

Corwin neigt den Kopf und schickt mir zugleich eine Woge der Zuneigung und Hoffnung. „Absolut. Wir werden dafür sorgen, dass es klappt."

Whitt sinkt hinter mir auf den Boden und legt seine Arme um meine Taille. „Lehn dich an mich und atme langsam und tief durch", raunt er neben meinem Ohr. „Ich hab dich. Die Zauber werden sich womöglich verwirrend oder sogar schmerzhaft anfühlen, aber ich werde nicht zulassen, dass dir irgendetwas wirklich wehtut. Vertraust du mir?"

„Natürlich", antworte ich automatisch. Es stimmt. Als ich mein Gewicht an Whitts festen Körper sinken lasse, verklingen meine schlimmsten Ängste. Er ist die schlauste

Person, die ich kenne. Er würde diesen Versuch nicht unternehmen, wenn er sich nicht sicher wäre, dass eine gute Chance auf Erfolg besteht – und keine Chance, dass es schrecklich schiefgeht.

Wenn wir Jamie beschützen können, ist das so gut wie alles wert.

Ich schließe die Augen und verenge mein Bewusstsein auf den kühlen Boden unter mir, die Wärme von Whitts Umarmung hinter mir und das leise Flüstern der Stimmen der Fae um mich herum, das sich in die Luft zu ergießen beginnt. Sie sprechen wahre Namen und andere Worte der Magie, weshalb ich sie ohnehin nicht verstehe. Ein Beben der Energie läuft über meine Haut.

Nach mehreren Sekunden geht das Beben tiefer und dehnt sich zu einem Zittern aus, das von meinem Brustbein bis hinab in meinen Magen verläuft. Ich muss mir ein Keuchen verkneifen. Whitt bemerkt, dass ich die Muskeln anspanne, und streichelt in einer beruhigenden Geste mit den Fingern über meine Arme. Ich lasse mich von ihm in eine Art Frieden lullen, während der Magiefluss stetig zunimmt, der mich durchströmt.

Innerhalb von Minuten fühlt es sich so an, als würde ich unter einem Wasserfall liegen, der mit seiner kühlen Strömung auf meine Brust trommelt – eine Strömung, die durch meine Haut und Fleisch fließt und auf der anderen Seite wieder herauskommt. Ich muss mich stark konzentrieren, damit ich weiterhin ruhig atme. Meine Nerven singen in Harmonie mit der Flut, was sowohl berauschend als auch nervenaufreibend ist.

Bilder beginnen zusammen mit dem Energiefluss, in meinem Verstand aufzublitzen, und geben mir etwas, worauf ich mich konzentrieren kann. Ich sehe meinen Bruder, der in einem dunklen Raum kauert, dessen Wände aus komprimierter Erde und Holzpfosten bestehen. Ich schmecke das Metall, das die Erde um mich herum durchzieht. Partikel davon lösen sich aus der Erde, wobei meine Nerven bei jeder Bewegung zucken, und fließen zu einer Strömung zusammen, die um ihn herum gleitet.

Zur selben Zeit schwappt eine kältere Woge Magie durch mich hindurch und in ihn hinein. Jamies Augen rollen nach oben und sein Körper bricht zusammen. Mein Puls setzt aus, doch ich mache einfach noch einen langsamen Atemzug.

Wir haben im Voraus darüber gesprochen. Um sicherzustellen, dass mein Bruder nicht verhungert oder verdurstet, während wir ihn von Orions Bösartigkeit abtrennen, befördern ihn die Fae in eine Art magische Stasis. Er wird bewusstlos sein und sein Körper wird tagelang ohne Nahrung auskommen können.

Mit etwas Glück werden es nicht *zu* viele Tage sein, bis wir ihn wieder aufwecken können.

Als Jamie auf dem Boden zusammenbricht, rieselt das Metall bereits über den Boden um ihn herum. Es überzieht die Erde mit einer dicken Schicht und erhebt sich anschließend ringsum ihn herum.

Andere Eindrücke tröpfeln jetzt durch den Energiefluss. Diese Arbeit strengt all die Fae an, die ihre Talente kombinieren. Das Eisen, das sie am anderen Ende ihres Zaubers spüren, knabbert und nagt an ihnen und beißt allmählich tiefer. Schmerzensstiche hallen in mich.

Ich lenke meine Gedanken von diesen unbehaglichen Empfindungen weg zu dem Rhythmus von Whitts Atemzügen in meinem Rücken und seinem vertrauten Duft, wie von Sonne gewärmter Sand. Es spielt keine Rolle, wenn es in dem Moment wehtut. Ich erspare Jamie so viel mehr Schmerz. Ich kann so lange durchhalten, wie nötig ist, genauso wie es die Fae um mich herum tun.

Vor meinem inneren Auge sehe ich, wie sich das Eisenschild um meinen Bruder herum sowie über ihn biegt und ihn in einem nahtlosen Gebilde einschließt. Dann ziehen die Fae immer mehr Erz aus der Erde, um die Wände zu stärken. Sie müssen so robust und stabil sein, dass nicht einmal Orion genügend Magie gegen sie schleudern kann, um sie zu brechen. Wir müssen sicherstellen, dass es den Versuch für ihn nicht einmal wert ist.

Weiteres Unbehagen erreicht mich von den Fae um mich herum: mahlende Kiefer, geballte Hände, keuchende Atemzüge. Ich gebe mein Bestes, die Welle zu reiten, doch meine Konzentration beginnt, zu schwanken. Noch eine Eisenschicht legt sich über Jamies Schild – und dann fällt alles weg.

Die Bilder von meinem Bruder, der Schmerz und die Energieflut verschwinden im Nu.

Meine Augen öffnen sich. Ich setze mich aufrecht hin, betrachte die Fae um mich herum und mein Blick bleibt auf Corwin liegen. „Denkst du, es reicht? Wird er sicher sein?"

Mein seelenverbundener Gefährte schenkt mir ein zaghaftes Lächeln. Seine braune Haut ist von der Anstrengung grau geworden, eine gesunde Röte kriecht jedoch bereits in sein Gesicht. „Ich glaube, Orion wird es ziemlich unmöglich finden, deinem Bruder jetzt Schaden zuzufügen."

Ich kann mir nicht vorstellen, was der Murk-König von der Situation halten wird, wenn die Wachen nach Jamie schauen und ihn so eingehüllt vorfinden. Mir auszumalen, wie frustriert Orion sein wird, sollte mir ein wenig Befriedigung schenken, doch stattdessen jagt es nur ein Beben durch meinen Magen.

Das Gefühl von Grauen verlässt mich nicht, als Corwin uns einlädt, zu bleiben, in seinem Palast zu Abend zu essen und uns zu erfrischen. Das Essen ist wie immer köstlich, nach wenigen Bissen rumort mein Magen allerdings. Ich zucke zusammen, als Stuhlbeine über den Boden schaben.

Es ist erledigt, sage ich mir. *Es ist erledigt.* Ich habe mich beinahe davon überzeugt, es selbst zu glauben, als Verik in den Raum platzt.

„Mein Lord", sagt er. „Meine Lady … Sie werden gebraucht, um den Fluch zu heilen. Es ist ein Kind."

18

Talia

Als ich die kleine Gruppe Unseelie erreiche, die sich im Licht des Herzens versammelt haben, das jetzt kräftiger wirkt, da der Abend hereinbricht und sich der Himmel verdunkelt, erkenne ich, dass ich mich nicht anstrengen muss, um die notwendigen Tränen heraufzubeschwören. Der Anblick des kleinen Jungen, der in die Arme der Frau geschmiegt ist, reicht, um für ein Brennen in meinen Augen zu sorgen.

Er sieht aus, als könnte er nicht älter als zwei oder drei Jahre sein, wie viele Jahre das auch in Fae-Zeit sein mögen. Sein Körper ist von Kopf bis Fuß fast vollständig blau. Seine Haare sind mit Frost durchzogen und seine Finger steif gekrümmt. Es ist schwer, zu glauben, dass er überhaupt noch am Leben ist.

Die Worte entwischen mir voller Entsetzen. „Warum

habt ihr so lange gewartet, bis ihr ihn hergebracht habt?" Die einzigen Fae, die ich gesehen habe, bei denen der Fluch so weit fortgeschritten war, litten mindestens ein paar Tage daran, bevor sie diesen Punkt erreichten.

„Das haben wir nicht", antwortet die Frau, deren Stimme kaum mehr als ein schwaches Krächzen ist. „Es hat vor weniger als einer Stunde begonnen. Wir sind aufgebrochen, sobald wir es bemerkt haben … es hat ihn so schnell befallen." Ihre Brust stockt, als würde sie sich ein Schluchzen verkneifen.

Das Entsetzen packt mich fester und mit eisigen Fingern. Der Fluch hat sich innerhalb einer Stunde von den ersten Anzeichen zu einem fast tödlichen Zustand verschlimmert? So mächtig war er noch nie zuvor.

Ich besitze jedoch nicht die Kapazität, zu angestrengt darüber zu grübeln. Der Junge braucht meine Hilfe. Ich wende mich ab, lasse die Tränen, die mir bereits in die Augen geschossen sind, über meine Wangen fließen und verberge mein Gesicht in den Händen.

Diese armen Eltern. Ich habe nur eine vage Erfahrung darin, ein Kind zu verlieren – eines, das ich nie gesehen habe oder in den Armen halten durfte, um es noch stärker in mein Herz zu schließen – und ich weiß, wie schmerzhaft selbst dieser Verlust war. Für die Fae mit ihrer eingeschränkten Fruchtbarkeit ist jedes Kind noch viel wertvoller.

Mehr Tränen, als ich brauche, rinnen aus meinen Augen. Ich wische sie einige Male weg, bevor ich mich wieder zu dem Paar und den wenigen Schwarmmitgliedern umdrehe, die sie begleitet haben. Mit feuchten Fingern streichle ich über die erschreckend steife Wange des kleinen Jungen und wappne mich für schlechte Nachrichten.

Es dauert einige Augenblicke. Zuerst regt er sich nicht. Dann beginnt das Blau seiner Haut zu verblassen und der Frost in seinen Haaren schmilzt. Erleichtert atme ich auf, als er zuckt und sein Gesicht mit einem Wimmern an die Brust seiner Mutter presst.

Ich habe ihn rechtzeitig geheilt. Es war knapp, doch er ist jetzt sicher.

Corwin tritt hinter mich und legt seine Hände auf meine Schultern. Eine Woge ähnlicher Emotionen wirbelt in ihm – er denkt an dieses Kind, das beinahe gestorben wäre, und unser Kind, das gestorben ist. Er verneigt den Kopf vor dem Paar. „Möge er lange im Licht des Herzens leben."

Das Paar stammelt seinen Dank, die Frau drückt kurz meine Hand, wobei ihre Augen ebenfalls in Tränen schwimmen, und sie kehren zu ihrem Gefährt zurück. Ich nehme Corwins Hand und drehe mich zu seinem Palast um.

Verik hat etwas abseits gewartet. Das ergrauende Zirkelmitglied macht kehrt, um uns zu folgen, bleibt jedoch jäh stehen und späht zum Rand des Plateaus. „Da kommt noch ein Gefährt."

Ich erstarre zur Salzsäule. Corwin bleibt an meiner Seite, während wir beobachten, wie das Fahrzeug näher kommt. Die Leuchtkugel, die an dessen Windschutzscheibe befestigt ist, wird bei dem schnellen Herannahen des Gefährts größer. Eine übelkeitserregende Empfindung wirbelt in meinem Bauch.

Es muss ein Zufall sein. Seit Beginn des Krieges sind viele Fae in dieser Gegend unterwegs. Das Gefährt wird vermutlich zur Seite schwingen und hinab zum Lager am Fuß des Plateaus fliegen …

Doch das tut es nicht. Als die kühle Abendbrise durch meine Haare fegt, hält das neue Gefährt direkt neben uns. Mein Herz sinkt noch mehr beim Anblick der Fae, die über die Seiten klettert.

Es ist Fina, die schwangere Frau, die ich mittlerweile mehr als einmal von dem Fluch geheilt habe. Allerdings ist sie nicht mehr schwanger. Ihr Bauch ist geschrumpft und sie trägt ein kleines Bündel in den Armen.

Sie und ihr Gefährte eilen so panisch zu uns, dass sie sich nicht einmal dazu äußern, dass wir bereits hier sind. Fina zittert so heftig, dass sie keine Worte rausbringt.

Ihr Gefährte lässt seinen Arm fest um ihre Schultern liegen. Seine Stimme klingt ebenfalls zittrig. „Bitte. Ich weiß nicht, ob … Es hat so schnell begonnen. Sie ist so *kalt*."

In diesem Moment hasse ich die Schauspielerei des Unseelie-Fluchs, die Tatsache, dass ich so tun muss, als wollte ich meine Verletzlichkeit nicht zeigen, damit die Heilung funktioniert. Ich will hier und jetzt Tränen wegen des Babys vergießen, das an die Brust der Fae-Frau gedrückt wird. Ihr winziges Gesicht sieht wie aus Eis gemacht aus, als sie die Decke zurückschälen. Doch ich muss mich abwenden, als die Tränen erneut in meine Augen schießen, und ihnen einen Moment lang freien Lauf lassen. Ich muss sie wegwischen, als wollte ich sie loswerden, bevor ich dem Baby wieder meine Aufmerksamkeit schenke und mit den Fingern über ihre Wange streichle.

Sie sieht nicht nur wie Eis aus, sondern *fühlt* sich auch so an. Ich muss einen Schauder unterdrücken. Es ist schwer vorstellbar, dass noch ein Lebensfunke in dem winzigen Körper vorhanden ist.

„Wir konnten ihren Atem noch spüren, kurz bevor wir hierhergekommen sind", plappert der Vater, als könnte er die mögliche Tragödie fortreden. „Wir haben das Gefährt so schnell vorwärtsbewegt, wie es ging."

Dann teilen sich die Lippen des Babys. Ein dünner Schrei durchbricht die Abenddämmerung, als die Kälte des Fluchs weicht. Fina keucht und umarmt ihre Tochter noch fester. „Danke schön", bedankt sie sich bei mir. „Danke dir und danke dem Herzen."

Meine Erleichterung darüber, dass die Heilung

funktioniert hat, kann das Grauen nicht zerstreuen, das sich in meinem Magen verdichtet hat. Ich blicke zu Corwin, da ich nicht vor ihnen sagen will, was ich denke.

Das kann kein Überbleibsel ihres Fluchs sein. Dann hätte er sie ebenfalls befallen. Und dass es fast zur gleichen Zeit passiert ist wie bei dem anderen Kind …

Der gleiche Kummer schwingt in Corwins stummen Worten mit. *Ich denke, wir sollten noch eine Weile hier beim Herz bleiben. Nur, um sicherzugehen.*

Mir gefällt die Richtung nicht, die meine Gedanken einschlagen, ich muss es jedoch aussprechen. *Weißt du, wie viele Unseelie-Kinder es im Moment im Reich gibt? In welchen Ländereien sie sich aufhalten?*

Ein paar fallen mir aus dem Stegreif ein und ich könnte die anderen mit einem kurzen Blick in unsere Archive ausfindig machen. Aber – falls dies mehr als nur ein schrecklicher Zufall ist – wird jeder, der davon betroffen ist, bereits auf dem Weg hierher sein. Wir können nicht zu ihnen gehen, ohne die anderen zu verpassen.

Er hat recht. Während wir beobachten, wie Fina und ihr Gefährte zu ihrem Fahrzeug zurückkehren, quält mich jedoch die Tatsache, dass ich nichts tun kann, außer zu warten und herauszufinden, wie schrecklich diese Nacht noch werden wird.

Ein kleiner Hoffnungsschimmer hat sich gerade in meiner Brust entzündet, als der Anblick eines weiteren herannahenden Lichts in der Ferne ihn wieder löscht. Ich packe Corwins Hand und mein Herz hämmert stärker.

Andere Unseelie beginnen, sich in einem lockeren Ring um das Herz herum zu versammeln, und kommen herbei, um nachzuschauen, was los ist, lassen uns allerdings eine Menge Platz. Sie haben anscheinend die ersten zwei Gefährte und auch das dritte bemerkt. Vielleicht haben Wachen aus den Ländereien der anderen Erzlords, die die zwei verfluchten Kinder gesehen haben, die Nachricht verbreitet. Ich weiß nicht, was ich zu ihnen sagen soll, weshalb ich schweige.

Dieses Gefährt rast so schnell zum Plateau, dass es knarzt, als es über die Kante saust. Im Licht der Leuchtkugel kann ich fleckige Bereiche an den Außenwänden erkennen, wo Stücke aufgrund der Hast des Fahrers weggebrochen sind.

Vier Fae springen heraus. Der Mann in der Mitte trägt ein Mädchen in den Armen, das aussieht, als wäre es acht Jahre alt. Ihre Glieder sind in steifen Winkeln verschränkt. Ihre Augen sind halb geöffnet und das, was ich von ihnen sehen kann, ist mit Frost überzogen. Ihre Haare sind weiß vor Eis.

Meine Kehle schnürt sich zu. Sie ist tot. Das kann ich bereits sehen.

Aber vielleicht war Finas Baby ebenfalls schon tot und es war noch nicht so lange her, weshalb meine Heilung funktioniert hat. Vielleicht kann ich dieses Mädchen auch heilen.

Der Mann stolpert mit verzweifelter Miene zu mir. „Bitte", fleht er abgehackt.

Ich muss es versuchen.

Ich bin mir undeutlich bewusst, dass die Menge um uns herum wächst, als ich meine Darbietung gebe und meine Tränen verberge. Sie fließen jetzt ungehindert, angetrieben von Kummer und einem tiefgehenden Gefühl der Hilflosigkeit. Sobald ich es für sicher halte, mich zu dem Mädchen umzudrehen, wirble ich herum und greife nach ihrer Wange.

Die Feuchtigkeit an meinen Fingern verhärtet sich auf ihrer Wange zu einer frischen Eisspur. Ihr Vater beugt den Kopf über ihren Körper und betet leise.

Sie bewegt sich nicht. Sie kommt nicht ins Leben zurück. Wir stehen da, während die Sekunden quälend verstreichen, und das Mädchen bleibt gefroren. Ihr Vater umklammert sie fester und unterdrückt ein Stöhnen.

Tränen, die ich nicht benutzen kann, rinnen zu meinem Kinn. Ich wische sie mit dem Ärmel weg und unterdrücke den Schrei, der sich aus meiner Kehle lösen will. Es ist nicht fair. Es ist nicht *richtig*.

Doch Orions Meinung nach ist dies vermutlich eine perfekte Form der Gerechtigkeit. Ich habe ihm ein Kind geraubt, das er zum Opfer machen wollte, weshalb er seinen Fluch so verdreht hat, dass er wer weiß wie viele zum Opfer machen kann.

Ich brauche keine Botschaft, die in eine Wand geritzt wurde, um zu wissen, dass dies meine Strafe dafür ist, dass ich meinen Bruder beschützt habe. *Meine* Strafe ... die die Unseelie viel schlimmer getroffen hat als mich.

Die Gefährte kommen unablässig. Eines und noch eines, sie kommen in kürzeren Abständen, als sich diejenigen aus weiter entfernten Ländereien auf dem Plateau versammeln. Den erstickten Erklärungen zufolge, die einige von ihnen Corwin geben, klingt es so, als hätte der Fluch alle Kinder gleichzeitig getroffen. Die zwei Familien, die nah genug beim Herz waren, um die Dringlichkeit der Situation zu erkennen und innerhalb einer Stunde hierherzugelangen, hatten Glück. Die anderen ...

Ich versuche, jeden einzelnen dieser tödlich kalten Körper zu heilen. Ich habe seit dem ersten Kind, das ich nicht retten konnte, nicht zu weinen aufgehört, weshalb es keine große Anstrengung ist. Zumindest nicht dieser Teil. Mit jedem Kind, das reglos und steif bleibt, mit jedem Elterngesicht, das sich mit der hoffnungslosesten Art von Trauer verzerrt, wird es schwieriger, den Schrei zu unterdrücken, der noch immer in meiner Brust tobt.

Die Familie des neunten Kindes kehrt zu ihrem Gefährt zurück und ich kann hören, wie die Mutter versucht, ihr

Weinen zu dämpfen. Ein Schmerz hat sich in meinem Körper dermaßen weitreichend ausgebreitet, dass ich glaube, er wird mich komplett verschlingen. Es stehen vermutlich ein paar hundert Fae um das Herz herum in der Nacht, die mittlerweile hereingebrochen ist, und bezeugen ernst diese ausgewachsene Tragödie.

Corwin streichelt meinen Rücken. Kummer summt auch in all meinen Eindrücken seines inneren Zustandes, wegen mir und wegen seines Volks. Ich kann spüren, wie sehr er sich danach sehnt, seine Arme um mich zu schlingen und Trost aus meiner Umarmung zu ziehen, während er mir das Gleiche anbietet, vor den anderen Fae will er jedoch keine Schwäche zeigen.

Wir suchen den Horizont nach weiteren Leuchtkugeln ab. Eine Minute vergeht und noch eine. Trotz des Wärmezaubers in meinen Kleidern beginnen meine Fingerspitzen, taub zu werden. Wir warten und wir warten … und niemand kommt.

Neun Kinder wurden von dem Fluch getroffen. Sieben haben nicht überlebt. Viel, viel zu viele.

Jemand in der Menge spricht: „Die Murk haben das getan, oder? Wir müssen uns an ihnen rächen!"

Ein ruheloses Murmeln breitet sich unter den versammelten Fae aus. „Ja", sagt jemand. „Warum versuchen wir, Frieden mit ihnen zu stiften? Sie sind Monster … sie sollten abgeschlachtet werden, allesamt."

Eine Gestalt tritt vor die Menge und trotz meiner Benommenheit und meines Kummers erkenne ich, dass es Kara ist. Sie trägt einen Umhang mit einer dicken Kapuze, die ihr Gesicht in Schatten legt. Ihr Blick scheint mich allerdings zu durchbohren.

„Die Ratten haben ihre Kinder mit ihrer Armee auf uns gehetzt, wie ich höre", verkündet sie mit einer Stimme, die durch die Nacht hallt. „Wir haben uns zurückgezogen, um diese Kinder zu *retten*. Und jetzt hätten sie nicht deutlicher machen können, dass sie uns nie das gleiche Mitgefühl entgegenbringen werden. Währenddessen versucht dieser Mensch, uns einzureden, wir sollten uns mit ihnen anfreunden!" Sie deutet mit der Hand auf mich.

Corwin richtet sich noch gerader auf als zuvor. „Kara", sagt er mit barscher, jedoch entschlossener Stimme. „Du kennst nicht die ganze Situation. Nicht alle Murk sind mit diesen Taktiken einverstanden, genauso wenig wie alle Unseelie die gleiche Einstellung haben."

Sie schrumpft bei seiner Kritik ein wenig, aber die Menge wurde bereits von ihren Worten angestachelt. „Wir können ihnen keine Freundlichkeit entgegenbringen."

„Zerfetzt sie alle, wie sie es verdienen."

„Was weiß ein Mensch schon darüber, wie die Fae wirklich sind, wie sie immer waren?"

„Wir haben die Ratten mit zu viel davonkommen lassen!"

Die Gruppe der Fae verstummt bei der Ankunft zwei anderer Erzlords. Laoni und Terisse nicken Corwin zu. Laonis Gesicht wirkt erschöpft und Terisses elend.

„Wir Erzlords müssen einiges unter uns besprechen", verkündet Laoni und betrachtet die Menge. „Die Murk werden mit diesem Verbrechen nicht davonkommen – darauf könnt ihr euch verlassen. Für den Moment kehrt bitte in eure Häuser oder Lager zurück – und passt aufeinander auf."

Die anderen Fae beginnen, zu gehen, wobei mir einige Blicke zuwerfen, die sich eindeutig feindselig anfühlen. Jetzt, da ich darin versagt habe, die meistgeschätzten Mitglieder ihrer Gesellschaft zu retten, sehen sie mich anscheinend nicht mehr als Heilsbringerin. Ich bin mir nicht sicher, ob ich ihnen einen Vorwurf daraus machen kann.

Ich kann nicht glauben, dass Leute wie Madoc und Delta den Tod verdienen, nur weil sie Murk sind. Aber ... was, wenn Kara zumindest teilweise recht hat? Was, wenn ich zu weichherzig war und wir diesen Krieg andernfalls bereits hätten beenden können?

Hätte ich meinen Bruder nicht beschützt, hätte Orion das hier trotzdem getan, nur um den Unseelie auf jede erdenkliche Art zu schaden? Oder ist das alles meine Schuld?

19

Whitt

Ich bin ein wenig überrascht, August allein in der Küche der Grenzburg vorzufinden. Daher strecke ich den Kopf durch die Tür, um eine bessere Sicht auf den Raum zu erhalten. Es ist jedoch keine Spur von Talia zu sehen, obwohl ich aufgrund der köstlichen Gerüche in der Luft weiß, dass das späte Frühstück fast fertig ist. An den Morgen, die wir hier verbringen, ist August selten ohne unsere Gefährtin als Helferin in der Küche.

„Ist Talia noch nicht runtergekommen?", frage ich.

August schüttelt den Kopf und verzieht den Mund. „Sie ist noch im Bett. Sie hat lange gebraucht, bis sie gestern Nacht eingeschlafen ist. Deshalb habe ich darauf geachtet, sie nicht zu wecken, als ich aufgestanden bin. Ich dachte, sie bräuchte die Ruhe."

Ich kann mir vorstellen, dass sie diese braucht – und nicht nur in körperlicher Hinsicht. Ich kann mir nur ausmalen, welchen emotionalen Tribut die Ereignisse im Winterreich gestern Nacht von ihr gefordert haben. Corwin selbst war sprachlos und emotionaler, als ich ihn jemals gesehen habe, als er uns von dem Vorfall erzählte, während er Talia dicht an sich drückte, als könnte er sie mit der Kraft seiner Zuneigung vor der Tragödie schützen. Ich bezweifle, dass er ihr von der Seite gewichen wäre, wenn er eine andere Wahl gehabt hätte, doch die Unseelie-Erzlords haben nun eine Menge um die Ohren.

Die Augen unserer Gefährtin waren vom Weinen gerötet und sie sagte kaum ein Wort, als sie mit August und Corwin auf ihr Zimmer ging. Ich frage mich, ob sie noch schläft oder einfach Probleme hat, sich dem Tag und all den neuen Schrecken zu stellen, die er womöglich bringen wird.

„Ich werde nach ihr schauen", sage ich. „Sie sollte etwas essen."

Ich überlasse es August, die Teller ins Esszimmer zu bringen, und gehe nach oben, wobei ich an Sylas vorbeikomme. Er neigt den Kopf, nimmt mich zur Kenntnis und erkennt eindeutig meine Absicht. „Mach ihr klar, dass uns allen bewusst ist, dass sie ihr Bestes gegeben hat", bittet er mich.

Meine Lippen verziehen sich zu einem bittersüßen Lächeln. „Ich werde es versuchen." Mein allkräftiger Krümel kann in vielerlei Hinsicht stur sein, und das nicht immer zu ihrem Vorteil. Sie hat häufig das Problem, dass sie sich mehr Verantwortung und Bürden auflädt, als eigentlich ihre sein sollten.

Vor Talias Zimmertür bleibe ich stehen und spitze die Ohren. Der Rhythmus ihrer Atemzüge verrät mir, dass sie wach ist – und dass sie wieder geweint hat. Das Tempo ist zu schnell fürs Schlafen und ab und zu stockt ihr Atem, während sie sich darum bemüht, sich zusammenzureißen.

Schmerzen drücken meine Brust zusammen. Ich stoße die Tür auf und gehe zum Bett.

Talia befindet sich noch unter der Bettdecke. Sie schaut nicht auf, als ich neben sie auf die breite Matratze klettere. Als ich sie jedoch näher zu mir ziehe, verändert sie ihre Position geringfügig, um sich an mich zu kuscheln.

„Werde ich draußen gebraucht?", fragt sie mit einer Stimme, die sich sehr anstrengt, ausschließlich entschlossen zu klingen. „Ich kann mich anziehen und runterkommen."

„Im Moment mache ich mir keine Sorgen darum, was jemand anderes als du braucht", informiere ich sie, reibe meine Nase an ihrem Nacken und atme ihren harzig-süßen Duft ein. „August hat eines seiner Meisterfrühstücke gekocht. Wenn du keinen Enthusiasmus um deinetwillen aufbringen kannst, denk daran, wie glücklich *er* sein wird, zu sehen, dass du es genießt."

Talias Antwort ist ein Grummeln, doch mein Plan funktioniert. Sie windet sich aus meinen Armen und rutscht vom Bett. Ich verfolge ihre Bewegungen im Raum, während sie zum Schrank humpelt und ihn durchwühlt. Dabei bemerke ich die Spannung, die schwer auf ihren Gliedern zu lasten scheint, als würde sie sich durch Matsch und nicht Luft bewegen. Ihr Gesicht sieht noch immer erschöpft aus, obwohl sie lange im Bett war. Als sie sich zu mir umdreht, nachdem sie eines der Kleider im Unseelie-Stil angezogen hat, die ihr Corwin geschenkt hat, wirkt das Lächeln, das sie mir schenkt, mehr gequält als erfreut.

Der Schmerz in mir bohrt sich tiefer, aber ich weiß nicht, was ich zu ihr sagen soll, um es besser zu machen. Vielleicht ist es am besten, wenn ich mich nicht auf die schrecklichen Dinge konzentriere, sondern sie mit etwas völlig anderem ablenke.

Ich schlendere zu ihr und hebe sie so schnell vom Boden in meine Arme, dass sie ein überraschtes Quieken ausstößt.

„Was machst du?", will sie wissen und bedenkt mich mit einem finsteren Blick.

Ich drücke ihr einen Kuss auf die Stirn. „Auggie darf dich ständig so herumtragen. Warum sollte ich das nicht ebenfalls tun dürfen?"

Sie schnaubt leise, ein wenig Belustigung hat sich jedoch in ihre Stimme geschlichen. „Ich bin auch nicht begeistert, wenn er es tut."

„Hmm. Dann werde ich seine Technik einfach verbessern müssen."

„Das ist nicht ..." Sie unterbricht sich mit einem leisen Schnauben und lehnt ihren Kopf an meine Schulter, als ich sie die Treppe hinabtrage. Ich schaue zu dem Zimmer, in dem wir Madoc untergebracht haben, aus dem mir jedoch nur Stille entgegenschlägt. Er bricht häufig bereits am Morgen auf, um nach der vorübergehenden Murk-Siedlung zu schauen. Ich vermute, dass er nach dem Angriff gegen die Unseelie in der letzten Nacht besonders um die Sicherheit seiner Leute besorgt ist.

Orion hat wirklich ein Händchen dafür, den Hass auf seine Leute zu schüren.

Als wir das Esszimmer erreichen, sind Sylas und August bereits dort. August hat sich die Freiheit herausgenommen, eine kleine Portion von jeder Delikatesse auf einen Teller an Talias üblichem Platz zu geben. „Du kannst natürlich mehr von allem haben", sagt er rasch, als ich sie dort absetze.

„Ich bin mir sicher, das hier wird reichen", erwidert Talia und betrachtet die Mahlzeit, als sei sie eine Bowlingkugel, die sie schlucken soll. Sie nimmt die Gabel in die Hand, hält sie jedoch nur in der Luft, während ihr Blick zwischen uns hin und her huscht, als wir am Tisch Platz nehmen. „Ihr hättet Neuigkeiten vom Winterreich gehört ... es sind nicht noch mehr Kinder erkrankt, oder?" Ihr Kiefer spannt sich an, als sie sich wappnet.

Zum Glück kann Sylas den Kopf schütteln. „Es wurden keine weiteren Fälle des Fluchs berichtet", antwortet er mit sanfter Stimme, die ich meinen Lord und Bruder nur benutzen hören habe, wenn er mit dieser einen Frau gesprochen hat. „Es macht den Anschein, als sei Orion lediglich in der Lage gewesen, den Fluch bei diesen neun Opfern zu verstärken."

„Es muss ihn schrecklich viel Kraft gekostet haben, das zu vollbringen", bemerke ich. „Bis jetzt hat er die Wirkung nur langsam verstärkt, indem er die Zeit zwischen den Opfern reduziert und die Geschwindigkeit Schritt für Schritt gesteigert hat, mit der sie erkrankt sind. Um den Verlauf des Fluchs auf einen Schlag von Tagen auf eine Stunde oder weniger zu verringern, und das nicht nur bei einem, sondern mehreren Fae ... Er ist vermutlich an seine Grenzen gegangen. Wir werden möglicherweise für ein oder mehr Wochen eine längere Pause von ihrem Fluch erhalten, bis er die Energie wiedererlangt hat, den er dem Fluch abgepresst hat."

Talia wirkt nicht so erleichtert von diesem Vorschlag, wie ich gehofft hatte. „Es sind immer noch sieben tote Kinder mehr, als hätten sterben sollen", erwidert sie schwach und starrt auf ihren Teller.

„Die Murk sind nicht die Einzigen, die diese Grenze überschritten haben", entgegnet Sylas. „Du hast uns selbst von den Fae erzählt, die Murk-Kinder abgeschlachtet haben. Ich schätze, sie betrachten es als faire Wende."

„Das macht es nicht besser."

„Nein. Aber es bedeutet, dass diese Dinge ohne deinen Einfluss passiert sind."

August meldet sich zu Wort. „Da er so viel Magie so schnell in den Fluch stecken konnte, hat er diese Strategie vermutlich bereits geplant, bevor du deinen Bruder geschützt hast. Vielleicht hat er seinen Zeitplan ein wenig beschleunigt, aber der Vorfall mit deinem Bruder war nur eine praktische Ausrede. Du hast Orion *nicht* dazu gebracht, es zu tun.“

„Ich weiß“, erwidert Talia, sie klingt allerdings nicht besonders überzeugt. Sie sticht in einen Wurstpatty und beißt davon ab. Selbst ihr Kauen wirkt schwerfällig, als würde es sie mehr Mühe kosten, als es sollte.

Der Rest von uns beginnt ebenfalls, zu essen, wir achten jedoch alle mehr darauf, wie sich unsere Gefährtin mit ihrer Mahlzeit schlägt, als auf unsere eigene. Sie isst die Hälfte des Essens auf ihrem Teller, bevor sie wieder innehält und uns anschaut.

„Die Unseelie gestern Abend – diejenigen, die rausgekommen sind und gesehen haben, was passierte – sie waren nicht glücklich darüber, dass ich nicht alle heilen konnte. Oder darüber, dass ich mich für die Murk eingesetzt habe. Denkt ihr … Sie schienen mich zuvor zu akzeptieren, doch jetzt, da ich sie im Stich gelassen habe, was wenn …“

„Du hast sie nicht im Stich gelassen“, unterbreche ich sie und Zorn auf die Unseelie flammt in mir auf. Ich zügle diese Emotion. „Sie wurden bloß Zeugen von etwas Schrecklichem und waren nicht bei Verstand. *Ihre* Reaktion hat auch sehr wenig mit dir zu tun.“

„Aber vielleicht hätten sie erst gar nicht so viel Vertrauen in mich setzen sollen“, widerspricht Talia. „Ich bin keine Heilsbringerin … ich konnte die Leute nur heilen, weil mich Orion gegen euch verwenden wollte … es ist nichts Besonderes an mir oder meinen Ideen.“

August stößt ein verneinendes Knurren aus und ein schärferer Stich durchbohrt mein Herz. Im gleichen Moment habe ich jedoch eine Idee. Ich schiebe meinen Stuhl zurück. „Komm mit.“

Talia blinzelt mich erschrocken an. „Was? Wohin?“

„Du wirst schon sehen.“ Ich bedeute meinen Brüdern, sich uns anzuschließen. „Ich denke, das hier ist wichtiger als das Frühstück. Ich weiß deine kulinarischen Anstrengungen wirklich zu schätzen, August, aber wir können später weiteressen."

August protestiert nicht, sondern sieht vor allen Dingen hoffnungsvoll aus. Sylas steht ebenfalls auf und vertraut mir, dass ich weiß, was ich tue. Ich bin mir sicher, Talias Selbstzweifel quälen sie genauso sehr wie mich.

Ich schließe meine Hand um Talias und passe mich ihren unrunden Schritten durch den Flur zum Sommereingang an, bevor wir in das angenehme Spätmorgenlicht treten. Das Gebiet entlang der Grenze liegt momentan ruhig da und keine anderen Seelie gehen in der Nähe ihren Geschäften nach. Ich führe meine Gefährtin und Brüder über die Ebene und entferne mich vom Leuchten des Herzens, um durch einen der Bastion-Eingänge zu treten.

Ich schaue mich um, erinnere mich an den richtigen Weg und gehe zu einer speziellen Treppe. Sie schraubt sich zu einem Absatz in einem der Seitentürme des Gebäudes hinauf, wo ein kleines Bogenfenster eine tolle Aussicht auf Hearth-by-the-Heart bietet.

Talia tritt an das Fenster heran, betrachtet die Aussicht und dreht sich wieder zu mir um. Ein sanftes Leuchten erhellt ihr Gesicht, das vorher noch nicht dort war, und ich weiß, dass sie die Bedeutung dieses Ortes erkennt.

„Du erinnerst dich daran, was hier passiert ist", stelle ich fest.

„Ich bin während der Feierlichkeiten zu Sylas' Krönung hierhergekommen", antwortet sie rasch. „Ich habe … ich habe mir Sorgen gemacht, dass ihr euch alle Fae-Gefährtinnen suchen würdet, da ihr mehr Ansehen hattet als jemals zuvor."

Mit der Hand streichle ich über ihre Haare. „Und wir haben dich hier gefunden und jeder von uns hat dir geschworen, dass es keine andere gibt, die wir lieber wollen.

Hier haben wir zum ersten Mal versprochen, dich in jeder möglichen Hinsicht zu unserer Gefährtin zu machen, öffentlich und offiziell. Es hat länger als geplant gedauert, diesen Punkt zu erreichen, aber letztendlich haben wir es geschafft."

Sie beißt sich auf die Lippe. „Aber warum …"

Ich lege meinen Arm vollständig um sie und ziehe sie an meine Brust. „Ich wollte dich daran erinnern, wie viel Vertrauen *wir* immer in dich hatten und nach wie vor haben. In unseren Augen gibt es in der gesamten Fae-Welt niemanden, der besonderer ist als du. Und du vertraust unserem Urteil, oder?"

Der Schatten eines Lächelns berührt ihren Mund, obwohl ihre Augen noch immer traurig aussehen. „Ihr seid eventuell ein *wenig* voreingenommen."

Sylas gluckst und legt seine Hand auf ihre Schulter. „Du hast immer wieder bewiesen, wie viel Kraft und Verständnis du besitzt. Du hast uns geführt und unsere Augen auf so viele Arten geöffnet. Deine Herangehensweise an den Konflikt mit den Murk ist möglicherweise nicht vollkommen perfekt, aber ich bin mir sicher, dass keiner von uns perfekte Ideen hat. Das bedeutet nicht, dass sie nicht wertvoll sind. *Du* bist wertvoll und jeder Fae, der versucht, zu sagen, dass du nichts beitragen solltest, beweist nur, dass er ein Trottel ist."

„Doch wenn es Kinder sind …"

„Niemand sonst hätte sie retten können", sagt August. „Du hast zwei gerettet, die andernfalls gestorben wären. Wer hätte so viel tun können? Wer hat überhaupt etwas ausprobiert? Wenn es eine Sache gibt, die ich über dich weiß, dann, dass du nicht klein beigeben wirst. Du wirst dein Bestes geben und tun, was du kannst, um dem Rest von uns zu helfen, ob wir es nun verdienen oder nicht."

Talia atmet zittrig aus. „Ich bin mir sicher, dass ihr drei es verdient."

„Und du verdienst alles, was wir dir anbieten können, Allkräftige", beteuere ich und hebe ihr Kinn an, damit ich ihren Mund mit meinem verschließen kann.

Eigentlich wollte ich ihr nur einen zärtlichen, beruhigenden Kuss geben, doch als sie sich in meinen Armen umdreht und mich richtig umarmt, regt sich ein tiefergehendes Begehren in mir. Ich ziehe sie näher und genieße den begierigen Laut, der aus ihrer Brust dringt, sowie die Mischung aus Weichheit und Kraft, die durch ihren Körper fließt.

Sie ist unsere Gefährtin und vielleicht braucht sie momentan vor allen Dingen eine Demonstration davon, wie sehr wir sie lieben.

Als sich Talia in meine Arme schmiegt, ziehe ich den Kuss noch ein wenig in die Länge, bevor ich meinen Mund auf ihren Kiefer und an die Seite ihres Halses drücke. Anschließend hebe ich den Kopf und schaue meine Brüder an. „Vielleicht sollten wir sicherstellen, dass niemand hier hochkommt und uns stört, bis wir fertig sind."

Ein verschmitztes Funkeln erhellt Sylas' Augen. Er und August raunen einige Worte, um umherstreunende Fae davon abzuhalten, diese Treppe heraufzukommen. Unterdessen drehe ich Talia so in meinen Armen, dass sie mehr Zuneigungen erhalten kann, als ich ihr allein schenken könnte.

Als ich ihre Haare zur Seite streiche und an ihrer Halsbeuge knabbere, tritt August heran und fängt ihre Lippen ein. Talia krallt sich mit einer Hand an eine Falte meines Hemdes und fährt mit ihren anderen Fingern durch Augusts Haare. Sylas kommt ebenfalls, um unseren Kreis zu vervollständigen, und lässt seine Finger von ihrem Bauch zum Ausschnitt ihres Kleides und daran entlang wandern, bis er oberhalb der Rundung ihrer Brüste ankommt.

Es gab eine Zeit, in der ich eifersüchtig gewesen wäre, zu sehen, dass meine Brüder Talia auf diese Weise berühren. Eine Zeit, in der ich dachte, dass ich sie nicht haben könnte, weil es bedeuten würde, sie so zu teilen. Diese Emotionen könnten jetzt nicht weiter weg sein. Nichts als Freude berührt mich, als ich sehe, wie sie sich Sylas' Berührung entgegenwölbt, und das Wimmern höre, das ihr entwischt, als August ihren Kuss vertieft. Ihr Körper scheint nur aus Hitze zu bestehen und presst sich wie ein Brandeisen an meinen steif werdenden Schwanz. Ich möchte sie gar nicht anders haben als so vollständig befriedigt.

„Ich liebe dich", raune ich neben ihrem Ohr und knabbere an ihrem Ohrläppchen. „Ich werde dich immer bei mir haben wollen. Ich möchte, dass du mir jede Idee verrätst, die dir einfällt. Ich kann mir nicht vorstellen, ohne dich zu sein."

Talias Griff in meinem Hemd spannt sich an. Sie zieht ihren Mund von August und küsst mich wieder. Danach klingt ihre Stimme heiser, und das nicht nur vor Erregung. „Ich will eine so gute Gefährtin sein, wie es eine Fae-Frau sein könnte."

August gibt einen rauen Laut von sich. „Das bist du und noch viel mehr." Er lässt seine Finger über ihr Mieder gleiten und entlockt ihr ein Keuchen, als sein Daumen über die Spitze ihres Busens streicht.

„Wir hätten uns keine bessere Gefährtin wünschen können", stimmt Sylas zu. „*Ich* hätte mir keine bessere Gefährtin wünschen können während meiner Herrschaft als Erzlord. Du bist all der Ehrfurcht würdig, die unser Volk mir entgegenbringt." Er küsst ihre Schulter und beginnt, auf die Knie zu sinken. „Doch da sie nicht hier sind, werde ich dir all die Verehrung anbieten, die ich kann – mit Freuden."

Als er den Rock ihres Kleides hochschiebt, flattern Talias Augenlider. Sie neigt den Kopf an meine Schulter und der Atem stockt ihr, als Sylas' Mund ihre Mitte durch ihr Höschen hindurch streift. Ich weiß, was für eine Freude dieses Erlebnis ist – und selbst wenn ich nicht derjenige bin, der aktuell ihren berauschendsten Duft genießen darf, kann ich den Moment für sie noch besser machen.

Ich erlaube ihr, mehr von ihrem Gewicht an mich zu lehnen, als die Wonne ihren Körper stärker erschlaffen lässt. Als Sylas ihr Höschen nach unten zieht und mit der Zunge direkt über sie gleitet, Haut auf Haut, purzelt ein Stöhnen aus ihrem Mund. August beugt sich vor, um den Laut von ihren Lippen zu trinken, und ich tauche meine Finger in den Ausschnitt ihres Kleides.

Ihre Nippel sind unter dem Stoff bereits hart geworden. Langsam und schließlich schneller lasse ich meine Fingerspitzen über eine Knospe, dann die andere gleiten, bis Talia an mir bebt. Ihre Hüften schaukeln, um Sylas' Mund entgegenzukommen, und ihr Atem geht schwerer. Mit einer schnellen Bewegung lockere ich ihr Kleid und ziehe den Stoff hinab, entblöße ihren Busen und umfange ihn zugleich.

Als ich ihn für August positioniere, nimmt dieser mein Angebot an, ohne zu zögern. Er senkt den Kopf und saugt die Spitze in seinen Mund. Talias Augenlider schließen sich und nichts als eine wohlige Röte färbt ihr Gesicht.

Wir bringen sie zu diesen Höhen – wir drei, gemeinsam. Es fühlt sich wie ein Wunder an.

Mein Schwanz presst sich gegen meine Hose, ich gebe jedoch mein Bestes, seine Forderungen auszublenden, bis Talia hinter sich und nach mir greift. Als sich ihre schlanken Finger um meinen steifen Schaft schließen, flammt Wonne in meinem Schritt auf. Ich kann mir ein Stöhnen nicht verkneifen.

Mit einer Hand gleitet sie über mich und ihr Griff zittert

im Takt mit den lustvollen Beben, die ihren Körper schütteln. Dann drückt sie mich so fest, dass ich beinahe komme. Ein Schrei purzelt über meine Lippen, als sie unter der Wucht des Orgasmus erzittert, den ihr Sylas geschenkt hat.

Es dauert einen Augenblick, bis sich Talia wieder gesammelt hat. Im Anschluss beugt sie sich vor mir vornüber, zieht ihren Rock noch höher und blickt über ihre Schulter.

Diese Einladung kann ich nicht ausschlagen. Ich reiße meine Hose auf, gleite mit meiner Schwanzspitze über ihre feuchte Öffnung und genieße die Wonne der Bewegung sowie das gierige Keuchen, das ihrem Mund entweicht. Sylas verschließt ihn mit einem Kuss, während sich August neben sie kniet und ihre Brust mit den Händen streichelt.

Meine Gier nach ihr packt mich und ich kann mich nicht mehr zurückhalten. Ich dringe in sie, die Hitze und das Beben ihres Kanals fluten mich mit der berauschendsten Lust.

Talia gibt einen Laut wie ein Wimmern von sich. Dann macht sie sich an den Hosen meiner Brüder zu schaffen, nimmt Sylas in den Mund und August in die Hand, wobei sie sich zwischen ihnen abwechselt, während sie beide stöhnen.

Obwohl das Verlangen nach einem Höhepunkt in mir lodert, will ich ihren zweiten Orgasmus noch besser machen als den ersten. Ich greife um ihre Hüften herum und massiere ihren Kitzler im Takt meiner Stöße. Talia zuckt an mir und ihre Mitte verkrampft sich um meinen Schaft herum. Sobald sie beginnt, zu kommen, folge ich ihr mit einem erstickten Knurren.

Sie vernachlässigt meine Brüder nicht, sondern verwöhnt sie mit ihren Händen und Mund, während sie selbst in den Nachbeben ihres Orgasmus schwelgt. Ich stütze sie, damit sie ihr Gleichgewicht halten kann, während sie einem nach dem anderen Befriedigung schenkt.

Daraufhin sinken wir alle auf den Steinboden. Ein leises Lachen entfährt Talia. Der erste richtig glückliche Laut, den ich heute Morgen gehört habe.

Ich neige meinen Kopf zu ihr und küsse sie auf die Schläfe, wobei mein Herz noch immer wie wild hämmert. Mir fällt nichts ein, was ich nicht tun würde, keine Mühen, die ich scheuen würde, wenn sie es bräuchte. Ich hoffe, sie zweifelt nie daran, dass ihre Gefährten alles für sie tun würden. Wenn es nach mir ginge, besäße sie zudem die Loyalität jedes anderen Fae in den Reichen, solange sie hier bei uns ist.

Hoffentlich viel länger, als Orion beabsichtigt.

20

Talia

Das Seelie-Lager am Fuß des Hügels, auf dem sich das Herz befindet, sieht planloser aus als sein Äquivalent auf der Winterseite. Anstatt in ordentlichen Reihen stehen die Gebäude, die aus unterschiedlichen Materialien gebaut wurden, in willkürlichen Gruppen beieinander. Fae eilen zwischen den verschiedenen Plätzen hin und her, wo Vorräte und Essen verteilt werden. Pfannen klappern in einer Richtung und das Zischen eines Messers, das eine Frucht durchschneidet, ertönt aus einer anderen.

Harper sieht sich mit ihrer typisch großäugigen Miene um. „So viele Fae aus so vielen Rudeln sind hier zusammengekommen. Und ich vermute, dass genauso viele draußen an der Front sind."

Astrid, die uns gemeinsam mit einer anderen Wache aus unserem Rudel bei diesem Besuch begleitet, nickt. „Ein Krieg ist ein großes Unterfangen. Du solltest hoffen, dass du in deiner Lebzeit keinen mehr sehen musst."

Ich blicke zu ihr. „Du hast noch nie einen so großen Krieg erlebt, oder?"

„Zum Glück nicht, und ich wünschte, ich hätte auch diesen verpasst." Sie schenkt mir ein schiefes Lächeln. „Allerdings haben es die Raben wenigstens geschafft, mit uns zusammenzuarbeiten, anstatt uns einen Feind auf beiden Seiten zu präsentieren, mit dem wir klarkommen müssen."

Wir haben frisch gemachten Käse von Elliots Schafen und einen riesigen Korb voller Brotlaibe mitgebracht, die August gebacken hat. Nachdem wir diese an einem der Nahrungsmittelbereiche abgegeben haben, beginne ich, wahllos durch das Lager zu schlendern. Ich weiß nicht, was ich sonst noch tun kann, will jedoch hier sein, um den anderen Fae zu helfen, sollten sie Ideen haben.

Sie sind diejenigen, die in diesem Kampf das größte Risiko auf sich nehmen. Ich habe mich einmal und nur kurz in Reichweite der Murk-Armee begeben. Sie haben sich seit dem ersten Angriff mit ihren Kameraden an der Front abgewechselt.

Viele der Fae, die unterwegs sind, sich unterhalten oder etwas zu essen holen, bemerken mich und neigen zum Gruß die Köpfe. Manche rufen sogar meinen Namen. „Lady Talia, möge das Herz durch Sie auf uns scheinen."

„Es ist schön, zu sehen, dass es Ihnen gut geht, Lady Talia."

„Wir werden die Mistkerle bald besiegen, Lady Talia. Darauf können Sie sich verlassen."

Da ist nichts von der Feindseligkeit, die ich gestern Abend bei den Unseelie gespürt habe. Ich weiß nicht, wie viele der Sommer-Fae überhaupt wissen, was dort vor kurzem geschehen ist. Und solange ich *sie* nicht im Stich lasse, spielt es für sie vielleicht keine Rolle. Obwohl mir meine Seelie-

Gefährten vor wenigen Stunden gründlich gehuldigt haben, rollt der Gedanke an all diese Tode wie ein Felsbrocken durch meinen Magen.

Bei jedem Fae, der stehen bleibt und mich begrüßt oder eine Bemerkung macht, zwinge ich ein Lächeln auf meine Lippen, um ihnen zu zeigen, dass ich meine gute Laune bewahre, und frage sie „Gibt es etwas, was ihr brauchen könnt?", oder „Benötigt ihr bei etwas Hilfe?"

Die meisten scheinen mich um nichts bitten zu wollen, obwohl es auch daran liegen könnte, dass sie einfach gut ausgestattet sind. Ein paar erwähnen, dass sie es toll fänden, wenn August mehr von seinem Dämmerapfelgebäck schicken könnte. Eine Fae-Frau fragt, ob ich jemanden finden kann, der den wahren Namen einer bestimmten Pflanze kennt, da sie diese gerne anpflanzen würde, um einfache Lagermahlzeiten zuzubereiten. Um sicherzugehen, dass ich es nicht vergesse, schreibe ich alles auf ein Stück Pergament, das ich aus Whitts Büro mitgenommen habe.

Wir bleiben auf der anderen Seite des Lagers stehen, damit ich meinen krummen Fuß ausruhen kann. Die Sonne scheint warm, jedoch nicht drückend heiß auf uns herab. Das Wetter in der Nähe des Herzens ist immer so gut wie perfekt. Ich setze mich ins Gras, ziehe den süßen Fliederduft in meine Lunge und mustere das Lager von diesem Standpunkt aus für den Fall, dass ich noch etwas bemerke, was erledigt werden muss.

„Sie hatten mehrere Tage, um ihre Routine zu finden und Probleme zu klären, die aufgekommen sind", erklärt Astrid, die neben mir stehen bleibt. „Ab jetzt wird es nur noch Kleinigkeiten geben, die erledigt werden müssen."

„Wenigstens sind Kleinigkeiten etwas, bei dem ich helfen kann." Ich denke, sobald wir hier fertig sind, werde ich zur Küche zurückkehren und August zur Hand gehen, damit wir dieses Gebäck besonders schnell backen können.

Harper lässt sich neben mir auf dem Gras nieder und neigt ihr blasses Gesicht zur Sonne. Ihre flachsblonden Haare leuchten in dem natürlichen Licht. „Es ist ein Jammer, dass in einem Krieg niemand schicke Kleider braucht. Ich bereite eine ganze Kollektion für die Zeit vor, in der wir unseren Sieg feiern können." Sie hält inne. „Ich will uns natürlich nicht vorweggreifen. Ich betrachte es wie einen Glücksbringer, der unseren Sieg vorantreiben soll."

„Hört sich gut an", erwidere ich.

Eine vertraute Gestalt kommt kurz in Sicht, bevor sie durchs Lager läuft. Donovan ist von seiner Burg runtergekommen, um sich ebenfalls mit seinen Leuten zu unterhalten. Ich beobachte, wie seine feuerroten Haare zwischen den Gebäuden verschwinden, und wende mich zögernd an Harper. Sie schaut in die gleiche Richtung, ich bemerke jedoch keinerlei Anzeichen dafür, dass sich seine Anwesenheit auf sie auswirkt.

„Wir können uns ein wenig mit ihm unterhalten", schlage ich vor. Vor ein paar Wochen, als ich sehr krank war, hat mir Harper gestanden, dass sie für den Erzlord schwärmt.

Ich erwarte, dass sie errötet, doch stattdessen lacht sie bloß leise. „Nein, das ist schon in Ordnung. Ich … ich habe tatsächlich ein paar Mal mit ihm gesprochen, seit du und ich darüber geredet haben. Denn ich habe darüber nachgedacht, was du gesagt hast. Aber … mir ist bewusst geworden, dass er mich nicht richtig zu *sehen* scheint. Für ihn bin ich einfach ein weiteres Mitglied aus Sylas' Rudel, ganz gleich, was ich sage oder wie ich mich kleide. Es ist besser … besser sich in der Gegenwart von jemandem aufzuhalten, der einen um seinetwillen bemerkt."

Etwas an ihrem Tonfall veranlasst mich dazu, die Augenbrauen hochzuziehen. „Du klingst, als würdest du jetzt aus Erfahrung sprechen."

Diese Bemerkung sorgt für das Erröten, mit dem ich

gerechnet habe. Harper zieht schüchtern den Kopf ein. „Es ist gar nichts. Aber ... ich denke nicht mehr an Erzlord Donovan. Also musst du dir keine Sorgen darum machen."

Faszinierend. Ich hätte womöglich etwas mehr nachgebohrt, wenn Astrid und die andere Wache nicht in der Nähe gestanden hätten. Harper verdient ihre Privatsphäre. Und falls sie nicht einmal bereit ist, mir zu verraten, wer nun ihr Interesse geweckt hat, ist das ebenfalls ihr Recht.

Ich stütze mich auf meine Hände, entspanne mich einige Minuten länger und rapple mich anschließend auf. „Lasst uns noch eine Runde durch das Lager drehen, bevor wir zurück zu Hearth-by-the-Heart gehen. Ich würde gerne in Erfahrung bringen, ob es ... "

Die Worte bleiben mir im Hals stecken, als mein Blick an einer Gestalt hängen bleibt, die zwischen zwei der Gebäude am Rand des Lagers hervorschleicht. Es ist ein Wolf in Fae-Größe, der mit dichtem, weißem Fell bedeckt ist, das einen eisig blauen Schimmer aufweist. Das Fell hat die gleiche Farbe wie die Haare des Fae, der die größte Freude daran hatte, mich in Aeriks Käfig zu quälen.

Ich erkenne Aeriks Kader-Gewählten, wenn ich ihn sehe, sogar in seiner verwandelten Gestalt. Mein Herz setzt aus und ich weiche instinktiv einen Schritt zurück. Das ist die einzige Reaktion, die ich normalerweise bei seinem Anblick zeigen würde, doch zur gleichen Zeit dreht sich Coles Wolfskopf in meine Richtung. Seine Lippen ziehen sich von seinen Fangzähnen zurück und er knurrt stumm.

Ohne eine weitere Vorwarnung geht er auf mich los.

Es ist so viel schlimmer, als ihn nur mit Aerik zu sehen. Panik dröhnt lauter durch meinen Verstand als je zuvor. In diesem Augenblick verdunkelt sich der sonnige Sommertag zu einem schattenhaften Wald in der Finsternis des Abends und drei bösartige Bestien stürzen sich aus dem Unterholz auf mich und meinen Bruder. Das Gespenst alter Schmerzen flammt in den Narben an meiner Schulter auf. Meine Haut wird kalt und ein Schrei löst sich aus meiner Kehle.

Als ich wieder zu mir komme, liegt eine Hand auf meinem Rücken und eine feste Stimme spricht Worte, die mein Verstand nicht verarbeiten kann. Ich blinzle und die Welt um mich herum rückt wieder in den Fokus. Mein Herz rast noch immer schneller als ein außer Kontrolle geratener Zug. Ich bin in eine geduckte Haltung gesunken und meine Beine zittern unter mir. Sie sind zu schwach, um mein ganzes Gewicht zu tragen.

Es ist Harper, die meinen Rücken berührt und nun mein Schulterblatt streichelt, wobei sie mit leiser, jedoch panischer Stimme spricht: „Es ist okay, Talia. Es ist alles in Ordnung. Er wird dir nicht wehtun.“

Astrids Stimme erreicht mich von dort, wo sie über mir steht, die Hände in die Hüften gestützt, wobei eine das Heft ihres Kurzschwertes umklammert. „Ich habe gesagt *Zieh dich von ihr zurück*.“

Cole steht einige Schritte entfernt von ihr, nun in der Gestalt eines Mannes, und das Sonnenlicht reflektiert von seinen eisigen Haaren. Er lacht empört. „Ich bin nur vorbeigerannt. *Sie* hat mich bei *meiner* Arbeit unterbrochen.“

Ich weiß, dass das nicht stimmt. Das Bild seiner gebleckten Zähne und wie er geradewegs auf mich zugerannt ist, blitzt in meinen Gedanken auf und ein weiterer Schauder schüttelt meinen Körper.

Er hat mich absichtlich provoziert. Doch warum? Meine Gedanken sind so zerstreut, dass mir keine Erklärung einfällt.

Dann bietet Cole sie von sich aus an. Er wendet sich von Astrid und mir ab. Da bemerke ich die anderen Seelie, die stehen geblieben sind, um nachzuschauen, was los ist. Mein Schrei muss eine Menge Aufmerksamkeit erregt haben. Meine Kehle brennt noch immer.

„Das ist der Mensch, den wir auf ein Podest gestellt

haben", spottet Cole. „Sie vertraut keinem von *uns*. Sie hat schreckliche Angst vor unseren Wölfen – sie hält uns für Monster."

Nein. Er versucht, mich als Feind darzustellen – vermutlich als Teil von Aeriks Kampagne, mich den Murk auszuliefern. Ich ziehe scharf Luft in meine verkrampfte Lunge und kämpfe darum, meine Emotionen unter Kontrolle zu kriegen.

Er ist ein Monster. Und ja, ich habe schreckliche Angst vor ihm. Doch die muss ich nicht haben. Ich habe ihn und seinen Lord schon einmal geschlagen. Ich kann das wieder tun.

„Das ist es, womit wir uns dieser Tage abfinden?", fährt Cole mit einem Schnauben fort. „Wir erlauben unseren Erzlords, Gefährtinnen zu nehmen, die beim Anblick von Wölfen schreien?"

Mein Herz setzt erneut einen Schlag aus, doch ich rapple mich auf und spanne meine Beine an, damit sie nicht einknicken. Ich brauche kurz, um die Worte aus meiner Kehle zu zwingen, als es mir jedoch gelingt, kommen sie so laut heraus, dass sie weit getragen werden.

„Ich habe keine Angst vor Wölfen", verkünde ich und starre Cole in die Augen. „Ich habe Angst vor dir wegen dem, was du mir angetan hast. Ich bin auf den Rücken von Wölfen geritten und an Wölfe gekuschelt eingeschlafen. Ich habe kein Problem mit den Seelie. Ich habe nur ein Problem mit *dir*."

Cole fährt herum. An seinem verzerrten Gesichtsausdruck erkenne ich, dass er nicht erwartet hat, dass ich Widerworte erheben würde, definitiv nicht so zusammenhängend. Er hat sich absichtlich besonders fies gezeigt – er hatte vor, mich in eine derartige Panik zu versetzen, dass ich hilflos aussehe, während er mich schlechtmacht. Als ich es zuvor geschafft habe, mich Aerik zu stellen, hatte ich all meine Gefährten an meiner Seite und es gab nichts, was meine Erinnerungen an die Misshandlungen ausgelöst hätte, die mir Aerik und sein Kader zugefügt hatten. Er dachte, wenn er mich stärker an meine Grenzen bringen würde, könnte er die Oberhand gewinnen.

Doch er hat mich erneut unterschätzt. Hoffentlich zum letzten Mal.

Er zieht seine Lippen geringfügig zurück, gerade so weit, dass die Fangzähne aufblitzen, die er wieder wachsen hat lassen. Er versucht, mich erneut in Panik zu versetzen.

Bei diesem Anblick huscht ein Beben unter meiner Haut entlang, doch ich ignoriere es und schaffe es, auf Cole zuzugehen, anstatt wegzulaufen. Ich bin stärker, als er denkt. In der Hinsicht, die am wichtigsten ist, bin ich stärker als *er*.

Ich gehe vorwärts zu der Stelle, von wo mich die Zuschauer genauso gut sehen können wie ihn. Keiner von ihnen war bei dem Treffen der Lords in der Bastion dabei. Sie haben vielleicht Gerüchte darüber gehört, wie mich Aerik behandelt hat, aber sie mussten sich dem nie richtig stellen.

Vielleicht ist es an der Zeit, dass ich den Fae, unter denen ich lebe, alles zeige, was ich kann. Sie haben gesehen, wie ich zusammengebrochen bin, kennen jedoch nicht den gesamten Grund dafür. Ich habe versucht, meine alten Wunden zu verdecken und mein Humpeln zu verbergen, aber meine Narben sind ein Teil von mir. Sie erzählen die Geschichte, wie ich hierhergelangt bin und was ich entlang des Weges durchgemacht habe.

Ohne über die Konsequenzen nachzudenken, reiße ich den Ausschnitt meines Kleides zur Seite.

„Das hier hat mir sein Lord angetan, als ich noch ein Kind war", verkünde ich und ziehe den Ausschnitt so weit weg, dass die fiesen roten Geschwülste sichtbar werden, die meine Schulter zieren. Niemand abgesehen von meinen Gefährten hat sie zuvor richtig gesehen. Es war falsch von mir, sie zu verstecken. Es war falsch, so zu tun, als könnten die Seelie keine Schurken sein, als würde ich jeden von ihnen unterstützen.

Ich trete meinen Stiefel mit der Orthese davon und strecke meinen verformten Fuß aus. Auf einen Wink von mir hebt mich Astrid an der Taille hoch, sodass auch die weiter hinten den unförmigen Knochenklumpen sehen können, wo Cole meinen Fuß vor all den Jahren gebrochen hat. „Das hier hat mir dieser Mann angetan, als ich bereits in einem Käfig gefangen war. Wenn einer von euch meinen Körper kaputtschlägt, werde ich vor demjenigen ebenfalls Angst haben. Ich hoffe, ihr werft mir das nicht vor."

Mehrere feindselige Blicke richten sich jetzt auf Cole. Das Selbstvertrauen des Kader-Gewählten schwindet. Er wirft mir einen verstohlenen bösen Blick zu und marschiert ohne ein weiteres Wort davon.

Ich wünschte, ich könnte bei seinem Abgang ein Triumphgefühl verspüren, urplötzlich bin ich jedoch erschöpft.

Als mich Astrid aufs Gras stellt, eilen einige der Fae herbei, die zugeschaut haben. „Geht es Ihnen gut, Lady Talia?", erkundigt sich einer mit besorgter Stimme.

„Mir war nicht bewusst, dass es so schlimm war … Wie konnten sie damit davonkommen, Sie so zu verletzen?", fragt ein anderer.

Ich weiß nicht, wie ich diese Fragen beantworten soll. Ich ziehe meinen Stiefel wieder an und suche nach Worten. „Was sie getan haben … es war theoretisch gesehen kein Verbrechen. Weil ich ein Mensch bin. Deswegen habe ich mich für die anderen Menschen in der Fae-Welt eingesetzt. Mir geht es jetzt gut. Ich werde allerdings nicht zulassen, dass er mich lächerlicher Dinge beschuldigt."

Das zustimmende Raunen beruhigt mich. Niemand hat seine schrecklichen Behauptungen geglaubt.

Astrid drückt meine Schulter. „Vielleicht sollten wir dich nach Hause bringen." Anschließend beugt sie sich mit einem verschmitzten Funkeln in den Augen in ihre Wolfgestalt. Sie kauert sich auf den Boden, sodass ich auf ihren Rücken klettern kann.

Ich schätze, es gibt keine bessere Methode, zu beweisen, dass ich nur mit bestimmten Wölfen ein Problem habe. Ich schwinge mein Bein über ihren Rücken und grabe meine Finger in ihr dickes Fell. Die andere Wache und Harper verwandeln sich an unseren Seiten und wir rennen durch das Lager begleitet von gedämpftem Murmeln und gut gemeinten Wünschen von allen Seiten.

Es ist wirklich kein Problem, so auf Astrid zu reiten. Ich habe mich meinen Ängsten vor Wölfen im Allgemeinen in den letzten Monaten so viele Male gestellt, dass nur noch der Anblick dieser speziellen Bestie, die sich auf mich stürzt, einen Panikanfall auslösen konnte. Vielleicht wird Coles Strategie nach hinten losgehen und der Rest der Seelie wird meine Versuche, ihnen zu helfen, noch mehr zu schätzen wissen.

Die meisten guten Dinge in meinem Leben passierten, weil ich mich den Dingen stellte, vor denen ich mich fürchtete, anstatt vor ihnen wegzulaufen, oder? Erinnerungen steigen in mir auf, als wären sie vom Rhythmus von Astrids wölfischen Sprüngen aus meinem Gedächtnis geschüttelt worden.

All die Male, bei denen ich Madoc die Stirn geboten und meine Meinung gesagt habe, obwohl ich mir nicht sicher war, wie er mich danach behandeln würde. Die Überquerung der Grenze zum Winterreich, bevor ich richtig wusste, wer Corwin war. Als ich in einem Käfig kauerte, während Aerik und seine Männer auf mich zukamen, nur um den Spieß mit meiner geheimen Magie umzudrehen. Als ich blutige Lumpen in die Mäuler meiner Seelie-Liebhaber warf, während sie sich in den Fängen ihres brutalen Fluchs befanden.

Ich denke über die letzten zwei Vorfälle nach und etwas regt sich inmitten meiner Gedanken. Ich wurde immer unterschätzt. *Diese* Tatsache hat ebenfalls zu einigen meiner größten Siege geführt. Und ich weiß, wie viel Mut in mir steckt. Ich habe mich einmal Sylas' Wolf gestellt, während er wegen des Fluchs außer sich und bereit war, mich zu zerfleischen.

Als wir schließlich die Grenzburg erreichen, zittere ich aus einem völlig anderen Grund. Aus einem Grund, der mehr Aufregung als Furcht in mir hervorruft. Das Zittern folgt mir in die Burg, wo ich all meine Männer in ein intensives Gespräch vertieft im Wohnzimmer finde. Sie drehen sich bei meinem Eintreten um, aber ich kann mit dieser Ankündigung nicht warten, nicht einmal um sie zu begrüßen.

Ich bleibe im Türrahmen stehen und mein Herz hämmert vor Entschlossenheit. „Ich weiß, wie wir Orion aufhalten können."

21

Corwin

Talias Blick ist so wild und herausfordernd, dass eine entsprechende Emotion in mir geweckt wird. Ich kann durch unser Band keine Einzelheiten der Idee ausmachen, die sie hatte, doch ihre Entschlossenheit scheint so kraftvoll wie ein Lagerfeuer in mich.

„Ist etwas passiert?", fragt August und strahlt automatisch seine übliche beschützende Energie aus. Es ist nicht schwer, zu sehen, dass es einen Grund für Talias plötzliche Raserei geben muss.

„Ja … es spielt keine Rolle. Das ist nicht der Punkt." Sie marschiert so schnell zu uns, wie es ihr krummer Fuß erlaubt. „Es zählt nur, dass mir dadurch eine Möglichkeit eingefallen ist, den Krieg zu beenden."

Sylas deutet auf einen Sessel in der Nähe. „Warum setzt du dich nicht und erzählst uns alles?"

Talia wirkt ein wenig widerwillig, sinkt jedoch auf den

Sessel, auf den er gedeutet hat, und der Rest von uns nimmt um sie herum Platz. Madoc wirkt angespannt, vielleicht weil ein Angriff gegen die Murk für ihn persönlicher ist als für den Rest von uns. Er schweigt allerdings genauso wie wir und wartet darauf, dass Talia die richtigen Worte findet.

„Erinnert ihr euch noch daran", sagt sie und richtet ihren Blick auf die Seelie-Männer, „wie wir Aerik und seinen Kader reingelegt und sie in eine Position gebracht haben, in der ihr sie zu einer Kapitulation zwingen konntet?"

„Natürlich", antwortet Whitt für sie alle in einem Ton, der trocken und misstrauisch ist. „Das war einer deiner ersten brillanten Geistesblitze."

Talia wendet sich an Madoc und mich. Ich habe das Wesentliche der Geschichte bereits in ihren Erinnerungen gesehen, doch sie erklärt es uns beiden. „Theoretisch gesehen war ich Aeriks ‚Eigentum' und Sylas hatte mich gestohlen. Als Aeriks Männer das herausfanden, verlangten sie, dass mich Sylas zurückgibt, andernfalls hätten sie den Erzlords von dem Diebstahl erzählt."

Madoc verzieht das Gesicht. „Noch ein Grund mehr, diese Mistkerle zu hassen."

„Wir haben ein Treffen mit ihnen vereinbart, bei dem ich in einem Käfig saß, und Sylas und die anderen schworen, dass sie nicht den ersten Angriff starten würden", fährt Talia fort. „Aerik wusste allerdings nicht, dass ich wahre Namen gelernt hatte. Wir versteckten Bronzeketten im Gras, die mit dem Boden des Käfigs verbunden waren. Als er und seine Männer näher kamen, beschwor ich das Bronze und veranlasste die Ketten dazu, die drei zu fesseln. Die Wirkung hielt nicht lange, doch es zählte als der erste Angriff, weshalb Sylas, Whitt und August in den Kampf einsteigen konnten, ohne ihren Schwur zu brechen. Aufgrund der vorübergehenden Verwirrung hatten sie zudem die Oberhand. Sie überwältigten Aerik und seine Männer und zwangen sie zur Kapitulation. Außerdem nahmen sie ihnen das Versprechen ab, ihren Anspruch auf mich aufzugeben."

Eine frische Woge Stolz reist durch mich, als ich daran denke, wie viel Angst sie vermutlich hatte, als sie sich diesen Männern stellen musste. Dennoch hat sie ihre Furcht überwunden und die drei überwältigt. „Das war sehr schlau von dir", lobe ich und schenke ihr ein liebevolles Lächeln. Doch unter meinen glücklichen Gefühlen bildet sich eine unangenehme Empfindung in meinem Magen. Ich bin mir nicht sicher, ob mir gefällt, worauf das hinauslaufen könnte. „Was hat das mit Orion zu tun? Die Murk können nicht durch eine Kapitulation kontrolliert werden, da sie nicht ans Herz gebunden sind ... zumindest bei ihm und seinen Anhängern funktioniert das nicht."

„Ich weiß. Ich habe nicht den Kapitulationsteil im Sinn." Talia blickt wieder zu Madoc. „Orion hat nie den Anschein erweckt, dass er sich meiner anderen magischen Kräfte bewusst ist, stimmt's? Du hast nie erwähnt, dass ich wahre Namen benutzen kann, und keiner der anderen Murk hat es herausgefunden? Er war sich dieses Faktors definitiv nicht bewusst, als er mich dazu befragte, woher ich den Schraubenschlüssel hatte, den ich bei meinem Fluchtversuch benutzt hatte."

Madoc legt den Kopf schief. „Du hast während der Schlacht neulich Licht heraufbeschworen, oder? Allerdings konnte ich nicht hören, dass du den wahren Namen sagtest. Außerdem sprachst du davon, dass das Herz durch dich scheint, weshalb jeder Murk, der diese Demonstration bemerkte, vermutlich davon ausging, dass es ein Seelie-Trick war. Soweit ich weiß, hat Orion keine Ahnung, dass du wahre Namen benutzen kannst. Er hält dich für sein Wesen – sein ‚Fiffi' – und ich vermute, er könnte sich nur schwer vorstellen, dass dir das Herz der Nebelwelt echte Macht schenkt, da du so eng mit ihm verbunden bist."

Er hält inne und ein Schatten huscht über sein Gesicht, bevor er fortfährt: „Er konnte nicht einmal glauben, dass du *mir* so viel bedeutest. Er hat erwartet, dass ich versuchen würde, deinen Fluch zu heilen, und ich glaube, ihm ist nie in den Sinn gekommen, dass es funktionieren könnte."

Talia verkneift sich ein Zusammenzucken, das ich dennoch bemerke, als eine Erinnerung durch unser Band flackert: der Anblick von Madocs schlaffem Körper, als August und Astrid ihn von ihrem blutgetränkten Bett hoben. „In Ordnung", sagt sie. „Dann haben wir bei Orion den gleichen Vorteil wie damals bei Aerik – er weiß nicht, wozu ich fähig bin. Ich kann das gegen ihn verwenden."

„Wie?", fragt Sylas – nicht skeptisch, sondern um sie zum Weitersprechen zu ermutigen.

Sie holt tief Luft. „Wir müssen die genauen Einzelheiten noch ausarbeiten. Orion will mich offensichtlich wieder in die Finger kriegen – weil es ihn ärgert, dass ich ihm getrotzt habe, weil er denkt, dass ich sein Besitz bin, was auch immer. Also was wäre, wenn wir mich an ihn ausliefern würden und ich eine Gelegenheit hätte, ihn zu überraschen, und dann … dann würde ich ihn töten, bevor er sich davon erholen kann."

Alles in mir verkrampft sich bei dem Gedanken, dass Talia so nah an den Murk-König herangehen möchte, um ihm einen tödlichen Hieb zu verpassen. Sie würde sich in seine Reichweite begeben und eine schreckliche Aufgabe übernehmen, die eigentlich die unsere sein sollte. Sie ist keine Mörderin. Ihr Unbehagen über die Vorstellung fließt durch unser Band.

Ihre Bedenken verringern ihre Entschlossenheit allerdings nicht. Sie ist entschlossen, diesen Plan in die Tat umzusetzen – und ich weiß, dass sie ihr Bestes geben wird, ganz gleich, was sie davon hält.

Die Männer um mich herum sehen aus, als wäre ihnen

ähnlich unbehaglich zumute. „Es braucht viel, um einen Fae zu töten", wendet August ein. „Du hättest nur eine kurze Gelegenheit und falls irgendetwas schiefgeht …"

Talia schaut ihm in die Augen. „Du bist der beste Krieger, den unser Rudel hat. Du kannst mir die effektivste Art beibringen, einen schnellen Treffer zu erzielen. Außerdem habe ich noch einen Vorteil gegenüber allen Fae, wie wir bereits gesehen haben. Ich kann eine Eisenwaffe benutzen. Wenn ich ihn mit einer Eisenklinge an der richtigen Stelle erwische, würde das reichen, oder nicht?"

Die Einzelheiten zu hören, sorgt dafür, dass sich mein Inneres noch stärker verknotet. Ich unterdrücke meine Reaktion so gut wie möglich und versuche, mich auf die Durchführbarkeit dieses Plans zu konzentrieren. „Ein Stich in sein Herz oder vielleicht tief genug in seinen Hals sollte ihn erledigen – aber wo wirst du so eine Waffe herkriegen? Menschen stellen normalerweise keine Messer oder Dolche aus purem Eisen her. Keiner von uns kann Eisen magisch beeinflussen, um dir eine solche Waffe zu machen. Ich glaube, dass bei einem Projekt, das so viel Detailgenauigkeit erfordert, nicht einmal die Strategie funktionieren würde, mit der wir deinen Bruder beschützt haben."

„Und selbst wenn das funktionieren würde, setzt das voraus, dass du in der Lage wärst, nah genug an ihn heranzukommen und ihn so gut abzulenken, dass du den Plan durchführen kannst", meint Whitt stirnrunzelnd.

Talia zuckt mit den Achseln, doch ich kann die Anspannung erkennen, die in der lässigen Geste liegt. „Der erste Teil ist ziemlich einfach. Wir haben hier Menschen, die auf jede Weise helfen werden, um die wir sie bitten. Ich habe mich mit ein paar von ihnen unterhalten, als wir uns auf unsere Strategie mit den Tunneln vorbereitet haben. Sie können Metall bearbeiten. Sie könnten die Klinge erschaffen. Die Murk, die sich uns angeschlossen haben, jedoch noch nicht mit dem wahren Herzen verbunden sind, könnten die Klinge anschließend mit ihrer Magie schärfer machen oder sie zumindest verbergen, sodass Orion nicht weiß, dass ich sie an mir trage."

Aufgrund von Madocs Gesichtsausdruck glaube ich, dass ihm der Plan genauso wenig behagt wie mir. Er hat sein Leben nicht gegeben, um Talia zu retten, weil er sie nur wenige Wochen später zu seinem König schicken wollte. Dennoch nickt er. „Ich denke, sie könnten wahrscheinlich beides tun. Wenn ich sie dazu überreden kann, zu helfen. Ich werde sie nicht über den Zweck der Waffe anlügen und viele von ihnen sind in Bezug auf Orion noch immer hin und her gerissen."

„Wir brauchen womöglich noch mehr Hilfe von ihnen", sagt Talia und verzieht nachdenklich den Mund. „Oder vielleicht können einige von Deltas Anhängern helfen. Der schwierigste Teil besteht vermutlich darin, dafür zu sorgen, dass ich Orion gegenübertreten kann und er nicht einfach Lakaien schickt, die sich meiner annehmen … Wenn ich zu ihm eskortiert werde, oder wenn die Murk für eine zusätzliche Ablenkung sorgen … Diesen Teil müssen wir uns offensichtlich noch überlegen."

„Und welche Ablenkung willst du benutzen, wenn du ihm tatsächlich gegenüberstehst?", will Sylas wissen.

Einer ihrer Mundwinkel biegt sich zu dem Schatten eines Lächelns. „Ich dachte, ich würde Licht benutzen. Das erscheint mir passend. Ein starker Lichtstrahl direkt in seine Augen."

Urplötzlich kann ich es mir vorstellen: Talia, die vor Orion steht, Licht, das aus ihren Händen blitzt. Allerdings kann ich mir genauso mühelos vorstellen, wie er sich auf sie stürzt und sie tötet, bevor sie zu einem Schlag ausholen kann. Mein Magen rumort jetzt gewaltig.

„Es muss noch eine andere Möglichkeit geben", sage ich

und bemühe mich, mit ruhiger Stimme zu sprechen. „Du solltest dich nicht an unserer Stelle derartig in Gefahr bringen. Es ist *unser* Krieg.“

Talia sieht mich an und ihre grünen Augen sind so ernst, dass mein Herz beinahe zu schlagen aufhört. „Nein, es ist genauso sehr mein Krieg wie eurer. Orion hat mich mein ganzes Leben lang benutzt. Er hat meine Familie zerstört, mich in der Sklaverei schmoren lassen, mich gequält und beinahe getötet. Er hat uns unser Kind geraubt. Womöglich ist nichts davon so gewaltig wie das, was er den Fae angetan hat, doch es ist mein gesamtes Leben. Ich will es mir zurückholen.“

Ich weiß nicht, wie ich dagegen Einwände vorbringen soll. Vielleicht sollte ich es nicht versuchen.

„Wir wehren sie momentan erfolgreich ab“, meint Whitt. „Es besteht kein Grund, sich überhastet in einen so riskanten Plan zu stürzen.“

Talias Blick schnellt zu ihm. „Denkst du wirklich, wir werden einen Plan finden, der weniger riskant ist? Und wir wehren sie nicht erfolgreich ab, wenn Orion hunderte Kilometer von der Front entfernt Kinder ermorden kann. Wir haben keine Ahnung, wie weit er gehen wird oder wie viel Zeit uns noch bleibt. Je länger wir warten, desto wahrscheinlicher ist es, dass er den Fae noch mehr schaden oder eine Möglichkeit finden wird, an Jamie zu gelangen, oder wer weiß, was er sonst noch tun könnte. Wir müssen das hier so schnell wie möglich beenden, bevor noch mehr Leute leiden.“

Langsam neigen die anderen Männer akzeptierend den Kopf. Ich kann den Protest, der in meinem Kopf plärrt, nicht so einfach ziehen lassen. „Wir sind deine Gefährten“, wende ich ein. „Wir sollten *dich* verteidigen.“ Ein verzweifelter Drang steigt in mir auf, selbst zur Front zu fliegen und Orion anzugreifen, zu tun, was ich kann, um ihn zu töten, bevor

Talia es versuchen muss, ganz gleich, wie gering meine Erfolgsaussichten sind.

Sylas kann diesen Impuls womöglich an mir erkennen. Er ist derjenige, der mich erwischt hat, als ich zum Refugium der Murk rennen wollte, als Talia im Sterben lag. Er räuspert sich und steht auf. „Als Talias Gefährten denke ich, dass wir die Angelegenheit kurz unter uns besprechen sollten, um herauszufinden, wie wir ihr am besten mit unseren Fähigkeiten helfen können." Er streichelt mit der Hand über Talias Haare. „Warum suchst du nicht Astrid und trägst ihr auf, die Menschen herzubringen, die mit Metall arbeiten können?"

Ich schaffe es, den Mund zu halten, bis Talia den Raum verlassen hat. Dann, während ich unser Band so gut wie möglich blockiere, spucke ich aus: „Ihr wollt bei diesem Plan mitmachen? Denkt ihr, wir sollten sie dieses Monster allein angreifen lassen?"

Madocs Mund spannt sich an. „Sie hat sich ihm bereits allein gestellt. Mir gefällt der Plan nicht, aber ich denke, sie hat recht – es könnte funktionieren. Seine größte Schwäche ist seine Arroganz. Er nimmt an, dass er alles unter Kontrolle hat, dass ihn niemand überwältigen kann – sie am allerwenigsten."

„Aber sie … sie sollte das nicht tun *müssen*." Meine Hände ballen sich an meinen Seiten zu Fäusten wegen all des Frusts und der Verzweiflung, die ich zurückhalte. Wie kann ich zulassen, dass sich meine seelenverbundene Gefährtin die Bürde aufhalst, meine Leute in meinem Namen zu retten?

Wie kann ich mich der Möglichkeit stellen, sie erneut an diesen Feind zu verlieren?

August hat angefangen, durch den Raum zu tigern, als müsste er eine ähnliche unbehagliche Energie loswerden. Er spricht allerdings nicht.

Sylas verschränkt die Arme vor der Brust. „Sie sollte es

nicht tun müssen, nein. In dieser Hinsicht wirst du von uns keine Proteste hören. Aber sie *muss* es nicht tun. Du hast sie gehört – sie *will* es tun. Ich habe viele Male versucht, sie zu beschützen, doch letztendlich hat sie ihren eigenen Kopf. Ich habe mir vor langer Zeit geschworen, dass ich nicht zulassen werde, dass meine Liebe für sie zu einem Käfig wird."

Ich zucke zusammen, als er die Situation so darstellt. Whitt meldet sich zu Wort, bevor ich weitere Argumente vorbringen kann. „Du warst nicht dabei, als sie es mit Aerik und seinen Männern aufgenommen hat. Sie war spektakulär. Ich hege keinerlei Zweifel daran, dass sie es schaffen kann, wenn wir ihr die Chance dazu geben, ob es uns nun gefällt oder nicht. Sie hat es sich in den Kopf gesetzt. Das bedeutet, dass unsere Aufgabe darin besteht, herauszufinden, wie wir die Risiken reduzieren und ihr auf jede uns mögliche Weise zum Erfolg verhelfen können."

August bleibt stehen und stößt einen Luftschwall aus. Ich warte und rechne halb damit, dass er sich auf meine Seite stellt, doch er schüttelt den Kopf. „Es gibt nichts, was ich lieber tun würde, als dieses räudige Ungeziefer für sie zu töten. Aber ich kenne meine Grenzen – und sie kennt ihre. Wir müssen auf ihre Kraft vertrauen. Wir alle. Das sind wir ihr schuldig." Er blickt mir in die Augen. In seinen tanzen die gleichen Qualen wie in meinen – doch er konnte sie hinter sich lassen.

Ich schaue auf meine Hände hinab. Mein Kiefer spannt sich an. Ich will brüllen, toben und den Raum kurz und klein schlagen, werde es jedoch nicht tun, denn das wird Talia auch nicht helfen.

Ich vertraue Talia. Ich liebe sie, so sehr. Das könnte das Problem sein. Ich habe nicht nur Angst davor, welches Schicksal sie durch Orions Hände erleiden könnte … sondern auch davor, welches Schicksal unser Band ereilen könnte, sollte sie erfolgreich sein.

Als wir die Tiefe von Orions Einmischung in unsere Beziehung erkannten, schwor ich ihr, dass ich der Ihre sein würde, ganz egal, was geschieht. Das stimmt noch immer. Doch ich bin nicht so verblendet, zu denken, dass sich nichts ändern wird, wenn die seelentiefe Verbindung zwischen uns verpufft und meine Seele nach einer anderen verlangt.

Wenn Talia gewillt ist, sich ihren schlimmsten Ängsten zu stellen, sollte ich das auch tun, oder? Ich kann sie nicht zurückhalten, um *mich* vor der Möglichkeit einer komplizierten Zukunft zu schützen.

Ich seufze und reibe mit einer Hand über mein Gesicht. Resignation lässt sich als harter Klumpen in meiner Brust nieder, aber ich schaffe es, einen Funken Entschlossenheit heraufzubeschwören.

Wenn sie diesen Plan durchziehen will, braucht sie es, dass wir alle hinter ihr stehen, wie Whitt gesagt hat. Sie braucht *mich*.

„In Ordnung", verkünde ich. „Wie bringen wir sie dorthin, wo sie sein muss, um Orion zu töten?"

Als ich einige Stunden später meine Länderei durchquere und zum Palast von Heart's Cadence stapfe, um die die Pläne mit meinem Zirkel zu besprechen, die wir Stück für Stück zusammensetzen, verdunkelt der hereinbrechende Abend den Himmel. Die lilafarbenen Flecken, die den Himmel wie Blutergüsse überziehen, passen zu meiner besorgten Stimmung.

An der Eingangstür werde ich von einem Mitglied meines Personals begrüßt. „Mein Lord", sagt sie. „Kara von Hazeleven ist gekommen, um Sie zu besuchen. Ich habe ihr gesagt, dass ich mir nicht sicher bin, wann Sie zurückkehren würden, doch sie bestand darauf, zu bleiben … Sie ist im vorderen Wohnzimmer.“

Eine stärkere Beklommenheit schlängelt sich durch meinen Magen. Allerdings kann ich diese junge Frau nicht wegschicken, ohne ihr eine Chance zu geben, mit mir zu sprechen. Meine Gedanken haben sich unablässig um meine Beziehung mit Talia gedreht. Kara hingegen hat keinen Ersatz für das Seelenband, das sie spüren, jedoch nicht richtig erleben kann.

Seit unserem ersten Treffen habe ich die Situation nicht mit ihr besprochen. Wegen des Kriegs hat es dazu keine Zeit gegeben. Vielleicht schulde ich ihr mehr Rücksichtnahme trotz des Aufruhrs, der um uns herum herrscht. Außerdem muss sie verstehen, dass mich nichts von der Gefährtin trennen wird, die ich bereits habe. Ich habe in Talias Gedanken schon Eindrücke davon eingefangen, dass Karas Groll zu geringfügigen Feindseligkeiten geführt hat.

Ich finde sie in einem Sessel in der Nähe des Kamins im Wohnzimmer. Bei meinem Eintreten erhebt sie sich und in ihrem einladenden Lächeln zeichnet sich eine bittersüße Mischung aus Schmerz und Hoffnung ab. Ich wünschte, ich könnte ihr mehr von letzterem anbieten.

„Guten Abend“, begrüße ich sie. „Ich entschuldige mich … ich hätte die Initiative ergreifen und dich schon früher aufsuchen sollen.“ Ich halte inne und suche nach den richtigen Worten. „Du weißt bereits von den Nachrichten, die ich dir geschickt habe, dass ich noch keine Lösung für dein Dilemma gefunden habe.“

Kara blinzelt. „Eine Lösung? Meinst du damit, dass das unvollständige Band aufgelöst werden soll? Das ist nicht das, was ich will.“ Sie tritt einen Schritt auf mich zu und bleibt stehen, als ich mich nicht rühre.

„Ich glaube, ich habe deutlich gemacht, dass ich keinerlei Absicht hege, mein Seelenband zu durchtrennen, das sich bereits gebildet hat, ganz gleich, woher es stammt", sage ich sanft, jedoch bestimmt.

Sie blickt auf ihre Hände und wieder zu mir. „Ja, das war eindeutig. Ich bin hergekommen, weil ich mir dachte … Es zu durchtrennen, wäre nicht zwangsläufig notwendig, oder? Viele Lords nehmen sich mehr als einen Partner. Und wenn wir mehr Zeit miteinander verbringen, wird das echte Band, das uns vorherbestimmt war, vielleicht auf beiden Seiten erscheinen."

Mit diesem Vorschlag akzeptiert Kara Talia mehr als bei ihrer letzten Herangehensweise, doch jede Faser in meinem Körper sträubt sich dagegen. Ich *will* nicht, dass eine andere Frau meine Aufmerksamkeit verlangt – und ich hege keinerlei Gefühle für die Frau vor mir, abgesehen von Mitgefühl. Das würde sich vielleicht ändern, wenn das Herz beschließt, sein ursprüngliches Band stärker durchzusetzen. Allerdings muss ich aus meinem Herzen sprechen.

„Ich habe festgestellt, dass ich es vorziehe, meine Aufmerksamkeit nur einer Gefährtin zu widmen", erwidere ich.

Kara legt den Kopf auf die Seite. „*Sie* hat vier andere, oder nicht?"

„Ja, aber …" Ich suche nach den richtigen Worten, um das zu vermitteln, was ich von den Erfahrungen und Emotionen meiner Gefährtin gelernt habe, sowie die Gewissheit, die sich gefestigt hat, seit sich mir die Möglichkeit einer anderen Gefährtin präsentiert hat.

„Talia war nicht darauf aus, mehr als einen Gefährten in ihr Leben zu holen", erkläre ich schließlich. „Es ist zufällig passiert und bis zu einem gewissen Grad hat sie sich der Vorstellung widersetzt." Ich kann mich noch problemlos daran erinnern, dass sie alles andere als begeistert war von der Vorstellung, sich an mich zu binden, als sich unser Band das erste Mal gezeigt hat. „Ihr Herz ist so groß und großzügig, dass sie plötzlich an uns alle gebunden war, als uns die Umstände zusammenführten. Ich befürchte, meine eigene Kapazität für Zuneigung ist kleiner. Und ehrlich gesagt kenne ich dich überhaupt nicht. Ich müsste mich zwingen, eine Beziehung mit dir zu versuchen. Ich würde sie nicht wegen Gefühlen anstreben, die bereits existieren."

„Aber wir waren dazu bestimmt …"

Ich halte eine Hand hoch, um sie um ihretwillen zu unterbrechen, damit sie sich keine Sekunde länger als nötig an ihre Hoffnung klammert. „Du weißt, dass ich das Band nicht fühlen kann, das zwischen uns hätte sein können. Solange das so bleibt, bin ich davon überzeugt, dass es für dich viel qualvoller wäre, in meiner Präsenz zu leben, eine Verbindung zu suchen, die sich nicht bilden wird, und mich mit der Gefährtin zu beobachten, an die ich gebunden *bin*, als wenn du einfach einen anderen Weg gehst. Ich werde dich bei dem Vorhaben unterstützen, für das du dich entscheidest, und alles in meiner Macht Stehende tun, was dir dabei helfen würde, eine glücklichere Zukunft zu erreichen."

Karas Mund verzieht sich angespannt. „Du verstehst es nicht", beteuert sie. „Hazeleven ist eine trostlose Länderei – ich habe einem Gefährten nichts zu bieten, wenn ich kein Band habe. Ich habe im Moment nicht einmal ein Zuhause."

„Wir werden dir dein Zuhause zurückholen", versichere ich ihr. „Und … du solltest keine schicken Kleider oder Ansehen brauchen, um einen Gefährten zu finden. Du bietest einfach dich selbst an."

Ihre Augenbrauen zucken. „Du kannst das leicht sagen", murmelt sie und schüttelt sich. „Es ist nur … falls irgendeine Chance besteht, dass wir …"

Ich unterbreche sie erneut, bevor sie weiterspricht. „Es tut mir leid, aber so wie meine Gefühle im Moment liegen, gibt es keine Chance. Ich werde alles in meiner Macht Stehende tun, um deine Situation zu verbessern und dir zu helfen, das Glück zu finden, das du verdienst. Du wirst es allerdings nicht an meiner Seite finden. Ich bitte dich auch darum, dass du deine Probleme nicht mehr zu meiner Gefährtin trägst. Diese Angelegenheit betrifft dich und mich, und wenn Kräfte, die sich unserer Kontrolle entziehen, nicht den aktuellen Zustand verändern, ist diese Angelegenheit geregelt."

Kara betrachtet mich eine lange Zeit. Etwas legt sich über ihr Gesicht – eine Kälte, die mir nicht gefällt.

„Nun", sagt sie. „Ich schätze, das werden wir sehen. Wir können nicht mit Sicherheit wissen, was die Zukunft bringen wird. Vielleicht wird das Band doch noch bestätigt."

Dann fegt sie ohne ein weiteres Wort aus dem Raum. Womöglich hat sie nur die Überlegungen gemeint, mit denen ich mich bereits beschäftigt habe – was passieren wird, wenn Orions Macht zerstört wird. Ihre Bemerkung sorgt jedoch dafür, dass meine Haut wegen einer tiefergehenden Sorge juckt, die ich nicht in Worte fassen kann.

22

Talia

Ich betrachte die Karten, die auf Whitts Schreibtisch ausgebreitet sind, und gebe mein Bestes, die Linien und Worte mit meinen Erinnerungen an die Landschaft in Einklang zu bringen. „Wie oft wurde Orion dort gesichtet? Hat er sich in einem bestimmten Abschnitt der Front aufgehalten oder ist er ständig in Bewegung?"

Whitt tippt auf eine Stelle auf der Karte am Rand des Seelie-Reichs unweit von der Grenze zum Winterreich. „Wir glauben, dass er in der Nähe war, als wir unseren Plan mit dem Salz und Eisen in den Tunneln durchgeführt haben. Er hat jedenfalls schnell reagiert. Abgesehen davon ist er sehr schwer zu fassen. Wir haben Berichte erhalten, denen zufolge er angeblich an dem ein oder anderen Ort entlang der Front gesichtet wurde. Aufgrund der Vorliebe der Murk für

Illusionen ist es natürlich schwer, zu wissen, wie glaubwürdig diese Sichtungen sind."

„Ich habe mit den Flüchtlingen gesprochen, die von seiner Armee zu uns gekommen sind", berichtet Madoc, der während dieses spätabendlichen Meetings auf der Sofaarmlehne sitzt. „Sie sagen, dass er regelmäßig durch ihre Reihen zieht, alle ermutigt … und für schlechte Leistungen bestraft, wenn er es für nötig hält. Mit den Fahrzeugen, die wir heraufzubeschwören gelernt haben, könnte er mühelos in weniger als einer Stunde von einem Ende der Front zum anderen reisen."

„Dann sollte also jemand in der Lage sein, ihn zu erreichen und relativ schnell zu mir zu bringen, ganz gleich, wo ich mich ihm ausliefere." Ich massiere meine Schläfe, während ich über die vielen Variablen nachdenke. „Wir müssen die Murk-Krieger nicht zwangsläufig weit im Voraus warnen, damit der Plan funktioniert. Das ist gut. So haben sie weniger Zeit, einen Gegenplan zu schmieden, stimmt's?"

Whitt schenkt mir ein anerkennendes Lächeln. „Dieser Schlussfolgerung stimme ich absolut zu."

Ich unterdrücke ein Gähnen, das meinen Kiefer zu strecken versucht. Wir haben den Rest des gestrigen Tages und den heutigen damit verbracht, über möglichen Taktiken zu brüten und Informationen sowie Ressourcen zu sammeln, die wir brauchen. Es ist beinahe Mitternacht und mein Gehirn fühlt sich an, als hätte es sich in Brei verwandelt.

Ich kann meine Erschöpfung nicht verbergen, vor allem nicht vor meinem seelenverbundenen Gefährten. Corwin erhebt sich aus dem Sessel, in dem er saß, und packt meine Schulter. „Du überanstrengst dich. Du wirst am Morgen besser denken können, nachdem du dich ausgeruht hast."

Seine eigene Erschöpfung schwingt in seiner Stimme mit und durch unsere Verbindung – zusammen mit einer anhaltenden Furcht, die er nicht vor *mir* verbergen kann. Er hat allerdings nicht mehr gegen den Plan protestiert, seit wir begonnen haben, daran zu arbeiten. Ich weiß, dass er mit Zweifeln ringt und sich nach besten Kräften bemüht, mich trotz seiner Sorgen um meine Sicherheit zu unterstützen.

Ich lege meine Hand um seine. „Ich denke, das Gleiche gilt für euch alle. Ihr habt genauso angestrengt oder sogar noch angestrengter als ich an unserer Strategie gearbeitet." Ich halte inne. Mein Zögern fühlt sich eigenartig an, da meine fünf Gefährten mittlerweile seit Tagen zusammenarbeiten – seit sich uns Madoc angeschlossen hat, sind wir jedoch nicht auf *diese* Weise zusammengekommen. „Ich glaube … mein Bett ist groß genug für uns alle. Ich würde mich besser bezüglich des morgigen Tages fühlen, wenn ich euch alle um mich herum hätte."

Morgen bin ich womöglich in der Lage, meinen Plan gegen Orion in die Tat umzusetzen. Wir können es uns nicht leisten, zu warten, falls sich eine Gelegenheit bietet. Das bedeutet, dass dies die letzte Nacht sein könnte, die ich jemals mit den Männern erhalte, die ich so sehr liebe.

Sylas und August haben sich bereits aus ihren Positionen im Zimmer aufgerichtet. Nun halten sie inne und August wirft dem Murk-Mann einen unverhohlenen Blick zu. Allerdings kann ich spüren, dass all meine Gefährten ihre Aufmerksamkeit auf ihn richten.

Madoc versteift sich leicht, weil er wahrscheinlich spürt, dass er in den Mittelpunkt der Aufmerksamkeit geraten ist. Er stemmt sich aus seinem Stuhl und wirkt dabei, als würde er sich sehr anstrengen, so zu tun, als hätte er es nicht bemerkt. „Ich würde mich euch gerne anschließen … wenn ich willkommen bin."

Ich muss nicht einmal als Erste sprechen. Whitt tut es mit der spielerischen Herzlichkeit, die in der Vergangenheit so viele angespannte oder unangenehme Situationen aufgelöst hat. „Ich würde sagen, du hast unser Zuhause restlos verseucht und das lässt sich nicht rückgängig machen. Das ist jedoch gut angesichts dessen, wie sehr unsere Gefährtin deine Anwesenheit genießt.“

Madoc sieht aus, als sei er sich nicht sicher, ob er wegen dieser Aussage beleidigt oder erfreut sein soll. Sylas gluckst leise und winkt uns aus dem Raum. „Ich würde sagen, wir haben alle deine Beiträge zu schätzen gelernt, wenn auch nicht *ganz* auf die gleiche Art wie Talia. Außerdem haben wir bereits genügend Übung im Teilen.“

Madocs Schultern sacken leicht herab, als wir durch den Gang laufen. Er tritt neben mich und ich packe seine Finger mit meiner freien Hand, während ich nach wie vor Corwins auf meiner anderen Seite halte. In mir schwillt so viel Liebe für all meine Gefährten an, dass ich beinahe damit rechne, dass sie in einem freudigen Leuchten aus meiner Haut hervorbrechen wird.

Ich kann mich nicht erinnern, ob sie jemals alle gleichzeitig in meinem Zimmer waren. Es sollte sich nicht so monumental anfühlen, nachdem ich bereits mit allen intim verschlungen war, doch das tut es. Adrenalin beginnt, durch meinen Körper zu strömen, und vertreibt meine vorherige Erschöpfung.

Vielleicht will ich *noch* nicht schlafen.

Ich vermute, meine Gefährten nehmen meinen Stimmungswechsel wahr, aber wie so oft überlassen sie mir die Führung und warten darauf, dass ich ihnen zeige, was ich will. Ich bleibe am Rahmen des gigantischen Bettes stehen und stelle mir vor, wie ich dort zwischen meinen fünf Fae-Liebhabern liege, woraufhin eine eigenartige Sehnsucht in meiner Brust erwacht, die bittersüßer ist, als ich erwartet hatte.

Was, wenn dies die letzte Nacht *ist*, die wir gemeinsam haben? Was, wenn ich meinen Plan zu Orions Vernichtung nicht überlebe? Was, wenn es seinen Unterstützern gelingt, einen meiner Männer zu verletzen, bevor ich den Krieg beenden kann?

Was, wenn alles umsonst ist und ich sterbe, nur damit der Krieg weitertobt?

Ich verschließe die Augen vor diesem letzten verzweifelten Gedanken. Ich darf nicht zulassen, dass meine Gedanken diese Richtung einschlagen. Es gab zuvor schon so viele Herausforderungen und Feinde, von denen keiner der Fae dachte, ich könnte sie überleben, und ich habe sie alle geschlagen.

Ich werde so lange an mich glauben, wie ich atme.

Daher laufe ich weiter, trete die Stiefel von meinen Füßen, klettere aufs Bett und setze mich mitten auf die Matratze, wobei sich mein Kleid auf meinen Schenkeln sammelt. Meine Gefährten stellen sich im Kreis um das Bett herum und sinken auf dessen Kanten. Ihrem Näherkommen haftet etwas leicht Raubtierhaftes an, allerdings nicht so stark, dass es etwas anderes als Verlangen in mir auslöst.

Sylas, der häufig der Selbstbewussteste ist, schiebt sich als Erster neben mich. Er küsst meinen Kiefer und streichelt mit den Fingern über die Seite meines Halses. „Was schwebt dir jetzt vor, meine Liebe?"

„Ich … ich weiß es nicht", gestehe ich. „Ich weiß nur, dass ich euch alle will."

Der Seelie-Erzlord wendet sich an Madoc. „Vielleicht sollten wir unserem Neuling einen Vorsprung geben, da er einiges nachzuholen hat."

Der Rattengestaltwandler wirft dem anderen Mann einen bösen Blick zu, in dem jedoch keine echte Wut liegt. „Ich denke, ich würde gerne sehen, wie sehr unsere Gefährtin davon profitiert, uns alle gemeinsam zu haben. Aber ich kann definitiv den Anfang machen."

Indem er auf das Bett rutscht, hebt er einen meiner Füße hoch und drückt einen Kuss auf dessen Rücken. Sein Blick hält meinen und die grauen Iriden wirken in der Hitze seines Begehrens wie geschmolzene Wolken. Er küsst die Seite meines Fußes und anschließend meinen Knöchel, bevor er sich dem anderen Fuß widmet, dem gebrochenen.

Seine Finger fahren die Wölbung des verformten Knochens nach und Zorn funkelt in seinem Blick. Er küsst auch diesen Knochen so zärtlich, als wäre er eine Verbesserung und kein Makel.

Als er mit der Hand meine Wade hinaufstreichelt und sich mit seiner sanften Verführung Zeit lässt, scharen sich meine anderen Männer um mich herum. Sylas rutscht hinter mich, lässt seine Fingerspitzen über meine Wirbelsäule wandern und knabberte an meinem Nacken. August stiehlt sich neben mir einen Kuss und liebkost meinen Bauch. Corwin reibt mit der Nase über mein Ohr und erobert meinen Mund, nachdem ihn August freigegeben hat.

Whitt kniet in der Nähe und beobachtet uns mit einer wohlwollenden Miene. Er nimmt meine Hand und drückt sie kurz, als wollte er mir versichern, dass er sich nicht ausgeschlossen fühlt. „Ich werde mir den Moment nehmen, wenn er kommt. Es hat etwas für sich, einfach nur deine Reaktionen zu beobachten. Du strahlst, wenn du vor Verlangen rot wirst.“

Eine schärfere Röte färbt meine Wangen und er grinst. Dann küsst mich August wieder, Madocs forschende Berührung erreicht mein Knie und in mir gibt es keinen Platz mehr für Scham.

Wegen was sollte ich mich auch schämen? Ich bin mit meinen Gefährten zusammen, so wie es uns bestimmt ist.

Madoc senkt den Kopf, küsst die Seite meines Knies und seine Hände wandern meinen Schenkel hinauf. Sylas zieht hilfreich den Rock meines Kleides höher und macht sich an der Schnürung in meinem Rücken zu schaffen, um sie zu lockern. Er dreht meinen Kopf vorsichtig zu sich, sodass er mich von hinten küssen kann, während August mein gelockertes Mieder ausnutzt, um meinen Busen zu umfassen. Corwin knabbert einen Pfad über meine Schulter. Unterdessen spüre ich Whitts Blick, der uns alle betrachtet, so warm, als würde er mich ebenfalls berühren.

Die Hitze breitet sich nun in meinem ganzen Körper aus von der Stelle, wo meine Brüste wegen kleiner Lustblitze kribbeln, bis hin zu dem berauschenden Verlangen, das zwischen meinen Beinen zunimmt und mein Höschen feucht macht. Ich drehe den Kopf, um Corwin drängender als zuvor zu küssen. Madoc lässt seine Zunge von meinem Knie bis zu meinem Innenschenkel hoch gleiten, atmet zittrig ein und hält inne.

Er schaut auf und blickt mir in die Augen, als ich den Unseelie-Erzlord loslasse. Die Emotion in seinen Augen ist so nervenaufreibend, dass sich meine Kehle zuschnürt. Doch dann verkündet er mit einer Stimme, die kaum mehr als ein Flüstern ist: „Du bist fruchtbar."

Diese drei Worte sorgen dafür, dass die Männer ganz reglos werden, die um mich herum versammelt sind. Sylas gibt ein erfreut klingendes Grollen von sich und küsst mich hinter meinem Ohr. Madoc bleibt vor mir und seine Finger streicheln federleicht über meinen Innenschenkel. Sie warten alle auf mein Signal, er jedoch am meisten von allen.

Eine eigenartige blubbernde Empfindung füllt meine Brust, berauschend, allerdings durchzogen von Trauer. Ich weiß, dass die Wahrscheinlichkeit relativ klein ist, dass ich so schnell nach dem ersten Mal wieder schwanger werde. Sogar das erste Mal war unerwartet, da es sofort passiert ist. Vielleicht ist das gar nicht der Punkt. Der Punkt ist, dass ich möchte, dass es noch einmal geschieht, wann immer das ist. Ich will es so oft versuchen, bis wir das Kind haben, das unsere Familie verdient – und mehr.

Ich werde daran glauben, dass wir all diese Chancen bekommen werden, ganz gleich, was vor uns liegt.

In diesem Augenblick fühlt sich die Entscheidung, einfach an dem Glauben festzuhalten, so gewaltig an, dass ich Schwierigkeiten mit dem Sprechen habe. „Gut", sage ich. „Wir haben eine Chance, es noch einmal zu versuchen. Vielleicht wird das Herz jetzt auf uns scheinen und wenn nicht, gibt es noch viel Zeit, in der es passieren kann."

Corwins Liebe strömt wie eine Woge Sonnenlicht durch unser Band in mich. Madoc sieht noch immer eigenartig unsicher aus.

„Bist du sicher …?", beginnt er und wirkt um Worte verlegen. „Wir sind offiziell noch keine Gefährten …"

Ich weiß nicht, ob er wirklich deswegen zögert oder ob es an dem liegt, was er ist, aber er sollte wissen, dass er für mich nicht weniger wert ist als einer meiner anderen Männer. Ich habe ihm das zuvor schon gesagt. Nach allem, was er erlebt hat, ist es allerdings nicht überraschend, dass es eine Weile dauert, bis es zu ihm durchdringt.

Ich schiebe mich vor, damit ich seine Wange berühren kann. „Was mich angeht, so sind wir in jeder Hinsicht verbunden, die zählt. Ich bin genauso sehr deine Gefährtin wie die aller anderen in diesem Zimmer. Halte dich nicht zurück."

Begehren flammt wieder in seinen Augen auf und ein kleines, jedoch verschlagenes Lächeln biegt seine Lippen nach oben. „Nun, ich sehe keinen Grund, zur Ziellinie zu sprinten. Du verdienst es nach wie vor, aus der heutigen Nacht jedes bisschen Freude zu ziehen, das wir dir schenken können."

Er senkt den Kopf wieder auf meinen Schenkel und kostet meine Haut bei seinem steten Vormarsch zu meiner Mitte, die erwartungsvoll pocht. Corwin beendet die Aufgabe, die Sylas begonnen hat, indem er mir das Kleid komplett auszieht und an meiner Schulter knabbert, während er eine meiner Brüste stimuliert. Der Seelie-Erzlord erobert erneut meinen Mund, August neckt meinen anderen Busen mit den Zähnen und ich treibe in einem Wirbelsturm aus Wonne.

Als Madoc meine Mitte erreicht, wird dieser Sturm zu einem Tsunami. Er presst seinen Mund auf mich und sein heißer Atem, der durch den Stoff meines Höschens weht, fühlt sich wundervoll an. Anschließend reißt er es nach unten, um ungehindert über meine empfindliche Perle zu lecken. Ich wimmere und kann mich nicht daran hindern, mich zu winden.

Madoc verehrt mich mit seinen Lippen und seiner Zunge und löst mit jeder geschickten Bewegung mehr Lust in meiner Mitte aus. Beben rasen von meiner Mitte zu meinen Zehenspitzen und meiner Kopfhaut. Ich stöhne erneut, nun in Corwins Mund, und meine Hüften biegen sich wie von selbst nach oben. Madoc packt sie und drängt mich, seinem Mund entgegenzukommen, während er mich immer näher zu diesem Gipfel der Ekstase bringt – und mich über ihn stößt.

Ich komme, keuchend und bebend, und dann ragt er mit einem Stöhnen des Verlangens über mir auf, das nicht ignoriert werden kann. Während ich an seiner Hose fummle, schlinge ich meine Arme um seine Schultern. Er dringt mit seinem Schaft in mich und füllt mich perfekt aus.

Ich bin so empfindlich, dass es nur wenige Stöße braucht, bis ich erneut komme und sich meine Mitte um ihn herum verkrampft. Madocs Brust stockt. „Du fühlst dich immer so verdammt gut an", murmelt er, küsst mich stürmisch und stößt sich beinahe hektisch in mich. Ich kralle mich an ihn und schaukle ihm entgegen, an allen Seiten von meinen anderen Gefährten gestützt, während ich von ihren Mündern und Händen auf noch größere Höhen befördert werde.

Ein weiteres Stöhnen entwischt Madoc, als er kommt. Er küsst mich noch einmal, lang und gründlich, ehe er sich zurückzieht und umsieht.

August ist sofort da, ohne einen Anflug von Groll auf den neuen Mann in meinem Leben oder die Rolle, die er heute Nacht als Erster übernehmen durfte. Er küsst mich, schiebt seine Zunge zwischen meine Lippen und tritt seine Hose beiseite. Ich packe seine steife Länge und freue mich darüber, dass er in meiner Hand zuckt, und über die Kraft, die er ausstrahlt. „Bitte", raune ich.

August zwingt mich nicht zum Betteln. Mit einem freudigen Seufzen gleitet er in mich und knabbert an meiner Lippe, während er komplett in mich sinkt. Eine weitere Woge Verlangen baut sich in mir auf. Ich hake meine Füße um seine Taille und treibe ihn an.

„Immer so süß", murmelt er mit rauer Stimme und beschleunigt das Tempo. „Meine Süße."

Ich wimmere und klammere mich an ihn, als erneut Wonne durch mich brennt. Meine Finger vergraben sich in seinen kurzen Haarbüscheln. August grunzt wegen des Rucks an seiner Kopfhaut und seine Stöße werden wilder, bevor er sich mit einem leisen, langgezogenen Knurren in mir ergießt.

Meine suchenden Hände finden als Nächstes Corwin. Mein seelenverbundener Gefährte zieht mich auf seinen Schoß, den ich nackt vorfinde, da er bereits seine Hose ausgezogen hat. Mit emsigen Fingern finde ich seine Härte und positioniere sie so, dass er in mich dringen kann.

Meine Muskeln fühlen sich an, als wären sie zu Wackelpudding geworden, doch irgendwie finde ich die Energie in mir, ihn zu reiten. Belohnt werde ich von der Lust, die bei jeder Bewegung auf seinem Schaft durch mich fegt. Corwin verteilt Küsse auf meinem Gesicht und Hals. Sein innerer Monolog ist unterdessen ein ununterbrochener Strom aus Anerkennung und Hingabe, während er auf seinen

Höhepunkt zurast. *Meine Gefährtin. Meine Liebe. Meine Seele. Du bist alles, was ich mir jemals hätte wünschen können.*

Seine Freude katapultiert mich in diesen vertrauten schwindelerregenden Kreislauf. Als er mit einem Schwall Hitze in mir kommt, komme ich erneut und zittere in seinen Armen.

Corwin weicht zurück, allerdings nicht allzu weit. Als er mich vor sich in eine kniende Position bringt, meinen Hals küsst und meine Brüste streichelt, realisiere ich, wofür er mich positioniert. Oder besser gesagt für wen. Sylas reibt seine Nase an der anderen Seite meines Halses, sein kräftiger erdiger Geruch steigt mir in die Nase und er füllt mich von hinten.

Ich schaukle zwischen den zwei Erzlords vor und zurück und schwebe mit jedem Stoß von Sylas' Hüften und jeder Berührung von Corwins Daumen an meinen Brüsten immer höher. Madoc ergreift die Initiative, schiebt seine Hand zwischen sie und stimuliert meine Perle, woraufhin etwas in mir explodiert. Meine Augen rollen nach hinten, jeder Nerv zuckt vor erfülltem Verlangen und mein Sichtfeld zerfällt in einem Sternenregen. Sylas folgt mir mit einem Brüllen.

Als mich der Seelie-Erzlord mit einem sanften Kuss auf meine Schulter freigibt, erwartet mich mein durchtriebener Stratege. Whitt betrachtet meinen befriedigten Körper sowie meine vor Wonne glasigen Augen und grinst. „Du wirst gut geliebt, nicht wahr, meine Allkräftige?"

Er legt mich wieder auf die Bettdecke und lässt sich Zeit mit mir. Er küsst mich und streichelt mich, während er sich aus seinen Kleidern schält. Ich streichle mit den Händen über seine muskulöse, tätowierte Brust und denke an all die Macht, von der diese Wahre-Namen-Tattoos sprechen. An all das Vertrauen, das dieser Mann in mich setzt, indem er *meine* Strategie unterstützt und mir die endgültige Entscheidung überlässt.

Ich werde gut geliebt – so gut, dass es mir den Atem raubt.

Als Whitts erfahrene Finger über meine Mitte gleiten, zittere ich bereits vor frischem Verlangen. Er streichelt mich behutsam, fährt mit der Hand über meine Perle und Spalte, ehe er seine Finger in mich taucht, bis ich mich unter ihm winde und stöhne. Dann dringt er mit einer schnellen Bewegung in mich, die meinen Lippen ein Keuchen entreißt.

Ich werde mit einer Welle nach der anderen hochgeworfen und treibe auf einer berauschenden Strömung, die auf einen unvermeidbaren Gipfel zurast. Whitt fährt seine Krallen gerade so weit aus, dass er mit ihnen über meine Seite streichen kann. Seine Fangzähne knabbern unterdessen an meiner Schulter und ich zersplittere mit einem Schrei unter ihm.

„So ist es gut", sagt er. „Genau so." Die Worte kommen abgehackt heraus und einige Augenblicke später beugt er sich über mich, als ihn sein Höhepunkt überwältigt.

In mir ist nichts mehr außer Freude und Befriedigung. Ich treibe in dieser Glückseligkeit, halte sie ganz fest und ignoriere alle Gedanken daran, wie lange sie anhalten wird – oder auch nicht. Meine Gefährten verteilen sich um mich herum, strecken sich auf dem riesigen Bett aus, legen hier und da einen Arm um mich und meine Augenlider schließen sich.

Falls dies unsere letzte Nacht war, hätte ich mir keine bessere wünschen können.

23

Talia

Die drei Menschen, die letztendlich die Metallwerkstatt in Heart's Cadence übernommen haben, bringen ihre besten Werke, damit ich sie im Licht der Vormittagssonne untersuchen kann. Sie legen die Waffen auf den langen Tisch neben der Schmiede und treten zurück, als ich auf diesen zugehe.

Zelpha und Domhnall, die heutigen Babysitter aus Corwins Zirkel, kommen nicht näher. Nach Zelphas Grimasse zu urteilen, als wir uns der Werkstatt näherten, haben ihr allein die schwachen Eisengerüche Unbehagen bereitet, die mit der Brise zu uns getragen wurden. Keiner der Fae der Jahreszeiten hätte diese Arbeit selbst verrichten können.

Madoc bringt die Hälfte der Distanz zwischen ihnen und mir hinter sich, bevor er stehen bleibt. Ich weiß, dass ihn die schädliche Substanz wegen seiner neuen Verbindung zum Herzen der Nebelwelt ebenfalls beeinträchtigt.

Insgesamt liegen zehn Waffen auf dem Tisch. Der Mann in der Mitte, eine grauhaarige Gestalt mit einem gestutzten Bart, der die Führung übernahm, nachdem wir festgestellt hatten, dass er der Erfahrenste der Gruppe war, nickt zu ihnen. „Wir hielten es für das Beste, eine Bandbreite an Größen und Formen anzubieten, damit Sie testen können, womit Sie am besten zurechtkommen. Das waren unsere besten Werke. Wir haben noch nie zuvor so mit Eisen gearbeitet … wenn wir noch einmal von vorne anfangen sollen, können wir das tun."

Ich schüttle den Kopf. „Ich bin mir sicher, eine dieser Waffen wird passen." Madoc hat einige der Murk-Neuankömmlinge dazu überredet, die Waffe zu perfektionieren, nachdem ich sie ausgewählt habe. Die Klingen vor mir sehen bereits tödlich aus.

Ich nehme eine in die Hand, dann die nächste und teste ihr Gewicht. Zuerst verschaffe ich mir nur einen Eindruck davon, wie gut ich sie packen kann – jede einzelne Waffe ist mit einem dünnen Lederband umwickelt – und anschließend übe ich, sie aus meiner Tasche zu ziehen. Daraufhin stoße ich mit dem Dolch einige Male probeweise zu.

August hat gestern mehrere Manöver mit mir geübt, um die Bewegungen zu verfeinern, die ich brauchen werde. Wir haben schnell entschieden, dass ich die größten Chancen habe, wenn ich mich auf Orions Kehle stürze. Es wäre zwar befriedigend, ihm eine Waffe ins Herz zu rammen, dieses ist jedoch von Rippen geschützt, die ich an der genau richtigen Stelle und im richtigen Winkel durchstechen müsste, damit sie meinen Schlag nicht ablenken. Der Hals besitzt Knorpelgewebe, das ich durchschneiden muss, es ist allerdings nicht so hart wie ein Knochen und es gibt eine breitere Fläche, mit der ich arbeiten kann. August hat mir genau gezeigt, wo ich zuschlagen soll, wenn ich die Gelegenheit dazu erhalte – etwas auf der Seite, wo das Fleisch weicher ist.

Ich gehe die Bewegungen durch und Übelkeit sammelt sich in meinem Magen. Obwohl ich Orion hasse und er mir und vielen Fae schlimme Dinge angetan hat – sie uns noch immer antut – ziehe ich keine Freude aus der Vorstellung, mit seinem Blut besudelt zu sein, so wie ich es vor nicht allzu langer Zeit von Madocs Blut war. Töten war nie ein Talent, das ich zu meinem Repertoire hinzufügen wollte.

Doch wenn dies die einzige Möglichkeit ist, mich und all die anderen Leute zu schützen, werde ich nicht zulassen, dass mir meine persönliche Einstellung in die Quere kommt.

Ich enge meine Optionen auf meine drei Lieblingswaffen ein und experimentiere erneut mit jeder einzelnen. Ich mag die, die eher länger und dünner sind – sie bewegen sich schneller in meiner Hand und können leichter aus meinem Kleid gezogen werden. Wegen der Länge sind sie jedoch schwieriger, zu tragen und zu tarnen. Außerdem muss die Klinge ein gewisses Gewicht haben, wenn ich damit Orions Leben vollständig von seinem Körper trennen will.

Schließlich entscheide ich mich für die mittlere Klinge, die weder die längste noch die leichteste ist. Als ich sie noch einmal durch die Luft schwinge und das Sonnenlicht von ihrer Oberfläche reflektiert wird, füllt ein Gefühl der Richtigkeit meine Brust.

Ja. Das ist die richtige.

„Danke schön", bedanke ich mich bei den Metallarbeitern. „Das hier ist genau das, was ich brauche. Ich schätze, ihr solltet die anderen Klingen aufbewahren nur für den Fall, dass sich herausstellt, dass diese der Aufgabe doch nicht gewachsen ist – ich bin nicht die Richtige, um das zu beurteilen – aber ich glaube, ich bin bereit."

Alle drei nicken. „Danke und Gott sei mit Ihnen",

murmelt die Frau links. Sie haben die ungefähre Vorstellung, dass ich diese Waffe nutzen werde, um ihre Freiheit zu erkämpfen, was auf Umwegen wahr ist.

Ich ziehe einen Seidenbeutel, der mit Schutzmagie verstärkt ist, aus meiner Tasche und schiebe den Dolch hinein. Erst dann gehe ich zu Madoc und reiche ihm den Beutel. Sein Mund zuckt unbehaglich, als er ihn in einen Tragesack steckt, der über seiner Schulter hängt.

„Sie sollen die Klinge so scharf wie möglich machen, mit einer Scheide, aus der sie schnell gleiten, die sie aber nicht durchtrennen wird. Außerdem soll sie die Wirkung dämpfen, die das Metall hat, sodass Orion und seine Leute nicht merken, dass ich sie bei mir trage", erinnere ich ihn.

Mein Murk-Gefährte berührt die Seite meines Gesichts. „Ich weiß. Sie haben die notwendigen Zauber bereits rausgesucht. Außerdem werde ich die ganze Zeit dort sein und mich vergewissern, dass sie sich an den Plan halten." Er hält inne. „Nun, da du die geeignete Waffe gefunden hast, wirst du noch ein wenig mit August trainieren, während wir uns um den Rest kümmern … und das ist alles, was wir tun müssen?"

„Wir können nur hoffen", erwidere ich mit einem zögerlichen Kichern. Mein Magen verkrampft sich fester.

Madoc streichelt mit dem Daumen über meine Wange und eilt über die Grenze davon, damit seine Murk-Kollegen sofort anfangen können. Ich bleibe noch ein Weilchen und helfe den Menschen trotz ihrer schwachen Proteste beim Aufräumen. August braucht mich erst, wenn der Dolch bereit ist.

„Ihr könnt zum Palast gehen und euch waschen", sage ich und deute zu dem großen Diamantgebäude in kurzer Entfernung auf dem schneebedeckten Plateau. „Anschließend wird euch Erzlord Corwins Koch eine heiße Mahlzeit servieren."

Die Metallarbeiter bedanken sich erneut und brechen zum Palast auf. Ich drehe mich zur Grenzburg um. Sobald ich die Werkstatt verlasse, laufen Zelpha und Domhnall neben mir her.

„Bist du dir sicher, dass es eine gute Idee ist, den Ratten die Aufgabe anzuvertrauen, die Klinge zu verbessern?", fragt Domhnall stirnrunzelnd. „Ich verlasse mich nur ungern darauf, dass sie ihr Wort halten."

Zelpha verpasst ihm hinter meinem Rücken einen Schlag. „Du hast zu viele der vergangenen Monate damit verbracht, die Lords in den weit entfernten Ländereien unter Kontrolle zu bringen, Dom. Madoc ist ein Guter und er wird die anderen genauer überwachen, als *du* es tun würdest. Er würde niemals das Risiko eingehen, dass Talia verletzt wird, wenn er es verhindern kann."

Domhnall wirkt beschämt und ich erkenne, dass er die Geschichte darüber gehört hat, wie Madoc meinen Fluch geheilt hat. „Es tut mir leid", entschuldigt er sich bei mir. „Ich ... ich bin einfach so daran gewöhnt, alle Murk als Ungeziefer zu betrachten."

Ich schenke ihm ein angespanntes Lächeln. „Ich weiß. Es war für alle eine Umstellung. Madoc kannst du definitiv vertrauen. Er ist ehrenhafter als einige der Sommer- und Winter-Fae, denen ich begegnet bin."

Zelpha schnalzt mit der Zunge. „Traurig, aber wahr. Was wirst du tun, während du darauf wartest, dass sie den Dolch verzaubern?"

Ich stoße einen Schwall Luft aus. „Ich schätze, ich werde nachschauen, welche Fortschritte Whitt bei der Planung der letzten Einzelheiten gemacht hat, wie wir Orion rauslocken wollen."

Als ich früher an diesem Morgen mit ihm gesprochen habe, stellte er irgendwelche Berechnungen bezüglich der besten Stelle an, wo ich die Front überqueren soll. Wir warten noch ab, ob einer der Murk zustimmen wird, vor meiner Ankunft zu seinen Kollegen zu gehen und sicherzustellen, dass mich Orion erwartet. Ich werde behaupten, dass ich aufgebe, um weitere Tode unter den Fae-Kindern zu verhindern, jedoch von Orion persönlich hören will, dass er sie in Ruhe lassen wird.

Ich erwarte nicht, dass er das tatsächlich tun wird. Ich schätze, er wird extra kommen, damit er mir unter die Nase reiben kann, dass er die Fae der Jahreszeiten angreifen wird, wie es ihm gefällt. Dadurch wäre ich allerdings näher bei ihm, und mehr brauche ich nicht.

Falls wir keinen Rattengestaltwandler finden können, der gewillt ist, die Botschaft auszurichten, müssen wir uns jedoch eine andere Methode einfallen lassen, um die Aufmerksamkeit des Königs zu erregen. Eine, hinter der er keinen Trick vermutet. Zu viel hängt von diesem Schachzug ab, als dass wir bei irgendeinem Teil leichtsinnig sein können.

Wir erreichen gerade die Winterseite der gemeinsamen Burg, als ein Schrei ein Stück weiter weg an der Grenze erklingt. Mein Kopf schnellt in die Höhe und ich entdecke eine schlanke Gestalt neben der Dunstwand, deren Gesicht von einer schweren Kapuze verborgen ist und die uns aus einer Entfernung von einem halben Kilometer zu sich winkt. Der Bewegung haftet eine panische Ruckartigkeit an, bei der ich sofort in Alarmbereitschaft bin.

Zelpha spannt sich an. Sie ist vermutlich hin und her gerissen, ob sie bei mir bleiben oder nachsehen soll. Doch dann ruft die Gestalt, „Lady Talia, bitte beeilen Sie sich!“, und es wird klar, dass ich diejenige bin, die dort am dringendsten gebraucht wird.

Wir eilen zu der Gestalt und mein krummer Fuß beginnt, auf dem gefrorenen Boden zu schmerzen. Als wir näher kommen, erkenne ich die Gesichtszüge der Frau unter der Kapuze. Es ist Kara. Ich würde gerne stehen bleiben, da ich aufgrund der Erinnerungen an unsere jüngsten Begegnungen misstrauisch bin, doch in diesem Moment deutet sie zur Grenze.

„Ein Paar ist gerade mit seinem Kind gekommen. Wir sind davon ausgegangen, dass du auf der Sommerseite bist. Das kleine Mädchen wurde von dem Fluch befallen … ich glaube, sie ist fast tot.“

Ihr panischer Tonfall und die Worte jagen einen eiskalten Adrenalinstoß durch meine Adern. Jede Sekunde könnte den Unterschied machen, ob ich dieses Kind retten kann. Mit meinen unrunden Schritten haste ich dort in den Dunst, wo sie hinzeigt.

Wenn ich nicht in solcher Eile wäre und die vergangenen Tode mein Gewissen nicht so stark belasten würden, hätte ich mich womöglich gefragt, warum das Paar nicht zur Grenzburg auf der Winterseite gekommen ist, wo die Bediensteten ihnen genau hätten sagen können, wo ich war. Oder warum Kara zufällig in Corwins Länderei herumgewandert und ihnen begegnet ist. In dem Moment treibt mich das Entsetzen jedoch vorwärts und lässt keinen Platz in meinem Kopf für andere Gedanken, als das verfluchte Mädchen zu erreichen.

Nach nur wenigen Schritten erklingen hinter mir ein Schrei und ein Grunzen. Ich bin bereits über das schwindende Eis auf das Gras der Sommerseite der Grenze gehastet. Ich wirble herum, blinzle in den Dunst und halte nach meinen Begleitern Ausschau, die unerwartet verschwunden sind – und harte, muskulöse Arme legen sich von hinten um mich.

Eine Hand zieht ein dunkles Stoffstück über mein Gesicht und schließt alles Licht aus. Mit der gleichen Bewegung legt sie sich auf meinen Mund und dämpft meinen instinktiven Protestschrei. Der andere Arm fixiert meine Arme an meinen Seiten und presst sie so hart gegen meine Rippen, dass mein nächster Atemzug wehtut.

„Schnell", zischt jemand und ich werde vom Boden gehoben. Ich zapple und trete in alle Richtungen, doch der Arm um mich herum drückt nur fester zu. Jemand anderes packt meine austretenden Beine und wickelt eine steife Kordel um sie herum.

Es erklingt ein Murmeln und Nebel beginnt, sich über meinen Verstand zu legen. Ich kämpfe dagegen an und raune den wahren Namen für Licht gegen den Stoff, der mich beinahe erstickt. Er kommt schwach heraus, doch es reicht, um den schlimmsten mentalen Nebel zurückzudrängen. Ich klammere mich ans Bewusstsein.

Corwin!, rufe ich durch unser Band mit dem bisschen Kraft, das mir noch geblieben ist. *Corwin, hilf mir!*

Die Gestalten, die mich gepackt haben, lassen mich auf eine harte Oberfläche fallen und schlingen noch eine Kordel um meine Hände, die sie hinter meinen Rücken gezogen haben. Sie scheinen nicht bemerkt zu haben, dass ich nicht vollkommen bewusstlos bin, aber ich habe nicht genug Kontrolle über meinen Körper, um dieses Versäumnis auszunutzen. Meine Glieder weigern sich, zu reagieren. Nur mit großer Mühe kann ich meinen Verstand daran hindern, in die Dunkelheit zu fallen.

Was ist passiert, Talia? Corwins Stimme erreicht mich von innen heraus. *Wo bist du?*

Die Oberfläche unter mir setzt sich mit einem Ruck in Bewegung. Ich erkenne unbestimmt, dass ich mich in einer Art Fahrzeug befinden muss – ein Gefährt, so wie es sich anfühlt. Wind peitscht über mich, obwohl ich ausgestreckt auf dem Boden liege, und zerrt an dem Stoff, der mir über den Kopf gezogen wurde. Meine Entführer verschwinden so schnell wie möglich von hier, was keine Überraschung ist.

Ich war ... Es ist ein Kampf, Gedanken zu

zusammenhängenden Sätzen zu formen. *Die Grenze … mit Zelpha …*

Dann beginnen die Männer, die um mich herum versammelt sind, zu sprechen, und ich lasse meine innere Stimme verstummen und öffne mich stattdessen vollständig, sodass Corwin ihre Worte hoffentlich durch meine Ohren ausmachen kann. Sie enthüllen vielleicht mehr, als ich ihm übermitteln kann.

„Bist du dir sicher, dass der Ungeziefer-‚König' sie so dringend will, dass man mit ihm verhandeln kann?", fragt einer und eine tiefere Kälte erfasst mich. Ich kenne diese Stimme. Es ist Cole.

Und diejenige, die ihm antwortet, gehört seinem Lord. „Die Hälfte von dem, was er uns angetan hat, scheint er wegen dieses verdammten Stinklings getan zu haben. Wir bieten sie zum Tausch an und gewinnen so irgendein Zugeständnis, das unseren Erzlords und den anderen zeigen wird, dass sie von Anfang an auf mich hätten hören sollen."

Ein hysterisches Lachen steigt in meiner Brust auf. Aerik und sein Kader werden mich Orion ausliefern, so wie ich mich selbst ausliefern wollte – allerdings habe ich meine Waffe nicht und wer weiß, ob sie mich während der Übergabe überhaupt bei Bewusstsein lassen. Sie hätten genau das bekommen, was sie wollen, wenn sie einfach bis zum Ende des Tages gewartet hätten.

Allerdings stimmt das nicht ganz, oder? Sie wollen nicht nur mit Orion verhandeln und einen Sieg gegen die Murk einfahren. Sie wollten auch den Ruhm dafür einheimsen. Und ich hege keinerlei Zweifel daran, dass Aerik es lieben würde, mich nie wieder an der Seite eines seiner Erzlords sehen zu müssen, während ich das Mitgefühl der Leute für mich gewinne.

Hast du gehört?, denke ich an Corwin gewandt. *Es ist … Aerik … sie sind …*

Bevor ich mehr sagen kann, durchläuft das Gefährt einen Ruck und mein Körper zuckt instinktiv zusammen. Einer meiner Entführer flucht. Eine Hand schlägt zusammen mit einem gemurmelten Wort auf meinen Kopf und ich verliere komplett den Griff um die Welt um mich herum.

August

„Er *was?*", bricht es mit dem Anflug eines Brüllens aus mir hervor, als Corwin einen hastigen Bericht seines letzten Kontakts mit Talia beendet. Zorn brennt durch mich hindurch und ich sehe rot. „Ich werde diesen räudigen Mistkerl Glied für Glied auseinanderreißen und seinen Kader ebenfalls."

Der Unseelie-Erzlord sieht noch blasser aus als üblich und tritt von einem Fuß auf den anderen, als sei er nur Sekunden davon entfernt, ihr selbst hinterherzujagen. Ich schätze, ich sollte froh sein, dass er sich die Zeit genommen hat, uns alle zu informieren.

„Ich habe versucht, sie zu verfolgen, und die Mitglieder meines Zirkels, die in der Nähe waren, sowie einige andere Wachen losgeschickt", berichtet er mit angespannter Stimme. „Aber Aerik hat das offensichtlich sorgfältig geplant. Wir konnten aus der Luft keine deutliche Spur von ihm oder ihn selbst entdecken. Sie tarnen sich zu gut. Leider stehen mir auch nur wenig Leute für die Suche zur Verfügung, da so viele auf den Krieg konzentriert sind."

„Wir wissen, dass sie auf dem Weg zur Front sind", sagt Sylas. Er ist hinter dem Schreibtisch in seinem Büro aufgestanden und sein dunkles Auge leuchtet wild. „Wir müssen sie finden, bevor sie die Gelegenheit haben, ihren ‚Tausch' zu arrangieren."

„Was, wenn sie Talia wehtun, bevor sie zu Orion gehen?", will ich wissen. Meine Krallen kommen heraus, als ich die Lehne eines Sessels packe, und durchbohren den Stoff, ich kann sie jedoch nicht einziehen. „Das haben sie schon einmal getan – damit sie sie einfacher in Schach halten konnten. Womöglich denken sie sogar, dass Orion glücklicher ist, wenn sie zeigen, dass sie sie vorher gequält haben."

Whitt knurrt leise. „Dazu werden wir es nicht kommen lassen."

„Wie konnten sie sie überhaupt entführen?", frage ich. „Bei ihrer Kapitulation haben sie geschworen, Talia in Ruhe zu lassen."

Sylas verzieht das Gesicht. „Es muss irgendein Schlupfloch in der Formulierung geben, das sie ausgenutzt haben. Ich glaube, ich sagte, dass sie nicht versuchen könnten, Talia unter ihre Kontrolle zu bringen. Es könnte sein, dass der Schwur sie nicht aufgehalten hat, weil sie Talia entführt haben, um sie Orions Kontrolle zu übergeben. Das war womöglich Unterschied genug. Oder vielleicht hat ihnen jemand anderes geholfen, indem er die ersten Schritte unternommen hat, um Talia zu überwältigen." Er deutet auf Corwin. „Du hast erzählt, dass diese Unseelie-Frau involviert war, die behauptet, dass sie deine seelenverbundene Gefährtin hätte sein sollen?"

Corwin nickt, als würde ein schweres Gewicht auf seinen Schultern lasten. „Ich vermute, dass sie geglaubt hat, ihr

Seelenband zu mir würde sich doch noch bilden, wenn sie Talia aus der Gleichung nimmt. Sie hat die Falle gestellt und meinen Zirkel daran gehindert, sich einzumischen. Zelpha wäre an Talias Seite gewesen, hätte Kara sie nicht in einen Zauber verwickelt. Sie haben sie jetzt in Gewahrsam genommen. Niemand hat etwas gesehen und sie sagt nichts – wir wissen nicht, ob Aerik weitere Komplizen hatte.«

»Womöglich hat er ein paar seiner Rudelmitglieder mitgenommen, um das Ganze durchzuziehen.« Whitt atmet rau aus und dreht sich zu Corwin um. »Ich will nichts gegen deine scharfen Rabenaugen sagen, aber ich denke, wölfische Nasen können sich besser um diese Aufgabe kümmern, vor allem wenn die Spur noch frisch ist. Wann genau ist es passiert?«

Corwin zuckt zusammen. »Vor ungefähr einer halben Stunde. Ich bin ihr zuerst nachgegangen ... es gab keine Möglichkeit, es dem Rest von euch schnell zu erzählen ...«

»Das ist in Ordnung«, beruhigt ihn Sylas. »Das gibt uns immer noch genügend Ansatzpunkte. Die Spur wird nicht sofort kalt. Wir werden sofort aufbrechen – mit Astrid und den besten Fährtenlesern, die wir aus den Rudeln ums Herz herum zusammentrommeln können. Wenn wir eine Nachricht an unsere Truppen an der Front schicken können, damit sie Ausschau halten für den Fall, dass Aerik sie vor uns erreicht ...«

»Ich bezweifle, dass Aerik ohne Vorwarnung in das Murk-Lager platzen wird«, wirft Whitt ein. »Er ist ein Arschloch, aber nicht dumm. Er muss zuerst mit den Murk eine Übergabe aushandeln und sich eine Methode überlegen, das zu tun, ohne dass es der Rest von uns mitkriegt. Ich wäre nicht überrascht, wenn er irgendwo ein kleines Lager aufschlägt, wo er sich bis zum Einbruch der Nacht verstecken kann, wenn ihm die Dunkelheit zusätzlichen Schutz bietet.«

Es ist noch nicht einmal Mittag. Falls mein Bruder recht

hat, sollte uns das mehr als genug Zeit geben, die Grobiane aufzuspüren. Ich wirble zur Tür herum. Meine Muskeln juckt es, mit der Rettung zu beginnen. „Ich werde Astrid suchen und die Fährtenleser anfordern. Wir sollten so bald wie möglich aufbrechen …"

Ich öffne die Bürotür und entdecke eine Wache auf der anderen Seite, die die Hand zum Klopfen erhoben hat. Ihr Gesicht ist vor Anstrengung gerötet und ihr Kiefer angespannt. Ich trete erschrocken zurück. Hat sie bereits Neuigkeiten in Bezug auf Talia?

Ihr hastiger Bericht hat jedoch nichts mit unserer Gefährtin zu tun.

„Mein Lord, die Murk haben einen weiteren Angriff an der Front gestartet und Boden gutgemacht", berichtet sie und ihr Blick sucht Sylas hinter mir. „Sie schießen irgendwelche Projektile auf unsere Krieger ab, die deren Kräfte schwächen. Als ich gegangen bin, hatten wir bereits zwei weitere Ländereien verloren. Ich weiß nicht, ob die Fae, die bereits an der Front sind, sie überhaupt abwehren können."

Sylas knurrt leise einen Fluch. „Wir werden alle aus den Lagern zu ihnen schicken müssen – jeden Fae, der irgendeine magische Kraft beitragen kann. Wenn sie bis zum Herz vordringen …"

Er beendet diesen Satz nicht, was er auch nicht tun muss, damit sich Grauen um meinen Magen legt. Wenn die Murk unsere Truppen überwältigen, wird es keine Rolle spielen, was mit Talia geschieht. Wir wären alle erledigt.

Die Wache eilt davon, um die anderen Erzlords zu alarmieren. Sylas marschiert dicht gefolgt von Corwin aus dem Raum. Der Unseelie-Erzlord sieht so schlecht aus, wie ich mich fühle. „Wenn sie auf der Sommerseite Boden gutmachen, werden sie das Gleiche in meinem Reich tun. Ich muss zurückgehen."

Das will er allerdings nicht tun. Keiner von uns will unsere Leute in eine verzweifelte Schlacht mit den Murk führen, während sich unsere Gefährtin in den Händen der Fae befindet, die genauso bösartig sind. Meine Lippen ziehen sich von den Fangzähnen zurück, die aus meinem Zahnfleisch gesprossen sind. Ein klarer Gedanke brennt sich durch alle anderen.

„Ich werde Talia nachgehen", verkünde ich. „Ich bin der beste Fährtenleser von uns und, sollte ich sie finden, kann ich es in einem Kampf mit allen drei Mistkerlen aufnehmen, solange ich sie überrumpeln kann. Wenn die Murk irgendeine unerwartete neue Taktik anwenden, wird ein Krieger weniger an der Front keinen großen Unterschied machen. Unsere Leute brauchen Führung und eine Strategie."

Sylas knirscht mit den Zähnen, Verständnis schimmert jedoch in seinen Augen. „Es gefällt mir nicht, dass du allein gehst."

„Auf diese Weise werde ich schneller reisen können. Die Wahrscheinlichkeit ist groß, dass sie in der Nähe der Front sind, wenn ich sie einhole. Dort kann ich um Hilfe bitten, falls dann noch jemand in der Lage ist, sie anzubieten." Ich schaue ihm beschwörend in die Augen. „Lass mich das tun. Je schneller ich ihr nachgehe …"

Sylas wedelt mit seiner Hand und entlässt mich von meinen anderen Pflichten ihm gegenüber. Ich stürze durch den Flur und springe im Rennen in meine Wolfgestalt. „Sei nicht nur schnell, sondern auch vorsichtig", ruft mein Bruder mir hinterher. „Aerik weiß bestimmt, dass ihm jemand folgen wird."

Ich renne aus der Burg und stelle fest, dass auf den Feldern draußen bereits die Hölle los ist. Krieger brüllen einander zu und geben Waffen an Rudelmitglieder weiter, die viel unsicherer aussehen. Jeder anwesende Fae wird an die

Front gescheucht. Boten eilen in diese und jene Richtung durch das Chaos.

Ich schlängle mich durch den Tumult und stürze mich in das dichte Unterholz eines Waldstücks. Corwin hat erzählt, dass Aerik Talia an einer Stelle nördlich von hier entführt hat, wo der Hügel abzufallen beginnt. Ich werde Aerik erschnüffeln entweder mit meiner Nase oder meiner Magie …

Er wird damit nicht davonkommen. Und wenn ich mit ihm fertig bin, wird er meine Gefährtin nie wieder in Angst und Schrecken versetzen.

Als ich erneut aus dem Wald auftauche, befinde ich mich ein Stück weiter oben an der Grenze und erkenne die Stelle, an der das Gefährt losgeflogen ist, mühelos anhand des plattgetrampelten Grases. Sie sind hier zu hastig aufgebrochen, um ihre Spuren vollständig zu verwischen. Vermutlich dachten sie, dass es ohnehin zu viele Zeugen des Verbrechens gab, um sich damit aufzuhalten. Nachdem sie diese Stelle verlassen hatten, verschwanden sie jedoch.

Jedenfalls für Corwins Sinne und die seines Zirkels. Ich umkreise das Gebiet und dehne meine Suche mit jedem Kreis ein wenig aus, wobei ich die Gerüche tief in meine Wolfsnase sauge. Es braucht vier Umkreisungen, bis ich den Hinweis auffange, der mich zu ihnen führen wird.

Die Gerüche, die ich einatme, entsprechen dem, was man in diesem Gebiet erwarten würde. Es ist keine Spur einer frischen Fae- oder Mensch-Präsenz zu finden. Doch entlang eines Pfades, der von der Startstelle wegführt, nehmen diese Gerüche eine leicht penetrante Note an. Es ist ein unglaublich geringfügiger Unterschied und Corwin und die anderen Unseelie sind nicht mit den Gerüchen des Sommerreichs vertraut. Daher bin ich nicht überrascht, dass sie es nicht bemerkt haben.

Ich weiß jedoch, was das bedeutet. Aerik hat Magie

benutzt, um die anderen Gerüche so weit zu verstärken, dass sie seinen übertünchen. Die Wirkung wird sich im Lauf der Zeit verflüchtigen – sie ist bereits so sehr verblasst, dass ich von Glück sprechen kann, dass ich es überhaupt bemerkt habe. Ich muss der Spur schnell folgen.

Mit einem Satz springe ich davon und schwenke in regelmäßigen Abständen nach links und rechts, um sicherzustellen, dass ich noch der richtigen Spur folge. Als Aeriks Kurs eine klarere Form in meinen Gedanken annimmt, beschleunige ich die Geschwindigkeit zu einem schnellen Galopp.

Ich hätte ein eigenes kleines Gefährt mitnehmen sollen, bevor ich Hearth-by-the-Heart verließ. Ich kann keines heraufbeschwören. Ist es das wert, zurück zur Burg zu rennen und zu schauen, ob ich jetzt eines mitnehmen kann? Werde ich dadurch mehr Zeit verlieren, als wenn ich zu Fuß weitergehe?

Bevor ich meine innere Diskussion beenden kann, sehe ich aus dem Augenwinkel, dass etwas auf mich zu saust. Ich drehe den Kopf und sehe ein bunt zusammengewürfeltes Fahrzeug, das aus Holzstücken und ineinander verwobenen Blättern zu bestehen scheint und bloß ungefähr doppelt so groß ist wie ich. Madoc steht am Bug und hebt die Hand, als er sieht, dass ich in seine Richtung schaue.

Als er neben mir anhält, richte ich mich in der Gestalt eines Mannes auf, obwohl mein Puls wie wild hämmert wegen des Bedürfnisses, in Bewegung zu bleiben. „Was machst du hier?“

Der Gesichtsausdruck des Murk-Mannes erinnert mich an den Morgen, als ich ihn über Talias Bett gebeugt vorfand, ein Messer in der Hand und bereit, sich für sie zu opfern. „Ich habe gehört, was passiert ist. Ich habe das Gefühl, dass ich nützlicher sein werde, wenn ich dir helfe, als wenn ich an der Front kämpfe. Eine heimliche und raffinierte Flucht ist viel mehr mein Ding als ein Kampf.“

Ein Teil von mir empört sich leicht, als würde es ihn ärgern, dass sich Madoc in meine Mission drängt, was lächerlich ist, weil es ein Risiko war, die Reise allein zu unternehmen – und er ist sogar so weit gegangen, ein Fahrzeug zu organisieren, sodass ich mir nicht einmal Sorgen um die Geschwindigkeit machen muss. „Ich nehme dein Angebot an“, erwidere ich. „Bisher führt die Spur in diese Richtung.“ Ich deute nach Südwesten. „Kannst du das Lenken übernehmen und den Kurs nach Bedarf schnell ändern? Ich muss all meine Energie darauf verwenden, sie zu riechen.“

Madoc nickt und bedeutet mir, einzusteigen. Ich schlüpfe wieder in meine Wolfgestalt, als ich in das Gefährt springe.

Es ist so schmal, dass ich meinen Körper von einer Seite zur anderen drehen kann, sodass ich die Ausläufer von Aeriks Tarnzauber wahrnehme, ohne von unserem Kurs abzuweichen. Madoc fliegt in einem Tempo los, das ungefähr zweimal so schnell ist, wie ich hätte rennen können, und treibt das Gefährt zu einer noch schnelleren Geschwindigkeit an, als ich ermutigend belle. Als sich die Spur verstärkter Gerüche nach Westen wendet, klopfe ich mit der Pfote gegen die Wand und der Murk-Mann passt unseren Flugwinkel an. Irgendwann später schlage ich gegen die andere Seite, damit er wieder mehr nach Süden fliegt.

Während der geraden Stücke raunt Madoc einige Zauber um uns herum und verknüpft Magiestücke mit einem Kribbeln miteinander, das durch die Atmosphäre wabert. „Ich tarne uns ebenfalls“, erklärt er. „Es ist besser, wenn sie uns nicht kommen sehen, oder?“

Dagegen kann ich nichts einwenden. Ich hätte selbst daran denken sollen.

Die besondere Lebhaftigkeit der Umgebungsgerüche ist stärker geworden, nach wie vor subtil, jedoch mittlerweile so offensichtlich, dass ich mich nicht so sehr anstrengen muss, sie zu verfolgen. Wir kommen ihnen anscheinend näher und holen sie ein. Ich frage mich, ob Aerik überhaupt weiß, dass die Murk einen neuen Angriff gestartet haben. Wie wird das zu seinen Plänen passen?

Falls er nur eine Stelle in guter Entfernung zur Front sucht, um sich bis zum Einbruch der Nacht zu verstecken, hat er womöglich keine Ahnung, in was für einen Schlamassel er da marschieren wird. Natürlich wird er nie die Chance erhalten, in Orions Nähe oder die seiner Armee zu kommen, wenn es nach mir geht.

Die Sonne beginnt, zum Horizont zu sinken, als das Gefährt langsamer wird. Ich blicke mit einem konsternierten Schnauben zu Madoc, doch er deutet in die Ferne auf ein Waldgebiet mit goldfarbenen Blättern. „Ich glaube, sie haben dort drin Schutz gesucht. Das Licht um diese Stelle herum hat etwas an sich … Dort wurde irgendeine Form von Illusionsmagie gewirkt."

Ich schätze, als Experte in Sachen Illusionen sollte er das wissen.

Er bringt uns bis auf fünfzehn Meter an den Wald heran und wir springen beide raus. Ich bleibe in Wolfgestalt. Madoc legt noch einen Zauber um uns beide und wir brechen in Richtung der Bäume auf.

„Sie werden uns weder hören noch sehen können", erklärt er leise. „Aber wenn wir gegen sie stoßen, werden sie uns spüren. Also renn nicht dort rein, bis du dir sicher bist, dass du bereit bist."

Ich schnaube, um ihm mitzuteilen, dass das offensichtlich sein sollte.

Wir schleichen zwischen die Bäume, die zuerst spärlicher werden, bevor sie sich tiefer im Wald verdichten. Ich übersehe die Lichtung beinahe, bis Madoc mich auf das Schimmern in der Luft in der Nähe aufmerksam macht. Aeriks Leute mussten weniger subtil vorgehen, da sie mehr Magie benötigten, um ihre Anwesenheit vollkommen zu verbergen. Ich kann die Fae selbst noch nicht sehen, hören oder riechen, doch aus dieser Nähe gibt es deutliche visuelle Hinweise auf ihre Gegenwart.

Als wir den Rand der Lichtung erreichen, wo der Zauber gewirkt wurde, rücken die Gestalten in den Fokus, obwohl die Stelle vor Augenblicken noch leer wirkte. Ich werde stocksteif.

Falls Aerik bei der Entführung Hilfe von einem seiner Rudelmitglieder hatte, haben sie diese Person zurückgelassen. Oder vielleicht haben sie denjenigen losgeschickt, damit er mit den Murk verhandelt. Auf einem Halbkreis aus Baumstämmen sitzen nämlich nur er und seine zwei Kader-Gewählten und essen Stücke von Räucherfleisch, das sie für die Reise mitgenommen haben. Ihr schmales Gefährt, das sie vorsichtig durch die Bäume gelenkt haben müssen, parkt an einer Seite der Lichtung.

Ich richte mich in Gestalt eines Mannes auf und schleiche näher heran. Dabei setze ich meine Füße ganz vorsichtig auf, obwohl Madocs Zauber die anderen Fae daran hindern sollte, mich zu hören. Nach wenigen Schritten kann ich Talias schlanke Gestalt erkennen, die auf dem Boden des Gefährts zwischen zwei der Bänke kauert. Ein lockerer Sack wurde über ihren Kopf gezogen und verbirgt ihr Gesicht sowie ihre pinkfarbenen Haare. Sie trägt jedoch ihre üblichen Stiefel und ich würde die Kurven ihres Körpers überall erkennen, da ich sie genauso gut kenne wie ihre anderen Eigenschaften.

Meine Lippen ziehen sich zu einem stummen Knurren zurück. Wenigstens scheinen sie Talia – noch nicht – verletzt zu haben, abgesehen von den Fesseln an ihren Handgelenken und Knöcheln. Anhand des langsamen Hebens und Senkens ihrer Brust weiß ich, dass sie bewusstlos ist.

Meine Aufmerksamkeit richtet sich wieder auf die Männer, die sie uns gestohlen haben und vorhatten, sie einzutauschen, als sei sie nicht mehr Beachtung wert als das Fleisch, über das sie gerade herfallen. Meine Krallen springen aus meinen Fingerspitzen. Etwas in mir zögert jedoch kurz.

Was wird Talia denken, wenn wir sie aufwecken und sie eine blutbespritzte Lichtung vorfindet und ich wegen meiner Raserei mit dem gleichen Blut besudelt bin? Wie wird sie mich ansehen?

Ich schließe die Augen und sammle mich. Talia hat mir immer wieder versichert, dass sie kein Monster in mir sieht. Dass sie die Wildheit zu schätzen weiß, mit der ich sie beschützen will. Es besteht keine Möglichkeit, sie zu beschützen, wenn sie ihren Plan durchzieht, Orion zu konfrontieren. Hier und jetzt kann ich sie allerdings auf die primitivste Art und Weise verteidigen, die es gibt.

Sie verdient das.

Als ich die Augen wieder öffne, ist Madoc neben mich getreten. Meine Muskeln haben sich angespannt und ich bin bereit, loszuspringen. Bei dem ersten Angriff werde ich mir nicht die Mühe machen, mein Schwert zu ziehen. Ich kann es ohnehin nicht so effektiv verwenden wie meine Fangzähne und Krallen.

„Ich bin kein besonders geschickter Kämpfer", gesteht Madoc, „aber ich kann helfen, indem ich für Chancengleichheit sorge. Wenn du möchtest, kann ich sie mit einer Illusion ablenken und sie zerstreuen, sodass es einfacher für dich ist, sie alle zu zerfetzen."

Er sagt das ohne ein Urteil über die Taktik, die ich seiner Annahme nach wählen werde, und ohne den Eindruck zu erwecken, als hätte er etwas dagegen. Ich ertappe mich dabei, dass ich ihn anlächle – es ist ein echtes Lächeln, in dem ein

Gefühl der Kameradschaft liegt, das ich für das neueste Mitglied unserer Familie zuvor nicht empfunden habe.

„Tu dir keinen Zwang an."

Madoc erwidert das Lächeln grimmig, jedoch entschlossen und tritt wieder zur Seite. Er intoniert leise mehrere Worte und betrachtet eine Stelle auf der anderen Seite der Lichtung.

Dort raschelt es im Unterholz. Alle drei Männer heben die Köpfe. Zweige knacken und ein stampfender Laut wird leiser, als würde jemand von der Lichtung wegrennen.

„Was in aller Welt?", schimpft Cole und springt auf.

Aerik macht ein Handzeichen. „Schau nach, was das war, aber halte dich bedeckt, außer du musst … dich darum kümmern."

Der hellhaarige Mann marschiert zwischen die Bäume davon. Sobald er außer Sichtweite verschwunden ist, murmelt Madoc erneut – und ein Bild erscheint an einem anderen Ende der Lichtung, das genauso wie Sylas aussieht, der halb von Schatten verborgen ist.

Aerik sieht es als Erster, zuckt zusammen und springt auf. Als er nach vorne marschiert, versteift sich sein anderer Kader-Gewählter auf dem Baumstamm. Und ich sehe die perfekte Gelegenheit.

Ich breche zwischen den Bäumen hervor und stürze mich auf den Mann auf dem Baumstamm. Er hat kaum Zeit, den Anfang eines Schreis auszustoßen, bevor er zu einem Gurgeln wird, als meine Krallen seine Kehle durchschneiden. Ich zerquetsche seinen Schädel unter meinem Absatz, um sicherzugehen, und wirble mit hämmerndem Herzen zu Aerik herum. Das Blut summt mir erwartungsvoll in den Adern.

Aerik fährt herum, doch es ist Cole, mit dem ich mich als Nächstes auseinandersetzen muss. Er stürzt in Wolfgestalt auf die Lichtung und knirscht mit den Zähnen. Ich werfe mich nach vorne und verwandle mich dabei. Meine Pfoten krachen gegen ihn und bohren sich in seinen Körper, als ich ihn zu Boden werfe.

Sein Krallen kratzen über meine Seite, doch ich ignoriere das Brennen und beiße nach seiner Kehle. Er schafft es, sich außer Reichweite zu winden. Ich drücke ihn mit meinem ganzen Gewicht zu Boden und so hart, dass seine Rippen knacken.

Ein panisches Wimmern entweicht Coles wölfischem Mund, das mich nur noch weiter motiviert. Er *sollte* sich fürchten. Ich hoffe, er hat so große Angst, wie er sie Talia so viele Male eingejagt hat.

Er versucht, wegzurutschen, woraufhin ich mich augenblicklich verwandle, das Schwert von meinem Gürtel reiße und es ihm direkt durchs Herz in die Brust treibe.

Ich schaue auf und entdecke, dass Aerik über mir steht, sein Schwert in der Hand. Er stürzt sich auf mich, doch ich weiche zur Seite aus und rolle über das von Blut feuchte Gras. Dann flackern weitere illusorische Bilder um ihn herum auf.

Sie zeigen alle Talia – eine Talia auf jeder Seite von ihm. Sie schauen ihn mit der Wildheit an, die meine Gefährtin so gut verkörpern kann, und öffnen ihre Münder, um im Chor zu sagen: „Das hättest du nicht tun sollen. Du bist hier das Ungeziefer."

Aerik merkt offensichtlich, dass diese Talias nicht echt sind, doch sie erschüttern ihn gerade so lange, dass ich mein Gleichgewicht finden und mich auf ihn stürzen kann. Ich ramme meinen Ellenbogen gegen sein Handgelenk, als ich gegen seinen Körper krache, und breche die zarten Knochen dort, woraufhin sein Schwert durch die Luft segelt. Er schlägt mit krallenbesetzten Fingern nach meinem Hals, aber ich wende mich ab und versenke meine Fangzähne in seiner Schulter.

Worte beginnen, über seine Lippen zu kommen, aber ich unterbreche ihn mit einem geblafften Zauber, der seine Magie abwehrt. Meine Füße treten ihm die Beine weg. Als er fällt, weiche ich zurück, um meinen letzten Schlag anzubringen.

„Warte!", spuckt er mit großen Augen aus. „Ich kapituliere. Ich kapituliere. Du kannst nicht …"

Ich knurre ihn an. „Du hast die Bedingungen deiner letzten Kapitulation bereits gebrochen, wie auch immer dir das gelungen ist."

„Ich habe mich genauestens an die Bedingungen …"

„Ich denke, das Herz wird sich auf meine Seite und die der Gerechtigkeit stellen", brülle ich, schließe meine Fangzähne um seine Kehle und reiße sie ihm aus.

Blut spritzt auf mich und die Lichtung. Aeriks Körper erschlafft unter mir. Ich stoße mich von ihm ab angewidert von seinem Geschmack in meinem Mund, jedoch mit einem Anflug von etwas, was mehr Erleichterung als Triumph ist. Ich starre auf seine schlaffe Gestalt hinab und wische mit dem Handrücken über meinen Mund.

Es ist vorbei. Es hat sich lange Zeit angebahnt, er ist endlich erledigt und wird meiner Gefährtin nie wieder auch nur ein Haar krümmen.

25

Talia

Langsam komme ich wieder zu mir. Ich blinzle, meine Sicht verschwimmt und wird wieder schärfer, woraufhin ich zwei Gesichter erkennen kann, die mit den gleichen besorgten Mienen auf mich herabblicken.

„Süße?", fragt August und mein Herz setzt einen Schlag aus. Plötzlich bemerke ich die harten Bretter des Gefährtbodens unter mir, den Schmerz an meinen Unterarmen und Knöcheln, wo ein Seil sie vor nicht allzu langer Zeit gefesselt hat, sowie das schwache Pochen in meinem Hinterkopf.

Ich schnelle hoch und Madoc packt meine Schulter, um mich zu stützen. „Aerik", keuche ich. „Er und Cole und … und ich weiß nicht, wer noch."

„Wir haben uns mit ihnen befasst", erwidert August mit einem wilden Lächeln und erst da bemerke ich die Blutspritzer an seinen Mundwinkeln. Auf seinem Shirt ist noch mehr Blut verspritzt. Mein Blick huscht über ihn, er wirkt allerdings unverletzt.

Ich kann nicht anders, werfe meine Arme um ihn und umarme ihn fest. August stößt ein erfreutes Grollen aus, das ein wenig erstickt klingt, und reibt seine Nase an der Seite meines Gesichts. „Dir geht es jetzt gut. Und er ist für immer fort." Er hebt den Kopf und blickt zu Madoc. „Dein neuer Gefährte hat einige kreative Kampfkünste gezeigt, um dabei zu helfen."

Ich weiche zurück und blicke vom einen zum anderen. In dem Grinsen, mit dem August Madoc bedenkt, liegt eine neue Wärme. Außerdem wohnt der Art, mit welcher der Murk-Mann daraufhin seinen Kopf neigt, eine Leichtigkeit inne, die es zuvor nicht gab. Es sieht so aus, als hätten meine Gefährten mehr erreicht, als nur Aerik und seinen Kader zu vernichten.

Talia?, ertönt Corwins eifrige und eigenartig gestresste Stimme durch unser Band. Er unterdrückt die meisten Eindrücke seines Umfelds. *August hat dich erreicht? Geht es dir gut?*

So gut wie es einem gehen kann, wenn man gerade von einer Entführung gerettet wurde, denke ich zurück. *Wo bist du? Was ist bei euch los?*

Mach dir keine Sorgen um mich, meine Seele. Lass dir von August helfen, damit du dich erholen kannst, und wir kümmern uns um den Rest.

Welchen Rest?, würde ich gerne fragen, doch er hat unsere Verbindung komplett blockiert. Angst schlingt sich um meinen Magen.

August hilft mir auf die Füße und hebt mich über die Seite von Aeriks Gefährt. Ich starre auf die Lichtung, an deren Rand wir uns befinden, und betrachte die drei Leichen, die dort liegen. Aeriks Hals ist nichts als zerfetztes, blutiges Fleisch und das Gras um ihn herum ist rot gefärbt.

Die Kehle des stämmigen Mannes wurde ebenfalls aufgeschlitzt und sein Schädel aufgebrochen. Cole liegt in der Nähe. Seine Augen starren blicklos in den Himmel und es sickert noch immer ein wenig Blut aus der Stichwunde in seiner Brust.

Mein Magen dreht sich wegen der Gewalt und des Blutgestanks um, der in die Luft steigt, ich verspüre jedoch kein richtiges Entsetzen über die Szene. So wären diese Männer gerne mit mir und meinen Gefährten verfahren, wenn sie damit davongekommen wären. August hat dafür gesorgt, dass sie nie wieder eine Gelegenheit dazu erhalten werden.

Ich kehre ihnen den Rücken zu und Schwere macht sich in meiner Brust breit, bevor sich meine Laune heben kann. Corwins Worte und das unbestimmte Gefühl von Verwirrung, das ich von ihm aufgefangen habe, nagen noch immer an mir. Ich drehe mich wieder zu meinen Männern um. „Sind alle *anderen* in Ordnung? Sie haben nur zwei von euch auf die Suche nach mir geschickt?" Nicht, dass ich mich beschwere, da sie die Aufgabe offensichtlich erledigt haben, aber es kommt mir komisch vor, insbesondere, da meine Gefährten davon ausgehen mussten, dass sie es mit mindestens drei Gegnern zu tun bekämen.

August öffnet den Mund und schließt ihn wieder. Bevor er sich eine Antwort überlegen kann, mischt sich Madoc ein. Seine Stimme klingt etwas heiser, jedoch nach wie vor ruhig. „Orion hat einen weiteren Angriff gestartet. Wir haben nur wenige Einzelheiten erhalten, aber es klang schlimm. Sie brauchten alle an der Front, die erübrigt werden konnten, um seinen Vorstoß aufzuhalten. Ich weiß, dass Sylas, Whitt und Corwin ebenfalls zu deiner Rettung geeilt wären, wenn sie nicht entschlossen gewesen wären, sicherzustellen, dass du ein Zuhause hast, zu dem du zurückkehren kannst."

Jegliche Erleichterung, die ich zuvor verspürt habe,

entflieht meinem Körper. Ich atme zittrig ein. „Dann muss ich es tun. Der Plan. Ich muss … ich brauche den Dolch … hatten die Murk eine Gelegenheit, ihn fertigzustellen? Und wir müssen zu Orion gelangen … Ich kann nicht zulassen, dass er so weitermacht!"

„Hey." August streichelt mit den Fingern über meine Haare. „Eines nach dem anderen. Du bist gerade erst aus Aeriks Zauber aufgewacht. Wir haben den Dolch nicht und …"

Madoc hustet. „Nun, eigentlich …" Vorsichtig zieht er den Beutel, den ich ihm gegeben habe, aus der tiefen Tasche seiner Hose. Er reicht ihn mir, wobei er froh darüber aussieht, ihn von seinem Körper zu entfernen. „Meine Leute haben gelernt, schnell zu arbeiten. Sie hatten ihn gerade fertiggestellt, als ich hörte, was dir zugestoßen war. Ich dachte … es sei besser, ihn dorthin mitzunehmen, wo immer du bist, als ihn zurückzulassen."

August gibt ein ungläubiges Geräusch von sich. „Ich habe nicht einmal gemerkt, dass du ihn bei dir trägst. Bist du dir sicher, dass er aus Eisen ist?"

Madoc lächelt schmal. „Sehr sicher. Die Essenz sickert ein wenig durch, wenn er dir sehr nahe ist. Es freut mich allerdings, zu hören, dass der Tarnzauber funktioniert. Talia sollte geradewegs zu Orion laufen können, ohne dass er bemerkt, was sie an sich trägt, bis sie es ihm in die Kehle rammt."

Ich schiebe meine Hand in den Beutel und ziehe den Dolch heraus. Als ich ihn aus seiner dünnen, jedoch stabilen Scheide ziehe, leuchtet die Klinge noch heller als zuvor im Licht des Spätnachmittags. Ich durchschneide die Luft mit dem Dolch und er scheint zu singen. Obwohl ich nicht versuche, etwas durchzuschneiden, merke ich, wie scharf er ist.

„Wir hatten keine Gelegenheit, zu üben", sage ich zu

August. „Nicht mit der Waffe, die ich tatsächlich benutzen werde."

August wendet den Blick ab und betrachtet den Wald. „Wir müssen eine ziemlich große Distanz von hier bis zur Front überwinden, und wir wollen einen weiten Bogen um die Murk machen, bis wir sehen, wie die aktuelle Lage ist. Madoc kann das Gefährt lenken. Du und ich können während der Reise die Bewegungen ausprobieren. Sein Fahrzeug fliegt ruhig genug." Er wendet sich wieder an mich. „Das ist allerdings nicht der wichtige Teil. Wir haben schon viel trainiert. Wie werden wir dich in Position bringen, damit du es mit Orion aufnehmen kannst, während seine Armee dabei ist, uns abzuschlachten?"

Ich runzle die Stirn. „Sie können nicht ewig mit voller Kraft kämpfen, oder? Sie werden irgendwann langsamer machen und sich ausruhen müssen. Es wird eine Pause geben."

August nickt langsam.

Madoc macht eine abschätzige Bewegung zu den Leichen hinter mir. „So sehr ich es hasse, diesen Scheißkerlen für irgendetwas Anerkennung zu zollen, wir könnten uns ein Beispiel an Aeriks Strategie nehmen. Es machte den Anschein, als wollte er mit seinem ‚Tauschversuch' bis zum Einbruch der Nacht warten. Du bist vielleicht besser damit beraten, wenn du dich Orion ebenfalls im Schutz der Dunkelheit näherst."

„Ja." Ich weiß allerdings nicht, ob das reichen wird. Und was, wenn die Murk die Seelie- und Unseelie-Truppen überwältigen, bevor sie sich ausruhen müssen?

„Ich muss wissen, was vor sich geht", verkünde ich. „Du hast gesagt, dass die anderen alle zur Front gegangen sind?"

„Soweit ich weiß", antwortet August. „Das haben wir besprochen, als ich aufgebrochen bin, um nach dir zu suchen."

„Sie sind gerade losgegangen, als ich den Hügel beim Herz verlassen habe", wirft Madoc ein.

„Lasst mich versuchen, mit Corwin und dann Whitt zu sprechen", sage ich. „Ich werde mir eine ruhige Stelle suchen, damit ich mich konzentrieren kann." Ablenkungen sollten keine so große Rolle spielen, wenn es um meinen seelenverbundenen Gefährten geht, doch Whitt mit seinem wahren Namen zu erreichen, war schon immer schwieriger. Wenigstens bin ich nicht annähernd so weit weg wie damals, als ich vom Refugium aus mit ihm zu sprechen versuchte.

August und Madoc lassen zu, dass ich mir ein Stückchen entfernt von ihnen einen Weg durch die Bäume suche. Ich finde einen vermoosten Stein am Fuß einer breiten Eiche, auf den ich mich setze und den Rücken an den Baumstamm lehne. Mit geschlossenen Augen konzentriere ich mich auf die Energie des Bandes in mir.

Corwin? Bitte, mir ist bewusst, dass du gerade viel am Hals hast, aber ich muss wissen, was los ist. August hat mir erzählt, dass die Murk angefangen haben, den Rest von euch zu überwältigen. Ist es euch gelungen, sie aufzuhalten?

Corwins Stimme erreicht mich einen Augenblick später, gehetzter als zuvor. *Nicht ganz. Wir haben sie ausgebremst, jedoch keine Strategie gefunden, die ihre neue komplett außer Kraft setzt.*

Welche ist das? Was tun sie?

Sie haben Geräte gebracht, die Projektile durch die Luft schleudern und sie schießen mit Eisenstacheln auf uns. Sie können nicht viele auf einmal abfeuern, weil sich all das Metall auf sie ebenfalls auswirkt. Die Dinger können jedoch jede Schutzmauer durchdringen, die wir hochziehen, und sie schwächen uns schneller als die Murk. Wir mussten uns immer weiter zurückziehen, da sie das Terrain verschmutzten.

Ich erinnere mich an meine Strategie, Eisen einzusetzen. *Das bedeutet, dass sie Land erobern, in dem bereits Eisen verstreut ist, und ihr zieht euch auf ein sauberes Gebiet zurück. Das sollte sie schwächen, je länger sie davon umgeben sind.*

Dem stimme ich zu – und das ist vielleicht einer der Gründe, aus denen ihr Vormarsch langsamer geworden ist. Ich weiß allerdings nicht, ob es reichen wird, damit sie das Kämpfen einstellen.

Möglicherweise muss ich sie nicht aufhalten. Ich brauche lediglich eine Pause zwischen den Kämpfen, damit ich eine Gelegenheit erhalte, Orions Aufmerksamkeit zu erregen. Ich beiße mir auf die Lippe. *Hast du Orion gesehen? Ist er auf deiner Seite der Grenze?*

Woran denkst du, meine Seele? Du kannst ihn nicht mitten in diesem Chaos angreifen.

Ich bitte dich nicht um Erlaubnis. Falls ich eine Gelegenheit entdecke, werde ich sie nutzen. Das wird für mich viel sicherer sein, wenn ich eine bessere Vorstellung davon habe, womit ich es zu tun habe.

Ich erhalte den Eindruck eines mentalen Seufzens und ferner Rufe, die Corwin daran zu hindern versucht, durch unser Band zu sickern. *Ich verstehe. Diese Entschlossenheit ist einer der Gründe, aus denen ich dich liebe, und ich werde sie nicht erdrücken. Ich habe keine Spur von Orions Anwesenheit entlang der Front gesehen oder Berichte darüber gehört. Das bedeutet allerdings nicht, dass er nicht hier ist. Falls er hier ist, hat er sich jedenfalls nicht gezeigt.*

Danke. Pass auf dich auf – so gut du das eben kannst. Ich schicke ihm ein Bild, wie ich ihn küsse, und erlaube ihm, sich wieder auf den Krieg zu konzentrieren, der um ihn herum tobt.

Als Nächstes verlagere ich meine Aufmerksamkeit auf Whitt, indem ich mir seine funkelnden ozeanblauen Augen und sein verschmitztes Grinsen vorstelle. „*Wye-con-ell*", flüstere ich. „Höre mich und lass mich dich hören."

Dieses Mal löst der Kontakt zu dem Spionagechef nicht

die gleichen Kopfschmerzen aus, die sofort einsetzten, als ich es in der Menschenwelt versuchte. Ich höre seine Stimme, als käme sie durch einen langen Tunnel, schwach und widerhallend. *Talia? Was ist los? August wollte dich suchen … hat er …?*

Ja, antworte ich, bevor er weitersprechen kann. *Ich bin jetzt in Sicherheit. Doch soweit ich höre, ist es der Rest von euch nicht. Corwin sagt, die Murk feuern Eisenspitzen auf die Unseelie ab. Ich nehme an, auf der Seelie-Seite ist es das Gleiche?*

Ja, bestätigt Whitt. *Wir hatten wenig Glück dabei, sie abzuwehren. Ein Geschwader von Madocs Murk-Anhängern hat beschlossen, uns zu begleiten, und ihre Magie wird von dem Eisen nicht so sehr geschwächt. Orion macht allerdings immer noch eine Menge Boden gut. Wir befinden uns jetzt in einer Pattsituation.*

Hast du Orion gesehen?, frage ich rasch. Jetzt beginnen Schmerzen, in meinen Hinterkopf zu kriechen, und ich merke, dass es bald schwieriger werden wird, etwas Zusammenhängendes zu sagen oder zu hören. Die Wahre-Namen-Verbindung ist nicht für ausgedehnte Gespräche gedacht.

Ich erhalte den Eindruck, dass Whitt den Kopf schüttelt. *Nicht direkt. Aber er hat vorhin mit einem Megafon einige höhnische Bemerkung gebrüllt.* Er hält inne. *Was hast du im Sinn, Krümel?*

Dann ist Orion vermutlich auf der Seelie-Seite. Ich weiß, wo ich hingehen muss. *Ich muss noch immer meinen Plan in die Tat umsetzen*, informiere ich ihn. *Versucht, euch nicht unterkriegen zu lassen, bis ich es zu euch schaffe. Es wird viel einfacher sein, wenn die Schlacht nicht in vollem Gange ist.*

Ich werde sehen, was ich tun kann. Es gibt kein …

Meine Verbindung zu ihm schwankt. Meine Kopfschmerzen haben sich zu einem dumpfen Pochen verstärkt, aber mein Verstand war von Aeriks Zauber bereits ein wenig angeschlagen.

Ich weiß genug, oder? Ich stehe auf und gehe zurück zu August und Madoc. Jetzt habe ich ein Ziel und meine Waffe.

Ich weiß nur nicht, wie ich Orion davon überzeugen soll, mir entgegenzukommen – das ist der Teil, mit dem wir von Anfang an Probleme hatten.

„Hast du alles herausgefunden, was du in Erfahrung zu bringen gehofft hast?", erkundigt sich August, als ich mich zu ihnen geselle. „Geht es den anderen gut?"

„Whitt und Corwin schon", antworte ich. „Und ich bin mir sicher, dass es Sylas auch gut geht. Andernfalls hätte ich gemerkt, dass etwas nicht stimmt. Es ist nur …"

Als ich mir die Stirn massiere, gleitet mein Blick erneut über die zerfleischten Leichen auf der Lichtung. Mein Körper erstarrt plötzlich zur Salzsäule. Die Idee entzündet sich in meinem Kopf wie eine Flamme.

„Was?", fragt Madoc, der mich beobachtet hat.

„Ich glaube, ich weiß, wie ich zu Orion gelangen kann", sage ich langsam. „Aerik hatte vielleicht die richtige Idee auf eine sehr falsche Art und Weise. Lasst uns jetzt aufbrechen. Ich muss noch einmal mit Whitt sprechen. Wenn sie alles vorbereitet haben, bis wir bei ihnen ankommen, können wir diesen Krieg womöglich heute Abend beenden."

26

Sylas

Ich marschiere an der Gruppe der Krieger entlang und lasse meinen Blick von denen, die bereit sind, beim ersten Anzeichen einer weiteren Murk-Offensive zu kämpfen, zu denjenigen schweifen, die hinter dieser Schutzlinie verstreut sind, während Heiler an ihren Seiten knien. Erschöpfung zeigt sich auf zu vielen Gesichtern. Wir haben den Murk-Angriff stundenlang abgewehrt und sind allmählich am Ende unserer Kräfte.

Mein einziger Trost besteht darin, dass es den Anschein macht, als wären auch unsere Ratten-Feinde müde geworden, und in dem Wissen, dass meine Gefährtin ihre Entführung unverletzt überlebt hat. Doch sogar diese zweite Tatsache geht mit anderen Sorgen einher. Talia wird zu uns zurückkommen, allerdings nur, um sich in einem noch gefährlicheren Szenario vor die Murk zu werfen.

Whitt findet mich, als ich das Ende der Front in der

Nähe des Grenzdunstes erreiche. Er sieht ebenfalls erschöpft aus. Auf seinem Gesicht zeichnet sich jedoch so viel Optimismus ab, dass sich ein wenig Hoffnung in meiner Brust entzündet.

„Ich glaube, ich habe womöglich das, was wir brauchen", verkündet er. „Aber sie wollen vorher mit dir sprechen. Ich denke, sie wollen eine Art Garantie von einem Erzlord."

Ich schnaube, werde es den Murk-Flüchtlingen, die vor kurzem zu uns gestoßen sind, jedoch nicht zum Vorwurf machen, dass sie verhandeln wollen. Ihre Stellung hier ist viel gefährlicher als die aller anderen. „In Ordnung. Talia hat gesagt, dass sie nur zwei braucht, die sie begleiten?"

Whitt läuft neben mir her, als wir zu dem Gebiet gehen, in dem sich die Rattengestaltwandler zu einem kleinen Geschwader versammelt haben, die sich freiwillig gemeldet haben, mit uns zu kämpfen. Zu meiner Freude und Überraschung sind auch Delta und ein Kontingent ihrer Krieger angekommen. Sie halten jedoch Abstand zu Orions ehemaligen Anhängern.

„Ja, nur zwei, soweit ich das verstanden habe", bestätigt mein Stratege. „Als sie mich das zweite Mal kontaktiert hat, hatte sie größere Probleme, mir ihre Botschaft zu übermitteln. Diese Nummer würde allerdings Sinn ergeben. Zwei verschaffen ihr einen vernünftigen Schutz, ohne dass sich Orion besonders bedroht fühlt."

„Sie werden keinen großen Schutz darstellen, wenn er sie zu schnell tötet", kann ich mir nicht verkneifen, anzumerken.

Whitt seufzt. „Nein. Aber Talia hat sich in seiner Gegenwart aufgehalten. Sie hat gesehen, wie er denkt und sich benimmt. Außerdem hat sie Madoc bei sich, der sie beraten kann. Ich denke, wir müssen dem Urteil der beiden vertrauen."

„Ich weiß." Ich unterdrücke ein frustriertes Knurren. „Wenn wir ihn jetzt selbst töten könnten ..."

„Natürlich würde ich mich für diesen Plan entscheiden, wenn er verfügbar wäre. Allerdings hat Orion sich uns überhaupt nicht gezeigt. Auch wenn ich uns beide und den Rest unserer Truppen sehr wertschätze, muss ich zugeben, dass wir nicht viel anbieten können, was ihn in Versuchung führen würde."

Auf unsere Gefährtin hat es der Murk-König jedoch abgesehen, seit sie aus seiner Kolonie geflohen ist. Der Gedankengang, der zu ihrem Plan führte, ist vernünftig. Ich werde sie nach besten Kräften dabei unterstützen. Es gibt einfach nichts, was mich dazu bringen kann, ihn zu *mögen*.

Falls sich jetzt eine andere Gelegenheit präsentieren würde, Orions Leben zu beenden, würde ich sie sofort ergreifen.

In der Übergangssiedlung beim Herz leben mittlerweile einige Dutzend Murk, doch nur acht besaßen den Mut, uns zu begleiten und gegen ihre ehemaligen Verbündeten zu kämpfen. Einer von ihnen fiel im ersten Trommelfeuer, nachdem wir uns der Schlacht angeschlossen hatten. Im Moment sitzen die sieben anderen dicht aneinandergedrängt da und verschlingen die Brötchen, die andere Fae verteilt haben, damit die Krieger bei Kräften bleiben. Aufgrund der misstrauischen Blicke, mit denen sie immer wieder über ihre Schultern schauen, vermute ich, dass sie nicht den freundlichsten Empfang von den anderen Fae hier erhalten haben.

„Hat euch irgendjemand belästigt?", frage ich, als ich vor ihnen stehen bleibe. Falls es irgendeine offene Feindseligkeit gab, muss ich das sofort unterbinden. Das untergräbt nicht nur unsere beste Chance, nach Orions Tod eine friedliche Lösung mit den Murk zu finden, sondern könnte auch Talias

Plan bedrohen, sicherzustellen, dass der erste Teil überhaupt geschieht.

Der Murk-Mann, der der Gesprächigste der Gruppe ist, Flynn, blickt zu den Fae, die auf der Ebene um uns herum versammelt sind, und rümpft die Nase. „Nichts Derartiges. Wir möchten allerdings nicht unsere Köpfe riskieren bei dem Versuch, Freunde zu finden, während unsere Leben bereits auf dem Spiel stehen, wenn das für Sie in Ordnung ist."

„Natürlich", erwidere ich ruhig. „Ich habe nur gefragt, damit ich *meinen* Leuten den Kopf waschen kann, falls nötig." Ich deute auf Whitt. „Wie ich höre, hat mein Stratege euch über Lady Talias Bitte in Kenntnis gesetzt? Ich verstehe, dass dies ein noch gefährlicheres Unterfangen wäre, als sich uns in der Schlacht anzuschließen. Wir würden keinen von euch darum bitten, wenn wir nicht der Meinung wären, dass es unsere beste Chance ist, diesen Krieg zu beenden."

Eine der zwei Frauen der Gruppe betrachtet mich aus schmalen Augen. „Indem Orion getötet wird."

Ich schenke ihr ein grimmiges Lächeln. „Dir muss bewusst sein, dass es keine Möglichkeit gibt, irgendeinen Frieden zu finden, solange er noch entschlossen ist, die Nebelwelt für sich allein zu erobern. Kann sich einer von euch ehrlich vorstellen, dass er einem Kompromiss zustimmt und einwilligt, in Kooperation mit dem Rest von uns zu leben?"

Die Schwermut, die sich auf ihre Gesichter legt, ist mir Antwort genug.

„Er wird nicht glücklich mit uns sein", sagt einer der anderen Männer. „Die Wahrscheinlichkeit ist groß, dass er ein Zeichen setzen will, ganz egal, was wir sagen oder tun. Wir werden dort reinlaufen, nur um abgeschlachtet zu werden, falls Ihre Gefährtin ihren Plan nicht so in die Tat umsetzen kann, wie sie es hofft."

Ich neige den Kopf. „Das ist mir bewusst. Wie ich bereits

sagte, wird es gefährlich sein. Lady Talia hat allerdings in der Vergangenheit einige schwierige Aufgaben vollbracht. Keiner von uns ist sicher, wenn wir Orion nicht besiegen können – und das bald. Ich glaube ehrlich gesagt, dass es der Weg ist, der am wahrscheinlichsten dazu führen wird, dass wir alle überleben, einschließlich der Murk, die gewillt sind, mit uns zu arbeiten."

„Warum müssen wir mit ihr gehen?", schimpft die Frau.

„Er wird viel eher glauben, dass ein paar *seiner* Leute ihre Taten bereuen und versuchen, Wiedergutmachung zu leisten, als dass einer der Fae der Jahreszeiten auf seine Seite überlaufen will", erklärt Whitt. „Das bedeutet, dass er weniger Verdacht schöpfen und gewillter sein wird, in seiner Wachsamkeit nachzulassen. Das wiederum bedeutet, dass Talia eine größere Chance hat, ihren Plan durchzuführen."

Flynn reibt sich über den Mund. „Was sagt Madoc dazu? Er ist ihr nachgegangen, oder?"

Ich nicke. „Ja, und er ist jetzt bei ihr. Er wird sich mit ihr hinsichtlich des Plans besprochen haben. Ihr solltet eine Gelegenheit erhalten, mit ihm zu sprechen, bevor ihr aufbrecht. Ihr müsstet euch nach Westen begeben, euch dort mit ihnen treffen und den Murk-Truppen von dort nähern."

„Es wird nicht leicht sein, einen Rückzieher zu machen, wenn wir erst einmal so weit gegangen sind", wendet die andere Frau ein.

„Das stimmt", sage ich. „Und ich habe gehört, dass ihr Bedingungen habt, die ihr gerne an eure Hilfe knüpfen möchtet. Ich bin gewillt, einen Schwur in Bezug auf die Bitten abzulegen, die ihr habt – in angemessenem Rahmen natürlich."

Einer der Männer schnaubt, doch Flynn setzt sich aufrechter hin und hält meinen Blick. „Sie müssen eine schlichte Sprache benutzen, kein blumiger Müll, den man leicht umgehen kann. Wir wissen, dass die Fae der

Jahreszeiten genauso trickreich sein können, wie Sie es von den Murk behaupten.“

„Ich habe kein Problem damit, den Schwur so einfach wie möglich zu halten.“

„In Ordnung. Wir wollen eine Garantie, dass ganz egal, wer von uns diese Aufgabe übernimmt, alle, die hierhergekommen sind und mit euch gegen unsere eigenen Leute gekämpft haben, für den Rest ihres Lebens in der Nebelwelt sicher sind. Keine Verbannung, keine Angriffe – wir werden ein gutes Zuhause haben und nicht belästigt werden.“

Das erscheint mir fair. „Das kann ich euch anbieten“, erwidere ich. „Aber ich muss einen Vorbehalt einfügen, dass dies nur so lange gilt, wie ihr keine schwerwiegenden Verbrechen begeht. Und ich kann nur für mich sprechen und was ich durchsetzen werde. Womöglich kann ich meine Erzlord-Kollegen dazu bringen, dies ebenfalls zu schwören, aber wir können nicht für zukünftige Erzlords, die Unseelie-Herrscher oder etwas schwören, was sich unserer Reichweite entzieht.“

Die Murk scheinen das zu überdenken. Flynn macht eine Geste der Akzeptanz. „Das ist die Hauptsache. Ich möchte auch … wir sollten die Erlaubnis haben, uns mit den Fae der Jahreszeiten so zusammen zu tun, wie wir wollen, wenn es der andere Fae ebenfalls will. Ich meine als Freunde oder Gefährten oder was sonst aufkommen könnte.“

Ich verkneife es mir, bei dieser Bitte die Augenbrauen hochzuziehen, und frage mich, ob er bereits jemanden im Sinn hat. Ich hätte selbst ohne einen Schwur nicht dagegen protestiert. „Das ist auch kein Problem. Gibt es noch etwas?“

Die Murk tuscheln einige Minuten lang untereinander, bevor sich Flynn wieder an mich wendet. „Das würde reichen. Wir müssen die Formulierung absegnen, bevor Sie den Schwur leisten. Und dann werden wir entscheiden, wer geht. Wir hätten gerne, dass alle Erzlords den Schwur ablegen, falls möglich."

Irgendwie vermute ich, dass er einer von denen sein wird, die gehen werden, komme was wolle. Ich erkenne das entschlossene Feuer in seinen Augen.

„Ich werde sofort mit ihnen sprechen", entgegne ich. „Danke schön. Wir wissen die Risiken zu schätzen, die ihr auf euch nehmen werdet."

Ich erwarte, dass ich eine Weile suchen muss, bis ich meine beiden Kollegen finde, doch ich habe die Murk gerade erste verlassen, als Celia und Donovan ein kurzes Stück entfernt in dem überfüllten Lager in Sicht marschieren. Sie kommen geradewegs auf mich zu. Whitt mustert sie und murmelt aus dem Mundwinkel: „Das sieht nach Ärger aus."

Ich muss ihm zustimmen. Meine Erzlord-Kollegen sehen beide ernst und angespannt aus.

„Was ist los?", frage ich, als sie mich erreichen. Sie wären nicht gemeinsam zu mir gekommen, wenn es nicht um eine offizielle Angelegenheit gehen würde.

Donovan blickt zur Murk-Armee auf der anderen Seite unseres jüngsten Versuchs einer magischen Mauer. „Wir sehen neue Aktivitäten unter den Murk. Wir vermuten, dass sie sich für einen weiteren Großangriff bereitmachen, vielleicht etwas anderes, als sie zuvor versucht haben."

„Vielleicht sogar etwas Schlimmeres", fügt Celia hinzu und ein finsterer Ausdruck huscht über ihr dunkles Gesicht. „Ich sage, wir starten selbst so schnell wie möglich einen Angriff mit all der Kraft, die wir aufbringen können. So können wir sie erwischen, bevor sie die Gelegenheit erhalten, erneut die Oberhand über uns zu gewinnen."

Mein Herz sinkt. „Wir kämpfen bereits seit Tagen gegen sie, ohne sie besonders weit zurückzudrängen, wenn wir keine spezielle Strategie verfolgen. Was soll dieses Mal das Blatt wenden? Werden wir uns nicht noch mehr erschöpfen, wenn wir planlos angreifen, sodass wir uns danach nicht einmal mehr behaupten können?"

„Wir haben heute eine viel größere Truppe versammelt als zuvor", antwortet Donovan, in seiner Stimme schwingen jedoch leichte Zweifel mit. „Die Murk haben sich zwischen den Eisenprojektilen aufgehalten, die sie in dieses Gebiet geschossen haben – wir können darauf hoffen, dass sie davon geschwächt wurden."

„Genauso wie wir es werden, wenn wir zurück in dieses Gebiet rennen", erinnere ich ihn.

Celias Augen blitzen auf. „Wir können nicht einfach herumsitzen und darauf warten, dass sie uns erneut abschlachten."

„Das werden wir nicht tun", entgegne ich mit all der Zuversicht, die ich aufbringen kann. „Talia ist auf dem Weg. Die Murk haben quasi zugestimmt, ihren Plan zu unterstützen. Innerhalb einer Stunde könnten wir Orions Untergang bezeugen und der Großteil seiner Unterstützer wird ins Straucheln geraten, wenn er den Angriff nicht mehr anführt."

„Das behauptest du. Aber wo ist deine Gefährtin? Womöglich schafft sie es gar nicht zu uns. Und welche Garantie haben wir, dass die Murk den Plan durchziehen werden? Vor wenigen Tagen standen sie noch auf der anderen Seite dieses Kriegs. Wenn wir jetzt nicht handeln, verlieren wir vielleicht jeden Vorteil, den wir haben könnten."

„Wenn wir *jetzt* handeln, werden wir definitiv den größeren Vorteil verlieren, den uns Talia verschaffen will." Ich schaue zu Whitt. „Haben wir in letzter Zeit irgendwelche anderen Nachrichten von ihrer Gruppe erhalten?" Ich vermeide es, meinen Kollegen genau zu erzählen, wie wir mit Talia kommuniziert haben. Sie sollen ihre eigenen Vermutungen über Nachrichtenzauber anstellen.

Whitt schüttelt den Kopf und verzieht den Mund in

einem schiefen Winkel. „Ich glaube allerdings, dass es nicht mehr viel länger dauern wird."

Celia atmet harsch aus. „Wir können uns nicht auf Vermutungen verlassen."

Meine Brust zieht sich zusammen und die Verantwortung meiner Rolle lastet schwerer auf mir denn je zuvor. Ich muss die richtige Entscheidung für mein Volk treffen. Donovan schwankt – ich kann sehen, dass ich begonnen habe, ihn zu überzeugen. Doch was, wenn ich auf dieses Ergebnis dränge und die Murk unsere Reihen durchbrechen, bevor Talia kommt?

Was, wenn ich so viele Seelie in einen Angriff gegen die Murk schicke, nur um zuzuschauen, wie die meisten von ihnen unter den Klingen und Krallen der Ratten fallen?

Ich denke an Talia, die sich Aerik in der Bastion mit all der brillanten Stärke gestellt hat, die über Monate in ihr gewachsen ist. Ich denke an meinen jüngeren Bruder, der mit unnachgiebiger Hingabe gekämpft hat, und an den Rattengestaltwandler, der gewillt war, sein Leben zu opfern, damit der Rest seiner Art eine Chance auf Frieden hat.

Entschlossenheit breitet sich in mir aus. *Diese* drei sind meine Leute und ich vertraue ihnen. Ich glaube aus ganzem Herzen, dass sie diesen Krieg beenden können, wenn wir ihnen die Chance dazu geben. Wenn ich eines darüber gelernt habe, ein wahrer Erzlord zu sein, dann, dass man in der Lage sein muss, zu erkennen, wenn die anderen um einen herum zu mehr fähig sind, als man selbst erreichen könnte – und man muss ihnen freie Hand lassen, damit sie das tun können.

„Wartet noch eine halbe Stunde", schlage ich vor und gehe das Risiko ein, damit ich Celia ebenfalls überzeugen kann. „Wenn wir Talias Plan bis dahin nicht ins Rollen gebracht haben, können wir einen Versuch mit roher Gewalt unternehmen. Ich schwöre es. Aber nur, wenn ihr auch einen

Schwur für die Murk leistet, die ihr Leben für diesen Plan aufs Spiel setzen werden. Sie bitten um nichts, was der Rest von uns Fae nicht bereits hat."

Donovan nickt langsam. Celias Lippen spitzen sich, doch als sie zur gegnerischen Armee blickt, huscht ein Anflug von Zweifeln über ihr Gesicht. Sie *will* glauben, dass wir deren Armee einfach aus dem Weg räumen können, weiß jedoch ebenfalls, wie gefährlich ihr Plan ist.

„In Ordnung", stimmt sie zu und wendet sich wieder an mich. „Ich werde mir anhören, was die Murk wollen, und diesen Schachzug vorbereiten. Du hast allerdings nur diese eine halbe Stunde."

Als wir in Richtung des Murk-Geschwaders aufbrechen, versteift sich Whitt plötzlich. Er überspielt es rasch, doch ich laufe neben ihm her, als er langsamer wird. Nach einem Augenblick klärt sich sein Blick wieder. Er richtet ihn mit einem schiefen Lächeln auf mich und senkt die Stimme.

„Sie ist hier. Wir müssen ihr nur ihre Ratten-Komplizen schicken."

Irgendwie hebt sich meine Laune und fällt zugleich ins Bodenlose. Wir müssen nur den letzten Teil ihres Plans ins Rollen bringen – und hoffen, dass sie ihn überlebt.

27

Talia

Das Gebiet, auf dem der Krieg aktuell ausgefochten wird, ist größtenteils flach und es gibt kaum Schutz. Madoc hat uns während der gesamten Reise mit einer Illusion getarnt, dennoch halten wir das Gefährt hinter einer kleinen Baumgruppe an, die zusätzlichen Schutz bietet.

Sobald ich rausgehüpft bin, berühre ich die Tasche meines Kleides, in der der Eisendolch ebenso gut versteckt ist. August hat die Naht der Tasche so verändert, dass sich die Waffe trotz der Bewegungen meines Körpers nicht allzu sehr bewegt. Ich habe so viele Male geübt, das Heft zu packen und die Klinge mit einer schnellen Bewegung zu schwingen, dass ich es beinahe automatisch tue, sowie ich mich dem Dolch mit der Hand nähere.

August ist außerdem mehrere Drills mit mir durchgegangen, damit ich die exakte Stelle kenne, die ich für einen schnellen Tod am besten treffen sollte. Mein Magen rumort nicht mehr unablässig, wenn ich diese Bewegungen übe, doch er bleibt verknotet, als ich die Landschaft um uns herum betrachte.

Was, wenn ich zögere, wenn Orion tatsächlich direkt vor mir ist und ich die Klinge in sein Fleisch rammen muss? Es ist eine Sache, es sich vorzustellen, und eine völlig andere, es durchzuziehen.

Doch ich muss es tun, denn der Gedanke daran, was passieren wird, wenn ich versage, jagt mir noch größere Angst ein.

Die zwei Männer lassen ihre Blicke über das Gebiet schweifen. „Whitt hat gesagt, dass jemand kommen würde?", fragt August nach.

Ich nicke. „Er hat mir erzählt, dass sie gerade die letzten Vereinbarungen treffen. Die Murk, die zugestimmt haben, mir zu helfen, werden sich bald hierher auf den Weg machen. Allerdings konnte ich ihnen nur die Gegend verraten, in der wir uns befinden, nicht den genauen Standort. Wir sollten ihnen ein Signal geben, damit sie uns finden können."

„Ein Signal, das Orions Leute nicht bemerken können", wirft Madoc ein.

August summt leise und betrachtet die Bäume. „Sie sollten aus östlicher Richtung kommen. Ich werde etwas zaubern, was im Süden nicht sichtbar ist."

Er konzentriert sich auf die Äste über uns und spricht den wahren Namen, den ich selbst in Kürze bei einer sehr wichtigen Aufgabe benutzen möchte. „*Sole-un-straw*." Licht erscheint funkelnd zwischen den Bäumen, wo es für jeden sichtbar sein sollte, der aus der Richtung des Seelie-Lagers zu uns kommt. Zugleich schützt es das Blattwerk vor neugierigen Blicken aus allen anderen Richtungen.

„Gute Arbeit", sagt Madoc mit ehrlicher Anerkennung und August grinst, als würde ihm das Lob viel bedeuten.

Obwohl sich die Gefahr jetzt so deutlich am Horizont abzeichnet, muss ich mich einfach über ihre neugefundene Kameradschaft freuen.

Während wir neben dem Gefährt warten, übe ich den tödlichen Stoß weitere Male: stehend, in der Hocke, auf den Knien, sogar auf dem Boden liegend, während ich mir vorstelle, dass sich Orion mit seinem schrecklichen Feixen über mich beugt. Als meine Finger zu schmerzen beginnen, schiebe ich den Dolch zurück in seine Scheide in meiner Tasche. Es gibt einen Punkt, an dem es mir zu viel Training schwerer anstatt leichter machen wird, die Tat zu vollbringen, wenn sie wirklich zählt.

August erschnüffelt einige Beeren an einem Busch in der Nähe und bietet sie mir an, damit ich wieder zu Kräften kommen kann. Ich würde darauf bestehen, dass er und Madoc sie ebenfalls essen, wenn mir nicht ein wenig schwindlig wäre. Zu viel hängt von dem ab, was ich als Nächstes tun werde, als dass ich irgendein Risiko mit meinem körperlichen Wohlbefinden eingehen könnte.

Ich schlucke gerade die letzten Beeren, als Madoc einen hoffnungsvollen Laut von sich gibt. Er richtet sich von der Stelle auf, wo er an einer schmalen Kiefer gelehnt hat. Ich betrachte die Ebene vor uns mit ihrem flauschigen, pinkfarbenen Gras aus zusammengekniffenen Augen. Es dauert noch eine Minute, bis meine Menschensicht die zwei kleinen wogenden Linien sieht, die sich durchs Gras schlängeln.

Die Ratten erreichen uns innerhalb von Augenblicken. Sie halten inne, während Madoc seinen Tarnzauber auf sie ausdehnt, bevor sie sich in ihre Menschengestalt verwandeln. Irgendwie bin ich nicht überrascht, zu sehen, dass einer von ihnen Flynn ist. Seine vorherige Prahlerei diente offensichtlich nicht nur der Show.

Er steht mit hoch erhobenem Kinn da, seine Augen

leuchten, seine Haltung ist jedoch etwas steif vor Anspannung. Zuvor ist er zwar spöttisch aufgetreten, doch ich merke, dass er diese Mission ernst nimmt. Die Frau neben ihm verschränkt die Arme vor der Brust, ihr angespannter Kiefer wirkt allerdings eher entschlossen als verängstigt.

„Danke, dass ihr gekommen seid", bedanke ich mich bei ihnen.

„Ja, ihr habt keine Ahnung, wie sehr wir es zu schätzen wissen, dass ihr mitmacht." Madoc verneigt den Kopf vor beiden. „Ich wünschte, ich könnte mich euch anschließen oder diese Aufgabe allein übernehmen, aber ... ihr wisst bereits, was Orion mittlerweile von *mir* hält. Versteht ihr in Grundzügen, was gebraucht wird?"

„Ich glaube schon", antwortet Flynn. „Wir geben bekannt, dass wir Orion sprechen wollen, und lassen ihn zu uns kommen, indem wir behaupten, dass wir Talia gefangen haben und sie ihm als Geschenk übergeben wollen. Außerdem bitten wir darum, dass er uns wieder bei sich aufnimmt."

„Das ist der Kern des Vorhabens." Madoc läuft um sie herum und überprüft sie – ich vermute auf alles, was Orion auf den Trick aufmerksam machen könnte. Er beendet seinen Kreis und bleibt scheinbar zufrieden stehen. „Wir wollen, dass er so viele der anderen Murk hinter sich lässt wie möglich. Das wird für euch sicherer sein und Talias Aufgabe leichter machen. Lauft von hier, bis ihr in Sichtweite der Front seid. Ein oder zwei Wachen sollten zu euch kommen, um in Erfahrung zu bringen, was ihr wollt. Erklärt, dass ihr ihnen Talia anbietet, aber nicht weitergehen oder sie übergeben werdet, bis ihr mit Orion persönlich sprechen könnt. Bleibt standhaft, bis er kommt."

„Und wenn er nicht kommt?", fragt die Frau.

„Falls ihr eine größere Truppe auf euch zukommen seht, zieht euch so schnell wie möglich zurück", weist August sie an. „Wir wollen nicht, dass das hier zu einer Selbstmordmission wird."

Flynns Blick huscht zu mir. „Sollen wir sie fesseln?", fragt er zweifelnd. „Sie ist angeblich unsere Gefangene – aber sie braucht ihre Hände, um Orion anzugreifen."

„Ihr werdet sagen, dass ihr sie mit Cavaralsirup abgefüllt habt, damit sie gefügig ist", erklärt Madoc. „Talia kann so tun, als sei sie berauscht."

„Ich habe das Zeug schon einmal getrunken", werfe ich mit einem schiefen Lächeln ein und erinnere mich an das eine Mal, das jetzt eine Ewigkeit her zu sein scheint, als Whitt auf meine Forderung hin seinen Vorrat mit mir geteilt hat.

„Außerdem solltet ihr sie mit einer Klinge in Schach halten", sagt August. „Ihr könnt euch mein Schwert ausleihen, wenn ihr selbst keines habt. Es soll so aussehen, dass ihr sie lieber töten würdet, als euer Druckmittel aufzugeben, sollten die anderen Murk versuchen, sie euch abzunehmen, ohne dass Orion kommt. Er wird sie lebend wollen."

„Das wird er." Flynn atmet scharf aus und streckt seine Hände nach dem Schwert aus. „Wir sollten besser gleich losgehen. Die Wölfe haben einige ungewöhnliche Aktivitäten auf der Murk-Seite entdeckt. Es könnte sein, dass sie sich auf einen neuen Angriff vorbereiten, und es lässt sich nicht sagen, wann sie den starten werden."

Bei dem Gedanken, sofort aufzubrechen, setzt mein Herz einen Schlag aus, obwohl ich mich tagelang auf diesen Moment vorbereitet habe. Irgendwie habe ich erwartet, dass ich mich langsamer in die Mission einfinden könnte, wenn sie tatsächlich beginnt.

Ich klopfe erneut auf meinen Dolch und ziehe die warme Sommerluft in meine Lunge. Mein Herz hämmert jetzt schneller. Ich kann das tun. Ich *werde* das tun. Ich werde nicht zulassen, dass Orion noch mehr von meinem Leben ruiniert, als er es bereits getan hat.

„In Ordnung", sage ich. „Gehen wir."

„Nur eine Sekunde." August zieht mich an sich und küsst mich hart, bevor er mich in die festeste aller Umarmungen hüllt. Ich lehne mich in seine Arme und zwinge die nervösen Tränen zurück, die mir in die Augen schießen wollen. Als er mich loslässt, packt Madoc meine Hand und hebt seine andere an meine Wange.

„Du bist stärker als er", versichert er mir. „Mit Abstand."

Ich bringe zur Antwort ein nervöses Lächeln zustande. Dann drehe ich mich zu unseren zwei Murk-Verbündeten um und breche zur Front auf.

Flynn hat Augusts Schwert gezückt, hält es jedoch nicht zu dicht an mich. Die Frau bleibt an meiner anderen Seite. Nach den ersten Schritten beginne ich, so zu tun, als sei ich high von Fae-Drogen.

Mein Humpeln erleichtert es mir, schwankend zu laufen. Ich schaue mich um, als fände ich jeden Grashalm und jedes Wölkchen faszinierend. Ich komme sogar ab und zu vom Weg ab und lasse mich von den Murk zurück auf diesen führen.

Die Frau kichert und blickt zu Flynn. „Sie ist gut."

„Das muss sie sein", erwidert Flynn, schwingt das Schwert jedoch mit einer überschwänglichen Geste, die vor Selbstbewusstsein strotzt.

Ich kann es mir nicht leisten, zu viel auf das zu achten, was direkt vor mir ist, während ich mich angeblich in einem solchen Rausch befinde. In regelmäßigen Abständen erhasche ich jedoch kurze Blicke auf die Murk-Truppen in der Ferne.

Ich sehe, dass sich einige Männer, die in der Nähe des Schlachtfeldrandes positioniert sind, von den anderen lösen und zu uns traben. Flynn stoppt mich mit einer Hand auf meinem Arm und hält das Schwert bereit.

„Bleibt stehen", blafft er, als die näherkommenden Murk nur noch wenige Schritte entfernt sind. „Wir sind nicht hier, um mit euch zu sprechen. Wir wollen mit Orion reden."

Eine der Wachen schnieft. „Ich denke nicht, dass du jemand bist, der solche Forderungen stellen kann." Sein Blick bleibt jedoch auf mir liegen. Ich murmle vor mich hin und neige den Kopf zum Himmel.

„Wir haben sein menschliches ,Haustier'", sagt die Frau neben mir. „Wir haben sie von den Seelie geraubt, während sie von dem Kampf abgelenkt waren, und wir bringen sie zu ihrem rechtmäßigen Besitzer zurück. Ich denke, das ist Beweis genug, dass wir nur gegangen sind, um Orion zu unterstützen."

„Aber wir wollen von seinen Lippen hören, dass er unseren Beitrag anerkennt, bevor wir sie übergeben", fügt Flynn hinzu. „Warum sagt ihr ihm nicht Bescheid und wir werden sehen, was er davon hält? Wir werden hierbleiben. Fürs Erste gehört sie uns." Er deutet mit einer leicht bedrohlichen Geste mit dem Schwert auf mich.

Die Wachen treten unruhig von einem Fuß auf den anderen. Die Frau neben mir schnaubt. „Ihr wollt doch nicht selbst die Entscheidung treffen und dann herausfinden, dass Orion nicht zufrieden damit ist, oder?"

Sie hat den richtigen Knopf gedrückt. Die drei spannen sich an und eilen zurück zu der größeren Gruppe Murk-Krieger. Einer von ihnen sprintet los und zu einem Gefährt, das ich am Rand der Menge erkennen kann.

„Und jetzt warten wir", raunt Flynn mit hörbarer Beklommenheit.

Ich atme so ruhig wie möglich und zwinge den Rhythmus meiner Lunge dazu, das Hämmern meines Herzens zu beruhigen. Um mir das Warten zu erleichtern, gehe ich in die Hocke und gebe vor, das Gras zu untersuchen, indem ich mit den Fingern hindurchfahre und leise kichere. Es ist leichter, die Fassade aufrechtzuerhalten und mich nicht der emotionalen Anspannung hinzugeben, wenn ich mich auf etwas konzentrieren kann – und wenn ich mich nicht aufrecht halten muss.

Das leise Husten der Frau macht mich darauf aufmerksam, dass sich etwas verändert hat. Die Sonne ist mittlerweile so tief gesunken, dass sich unsere Schatten wie dünne Riesen über die Ebene erstrecken. Ich tue so, als hätte ich nichts Bedeutsames bemerkt, doch nach einigen Augenblicken lasse ich den Kopf in einem trägen Bogen herumschwingen und entdecke eine vertraute Gestalt mit einem Schopf spitzer, weißer Haare, die sich von der Armee entfernt.

Orion bringt einige Krieger mit sich und bleibt bloß drei Meter vor dem Rest seiner Armee stehen, von wo er eine winkende Geste macht. „Dann zeigt sie mir“, ruft er. „Lasst uns herausfinden, ob ihr euch meine Gunst verdient habt.“

Seinem Tonfall wohnt eine Schärfe inne, bei der all meine Nerven in Alarmbereitschaft springen. Er klingt nicht glücklich. Er nimmt wahrscheinlich an, dass die beiden wirklich geflohen sind und diese Entscheidung erst vor kurzem bereut haben.

Ich darf nicht zulassen, dass er sie verletzt. Ich muss sie ebenfalls beschützen.

Allerdings kann ich mich nicht bereit machen, ich kann nicht nach dem Dolch greifen oder irgendetwas anderes tun, als mit schwankenden Schritten zu laufen, als mich meine angeblichen Entführer zu der Stelle führen, wo der Murk-

König wartet. Er betrachtet mich und lacht spöttisch. Sein Gesicht zeigt nur bösartigen Hohn.

„Hat nicht viel gebraucht, um ihren Verstand zu benebeln, oder?", fragt er. „Sie kann so einfach nach unserem Willen geformt werden."

Wut schwillt in mir an. Ich will meine Fäuste heben und ihn anbrüllen, dass er mich nicht besitzt, dass er es nie getan hat und nie tun wird, dass er das erbärmlichste Exemplar eines Königs ist, das ich mir vorstellen kann. Ich will ihn zurechtstutzen, wie ich es bei Aerik und Cole getan habe.

Diese Vorgehensweise wird hier allerdings nicht funktionieren. Damit würde ich nur dafür sorgen, dass wir alle getötet werden.

Noch einmal werde ich das Opfer spielen – den hilflosen, zerbrechlichen Menschen. Noch einmal werde ich die Fae um mich herum glauben lassen, dass sie mein Schicksal kontrollieren. Das wird es am Ende wert sein.

Ich darf nicht vergessen, dass meine Täuschung ihre eigene Form der Macht ist. Ich kann diese Illusion ohne einen einzigen Funken Magie erschaffen und sogar Orion glaubt sie blind.

Dieser letzte Gedanke stärkt den Entschluss in meiner Brust. Ich lasse meine glasigen Augen hin und her schweifen, während mein Körper von einer Seite zur anderen schwankt. Dabei konzentriere ich mich auf die Haltung des Mannes vor mir und die Entfernung zwischen der Klinge in meiner Tasche und seiner Kehle.

Meine Begleiter bleiben erneut stehen, bevor sie Orion und seine Wachen ganz erreicht haben. Ich vermute, sie können die feindselige Ausstrahlung noch besser wahrnehmen als ich. „Du kannst sehen, was wir dir gebracht haben", verkündet Flynn. „Wir haben dir nach unseren besten Möglichkeiten gedient, mein König. Wirst du uns wieder bei dir aufnehmen?"

„Ich denke, ich würde die Ware vorher gerne untersuchen", erwidert Orion. „Wirf dein Schwert weg."

Flynn zögert, er hat die Waffe allerdings nur zur Show gebraucht, als er mit den ersten Wachen gesprochen hat. Wir wissen beide, dass er einen echten Kampf in dieser Nähe der Murk-Armee nicht überleben wird, ganz gleich, wie gut er bewaffnet ist. Er schleudert das Schwert übers Gras.

„Weicht von ihr zurück", befiehlt der König als Nächstes. Die zwei Murk gehorchen, machen einen Schritt und noch einen in die entgegengesetzte Richtung voneinander, bis sie sich außerhalb meiner Reichweite befinden.

Orion bedeutet seinen Wachen, zu Flynn und der Frau zu gehen. Er marschiert allein zu mir. Vollkommen selbstbewusst und nichtsahnend, dass ich eine größere Bedrohung sein könnte als sie.

Doch das bin ich. Ich kann das tun. Ich kann das Leben für immer aus diesem feixenden Gesicht wischen. Ich kann die Stimme zum Verstummen bringen, die so viel Schmerz angeordnet hat, und die Hände stoppen, die selbst so viel ausgeteilt haben.

Er bleibt direkt vor mir stehen, so nah, dass sein Atem meine Stirn kitzelt. Ich lege den Kopf auf die Seite und spähe zu ihm auf, wobei ich noch immer schwanke. „Hallo?", sage ich mit verträumter Stimme, die ich aus meiner zugeschnürten Kehle zwinge.

Orion gackert. Es ist ein furchterregender Laut, der über die Ebene hallt. „Du armes, erbärmliches Ding. Du hättest bei mir bleiben sollen, während ich gut zu dir war. Jetzt wirst du nur …"

Er beginnt, sich zu bewegen, und Adrenalin fließt durch meine Adern. Ich werde womöglich keine andere Gelegenheit mehr bekommen.

Während eine Hand zu meiner Tasche zuckt, reiße ich die andere vor Orions Gesicht und beschwöre die freudige

Erinnerung herauf, wie ich letzte Nacht in den Armen meiner Gefährten eingeschlafen bin. Der wahre Name purzelt über meine Lippen. *„Sole-un-straw.“*

Licht schießt so hell aus meiner Hand, dass es sogar durch meine Augenlider scheint, die ich in Erwartung des Lichts geschlossen habe. Orion stottert und taumelt einen Schritt zurück, aber ich bewege mich bereits mit ihm. Meine Augen öffnen sich. Ich stürze mich auf ihn und schwinge zugleich meinen Arm, während meine Finger das Heft des Eisendolchs umklammern.

Mein Schlag wird von Augusts sorgfältigem Training angeleitet und all mein Zorn und Entsetzen verleihen mir Kraft. Die Klinge taucht an genau der richtigen Stelle in die Seite von Orions Hals und ich ramme sie bis zum Heft hinein, sodass sie auf der anderen Seite herausragt.

Blut spritzt über meine Hand und meinen Arm. Orion würgt und gurgelt. Als seine Beine unter ihm wegknicken, greift er nach mir und seine Krallen schießen aus seinen Fingerspitzen. Sie kratzen über meinen Unterarm, bevor ich mich von ihm abstoßen kann.

Dünne Schmerzensstiche brennen an meinem Handgelenk. Jeder Nerv in meinem Körper brüllt mich an, von ihm wegzurennen, ich muss jedoch sicherstellen, dass ich es richtig gemacht habe. Ich schlage mit der Hand gegen das Heft des Dolchs und treibe ihn noch tiefer, bevor ich rückwärts stolpere.

Der Murk-König bricht noch mehr zusammen. Als Blut über seine Lippen sprudelt, geben seine Knie nach. Er stürzt vornüber und sein Kopf schlägt mit einem dumpfen Laut auf dem Boden auf, der in der plötzlichen Stille um uns herum widerzuhallen scheint.

Der Dolch, der nach wie vor tief in seinem Hals steckt, funkelt im verblassenden Sonnenlicht. Sein Körper zuckt und erschlafft.

Eine der Wachen stößt einen erschrockenen Schrei aus. Er wirbelt zu Flynn herum, der mit erhobenen Händen zurückweicht.

„Es ist jetzt erledigt", sagt Flynn. „Es ist vorbei."

„Es ist vorbei!", wiederhole ich, rufe noch lauter und hebe meine Stimme so stark wie ich kann, sodass ich entlang der Front gehört werde. „Orion ist tot. *Ich* habe ihn getötet." Die Worte lösen eine eigenartige Mischung aus Begeisterung und Grauen in meinem Magen aus. Ich hebe die Hände, von denen eine mit dem Blut des Murk-Königs überzogen ist. „Er ist gestorben und damit auch sein Krieg. Ihr könnt sterben wie er, zur Kanalisation und den U-Bahn-Tunneln fliehen, oder ihr könnt eine Möglichkeit finden, Frieden mit dem Rest der Fae zu schließen. Sie warten darauf, euch zu Hause willkommen zu heißen. Das Herz der Nebelwelt wartet auf euch."

Schreie erklingen an der gesamten Front. Zauber und Projektile werden über die Lücke zwischen den Armeen geschleudert und mehrere Murk-Krieger stürmen in einem letzten verzweifelten Versuch vorwärts. Eine Gruppe von ihnen, die sich am Ende der Menge befindet, marschiert mit erhobenen Waffen auf uns zu und formt mit den Lippen Zauber.

Mein Herz setzt aus. Ich ziehe mich so schnell, wie ich kann, zurück. Flynn und die Murk-Frau lassen sich zu beiden Seiten von mir zurückfallen – und dann fegt ein Lichtstrahl über uns alle hinweg, woraufhin unsere Murk-Gegner urplötzlich mit verblüfften Mienen stehen bleiben.

Das Licht kommt vom Herzen der Nebelwelt. Das vertraute Pochen sickert in meine Haut und ist sogar aus einer Entfernung von so vielen Kilometern erkennbar. Das Leuchten erhellt den Boden wie Sonnenschein und dichtere Strahlen sausen auf Flynn und seine Begleiterin zu beiden Seiten von mir nieder.

Flynn keucht und schlägt mit der Hand auf seine Brust. Die Frau gibt einen erstickten Laut von sich, bevor sie atemlos lacht. Sie schauen einander mit staunenden Gesichtern an.

„Das Herz", murmelt Flynn. „Ich kann es spüren. Ich … ich wusste nicht, dass es so sein kann." Er dreht sich zu den zuschauenden Murk um. „Ihr könnt das auch haben! Stellt das Kämpfen ein und beginnt die Verhandlungen. Das Herz der Nebelwelt weiß, dass wir auch hierhergehören."

Unsere Gegner schwanken und wirken unsicher. Weitere Strahlen fahren dort auf die Seelie-Armee nieder, wo sich wahrscheinlich die anderen Murk befinden, die sich uns angeschlossen haben. Einige Strahlen berühren sogar Stellen, wo die Murk-Truppen stehen. Ich weiß nicht, wie das Herz entscheidet, wen es jetzt willkommen heißt, doch die nächsten Schreie, die erklingen, sind voller Freude.

Ein paar der Krieger, die uns zugewandt sind, knirschen mit den Zähnen und stürmen wieder vorwärts. Im gleichen Moment rast jedoch ein Seelie-Gefährt in Sicht. Es fliegt geradewegs in die Angreifer und wirft sie zu Boden. Meine Seelie-Gefährten und Madoc beugen sich über die Seite.

August und Whitt strecken ihre Arme aus, um uns dreien in das Gefährt zu helfen. Sylas veranlasst es dazu, zu wenden und zurück zur Seelie-Seite zu rasen. Dann ist er auch bei mir, vier meiner Gefährten umringen mich und geben mich von einer Umarmung zur nächsten weiter, wobei sie leise Worte der Ehrfurcht und des Trosts murmeln.

„Du warst fantastisch", lobt Madoc. „Dass du dich ihm so gestellt hast … Er hatte keine Ahnung."

Mein Herz rast noch immer wie verrückt. Ich schaue ihm in die Augen. „Das war von Anfang an sein Problem."

Als das Gefährt hinter der Abwehrmauer der Seelie langsamer wird, sehe ich mich um und nehme eine Bestandsaufnahme vor. Es sieht so aus, als würde uns ungefähr ein Viertel der Murk-Truppen nach wie vor angreifen, obwohl sie nun zahlenmäßig so unterlegen sind, dass sie sich kaum wie eine Bedrohung anfühlen. Die meisten der anderen sind zu den Randgebieten davongehuscht – höchstwahrscheinlich zu den Portalen, die sie zur Menschenwelt führen werden. Ich weiß nicht, ob sie sich für immer verstecken oder ob manche von ihnen den Mut finden werden, in die Nebelwelt zurückzukehren, wenn sie Zeit hatten, die neue Realität zu verdauen.

Andere überqueren das Schlachtfeld entlang der Seiten mit kapitulierend erhobenen Händen. Die Murk auf unserer Seite eilen herbei und winken sie weiter.

Das Pulsieren des Herzens ist verblasst. Orions Leiche liegt schlaff dort, wo ich ihn erstochen habe. Das Gefühl, dass das hier noch nicht vorbei ist, steigt in mir auf. Der unmittelbare Teil des Kriegs ist beendet, doch Orions Vermächtnis ist nicht komplett mit ihm gestorben.

„Der Fluch", sage ich. „In einigen Tagen ist Vollmond. Weitere Unseelie werden von der Eiskrankheit heimgesucht werden. Es wird nicht aufhören, nur weil Orion gestorben ist, oder?"

Meine Gefährten wechseln ernste Blicke. „Nein", antwortet Whitt. „Das wird es höchstwahrscheinlich nicht tun. Dafür müssten wir entweder den Gegenfluch kennen … oder die Quelle der Magie zerstören, die ihm Energie verliehen hat." Er wendet sich an Madoc.

Der Murk-Mann verzieht das Gesicht. Er zieht zwar keine Energie mehr aus dem Murk-Herz, aber sehr viele seiner Leute tun es. Daher hat er zuvor gegen dessen Zerstörung protestiert.

Jetzt seufzt er und strafft die Schultern. „Es muss erledigt werden. Das Herz der Nebelwelt hat gezeigt, dass es uns akzeptieren wird. Ihr könnt uns nicht mit eurer Magie beherrschen."

„Wir können nicht und wir werden es nicht tun", sagt Sylas bestimmt. „Alle Murk haben hier einen Platz, wenn sie sich entscheiden, ihn anzunehmen."

„Dann haben wir noch ein letztes Problem, um das wir uns kümmern müssen." Madocs Blick gleitet zu den Randgebieten, die außer Sichtweite hinter dem Horizont liegen. „Auf zum Refugium. Ich kann den Weg anführen."

28

Madoc

enn man mir vor einigen Monaten erzählt hätte, dass ich einen Haufen Fae der Jahreszeiten zum Refugium bringen würde, damit sie die Machtquelle zerstören, die Orion in mühevoller Kleinarbeit für unser Volk erschaffen hat, hätte ich so heftig gelacht, dass meine Rippen geschmerzt hätten. Doch hier bin ich und setze den Zauber außer Kraft, der einen der Haupteingänge im Heizungsraum eines alten Einkaufszentrums bewacht.

Sylas, Corwin und ein Kontingent an Seelie und Unseelie stehen in dem dunklen Raum um mich herum und warten darauf, dass ich meine Arbeit beende. Ich habe auch eine Handvoll der ursprünglichen Murk-Flüchtlinge mitgenommen für den Fall, dass ihre Verbindung zum Murk-Herz für das gebraucht wird, was wir vorhaben. Talia hat darauf bestanden, ebenfalls mitzukommen, obwohl ich sehen kann, dass sie sich immer mehr verspannt, je näher wir dem

Ort kommen, an dem sie mehrere qualvolle Tage lang gefangen gehalten wurde.

Ich verstehe jedoch, dass sie das hier zu Ende bringen will. Deswegen bin *ich* hier, obwohl ich einen unserer anderen Murk-Verbündeten hätte bitten können, ihnen den Weg zu zeigen.

Wenn die Magiequelle, die so viele meiner Leute so lange mit Magie versorgt hat, zerstört werden soll, möchte ich bei dem Wann und Wie ein Wörtchen mitreden.

Es ist eindeutig, dass Orion mehr oder weniger alle Murk, die auf seiner Seite waren, in die Nebelwelt gebracht hat, damit sie in seinem Krieg kämpfen. Das musste er tun, wenn er überhaupt eine Hoffnung auf einen Sieg haben wollte. Als ich die letzten Worte intoniere, um die Schutz- und Illusionszauber aufzulösen, und sich die Tür knirschend öffnet, blinzelt uns eine einzige Wache entgegen und reißt das Messer in der Hand hoch. Ich erkenne ihn von den Malen, bei denen ich hier vorbeigekommen bin, bevor ich dem Refugium den Rücken gekehrt habe.

„Orion ist tot, Hender", erkläre ich in einem mitfühlenden Tonfall, den ich eigentlich nicht benutzen muss. „Aber du kannst trotzdem nach Hause in die Nebelwelt gehen. Wir werden dich sogar dorthin bringen, wenn wir hier fertig sind und du es möchtest. Wir müssen uns hier nur noch um ein paar Angelegenheiten kümmern. Wirst du uns ohne einen Kampf durchlassen? Ich möchte nicht, dass du verletzt wirst."

Henders Kiefer mahlt. Er hätte Schwierigkeiten, es nur mit mir aufzunehmen – ich bin zwar kein hervorragender Krieger, doch wenn es hart auf hart kommt, gebe ich alles. Andernfalls hätte ich nicht meine Position als Orions Ritter erhalten.

Und ich bin nicht allein. Der Blick des anderen Mannes gleitet über die Erzlords und versammelten Krieger hinter mir. Ich kann mir die Berechnungen, die er anstellt, nur ausmalen. Er bemerkt bestimmt auch die anderen Murk, die frei in ihrer Mitte stehen.

„Orion ist tot?", wiederholt er und klingt ein wenig hoffnungslos.

Ich wage es, in Reichweite seines Messers zu greifen, und drücke seine Schulter. „Keine unnötigen Tode mehr. Keine Strafen mehr für jeden, der ein wenig an ihm zweifelt. Kein Beharren mehr darauf, dass jedes Problem mit Gewalt und Blutvergießen gelöst werden muss. Ich verspreche dir, es ist zum Besten, wenn du dir erlauben kannst, es zu akzeptieren."

Er stößt zittrig einen Luftschwall aus und seine Augen suchen meine. Dann senkt er sein Messer. „Er hat mir gesagt, ich sollte zurückbleiben, da er der Meinung war, ich besäße nicht genug Mut, um mit einer echten Schlacht zurechtzukommen. Weil ich aufgebracht war, als einer seiner anderen Ritter meinen Cousin verprügelt hat. Er hat mir nicht einmal eine Chance gegeben."

„Das war ohnehin nicht die Art von Chance, die dir irgendetwas Gutes beschert hätte", sage ich. „Das Herz der Nebelwelt wird dich willkommen heißen. Es hat sich bereits mit mir und einigen der Murk verbunden, die zu uns übergelaufen sind. Wir gründen in der gesamten Nebelwelt Kolonien. Die Fae der Jahreszeiten *helfen* uns. Es wird alles gut werden."

Sein Gesicht zuckt noch immer nervös, als die anderen Fae näher kommen, doch er geht durch den Tunnel und erlaubt uns, ihm zu folgen. Auf Sylas' Wink hin marschieren die Krieger, die uns begleiten, mit gezückten Waffen weiter.

„Denkst du, viele der Murk, die von der Schlacht geflohen sind, werden hierher zurückkommen?", fragt Talia leise.

Ich schüttle den Kopf. „Zumindest nicht sofort. Das hier war stets in erster Linie Orions Revier. Es würde ihnen bestimmt schwerfallen, es nach seinem Tod als einen sicheren Rückzugsort zu betrachten. Ich bin mir jedoch sicher, dass sie zurückkommen werden, wenn sie eine Chance hatten, zu erkennen, dass sein Verlust nicht das Ende der Welt ist. Sie werden vermutlich zumindest die Habseligkeiten einsammeln, die sie zurückgelassen haben."

Das erinnert mich an einen bestimmten Gegenstand, den ich selbst gerne mitnehmen würde. Etwas, was seinem Besitzer erst gar nicht hätte abgenommen werden sollen.

Wir trampeln beinahe eine halbe Stunde lang durch den dunklen, gewundenen Gang, bevor wir endlich die Tür erreichen, die zu den U-Bahn-Tunneln führt. Hender hat sich in ein Gespräch mit ein paar der Murk vertieft, die sich uns angeschlossen haben, und ist mittlerweile so entspannt, dass er uns den Eingang öffnet.

Auf der anderen Seite der Tür ist der Bahnhof, den wir betreten, in das übliche kräftige, gelbe Leuchten getaucht. Orion hat bei seiner Abreise die Stromversorgung nicht unterbrochen, mit der er diesen Ort betrieb. Die Plattformen sind jedoch gruselig leer und nur ein paar meiner Leute stehen am Ende des U-Bahnsteiges auf und starren uns an. Der Rest der Häuser ist anscheinend verlassen. Es ist beunruhigend still, da keine der Schmieden oder anderen Werkstattmaschinen betrieben werden.

„Wir kommen in Frieden", rufe ich den Frauen zu, die uns beobachten. „Ihr könnt allen anderen, die zurückgeblieben sind, erzählen, dass der Krieg vorbei ist und wir jetzt alle in die Nebelwelt ziehen können. Wenn ihr gewillt seid, unser echtes Zuhause mit den Fae der Jahreszeiten zu teilen, die wir überzeugt haben, genügend Platz für uns zu machen, dürft ihr uns gerne begleiten, wenn wir dorthin zurückgehen."

Die Frauen tuscheln miteinander und verschwinden in den nächsten Tunnel, wobei ihre Schwänze hinter ihnen hin und her schwenken. Ich kann nicht erkennen, ob sie mir glauben oder nicht, aber ich vermute, wir werden es in Kürze herausfinden.

Ich führe meine Prozession durch den Tunnel zum anderen Ende des Bahnhofs. Die Luft dort fühlt sich nasskalt an, was früher nicht der Fall war. Es waren nicht genug Murk hier, um Orions vorherigen Reinigungsplan in die Tat umzusetzen. Mein Stolz ärgert sich darüber, was die Fae der Jahreszeiten denken, während sie sich vorstellen, dass wir so gelebt haben, doch keiner kommentiert es. Ich bin mir sicher, die Krieger haben einige Gedanken, aber die Anwesenheit ihrer Erzlords sorgt dafür, dass sie ihre Zungen hüten.

Sie können denken, was sie wollen, solange sie es für sich behalten. Ich weiß, wozu meine Leute fähig sind und wie viel wir aus dem gemacht haben, was wir hatten. Und ich weiß auch, wer dafür verantwortlich ist, dass wir uns in dieser erbärmlichen Situation befanden.

Wir durchqueren einen weiteren Bahnhof und betreten den Tunnel, der zu Orions Thronsaal abzweigt. Als ich das zuckende orangefarbene Licht sehe, das sich auf die Schienen vor mir ergießt, und das hektische Pulsieren der Energie über meine Haut kitzeln spüre, muss ich ein Zittern unterdrücken. Jetzt, da die Magie des Herzens der Nebelwelt meinen Körper durchströmt, kann ich nicht ausblenden, wie misstönend Orions Herz im Vergleich ist. Kein Wunder, dass sich Talia in seiner Gegenwart immer angespannt hat.

Sie hält sich jetzt gerade, als sie sich dem Herzen nähert und humpelt, ohne zu zögern, weiter. Obwohl es sie nervös gemacht hat, ließ sie nie zu, dass es dem in die Quere kam, was sie zu tun versuchte.

Als wir um die Ecke in den Thronsaal biegen, atmen mehrere der Fae um mich herum scharf ein. „Das Herz stehe mir bei", brummt Whitt und starrt die spastisch pulsierende

Lichtmasse auf der anderen Seite des Podests an. „Trotz Talias Geschichten habe ich mir nicht vorgestellt, dass es … so *viel* sein würde."

Unbehagen sammelt sich in meinem Magen wegen des falschen Herzens vor mir und wegen des Gedankens, was sie jetzt damit tun werden. Zuerst gehe ich zu einem schmalen Gang in der Mauer, der sich ungefähr in dessen Mitte befindet. „Ich bin gleich zurück und dann können wir besprechen, was wir wegen des Herzens unternehmen wollen."

Ich husche so schnell wie möglich durch den Gang. Orions Geruch wird um mich herum stärker und die Härchen in meinem Nacken richten sich auf. Der Tunnel öffnet sich zu einem Raum, in dem er normalerweise neben einem Berg seiner Lieblingsschätze geschlafen hat. Ich durchwühle diese und finde ziemlich schnell den Gegenstand, den ich wollte, da er ihn erst vor kurzem in seinen Besitz gebracht hat. Daraufhin eile ich zurück, um wieder zu den anderen zu stoßen.

Als ich sie erreiche, halte ich Talia die zarte Krone in meinen Händen entgegen. „Die hätte dir nie weggenommen werden sollen, Lady Talia."

Meine Gefährtin wölbt leicht die Augenbrauen wegen des formellen Titels, die rührende Mischung an Emotionen, die auf ihrem Gesicht aufflackern, ist jedoch nicht zu übersehen. Sie nimmt mir die Krone sachte ab und ihre Finger krümmen sich um sie. Sie erinnert sich zweifellos genauso wie ich an den Moment, als sie ihr geschenkt wurde – als sie ihre drei Seelie-Gefährten mit dem Segen ihres seelenverbundenen Gefährten annahm.

Das war der Abend, an dem ich sie ihren Gefährten raubte und hierherbrachte. Wie bizarr, dass dieses Verbrechen das Beste war, was ich für mein Volk hätte tun können, allerdings nicht auf die Weise, die mir vorgeschwebt war.

Vielleicht wird sie mich bald ebenfalls mit einer derartigen Zeremonie segnen, damit unsere Verbindung offiziell gemacht wird. Bisher war dazu keine Zeit. Ich kann warten. Zu diesem Zeitpunkt vertraue ich ihr und den Männern, an die sie sich gebunden hat, und weiß, dass ich bereits Teil der Familie bin.

„Danke schön", bedankt sie sich mit leiser Stimme und schenkt mir ein Lächeln, das mein Herz wieder zusammensetzen könnte, sogar wenn es in tausend Stücke zerbrochen wäre.

Allerdings ist es nicht mein Herz, um das wir uns nun Sorgen machen müssen. Ich drehe mich zu dem um, das Orion in all seiner monströsen Pracht erschaffen hat. „Was tun wir mit *dem* hier?"

Sylas schnaubt, während er nach wie vor die Energiemasse betrachtet. „Ich hatte gehofft, dass du in dieser Hinsicht ein paar Ideen hättest."

Ich spreche mehrere magische Worte und teste die Strömung um das Herz herum. Es fühlt sich nicht solide an, was es erschweren wird, es auseinanderzunehmen. Es gibt nichts, was man packen könnte, um es zu zerreißen. Es gibt nichts, was zerschlagen oder in Stücke geschossen werden könnte.

Ich winke die anderen Murk näher, die noch mit dessen Macht verbunden sind. „Könnt ihr irgendwelche Schwächen oder eine Stelle spüren, an der wir anfangen können, es anzustupsen und aufzulösen oder etwas Derartiges?"

Sie können den Widerwillen nicht verbergen, der kurz über ihre Gesichter huscht. „In Kürze könnt ihr Energie aus dem anderen Herzen ziehen", füge ich beruhigend hinzu. Sie nicken und wappnen sich, bevor sie selbst einige Zauber wirken.

Während sie das Herz untersuchen, kommen einige andere Murk durch den Thronsaaleingang herein. Sie bleiben in dessen Rahmen stehen und beobachten uns misstrauisch. Hender geht zu ihnen und beginnt, sich leise mit ihnen zu unterhalten. Ich hoffe, er spricht sich für uns aus und initiiert keine Rebellion.

„Ich weiß nicht", sagt einer meiner Kameraden schließlich und schaut das Herz finster an. „Es fühlt sich nicht wie etwas an, was *getötet* werden kann. Es fühlt sich nicht lebendig an." Er hält inne. „Orion hat es mit dem Leid der Fae der Jahreszeiten angetrieben – das stimmt doch, oder?"

„Ja", antworte ich und beobachte aufmerksam die Sommer- und Winter-Fae um uns herum. Diese Tatsache laut ausgesprochen zu hören, scheint jedoch keinen von ihnen zu provozieren. Talia hat ihnen das bei ihrer Rückkehr in die Nebelwelt vermutlich berichtet – sie wussten es wahrscheinlich schon.

Meine Gefährtin schiebt sich an den anderen vorbei und tritt näher an das Herz heran. Sein orangefarbenes Licht wogt über ihren Körper. Sie sieht aus, als würde sie sich ein Zusammenzucken verkneifen. Sie starrt es einen Moment lang an, der sich so sehr in die Länge zieht, dass es mich allmählich in den Fingern juckt, sie davon wegzureißen. Dann blickt sie zu uns zurück und ein Splitter dieses Leuchtens reflektiert von ihren Augen.

„Könnt ihr es bewegen?", fragt sie. „Ist es mit dieser Stelle verbunden?"

Eine der anderen Murk spricht einige testende magische Worte und krümmt ihre Finger, woraufhin sich die Masse ein wenig auf sie zu bewegt wie ein Schneeball, der gleich einen Hügel hinabrollen wird. Sie hält abrupt inne, schenkt Talia jedoch ein Lächeln. „Ich denke, das können wir tun. Doch das wird nichts an den Zaubern ändern, die es mit Energie versorgt."

Talia kaut auf ihrer Unterlippe herum und macht ein

nachdenkliches Gesicht. Sie denkt noch einen Augenblick lang nach, bevor sie fortfährt: „Ich frage mich … Es *ist* ein Herz, auch wenn es ein falsches ist. Was, wenn wir es bis zum wahren Herzen bringen und es entscheiden lassen, was es mit diesem tun will? All diese Energie kam ursprünglich von ihm. Es wusste, wie es Madoc ins Leben zurückholen kann. Es wusste, wie es sich mit seiner Seele und der anderer Murk verbinden konnte. All die Magie kommt letztendlich zu ihm zurück.“

Ihre Worte treffen mich mit einem Gefühl der Richtigkeit. Wir werden das wahre Herz die Antwort finden lassen. Möglicherweise werden dadurch viele der Murk, die noch an dieses missgebildete Ding gebunden sind, dorthin zurückgebracht werden, wo sie hingehören.

„Das könnte schiefgehen“, muss ich anmerken. „Sie könnten zusammenstoßen oder die Energie könnte anfangen, sich aufzulösen, wenn wir die Nebelwelt erreichen, und dort Schaden anrichten – wir wissen nicht, was geschehen könnte. Bist du dir sicher?“

Talia betrachtet erneut das Herz der Murk und nickt entschlossen. „Ja. Was immer passiert, wir kommen damit zurecht. Doch selbst die Magie in diesem Ding verdient es, eine Chance zu erhalten, zu dem Zuhause zurückzukehren, das es verdient.“

Das ist so ein typischer Talia Gedankengang, dass ein Kloß in meiner Kehle aufsteigt. Als die Murk, die noch mit dem falschen Herzen verbunden sind, anfangen, Worte zu raunen, um die leuchtende Masse durch den Thronsaal zu bewegen, tritt Talia aus dem Weg. Ich schließe mich ihr an und lege meine Hand um ihre.

„Weißt du“, sage ich mit leiser Stimme, „mit jedem verstreichenden Tag bin ich überzeugter davon, dass du das wahre Herz der Nebelwelt bist, meine Strahlende.“

Röte färbt Talias Wangen. Sie verschränkt ihre Finger mit

meinen und drückt zu. „Und du hast auch deinen Weg in dieses Herz gefunden."

Ja, das habe ich. Und ich weiß, dass es meinem Volk gut gehen wird – zumindest denjenigen, die gewillt sind, sich das zu erlauben – solange diese Frau hier ist, um auf uns alle zu scheinen.

29

Talia

Das Murk-Herz in die Nebelwelt und durch die Ländereien der Fae zu bewegen, ist ein langsamer Vorgang. Seine Energie schwillt in unregelmäßigen Abständen an, flammt auf und taucht die dunkle Landschaft in feurige Farben. Dann müssen sich die Murk, die es vorantreiben, zurückziehen und warten, bis es sich wieder beruhigt hat, bevor sie ihm so nahe kommen können, dass sie es lenken können. Wir schaffen es, sie in Fahrzeugen zu beiden Seiten des Herzens und dahinter unterzubringen, sodass sie es gleichzeitig ziehen und schieben können. Wir können die Fahrzeuge allerdings nicht einmal annähernd in voller Geschwindigkeit vorwärtsbewegen.

Als mich die Anstrengung der Ereignisse dieses chaotischen Tages überwältigt, stelle ich fest, dass ich meine Augen nicht mehr offenhalten kann. Sylas verwandelt sich in seine Wolfgestalt und streckt sich auf dem Boden des

Gefährts aus, damit ich das Fell an seiner Seite als Kissen benutzen kann. An ihn gekuschelt schlafe ich ein.

Meine Träume sind in ein gruseliges orangefarbenes Licht getaucht und albtraumhafte Bilder schwimmen aus der Dunkelheit empor. Als ich aufwache, bin ich noch immer kaputt und die Nacht weicht gerade erst dem Tag. Das schwache Licht der Dämmerung breitet sich am Himmel aus und das rhythmische Pulsieren der Energie des wahren Herzens heißt uns in den Ländereien auf dem Hügel willkommen.

Wir bleiben auf dem Feld neben dem Herzen stehen. Die Murk ziehen das falsche Herz bis auf wenige Schritte an das wahre heran und weichen mit argwöhnischen Mienen zurück. Fünf Raben segeln vom Himmel herab und landen in Menschengestalt unter uns: Corwin ist gegangen, um seine Unseelie-Erzlordkollegen zu holen. Celia und Donovan schließen sich uns wenige Minuten später an.

„Bei Vergänglichkeit und Verderben", flucht Celia und starrt zu dem Murk-Herz hinauf. Ein Schauder durchläuft sie. „Es ist furchterregend."

Am furchterregendsten ist vielleicht, die beiden Herzen nebeneinander zu sehen. Orion hat es innerhalb von Jahrzehnten geschafft, seine selbstgemachte Energiequelle auf beinahe ein Drittel des echten Herzens heranwachsen zu lassen. Es muss schneller größer geworden sein, als der Fluch schlimmer wurde und den Fae der Jahreszeiten dadurch noch mehr Kummer bereitete. Wie viel länger hätte es gedauert, bis sein Herz es mit der Macht des wahren hätte aufnehmen können?

„Was jetzt?", fragt Laoni, die das Ding mit genauso viel Abscheu mustert.

„Ich weiß es nicht", gestehe ich. „Ich dachte einfach … es ist gestohlene Energie aus dieser Welt, vom echten Herzen. Vielleicht kann das Herz der Nebelwelt sie zurücknehmen."

Die Idee wirkt jetzt irgendwie kindisch, da wir hier stehen und nichts passiert. Weitere Fae kommen von den Ländereien herbei, die das Herz umgeben. Unter ihnen befinden sich auch ein paar Murk-Gruppen. Die Frau an der Spitze dieser Gruppe erkenne ich als Delta, obwohl ich ihr noch nie persönlich begegnet bin.

Sie betrachtet das Herz, das Orion erschaffen hat, und atmet scharf durch die Zähne ein. „Diese Wahnvorstellungen von Herrlichkeit waren gar nicht so wahnsinnig. Ein Jammer, dass er diese Macht nicht besser genutzt hat."

Die Energie des wahren Herzens scheint etwas stärker zu summen, doch ich kann keine Veränderung in ihm oder dem Murk-Herz erkennen. Vielleicht muss es angeleitet werden. Ich teste die Worte in meinem Kopf und stelle fest, dass sich meine Kehle zu stark zugeschnürt hat und ich nichts sagen kann.

Ich weiß noch immer nicht, was mit meinem Band zu Corwin geschehen wird, wenn das Herz der Murk zerstört wird, wie auch immer das passieren wird.

Ich blicke über die Lichtung zu der Stelle, an der er mit seinen Kollegen steht. Er fängt meinen Blick auf und sein Mund verzieht sich.

Es muss getan werden, sagt er. *Wir können nicht zulassen, dass der Fluch weiterhin so viele Leute in seinem Griff hat, nur damit unser Band bestehen bleibt.*

Ich weiß. Ich … ich habe einfach Angst.

Es ist schwer, das zuzugeben. Ich habe so viel Zeit damit verbracht, so stark wie möglich zu sein, wenn auch nur im Inneren, während ich das Opfer spielte. Doch ich will nicht so tun, als wäre es mir egal.

Ich auch, erwidert Corwin und seine innere Stimme wird verletzlich. Er kommt zu mir, sodass er neben mir stehen kann, und legt seine Hand um meine. *Aber ich bin hier bei dir, ganz egal, was geschieht. Wir werden uns dem gemeinsam stellen. Und falls ich keine weitere Chance erhalte, das so intim zu dir zu sagen, meine Seele, sollst du wissen, wie sehr ich dich liebe.*

Die Verbindung zwischen uns öffnet sich komplett und eine Flut an Emotionen schwappt über mich hinweg. In ihnen schwingt eine bittersüße Note aus Angst und Beklommenheit mit, doch der Rest ist pure, ergreifende Liebe.

Ich spüre, wie sehr Corwin jedes Lächeln zu schätzen weiß, das er über mein Gesicht huschen sieht, sogar wenn es nicht für ihn bestimmt ist. Wie stolz er darauf ist, dass ich mich für die Fae und Menschen eingesetzt habe, während wir gegen Orion gekämpft haben. Wie sehr er sich danach sehnt, mich in seine Arme zu ziehen und nichts anderes zu tun, als mich an sich zu drücken, während wir alle anderen Pflichten vergessen.

Jetzt schnürt sich mir die Kehle aus einem völlig anderen Grund zu. *Ich liebe dich auch*, sage ich. *So sehr*. Ich lasse all die Zärtlichkeit und Hingabe, die ich für ihn empfinde, wie flüssiges Sonnenlicht durch unser Band fließen. In diesem Moment fühlt es sich an, als wären wir durch so viel mehr verbunden, als unsere ineinander verschränkten Hände und die dürftige Magie, die uns aneinandergebunden hat.

Die Herzen haben sich noch immer nicht geregt. Während ich mit meinen Gedanken kämpfe und nach den richtigen Worten suche, saust ein weiterer Rabe über die Grenze und landet neben Corwin: Es ist Verik.

„Mein Lord", sagt er mit leiser Stimme, „Ihre Mutter ... ich glaube, sie kann spüren, dass etwas Bedeutsames geschehen wird. Sie hämmert an ihre Tür und ruft, dass ‚sie es nur sehen will' ... Keiner von uns konnte sie beruhigen."

Corwins Mund öffnet sich, zunächst kommt jedoch kein Laut heraus. Er schluckt hörbar. Dann strafft er die Schultern. „Lasst sie herkommen. Wenn das hier funktioniert, wird es auch das Ende der Plage sein, die ihr meinen Vater genommen hat. Sie verdient es, Zeugin dieses Moments zu werden, wenn sie das möchte."

Verik fliegt erneut davon. Ich beobachte, wie sein Rabe in den Grenzdunst fliegt und eine kribbelnde Empfindung legt sich um meinen Magen.

Corwins Mutter wurde von ihrer Trauer übermannt, als ihr seelenverbundener Gefährte an dem Fluch starb. Sie verlor nicht nur ihr Band zu ihm, sondern seine gesamte Präsenz in ihrem Leben. Dennoch findet sie die Kraft, herzukommen und Zeugin des Endes dieses Fluchs zu werden, obwohl sie weiß, dass es ihn nicht zurückbringen wird.

Ganz egal, was geschieht, Corwin wird hier sein. Ich darf nicht zulassen, dass irgendein Teil von mir daran zweifelt, dass die Zerstörung des Herzens der Murk eine Notwendigkeit ist.

Ich nehme all meinen Mut zusammen und warte auf die Ankunft der ehemaligen Lady von Heart's Cadence. Sie kommt zu Fuß über die Grenze. Zelpha geht auf einer Seite von ihr und Verik auf der anderen. Gemeinsam stützen sie sie auf ihren wackligen Beinen. Ihre strähnigen Haare sind hinter ihre Ohren gestrichen und ihr Gesicht ist so ausgemergelt wie beim ersten Mal, als ich sie sah. Doch als ihre Augen Corwin finden, schenkt sie ihm ein zittriges Lächeln.

Anschließend schwenkt ihr Blick zum Murk-Herz.

Während sie es anstarrt, verhärtet sich ihre Miene, bis sich nichts als purer Zorn darauf abzeichnet. Sie schweigt, vibriert jedoch förmlich vor Wut, die das Ende dieses Dings verlangt, das ihr so viel von ihrem Glück geraubt hat.

Vielleicht wird es auch ein wenig von meinem stehlen, das ist allerdings ein kleines Opfer, damit der Fluch von der gesamten Fae-Welt genommen wird.

Ich lasse Corwins Hand los und trete an die Herzen heran. August gibt ein leises Geräusch von sich, aber niemand macht Anstalten, mich aufzuhalten. Ich humple um das Herz der Murk herum zu der Lücke zwischen ihm und dem Herzen der Nebelwelt.

Hektische Energie trifft mich von einer Seite und ein harmonisches kraftvolles Kribbeln von der anderen. Ich starre zu dem pulsierenden Leuchten hoch, das mir die Magie geschenkt hat, mit der ich gestern den Krieg gewonnen habe.

„Das ist all die Energie, die du und deine Leute an Orion verloren haben", verkünde ich. „Nimm sie zurück. Nimm sie in dir auf und mache sie wieder zu etwas Gutem. Brenne den Fluch weg, der sie wahnsinnig gemacht und erfrieren lassen hat. Bitte. Es sollte dir gehören."

Das Licht des wahren Herzens leuchtet etwas heller, doch sonst verändert sich nichts. Frust und Furcht vermischen sich in meiner Brust. Was, wenn ich mich geirrt habe? Was, wenn wir das Murk-Herz nicht in die Nebelwelt hätten bringen sollen?

„Es muss doch etwas geben, was du tun kannst!", protestiere ich, als könnte ich es dazu überreden, etwas zu tun. Das hat bei Madoc funktioniert. Das hier fühlt sich allerdings anders an. In der Energie, die über mich kitzelt, schwingt ein Hauch von Verwirrung mit.

Das Herz der Nebelwelt und das Herz der Murk standen von Anfang an im Widerspruch zueinander und sind das absolute Gegenteil voneinander. Kein Fae war in der Lage, die Macht von beiden zu besitzen.

Abgesehen von mir. In mir sind sie miteinander verbunden. In mir treffen sich beide Magieströme.

Wenn sie jemand wieder zusammenbringen kann, dann bin ich das.

Mein Mund wird trocken. Ohne mir eine Gelegenheit zu geben, einen Rückzieher zu machen, stecke ich eine Hand in das sonnenähnliche Leuchten des wahren Herzens und die andere in das zuckende Licht des falschen Herzens.

Wie beim letzten Mal, als ich das Murk-Herz berührte, beginnt seine Energie, meine Haut zu versengen. Ich balle die Finger und wappne mich für die Schmerzen. Jemand aus der Zuschauermenge stößt einen Schrei aus …

Und eine schmerzlindernde Woge der Macht strömt von meinem anderen Arm in mich.

Das Licht des Herzens der Nebelwelt schwappt über mich hinweg und verschluckt mich augenblicklich komplett. Mein Sichtfeld brennt weiß, mein Körper scheint mit einem elektrischen Pulsieren zu knistern, das bis in meine Knochen reicht. Ich bin mir nur des knisternden Tsunamis und des Hämmerns meines Herzens bewusst, das mit jeder verstreichenden Sekunde schneller schlägt. Das rhythmische Pochen dröhnt in meinen Ohren. Es fühlt sich an, als würde das strahlende Leuchten all die winzigen leeren Stellen in mir füllen und mich in etwas verwandeln, was mehr ist, als ich zuvor war. Es strömt immer weiter …

Dann zieht es sich wieder zurück wie eine Welle, die ins Meer zurückrollt. Ich stelle fest, dass ich vor dem Herzen stehe und keuche, als hätte ich gerade eine Minute unter Wasser verbracht und stünde kurz vor dem Ertrinken.

Stimmen rufen überall um mich herum. Das orangefarbene Leuchten ist verschwunden. Ich bin noch dabei, wieder zu Sinnen zu kommen, als ein Lichtstrahl vom Herzen der Nebelwelt ausgeschickt wird und meine Schläfe streift. Das Licht dringt durch meinen Schädel und in mein Herz.

Als es mich loslässt, stolpere ich, doch die Fae um mich herum kommen bereits näher. Feste Hände packen meine Schultern. Jemand berührt meinen Arm, ein anderer meine Wange. Die Gesichter meiner Gefährten schwimmen in mein Sichtfeld, als ich blinzle und den letzten Nebel aus meinen Augen vertreibe.

Eine leise, eifrige Stimme spricht in meinem Kopf und durchschneidet das Gebrabbel, auf das ich mich noch nicht konzentrieren kann. *Meine Seele?*

Ein Grinsen springt so schnell auf meine Lippen, dass ich fast meinen Kiefer ausrenke. Ich wirble herum und schaue Corwin in die Augen, auf dessen Gesicht Hoffnung leuchtet.

Und du bist meine Seele, antworte ich und Freude füllt mich bis zum Platzen. *Sogar das Herz der Nebelwelt konnte das sehen.*

Sylas blickt von mir zum Unseelie-Erzlord und lächelt sein ruhiges kleines Lächeln. „Es scheint, dass alles so geendet hat, wie es das tun sollte, wenn auch nicht nach unserem üblichen Schicksalsmuster."

Ich packe Corwins Arm, ziehe ihn für einen Kuss zu mir und gebe anschließend jedem meiner anderen Gefährten einen. Mir ist egal, was die Zuschauer davon halten. Sogar Madoc nimmt meine Umarmung ohne Zögern an und seine Arme schließen sich danach einige Sekunden lang fest um mich. „Unser Herz", murmelt er und erinnert mich daran, was er im Refugium zu mir gesagt hat.

Hinter uns atmet jemand scharf ein. Ich drehe mich um und sehe, wie sich Corwins Mutter dem Herzen mit zittrigen Schritten nähert. Sein pulsierendes Leuchten wäscht über sie hinweg. Sie holt noch einmal Luft, was sich wie ein Schluchzen und ein ehrfürchtiges Seufzen anhört. Dann schaut sie zu ihrem Sohn. Ihr Gesicht ist so voller verzweifelter Sehnsucht, dass ein Schmerzensstich bis in meine Knochen fährt.

Corwin schluckt hörbar. Ich kann seine unruhigen Emotionen fühlen: alter Kummer, den er nie ganz zur Ruhe betten konnte, der verzweifelte Wunsch, er könnte ihr helfen.

Dennoch neigt er den Kopf. „Tu, was du deiner Meinung nach tun musst."

Seine Mutter schenkt ihm ein letztes Lächeln, das so voller Liebe ist, dass es wie das Herz selbst scheint. Anschließend dreht sie sich wieder zum Herzen um und läuft mit geöffneten Armen geradewegs in es hinein, als würde sie ihm eine Umarmung anbieten.

Das Licht verschluckt sie. Dieses Mal kommt niemand heraus. Das Leuchten pulsiert weiter. Eine schwache Melodie flüstert durch die Luft und verfliegt.

Sie hat sich ihrem seelenverbundenen Gefährten auf die einzige Weise angeschlossen, auf die sie das tun kann. Das Herz hat ihr endlich Frieden geschenkt. Vielleicht hat etwas in diesem unergründlichen Leuchten seine Perspektive ein wenig verändert aufgrund von allem, was in den letzten Monaten geschehen ist.

Bist du okay?, frage ich Corwin, der heftiger als üblich blinzelt.

Ja, antwortet er in einem Tonfall, der mir verrät, dass er es ernst meint. *Sie hat so lange gewartet. Es war an der Zeit für sie.*

Der Rest der zuschauenden Fae verstreut sich allmählich. Madoc drückt mich noch einmal sanft. Daraufhin hält er inne und berührt meine Haut am Ausschnitt meines Kleides.

Ich senke meinen Blick und ziehe den Stoff ein wenig zur Seite. Mir stockt der Atem. Dort … dort bildet sich ein Wahre-Namen-Mal direkt unterhalb meines Schlüsselbeins und verdunkelt sich vor meinen Augen zu den üblichen schwarzen Linien. Es ist eines, das ich noch nie zuvor identifiziert habe, doch tief in meinem Inneren weiß ich instinktiv, dass es das Zeichen für Licht ist.

Ich hebe meinen Blick und schaue jedem meiner Gefährten in die Augen. „Was bedeutet das?" Wurde durch die Berührung des Herzens etwas dauerhaft in mir verändert?

Ein schwaches Kribbeln rast durch meine Adern hindurch und ich komme nicht umhin, mich zu fragen, ob es mich irgendwie zu etwas mehr als einem Menschen gemacht hat.

Sylas hat die Augen aufgerissen, seine Stimme bleibt jedoch sanft. „Ich schätze, wir werden abwarten und es herausfinden müssen."

Diese Worte reißen mich aus meiner verwunderten Träumerei und ich denke an die eine Person, die noch immer auf mich wartet und ich noch nicht richtig gerettet habe. Ich mustere all die Fae, die sich in der Nähe des Herzens der Nebelwelt versammelt haben und sich über das Spektakel unterhalten, das sich gerade ereignet hat, und ein Gefühl der Dringlichkeit erfasst mich.

„Jamie", sage ich. „Wir müssen zu Jamie. Er sollte nicht noch länger weggesperrt bleiben und sein Leben verpassen. Außerdem machen sich meine Tante und mein Onkel bestimmt furchtbare Sorgen."

Madoc nickt. „Unter all den Murk, die sich uns seit Orions Tod angeschlossen haben, gibt es bestimmt jemanden, der weiß, in welche Mine er deinen Bruder gebracht hat. Ich werde es so schnell wie möglich in Erfahrung bringen." Er eilt davon.

Whitt streicht mir einige Haarsträhnen hinters Ohr. „Möchtest du, dass wir deinen Bruder so diskret wie möglich in sein Zuhause zurückbringen? Er muss nicht wissen, dass der Vorfall irgendetwas mit dir zu tun hatte."

Ich halte inne und denke darüber nach. Zusammen mit meiner Dringlichkeit packt mich jedoch auch eine unerwartete Überzeugung. „Nein. Von mir und den Fae zu erfahren, sollte ihn jetzt nicht mehr in Gefahr bringen … zumindest nicht mehr, als es bereits geschehen ist. Er wird so verwirrt sein … Er verdient es, Bescheid zu wissen. Und ich möchte ein Teil seines Lebens sein, wie auch immer er mich in dieses reinlassen wird, sobald er sich an die Vorstellung gewöhnt hat."

Sylas packt Whitts Arm. „Corwin und ich werden hier noch gebraucht. Wir müssen uns um die Folgen all der Kämpfe kümmern, die wir durchgemacht haben. Madoc sollte vermutlich in der Nähe bleiben, falls weitere Murk zu uns kommen. Warum bringen du und August sie nicht zu ihrem Bruder, sobald Madoc den exakten Standort kennt? Außerdem vermute ich, dass ihr einige unserer Murk-Verbündeten mitnehmen solltet, die noch nicht mit dem Herzen verbunden sind, um den Jungen aus dieser Eisenmine zu befreien."

Whitt lächelt seinen Bruder an. „Es wäre mir ein Vergnügen."

———

Als wir die verlassene Mine erreichen, zu der uns einer von Orions ehemaligen Anhängern geschickt hat, müssen sich Whitt und August weit von ihr fernhalten. Die Ausdehnung zackiger Erde fällt in eine große Grube ab, in die ich mich mit den Murk vorwagen muss, um meinen Bruder zu holen. Ein paar von Orions Wachen drücken sich noch dort herum, verwandeln sich bei unserem Anblick jedoch in Ratten und fliehen. Sie können im Moment überhaupt keine Magie wirken, da das Murk-Herz fort ist.

Genauso wenig wie die Murk, die mit mir in die Mine hinabsteigen. Ihre frische Verbindung zum Herzen der Nebelwelt hat noch keine Wurzeln geschlagen, weshalb es ein langer Fußmarsch ist.

Wir schlüpfen in eine Art Höhle, die in eine der Erhebungen in der Nähe des Grubenbodens geschlagen wurde. Als die Eisenhülle in dem schwachen Licht in Sicht kommt, macht mein Herz einen Satz. Mein Bruder ist dort eingeschlossen, als läge er in einem Sarg.

Aber er ist nicht tot. Er ist am Leben, *weil* ich geholfen habe, diesen allumfassenden Schild zu bauen.

Als die Fae die Eisenhülle durch mich hindurch heraufbeschworen, besaßen sie die Weitsicht, sie an meine Essenz zu binden. Ich presse meine Hände oben auf die Hülle und dieser Teil klappt wie ein Deckel auf. Die Murk heben Jamies bewusstlose Gestalt aus der Kiste, zucken wegen der Nähe zu so viel toxischem Metall zusammen und eilen mit ihm den Abhang hinauf.

Sie legen meinen Bruder dort aufs Gras, wo wir unser getarntes Gefährt geparkt haben. Ich knie mich neben ihn und Whitt stellt sich über mich.

„Bist du dir wirklich sicher?", fragt er. „Bist du bereit?"

„Ja", antworte ich auf beide Fragen und wappne mich, wobei ich die Wasserflasche fest umklammere, die wir mitgebracht haben.

August raunt die Worte, um meinen Bruder aus seiner körperlichen Stasis zu holen. Jamies Augenlider flattern und öffnen sich blinzelnd. Er schnellt ruckartig in die Höhe, bevor er schwankt. Anschließend knallt er seine Hand auf den Boden, um sein Gleichgewicht zu wahren, und starrt mich sowie die Gestalten um mich herum an. „Was … wer …?"

Seine Stimme kommt als ein Krächzen heraus. Ich reiche ihm die Wasserflasche. „Du solltest etwas trinken. Du warst lange Zeit bewusstlos."

Sein Blick zuckt zu mir zurück. Er mustert mich sehr lange und Verwirrung sowie ein Hauch von Erkennen prallen auf seinem Gesicht aufeinander. „Du … wer *bist* du?"

Es gibt keinen besseren Zeitpunkt als diesen. Ich schenke ihm das sanfteste Lächeln, das ich zustande bringe. „Ich bin es, Jamie. Talia. Ich … ich weiß, ich muss dir viel erklären, aber ich verspreche dir, dass jetzt alles gut werden wird."

„Talia", wiederholt er in einem ungläubigen Tonfall, ich bemerke allerdings, dass er in Wahrheit gar nicht so skeptisch ist. Er erkennt mein Gesicht und meine Stimme, auch wenn es Jahre her ist, seit wir uns zuletzt sahen. „Das hier ist … sehr verrückt. Vielleicht halluziniere ich?" Er drückt eine Hand auf die Seite seines Kopfes.

Ich drücke zaghaft und beruhigend seinen Unterarm. „Nein, das hier ist echt. Aber definitiv verrückt. Es ist eine lange Geschichte."

Er blinzelt und konzentriert sich wieder auf mich. Ein schiefes Lächeln legt sich auf seine Lippen. „Ich schätze, dann solltest du besser damit anfangen."

30

Talia

Mehrere Monate später

Es gibt nur wenige Stellen, die so friedlich sind wie die Wiese direkt vor der Sommerseite der Grenzburg. Es ist meine Lieblingsstelle zum Entspannen geworden, wenn ich mich um keine offiziellen Angelegenheiten als Lady Talia kümmern muss – oder um irgendeine der Pflichten, für die ich mich freiwillig gemeldet habe. Sylas hat mehrere dauerhafte, mit gewebtem Gras gepolsterte Holzliegen für mich und diejenigen heraufbeschworen, die sich mir anschließen möchten.

Heute bin ich an eines der dünnen, jedoch gemütlichen Kissen gekuschelt und genieße die Nachmittagssonne. Ein Gähnen dehnt meinen Kiefer. Ich dachte, ich hätte gestern

Nacht gut geschlafen – wobei sich Sylas und Madoc das Bett mit mir geteilt haben – aber ich habe mich den ganzen Tag über nicht ausgeruht gefühlt. Ich bin versucht, meine Augen zu schließen und ein Nickerchen zu machen.

Dies ist jedoch einer der seltenen Tage, an denen auch keiner meiner Gefährten eine dringende Aufgabe zu erledigen hat. Vier von ihnen liegen um mich herum auf ihren Liegen und genießen die Wärme der Sonne. Harper hat sich mir ebenfalls angeschlossen. Nachdem wir uns eine Weile unterhalten haben, ist Flynn von der Murk-Kolonie in der Nähe hergekommen, wo er sich sein Zuhause aufgebaut hat. Ich komme nicht umhin, zu vermuten, dass er diese Kolonie nur *wegen* ihrer Lage gewählt hat, die es ihm erlaubt, regelmäßig vorbeizukommen.

Angesichts dessen, wie sich das Gesicht meiner besten Freundin bei seiner Ankunft erhellte, und wegen des erfreuten Lächelns, das ihre Lippen jetzt nach oben biegt, während sie nebeneinander auf den anderen Liegen fläzen, stört es mich definitiv nicht. Er trägt sogar ein Hemd, das Harper für ihn entworfen hat, schmal und schlicht geschnitten, aber mit vielen Taschen in Reichweite seiner Hände. Flynn ist anscheinend ein Sammler von allem, was zufällig seine Aufmerksamkeit erregt.

Ich vermute, dass meine Paarungszeremonie mit Madoc vor einigen Monaten nicht die einzige zwischen einer Frau von Hearth-by-the-Heart und einem Murk-Mann in diesem Jahr bleiben wird.

Das Sonnenlicht verleiht Corwins bronzefarbener Haut ein sommerliches Leuchten, doch selbst wenn er ins Seelie-Reich rüberkommt, ist er darunter noch immer ein praktischer Rabe. Ihm fällt es schwer, sich vollkommen zu entspannen und über nichts Geschäftliches zu sprechen. Er blickt von seiner Liege zu der, auf der sich Sylas ausgestreckt hat. „Konnten du und deine Kollegen diese kleine Rebellion ohne größere Schwierigkeiten niederschlagen?"

Sylas gluckst. „Sie war so klein, dass ich sie fast schon vergessen habe. Ehrlich gesagt, läuft alles gut. Jedes Rudel, das entscheidet, aggressiven Anstoß an den Rattengestaltwandlern zu nehmen, macht Platz für eine neue Kolonie, wenn wir es an die Randgebiete verbannen."

„Nur, wenn es verdient ist", wirft August ein und kreist mit den Schultern. „Es *gibt* Murk, die ihre Nachbarn absichtlich provoziert haben."

„Und die habt ihr ebenfalls in ihre Schranken verwiesen", sage ich. „Doch soweit ich das bei meinen Gesprächen mit den Murk erkennen kann, sind die meisten einfach froh, dass sie noch am Leben sind und nicht von einem verrückten König in die Schlacht geschickt werden, ganz gleich, wer ihre Nachbarn sind."

Whitt feixt und stemmt sich auf einen Ellenbogen. „Stimmt. Wir hätten keinen glatten Übergang erwarten können. Ich würde sagen, unsere Anstrengungen, die Kolonien zu verteilen und ihre Unabhängigkeit zu unterstützen, sind besser verlaufen, als sich irgendjemand hätte erhoffen können."

August verdreht spielerisch die Augen. „Natürlich sagst du das, da du derjenige bist, der einen Großteil dieser Anstrengungen geplant hat."

Der Stratege hält seine Hände hoch. „Hey, Ehre, wem Ehre gebührt."

Flynn blickt zu uns. „Ich habe den Eindruck erhalten, dass Delta auf einen großen Gefallen hinarbeitet, als ich ihr zuletzt über den Weg gelaufen bin."

„Nun, sie kann so viele ‚Gefallen' erbitten, wie sie will, und wir werden entscheiden, ob sie vernünftig sind", erwidert Sylas. „Meiner Meinung nach hat sie bisher nicht mehr verlangt, als fair ist. Sie und ihre Kolonie waren zudem sehr hilfreich beim Umgang mit den jüngsten Nachzüglern, die hergekommen sind.“

„Nicht zu vergessen die wenigen Anhänger Orions, die anscheinend die Nachricht nicht erhalten haben, dass seine Zeit vorüber ist“, brummt Whitt. Seine Aufmerksamkeit richtet sich auf die Grenze und gleitet an dieser entlang zur Bastion. „Wenn die neue Burg fertiggestellt ist und die Murk ihren dritten Erzlord bestimmen, werden wir garantiert noch mehr von ihr hören.“ Er neigt den Kopf zu Corwin. „Apropos Frauen mit unverrückbaren Meinungen … deine angebliche Nicht-ganz-Gefährtin hält sich noch an die Sanktionen, die ihr auferlegt wurden, nehme ich an?“

Traurigkeit durchzogen mit einem Kribbeln der Wut fließt von Corwin in mich. Er hat Kara ihren Teil bei meiner Entführung nicht verziehen, ich weiß jedoch, dass er sich wünscht, sie wäre erst gar nicht in eine so schreckliche Situation geraten. Er und die anderen Winter-Erzlords haben ihre Umstände berücksichtigt, als sie sich auf ihre Bestrafung einigten, und anerkannt, dass ein zerbrochenes Seelenband die Emotionen und das Urteilsvermögen einer Person trüben kann.

„Zelpha und Domhnall schauen regelmäßig nach ihr“, antwortet er. „Bisher hat sie die Grenzen ihrer Länderei nicht verlassen, so wie wir es verfügt haben. Ich erwarte, dass wir ihr Urteil innerhalb einiger Jahre überdenken und beurteilen werden, ob sie weiterhin eine Bedrohung darstellt.“

Er schickt mir eine wortlose Frage und ich nicke. Ich will nicht, dass Kara unglücklich ist. Ich will einfach nur sicher sein, dass sie nicht versuchen wird, mich zu verletzen – oder irgendjemanden, der mir wichtig ist.

„Spürt sie überhaupt irgendeine Art von Band?“, fragt August. „Ich hätte gedacht, dass das Herz es ihr wegnehmen würde, als es das Band zwischen dir und Talia bestätigt hat.“

Corwin schüttelt den Kopf. „Wir sind uns nicht sicher,

was sie jetzt fühlt. Sie hat nichtssagende Antworten gegeben, als sie nach ihren aktuellen Eindrücken gefragt wurde."

„Sie hat ein langes Leben vor sich, um diese Verletzung zu heilen", meint Sylas. „Nicht jede Wunde kann sofort geheilt werden."

Whitt summt leise. „Wie wahr. Doch trotz der Wunden, die noch heilen müssen, muss ich sagen, dass ich diesen relativen Frieden, den wir momentan erleben, viel mehr genieße als die Unruhen, die diesem vorausgegangen sind."

„Sehr richtig", sage ich und hebe meine Hand, als wollte ich ihm zuprosten.

Ein bekanntes Gefährt gleitet zwischen den Bäumen auf der anderen Seite der Lichtung hervor. Ich setze mich aufrechter hin und stütze meine Hand auf die Liege, als das Blut schneller als erwartet von meinem Kopf nach unten rauscht.

Madoc lässt das Gefährt anhalten und springt mit einem Sack über seiner Schulter und einem zufriedenen Grinsen im Gesicht heraus. „Ich habe einen Brief für dich", verkündet er und kommt zu mir, während er einen Umschlag aus seiner Tasche fischt.

Beim Anblick von Jamies enger Handschrift macht mein Herz einen Satz. Seit ich ihm erzählt habe, wo ich die letzten Jahre war, schreiben wir uns Briefe.

Madoc hat den Großteil von ihnen bei seinen regelmäßigen Ausflügen in die Menschenwelt überbracht, bei denen er über die menschlichen Bediensteten wacht, die sich dazu entschieden haben, zu ihrem alten Zuhause zurückzukehren. Für manche war es ein schwieriger Übergang, aber ich weiß, dass sie erleichtert waren, endlich eine Wahl zu *haben*. Eine überraschend große Anzahl entschied sich, hierzubleiben und weiterhin für ihre Herren zu arbeiten, allerdings auf einer gerechteren Basis.

Ich schätze, wenn man sich erst einmal an die Magie

gewöhnt hat, ist es schwer, sie loszulassen, ganz gleich, wie sehr sie einen verbrannt hat.

Ich reiße den Briefumschlag mit meinem Daumen auf und ziehe die gefalteten Blätter heraus. Der Brief wurde getippt. Ich kann mir vorstellen, wie Jamie an seinem Schreibtisch in seinem Zimmer sitzt und auf seiner Computertastatur tippt.

Hey Schwesterherz,

danke für den Kuchen, den du mit deinem letzten Päckchen geschickt hast. Wenn die Fae so kochen, muss ich definitiv einmal zum Abendessen vorbeikommen. Wenn ich achtzehn bin, wird es leichter für mich sein, übers Wochenende einen Ausflug an einen Ort zu machen, wo es keinen Handyempfang gibt. Ich erwähne das nur, damit du genügend Zeit hast, um deine Einladung vorzubereiten.

Das ist nur ein Witz. Größtenteils. Der erste Schritt besteht offensichtlich darin, dass du die Familie kennenlernst. Wenn du dir sicher bist, dass du bereit bist, kann ich definitiv etwas organisieren. Möchtest du zum Haus kommen oder wäre ein öffentlicher Ort besser? Gib mir Bescheid, wie der Plan aussieht, und ich werde Tante Becca und Onkel Walter mit ins Boot holen.

Ich fände es auch toll, wenn du meine Freundin Amy kennenlernen würdest. Ich weiß, eins nach dem anderen, aber ich denke, sie könnte möglicherweise sogar die ganze Fae-Sache verstehen, falls du jemals das Gefühl hast, es sei sicher, mit jemand anderem darüber zu sprechen. Ich verstehe, dass es strenggeheim ist. Kein Druck.

Die College-Zulassungen flattern allmählich ein, also drück mir weiterhin die Daumen. Ich habe eine Zusage für eines der Colleges meiner zweiten Wahl erhalten, jedoch noch nichts von meinen bevorzugten Colleges gehört. Manchmal ist das so stressig, dass ich am liebsten auch zu den Fae davonrennen würde, doch ich weiß, was du sagen wirst. Es ist am besten, mich weiterzubilden, damit ich einen Plan B habe. Tante Becca ist da ganz deiner Meinung, also werdet ihr euch bestimmt gut verstehen.

Ich freue mich tatsächlich sehr darauf, etwas zu studieren, an dem ich wirklich Interesse habe. Und natürlich könnte es auch Spaß machen, auf ein oder zwei College-Partys zu gehen. Wir werden sehen.

Da dir meine Skizzen so gut gefallen haben, schicke ich dir noch eine. Es ist schwer, aus dem Gedächtnis zu zeichnen, aber es fühlte sich besser an, als ein Foto zu benutzen. Lass mich wissen, was du davon hältst.

Bis bald!

Jamie

Das andere gefaltete Blatt Papier zeigt eine Familie, die dicht beieinandersteht. Die Hände des Vaters liegen auf den Schultern der Tochter und die Mutter zerzaust die Haare ihres Sohns. Es ist *unsere* Familie – ich erkenne uns sofort trotz der derben Striche. Unsere Familie, bevor Aerik sie zerriss.

Ich schätze, in gewisser Weise lebt diese Familie in Jamie und mir weiter, komme was wolle.

Furcht durchbebt mich bei dem Gedanken daran, die letzten Vorkehrungen zu treffen, um mich dem Rest unserer überlebenden Familie zu offenbaren. Ich habe es lang genug vor mir hergeschoben und es ist Jamie gegenüber nicht fair, es noch viel länger geheim zu halten. Ich muss nur meine Geschichte darüber perfektionieren, wo ich war und warum ich so lange gebraucht habe, um wieder Kontakt aufzunehmen. Eine Erklärung, die nicht ganz so verrückt klingt, doch in ein oder zwei Wochen …

Ich werde einige Tage darüber nachdenken und ihm zurückschreiben, wenn ich einen definitiven Plan habe.

Madoc verteilt die anderen Gegenstände, die er bei seinem heutigen Ausflug mitgenommen hat. Sylas reicht er eine DVD. „Das ist eine Neuerscheinung. Hat sehr gute Rezensionen erhalten, wenn einem so etwas gefällt, was bei dir meines Wissens der Fall ist. Diese Scheiben werden allerdings rar. Alle wechseln jetzt zu Streaming-Anbietern. Du wirst eine Möglichkeit finden müssen, hier draußen ins Internet zu kommen.“

Sylas lacht schallend, sieht jedoch zufrieden aus, als er die neueste Komödie betrachtet, die er seiner Sammlung hinzufügen kann, bevor er sie beiseitelegt.

Madoc zieht die Öffnung des Sacks weiter auf und stellt ihn zwischen die Liegen, wobei der Inhalt herausragt. „Ich habe auch meine Snack-Sammlung aufgefüllt. Ihr dürft euch alle *eine* Sache aussuchen. Der Rest gehört mir.“ Er bedenkt uns alle mit einem verschlagenen, territorialen, finsteren Blick.

August springt auf und kommt mit seinem typischen Eifer herbei. Er verlässt sich auf Madocs Liebe für Snacks, um seine kulinarischen Horizonte um Menschenwelt-Aromen zu erweitern. Ich stehe auf, da ein kleiner Leckerbissen schön wäre, doch als ich mich aufrichte, schlägt mein Magen einen Purzelbaum. Ein plötzliches Schwindelgefühl erfasst mich.

Meine Beine versteifen sich, damit ich das Gleichgewicht wahren kann. Als ich so abrupt innehalte, blickt Corwin zu mir und eine Woge der Sorge schwappt durch unser Band. „Geht es dir gut, Talia?“

„Ja. Ich glaube schon. Ich ...“

Mein Herz setzt einen Schlag aus, als die Empfindungen in meinem Kopf ein Muster annehmen, das ich bisher erst einmal erlebt habe. Ich halte inne und rechne nach. Es ist zwei Wochen her seit dem letzten Mal, als sie sagten ... Das ist ungefähr das richtige Timing nach dem zu urteilen, was ich über diese Dinge weiß ... Könnte es wirklich sein ...?

Ich schaue zu meinen Gefährten, die mich jetzt alle

beobachten. Meine Stimme kommt leise heraus. „Ich fühle mich nur ein wenig seltsam. Aber es ist genauso wie … wie zuvor, als ich …" Ich kann die Worte nicht aussprechen, weshalb ich stattdessen eine Hand auf meinen Bauch lege.

Verstehen blitzt in den Augen aller fünf Männer auf. Die Snacks sind vergessen und sie stürzen sich wie ein Wesen auf mich, umringen mich und neigen ihre Köpfe dicht zu mir. Als sie alle meinen Geruch tief einatmen, wäscht ihre Körperhitze über meine Haut. Mein Puls hüpft weiterhin fröhlich vor sich hin.

Sylas' Hand legt sich dort auf meinen Bauch, wo ich ihn vor einem Augenblick berührt habe. Augusts folgt seiner, dann Corwins, Whitts und schließlich Madocs, bis sie sich überlappen, als wäre es ein Echo unserer gemeinsamen Beziehung.

Der Seelie-Erzlord spricht als Erster. Seine Stimme ist rau vor Emotionen: „Unsere Familie wird wieder wachsen, dieses Mal auf eine ganz andere Art."

Ein Grinsen breitet sich auf meinem Gesicht aus. Ich strahle sie alle an, verloren in der Begeisterung über diese Ankündigung.

Ich bin mit keinem Fluch belegt und es gibt keinen Murk-König mehr, der mir und meinen Gefährten das Leben schwermachen kann. Das Herz hat auf uns alle geschienen. Dieses Baby wird in eine Welt der Freude und des Mitgefühls geboren werden. In eine Welt, für die ich noch einmal bis zum Tod kämpfen würde, damit es so bleibt.

Doch umgeben von den Männern, die ich liebe, weiß ich, dass das nicht nötig sein wird. Wir sind eine Einheit und gemeinsam können wir alles bewältigen. Ich werde nie wieder eingesperrt sein.

ÜBER DEN AUTOR

Eva Chase ist eine Amazon Top 100-Bestsellerautorin für Urban Fantasy und paranormale Liebesromane. Sie ist mit Magie, Chaos und Herzschmerz aufgewachsen und bringt alle drei Elemente in ihre Geschichten ein. Aber keine Angst vor dem gefürchteten Liebesdreieck - Evas Heldinnen müssen sich nie entscheiden. Online findet man sie unter www.evachase.com.